Donaublut

Dieses Buch ist meinem toten Schachfreund Wolfgang Baumann gewidmet.

Es ist ein Roman; also ein Produkt der Fantasie des Autors. Die Handlung ist in tatsächliche historische Ereignisse hineingewoben. Die Personen sind fiktiv. Sollte jemand sich selbst oder andere wiedererkennen, so wäre dies rein zufällig und vom Autor nicht beabsichtigt.

*Ostern 2017
Hermann Severin*

HERMANN SEVERIN

Donaublut

Bibliografische Information der Deutschen Nationalbibliothek
Die Deutsche Nationalbibliothek verzeichnet diese Publikation in der Deutschen Nationalbibliografie; detaillierte bibliografische Daten sind im Internet über http://dnb.dnb.de abrufbar.

© 2017 Hermann Severin
Herstellung und Verlag: BoD – Books on Demand
ISBN 978-3-7431-3571-0

Prolog

Die bewaffneten Männer tragen schwarze Kapuzen, in die sie Sehschlitze geschnitten haben. Wie seelenlose Roboter stürmen sie in das Haus und trampeln mit schweren Stiefeln die Treppe hoch. Als sich ihnen ein Mann in den Weg stellt, erschießen sie ihn, packen den leblosen Körper an Handgelenken und Oberschenkeln und werfen ihn vom Fenster auf die Straße hinunter. Dann erscheint eine Frau im Bild. Ihre Augen sind vor Schrecken starr. Ihr Mund steht weit offen. Offensichtlich schreit sie. Einer der Uniformierten schlägt mit voller Kraft links und rechts in ihr Gesicht. Ein anderer greift brutal an ihre Brust und reißt die Bluse weg. Von hinten wird ihr der Rocksaum über den Kopf gezogen, und als sie niederstürzt, sieht man hinter ihr im Türrahmen ein Mädchen auf den Knien, das mit gefalteten Händen flehend an einem Soldaten hochsieht. Er tritt ihr mit dem rechten Stiefel in den Unterleib. Das Mädchen fällt nach vorn vor dem Mann auf das Gesicht. Er stellt seinen Fuß auf den linken Handrücken des Mädchens, und ein anderer zerrt ihr von hinten die Jeans von den Hüften. Das Mädchen wehrt sich verzweifelt und schlägt mit den Beinen. Einer der Männer tritt mit seinem Stiefel auf ihr Schulterblatt. Vor ihr kniet ein Soldat am Boden, öffnet mit einer Hand das Koppel und greift mit der anderen in ihre langen schwarzen Haare.

1

Der Winter war lang, nass und kalt. Die kleine Stadt räkelt und streckt sich unter der warmen Frühlingssonne. Als blassgelbe Scheibe über den Dächern und Türmen der Stadt hat sie in den letzten Wochen die Winterstarre wie ein Laken von den Straßen und Gassen gezogen. Aus den Türen der Cafés und Restaurants quollen Tische und Stühle auf die breiten Gehwege hinaus. Die Stadt und ihre Menschen waren wieder zum Leben erwacht.

Auch er. Der Mann, der entschlossen ist, heute noch zum Mörder zu werden, eilt an diesem sonnigen Pfingstmontag früh nachmittags über den Marktplatz. Er hastet an den Schaufenstern vorbei. Zum ersten Mal seit Wochen, genau kann er sich nicht erinnern, hat er geduscht, frische Wäsche und ein sauberes, gebügeltes Hemd angezogen. Sorgfältig hat er eine Krawatte umgelegt und es zu seiner eigenen Überraschung auf Anhieb geschafft, einen perfekten Windsorknoten zu binden. Er hielt ihn dem Anlass angemessen. Die schwarzen italienischen Schuhe hat er wie den blauen Anzug suchen müssen. Er wusste nicht mehr, wo und wann er sie zuletzt getragen hat.

Vor drei Jahren, als er noch Leiter der größten Buchhandlung in der benachbarten Großstadt war, begann jeder Arbeitstag mit dem gleichen Zeremoniell: Aufstehen, Bad, Katy bereitet das Frühstück, gemeinsame Lektüre der beiden Lokalzeitungen, flüchtiges Küsschen zum Abschied, Fußweg vom Fischerviertel zur Hirschstraße. Geschäft.

Eines Tages im Urlaub, sie fuhren im Frühjahr, wohl auch zu Pfingsten, durch die Toskana, saßen sie auf der Hotelterrasse in Pienza, nachdem sie den Palazzo Piccolomini und die Papstkirche

Pius II. besichtigt hatten und ließen ihre Blicke über die weite, anmutig hügelige Landschaft schweifen. Bei einer Tasse Cappuccino sinnierten sie darüber, was den zeitgenössischen Papst veranlasst haben mochte, von einem mit so viel Pomp und Ansehen ausgestatteten Amt zurückzutreten. Katy, die von Kirchendingen nichts versteht und dieses Wissen keinesfalls vermisst, meinte nur, dass der Mann auf seine letzten Tage hin vielleicht noch vernünftig geworden sein könnte und das ihm verbleibende Leben genießen wolle.

Bei diesem Gespräch begannen sie, auch über ihr eigenes Leben nachzudenken. Als Junge nach dem Abitur absolvierte der Mann eine Lehre zum Buchhändler, anschließend leistete er den Zivildienst, und dann schloss er ein Germanistikstudium in Konstanz ab. Nach zwei Jahren Praktikum in der Zentrale einer Buchhandelskette in München übertrug man ihm die Leitung der Filiale in seiner Heimatstadt. Er stellte sich darauf ein, die nächsten zwanzig Jahre hier zu bleiben.

In den ersten Wochen dieser Tätigkeit lernte er bei einer Vernissage Katy kennen. Wegen ihrer sprühenden Vitalität fiel sie ihm am meisten auf. Wie sie in ihre Jeans hineingekommen war, blieb ihm ein Rätsel. Wie eine zweite Haut umspannte der Stoff ihre straffen, langen Beine. Der Blick auf ihren Po brachte ihn schier um den Verstand. Die grazile Sicherheit, mit der sie sich auf ihren Stilettos bewegte, zog die bewundernden Blicke insbesondere der anderen Frauen auf sie. Der Mann erinnerte sich genau, dass ihn die großen, runden, braunen Augen sofort in Bann zogen, und wie er sich beherrschen musste, nicht in die dichten, kastanienroten Haare zu greifen, die über ihre Schultern flossen. Er musste diese für ihn magische Frau kennenlernen. Es gelang ihm, mit ihr ins Gespräch zu kommen. Sie führte eine kleine Galerie und nahm am Leben ihrer Stadt nicht nur teil, sondern gestaltete es auch mit. Keine Ausgabe der Stadtzeitung erschien, ohne über Neuigkeiten von Katy und ihrer Galerie zu berichten.

Einige Wochen später zogen sie zusammen. Ihren kleinen Sohn

brachte sie mit. Für den aufgeweckten, unkomplizierten und freundlichen Moritz begann mit dem neuen Papa ein interessantes Abenteuer. Wenige Wochen später kehrte der Alltag ein, über den sie sich in Pienza unterhielten.

Ob er sich sein Leben als Filialleiter einer Buchhandlung vorgestellt habe, wollte sie wissen. Oder ob er während seines Studiums andere Träume gehabt habe. Ob sie die Galerie als Zeitvertreib ihr ganzes Leben führen wolle und nicht müde werde, fast täglich bis in den Morgen auszugehen, fragte er zurück.

Nachdem die Fragen ausgesprochen waren, führten sie das Gespräch nicht weiter, sondern hingen ihren Gedanken nach. Er den seinen; sie den ihren.

Von Pienza aus fuhren sie in Katys Golf Cabrio durch das unter der italienischen Sonne leuchtende Orcatal. Im kleinen Städtchen Capalbio schlenderten sie durch den Tarot-Garten. Fasziniert standen sie vor den Werken von Niki de Saint Phalle und bewunderten neidvoll deren Mut, aus einem unerträglich gewordenen Leben auszusteigen. Sie unternahmen einen Abstecher zur Insel Giglio, vor deren Küste noch immer der vor Jahresfrist so leichtsinnig havarierte Luxusliner lag und von Männern in roten Sicherheitswesten auf sein Abschleppen nach Genua vorbereitet wurde. Sie wollten nicht glauben, dass dort Menschen ums Leben gekommen waren, so nahe lag das Schiff an der Küste.

Wir müssen mehr aus unserem Leben machen, es bewusster leben, nahmen sie sich vor, als sie die Insel verließen und von der Reling aus nachdenklich den Felsbrocken im Rumpf der tödlich verwundeten *Costa Concordia* betrachteten. Bei der Rast in Carrara bestaunten sie auf der Piazza Alberica den Cadillac aus weißem Marmor, und während des vorzüglichen Abendessens in dem benachbarten Ristorante *La Tavernetta* erfasste sie die Leichtigkeit des südlichen Lebens. Und noch bevor sie den schweren Boden ihrer Heimatstadt wieder betraten, stand ihr Entschluss fest: Sie werden ein interessantes Haus suchen, er wird darin eine eigene Buchhandlung einrichten und Katy im ersten Stock eine

Kunstgalerie mit einem schicken Café. Im gleichen Haus werden sie wohnen. Sie beide und Moritz. Und wenn noch ein weiterer Moritz kommt oder eine Moritzin, dann muss dafür genug Platz sein. Sie entschieden sich und waren unendlich glücklich.

Jetzt liegt alles in Trümmern.

Seit Katy mit Moritz vor vier Monaten den gemeinsamen Haushalt verließ, lässt er sich hängen. Ausgerechnet an Heiligabend vormittags gingen sie. Anfangs konnte er seine Benommenheit nicht überwinden, dann trank er in den Kneipen der Stadt, bis ihn eine ständige ekelhafte Übelkeit zwang, damit aufzuhören. Schließlich brach er jeden Kontakt mit der Außenwelt ab und verkroch sich in das Dreieck Bett, Kühlschrank, Fernseher. Am Freitag, also vor drei Tagen, bohrte sich siedend heiß eine blitzklare Erkenntnis durch seinen müden, dumpfen Schädel: Wenn er so weitermachte, dann würde er eines nicht fernen Tages keinen Mut mehr haben, am Morgen aufzuwachen. Moder umgab ihn, und er wurde selbst immer mehr ein Teil davon. Wollte er überleben, musste er sich ein konkretes Ziel setzen.

Ein lauer Wind bläst ihm an diesem Pfingstmontag entgegen. Seine Haut spürt nichts. Gefühllos ist sie, betäubt, wie von Eisregen gepeitscht. Vor einem Spielwarengeschäft betrachtet er die im Schaufenster aufgebaute Gleisanlage. Die Lokomotiven ziehen in einer malerischen Plastiklandschaft Waggons über Brücken, durch Tunnel und in Bahnhöfe. Vor einem Jahr noch spielte er mit Moritz an dessen sechstem Geburtstag mit einer solchen Eisenbahn, die er ihm zu Weihnachten geschenkt hatte. In diesem Geschäft, vor dem er jetzt steht, hat er sie gekauft. Katy neckte ihn, er habe den kleinen Bub nur vorgeschoben. In Wirklichkeit habe er sich dieses Geschenk selbst gemacht.

Der Mann zwingt sich, weiterzugehen. Nach wenigen Metern lächeln ihn aus einem Fenster in festliche Hochzeitskleider gewandete Puppen an. Seine Augen füllen sich mit Tränen.

Der Mann eilt weiter, denn er hat ein Ziel.

Fast am Ende der Fußgängerzone stößt er auf das imposante Portal aus Glas und Marmor in der mächtigen Bankfassade, durch das er in den letzten Monaten so oft gegangen ist.

Anfangs mit federndem Schritt, zuversichtlich und hoffnungsvoll. Am Ende sich mühsam schleppend, niedergeschlagen, zerschmettert.

An die Bank wandten sie sich, als sie sich sicher waren, in dieser Stadt ihre Träume realisieren zu können.

Schnell erkannten sie, dass die Bank in der Stadt eine bedeutende Rolle spielte und großen Einfluss besaß. Zunächst freuten sie sich über die Hilfe, die ihnen angeboten wurde. Nicht einmal zwei Wochen dauerte es, und er konnte mit Katy und dem kleinen Moritz ein interessantes Objekt besichtigen. Ein dreistöckiges, spitzgiebeliges Haus in der Altstadt stand zum Verkauf. Es war im Jahre 1756 erbaut und erst vor zehn Jahren von Grund auf saniert und modernisiert worden. Die Raumaufteilung stimmte, und die Lage war für ihre Vorhaben optimal. Der Kaufvertrag konnte sofort abgeschlossen werden, denn die Immobilie befand sich im Bestand der Bank. Der zuständige Sachbearbeiter, ein wuseliger und vertrauenerweckender Mittvierziger, zeigte sich nett und außerordentlich zuvorkommend. Er habe die Order von seinem Direktor, interessante Menschen mit Unternehmermut in der Stadt anzusiedeln. Eine Buchhandlung in Kombination mit einer pfiffigen Galerie und einem trendigen Café trage sicher zur Belebung auch der benachbarten Geschäfte bei. Beim Notartermin, der in den Räumen der Bank stattfand, führte sie der Agent in das Direktionsbüro.

Ein hochgewachsener, gertenschlanker Mann in hellgrauem Anzug stellte sich als Direktor vor. Er hatte auffällig hohe Backenknochen und eine ausgeprägte Hakennase. Die Leute in der Stadt spotteten, der Bankdirektor besitze einen besonders guten Riecher für vorteilhafte Geschäfte. Dies erfuhren sie aber erst später.

Damals ging Helmut Dachstein, so war sein Name, auf Katy zu und deutete einen Handkuss an. *Wo sind wir denn da gelan-*

det, dachte der Mann wegen dieser ihm übertrieben scheinenden Geste. Katy amüsierte sich jedoch darüber. Anschließend führte der Direktor sie in einen Repräsentationsraum, in dem ein Notar wartete. Beflissen informierte ihn der Bankdirektor, dass das Haus im Zentrum – gekauft wie besehen – übereignet wird. Zur Sicherung des Darlehens, mit dem der Kaufpreis bezahlt wird, soll eine Grundschuld über eine Million Euro ins Grundbuch eingetragen werden.

»Den Rest erledigen wir ohne Notar«, sagte er mit charmantem Augenzwinkern zu ihnen.

Nachdem die Formalitäten der notariellen Beurkundung überstanden waren, unterschrieben sie einige Darlehensverträge, Lebensversicherungen und Abtretungsvereinbarungen für das noch anzuschaffende Inventar und konnten mit der Einrichtung des Hauses beginnen.

Der Mann trifft auf das Portal der barocken Stadtpfarrkirche. An diesem Ort kann er nicht einfach vorbeieilen. Heute nicht. Er setzt sich auf die Steinbank vor dem Brunnen und stützt seinen Kopf in die Hände.

In dieser Kirche haben sie geheiratet, Katy und er, nachdem die Buchhandlung und die Galerie eröffnet waren. Mit der Hochzeit gaben sie ihren angemessenen Einstand in der Stadt, und die gute Gesellschaft nahm sie bereitwillig auf.

Später informierten ihn seine neuen Nachbarn, dass die Bank der Vorbesitzerin das Haus abgenommen habe. Die Frau habe darin gewohnt und in ihrem Geschäft allerlei Kram verkauft: Für die Sanierung des Hauses habe sie einen Kredit von der Bank erhalten. Als sie ihn nicht mehr habe bedienen können, habe die Bank ihr das Haus für einen Apfel und ein Ei abgenommen, und sie habe die Stadt fluchtartig verlassen.

Zu spät warnte man ihn, dass es gefährlich war, mit Dachstein Geschäfte zu machen.

Seine Ehe ist zerbrochen. Seine Liebe zertreten. Die Existenz vernichtet. Als sich ein Passant neben ihn setzt, steht er auf und eilt weiter.Er beschleunigt seine Schritte, denn er hat ein Ziel.

In dem Stadtviertel hinter dem *Biberkeller*, in dessen Biergarten er mit Katy so gerne einkehrte, hat er in den letzten Tagen wiederholt die Wohnstraßen durchfahren. Er kennt die Adresse, der er zustrebt, genau. Am frühen Nachmittag des Pfingstmontags ist er in diesen Villenstraßen der einzige Fußgänger weit und breit. Die Bewohner sind entweder im Urlaub oder vertrödeln den Feiertag in ihren Häusern und Gärten.

Nun steht er vor dem Haus. Am rechten Pfosten des schmiedeeisernen Gartentors prangt in Messing eingraviert: *Helmut Dachstein*. Der Name seiner Ehefrau hat auf dem Schild keinen Platz mehr gefunden. Heute ist sie nicht zu Hause. Sie ist Turnierleiterin im Golfclub und richtet das jährlich stattfindende Pfingstturnier aus. Der Mann hat sich sorgfältig erkundigt, denn er will Helmut Dachstein allein antreffen.

Er läutet nicht an der Gartentür. Er drückt das Tor auf und steht im gepflegten, parkartigen Garten. Er folgt dem mit Granitplatten belegten Weg. Nun sind es nur noch wenige Schritte bis zur Veranda. Als er die Fläche vorsichtig betritt, sieht er, dass die Schiebetür in das Haus halb aufgeschoben ist.

Er hat sein Ziel erreicht.

Ich werde ihn töten, hämmert es in seinem Kopf. Das Blut in seinen Schläfen pocht. Es kostet ihn unendlich viel Kraft, nicht loszustürmen, sondern langsam auf die offenstehende Glastür zuzugehen.

Geräuschlos betritt er das Zimmer. Die rechte Hand, versteckt hinter seinem Rücken, umschließt fest den Horngriff eines Jagdmessers. Jetzt, wo er am Ziel ist, kämpft sein Herz, und sein Magen zieht sich in Krämpfen schmerzhaft zusammen. Vorsichtig sieht er sich um. Die gesamte linke Stirnseite des großen Raumes ist durch ein Bücherregal verdeckt. Die Bücherrücken sind penibel geordnet.

Die der Terrassentür gegenüberliegende Wand teilt mittig ein englischer Kamin aus weißem Marmor. Auch der Fußboden ist damit belegt. Nach einem weiteren Schritt in das Zimmer steht der Mann hinter einem schweren Ohrensessel. Er ist mit einem Stoff in breiten roten und schwarzen Streifen überzogen. Über die rechte Armlehne des Sessels hängt kraftlos eine Hand, und unterhalb auf dem weißen Marmorboden liegt eine schwarze Pistole.

Er tritt langsam an den Sessel heran und betrachtet zunächst das schüttere, blonde Haar unter der Kopflehne. Bedächtig geht er zwei Schritte weiter und besieht sich das Bild, das sich ihm bietet, genau: Der Bankdirektor sitzt aufrecht in den Sessel gelehnt. In der Stirn über der Hakennase klafft ein kleines kreisrundes Loch. Der Rand ist mit Blut verkrustet. Die Lippen sind zu einem Grinsen verzogen. Dachsteins linke Hand ruht auf seinem Oberschenkel, und der rechte Arm hängt schlaff über die Armlehne.

Das Gehirn des Mannes beginnt zu glühen. *Er ist mir zuvorgekommen. Er gehörte mir. Ich musste ihn töten, ich, ich,* schreit es in ihm. Eine Welle ohnmächtiger Wut überspült ihn. Mit wie viel Mühe hat er sich zu dieser Entscheidung durchgerungen. Und nun, alles umsonst. Zu spät! Was hat dieser Mensch ihm alles angetan! Sein Leben hat er ihm genommen. Einfach so. Als ob er ein Recht dazu hätte. Der Mann, der entschlossen war, ein Mörder zu werden, fühlt sich betrogen. Er erinnert sich, wie diese Kreatur im Sessel ihm zuerst seinen Stolz nahm, dann seine Frau und schließlich seine Existenz. Wie in Trance hebt er den Arm mit der Hand, in der er das Jagdmesser umklammert. Er stößt die Messerspitze in das blutverkrustete Stirnloch und dreht. Dann tritt er zurück und rammt das Messer bis zum Schaft in die Brust des toten Mannes. Mehrmals. Seine Wut ebbt noch nicht ab. Er lebte die letzten Tage nur für diesen Augenblick. Jetzt sieht er sich um den Erfolg betrogen. Wie von Sinnen zerrt er den leblosen Körper vom Sessel und tritt ihm enthemmt mehrmals mit voller Kraft in die Genitalien. *Das ist für Katy, du Schwein. Und das für Moritz. Und noch einmal für Katy! War es schön mit ihr?* Nach diesen unsinnigen Aktionen lösen sich seine Bauchkrämpfe. Ihm wird übel, und er übergibt sich auf den sauber polierten Marmorboden. Bleierne Ruhe strömt in sein erschöpftes Herz. Er schiebt das erstaunlich wenig verschmutzte Messer in seine Jackentasche und verlässt das Grundstück auf dem gleichen Weg, auf dem er gekommen war.

Der Mörder, der keiner sein durfte, wirft das Messer in den Fluss, als er die Brücke ins Stadtzentrum überquert.

2

Karin Dachstein amüsiert sich gut. Das Golfturnier ist glücklich beendet. Soweit sie es grob überschauen kann, bleiben keine Unstimmigkeiten zurück. Bei Veranstaltungen dieser Art ist das nicht selbstverständlich: Klaffen doch manchmal zwischen dem Können und der Selbsteinschätzung der ehrgeizigen Spieler beträchtliche Lücken. Die Teilnehmer und Gäste haben sich in den Clubräumen versammelt und diskutieren die besonders gelungenen oder misslungenen Schläge. Sie steht als Turnierleiterin im Mittelpunkt: Der ihr angemessene Ort, an dem sie sich wohlfühlt. Sie hat sich bereits umgezogen und sticht im schwarzen, eleganten Kostüm unter den weiß gekleideten Golfern hervor. Das blonde Haar liegt eng an den Wangen ihres vom Aufenthalt auf dem Golfplatz gebräunten Gesichts.

Neben ihr glänzt pausbäckig ein großer, schwerer Mann in leger geöffneter Jacke. Das runde, rote Gesicht, die vollen Lippen und die hohe Stirn über den aufmerksamen, zufriedenen Augen signalisieren jedermann, dass Dr. Maximilian Mayer selbstsicher, erfolgreich und der Eigentümer des Clubgeländes ist. Er schaut stolz auf Karin herab, die er um mindestens zwanzig Zentimeter überragt und wird nicht müde, allen Anwesenden jovial zuzulächeln. Seine leichten, flüssigen, ja fast grazilen Bewegungen stehen in auffälligem Kontrast zur Wucht seiner Erscheinung. Der Präsident des Clubs nimmt als Spieler an Turnieren nicht teil. Zum Abschluss aber erledigt er seine repräsentativen Pflichten regelmäßig mit Bravour. Der Fünfzigjährige ist Inhaber einer angesehenen Privatklinik in der Stadt und leitet sie als ausgebildeter

Internist selbst. Er führt die Mehrheitsfraktion im Stadtrat und genießt bei seinen Mitbürgern hohes Ansehen.

Dem Erstplatzierten hat er den Siegespokal überreicht und alle Teilnehmer zum Pfingstturnier des nächsten Jahres wieder eingeladen.

Zum Schluss hebt er die Turnierleiterin besonders hervor: »Und dir, liebe Karin, danken wir für deine souveräne Turnierleitung und nehmen dich zur Vorbereitung für das nächste Jahr schon heute wieder in die Pflicht. Nimm diese Flasche Champagner und bring sie deinem Mann als kleine Entschädigung dafür, dass er dich mit uns teilen muss. Grüße ihn herzlich von uns allen.«

Später, als sie nebeneinander an der Theke lehnen, legt Dr. Mayer seine fleischige Hand sorgsam auf Karins Schulter: »Helmut soll mal bei mir vorbeischauen. Ich muss mit ihm reden. Ich höre in letzter Zeit einige Gerüchte. Er soll besser auf sich aufpassen. Wir sind eine kleine Stadt.«

»Was meinst du damit, Max?«, fragt Karin.

»Ich will das zunächst mit ihm besprechen. Bitte verstehe das!«

»Ist es so wichtig?« Auf Karins glatter Stirn bilden sich steile Falten.

»Kann sein, muss aber nicht«, beruhigt sie Max, nimmt seine Hand wieder von ihrer Schulter und wendet sich anderen Gästen zu. Er will nicht den Eindruck entstehen lassen, er befasse sich verdächtig intensiv mit seiner attraktiven, rechten Hand im Club.

Kaum hat der stattliche Mann den Platz an Karins Seite geräumt, stellt sich der junge Trainer neben sie. »Ein tolles Turnier, Karin. Nächstes Jahr spielst du selber auch mit!«

»Dann müssen wir aber noch kräftig trainieren, Schorsch. Meine Abschläge sind noch sehr unterschiedlich, meinst du nicht? Ich blamiere mich ungern.«

»Da kann ich dir sicher helfen. Natürlich nur, wenn du mich lässt.« Die schwarzen Augen des jungen Trainers blitzen vor Übermut. Zu seinen Aufgaben, denen er sich gerne unterzieht, gehört ein lockerer Flirt mit den Golferinnen dazu. Ohne diese

Fähigkeit kann er kaum überleben. Vom Club erhält er ein kleines Grundgehalt, und seine Einkünfte bezieht er aus dem Verkauf von Trainingsstunden. Je mehr er unterrichtet, umso höher sein Einkommen.

Vor zwei Jahren hat sich Schorsch bei diesem Club vorgestellt und dank Karins Einfluss den Job sofort bekommen. Er achtet darauf, sich bei den Herren nicht unbeliebt zu machen und trotzdem den Frauen das Gefühl zu geben, umschwärmt zu sein. Spielend nutzt er die Eitelkeit der Männer. Er kann einen unbegabten Ackergaul wie ein talentiertes Springpferd loben, bis dieser selber glaubt, ein geborener Champion zu sein. Bei den Damen setzt er andere, ihm im Überfluss zur Verfügung stehende Talente ein.

Aus einer Architektenfamilie im Südschwarzwald stammend war er dafür vorgesehen, das Büro seiner Eltern zu übernehmen. Deshalb studierte er Architektur in München. Neben diesem Studium lernte er golfen, reiten, segeln und fliegen. Wahrscheinlich ist diese Beschreibung falsch. Neben seinen sportlichen Aktivitäten absolvierte er leidlich sein Studium.

Finanzielle Sorgen kennt er nicht. Erstens wird er als Einzelkind etablierter und gutverdienender Eltern großzügig alimentiert und zweitens hält er es mit Harald Juhnke: *Barfuß oder Lackschuh*. Beides kann er und beides genießt er. Wegen seiner adäquaten Herkunft und Ausbildung bewegt er sich im Kreis der Golfer unbefangen. Ihn quälen keine Komplexe und er braucht sie deshalb durch nichts kompensieren. Der Präsident des Clubs bezeichnet ihn gut beobachtend als in sich ruhenden *Homo ludens*. Ohne Gefährdung seines Egos erträgt er es, wenn gestresste Ehemänner und Familienväter sich auf seinem Golfplatz wichtigmachen, und er spielt mit ihren schönen, unausgelasteten Ehefrauen und jungen, neugierigen Töchtern so unaufdringlich, wie es die Frauen lieben und die Männer nicht merken.

Mit Karin ergab sich bald nach seiner Ankunft ein besonderes Arrangement. Sie beherrscht das Spiel mit anderen Menschen wie er. Sein Spielfeld sind die Frauen; ihres die Männer. Seine Kunst besteht darin, die Männer ahnungslos zu halten. Ihre, die Frauen nicht zu beunruhigen. Ihr kommt es darauf an, einflussreiche und wirtschaftlich interessante Männer kennenzulernen, er frönt seiner Jagdleidenschaft ohne finanzielles Interesse. Als gleichwertige Komplizen machen sie sich gegenseitig auf lohnende Ziele aufmerksam. Dabei tauschen sie vertraulich Informationen aus, die der jeweils andere bereits gewonnen hat. Bei dieser Art von Intimität kamen die beiden sich selbst auch näher. Sie sind jung, attraktiv und voller Lebenskraft. Das Liebesspiel zwischen ihnen ist kein Machtkampf, sondern die eher entspannte Betrachtung und Schärfung ihrer Waffen, die sie nie gegeneinander einsetzen.

»Bleibst du noch?«, fragt er sie.

»Nein, heute bin ich müde. Ich gehe nach Hause, sobald ich kann.«

»Also, bis bald. Gruß an Helmut«, verabschiedet er sich und rückt an der Theke weiter.

Tatsächlich schafft es Karin, noch vor Mitternacht loszukommen. Sie freut sich darauf, mit Helmut noch ein Glas zu trinken und ihm von ihrem heutigen Erfolg zu erzählen. Sie hat Visitenkarten von Frauen und Männern dabei, die als Bankkunden für ihn interessant sein können.

Als sie das Wohnzimmer betritt, ist alles ganz anders.

3

Kriminalhauptkommissar Horst Leicht flucht leise vor sich hin. Mitten in der Nacht nach Pfingstmontag soll er in eine dreißig Kilometer entfernte Stadt fahren, weil der dortigen Polizei irgendetwas nicht ganz geheuer vorkommt. Eine Ehefrau ist kurz nach Mitternacht von einem Golfturnier nach Hause gekommen und hat dort ihren Mann tot im Wohnzimmer gefunden. Der Tote hat eine sonderbare Verletzung an der Stirn. Die Frau verständigte den Notarzt und dieser die Polizei. Und jetzt liegt der Fall bei ihm. Nach dem störenden Anruf hat er sich unwillig aus dem Schlaf gekämpft und seine einhundert Kilogramm mühsam auf Betriebstemperatur gebracht. Auf dem kurzen Weg über den Münsterplatz zum Parkplatz im *Alten Bau,* wo sein betagter Citroën treu auf ihn wartet, bereut er kurz seine Entscheidung, die Polizeilaufbahn eingeschlagen zu haben. Archäologe hätte er werden sollen, dann bliebe ihm alle Zeit der Welt. Genau betrachtet brauchte er sich aber in seinem Job bei der Mordkommission auch nicht verrückt machen zu lassen. Zu retten gibt es meist nichts mehr. Lediglich die unmittelbar von einem Verbrechen Betroffenen geraten gelegentlich in Panik. Hier ist es wohl die Ehefrau.

Das Navi führt ihn zu der angegebenen Adresse. Am Haus brennt die Außenbeleuchtung. Die zweiflüglige Tür ist nur angelehnt, und Leicht tritt ein, ohne zu läuten. Im großen Wohnzimmer stehen drei uniformierte Polizisten, ein jüngerer Mann im weißen Arztmantel und eine auffallend attraktive blonde Frau in einem schwarzen Kostüm. Sie bilden einen Kreis um einen großen, schlanken Mann, der ausgestreckt auf dem weißen Marmorboden liegt.

Neben dem offensichtlich Toten sieht er eine Pistole, und der Boden ist durch Erbrochenes verschmutzt. *Verdammt, immer der gleiche Fehler,* denkt er. *Wenn jemals Spuren vorhanden waren, sind sie wohl zertrampelt.* Er stellt sich vor und hört sich von allen ihre Version der letzten Stunde an. Dann schickt er die Polizisten und den Notarzt, der dem Mann am Boden beim besten Willen nicht mehr helfen kann, aus dem Haus und bleibt mit der Witwe und dem Toten allein im Zimmer zurück.

Leicht zwingt sich, keine voreiligen Schlüsse zu ziehen. Vor einem Jahr etwa ist er an einen Tatort gerufen worden, an dem er eine Frau und einen Mann in einer äußerst delikaten Lage antraf. Damals kam es zu einem Prozess, der als Attelmann-Prozess in die Geschichte der Stadt einging. Der Kommissar erinnert sich ungern an die peinliche Rolle, die er in diesem Verfahren spielte. Nochmals will er so etwas nicht durchmachen. Der damalige Verteidiger des Angeklagten, ein alter Anwalt namens Dr. Braun, hat ihn nach allen Regeln der Kunst auseinandergenommen, weil er sich hinreißen ließ, zu früh die Ermittlungen auf den möglichen Täter zu konzentrieren. Trotz aller Bemühungen des Gerichtspräsidenten, den Prozess zu retten, musste der Angeklagte freigesprochen werden. Diesen Fehlschlag rechnet die Justiz der Stadt in erster Linie ihm zu.

Vorsicht Horst, sagt er sich deshalb. *Das sieht alles sehr eindeutig aus. Das ist gefährlich.* Er ruft die KTU an und bittet, einige Leute zur Spurensicherung herzuschicken, und anschließend informiert er die forensische Abteilung über den Tatort. Sich der Witwe zuwendend fragt er, ob sie nach ihrem Eintreffen irgendetwas verändert hat.

»Nein«, sagt sie. »Ich habe nichts angerührt.« Doch nach kurzem Nachdenken fügt sie unsicher hinzu: »Ich glaube, ich habe die Terrassentür zugeschoben. Sie stand halb offen. Es war ziemlich kalt im Raum.«

Leicht kniet sich neben den Toten und muss wegen des säuerlichen Gestanks des Erbrochenen gegen einen heftigen Würgereiz ankämpfen.

Nicht auch noch selber kotzen. Krampfhaft konzentriert er sich auf den Toten. Der Mann liegt langgestreckt mit dem Gesicht nach oben am Boden. Die seltsame Verletzung an der Stirn fällt ihm sofort auf. Das Oberhemd ist im Brustbereich zerrissen und die Hose im Schritt verschmutzt und nach oben verschoben.

Seltsam, denkt Leicht, *der müsste sich doch gekrümmt und die Hände an den Bauch gehalten haben, als er sich übergab. Und welcher Idiot lässt einfach die Mordwaffe liegen?* Der Kommissar sucht nach Schleifspuren, kann aber keine entdecken. *So liegt doch kein Mensch, wenn er vom Sessel fällt. Wenn sich der Mann noch hat bewegen und kriechen können, dann liegt er auf dem Bauch, aber nicht auf dem Rücken.*

»Darf ich Ihnen einige Fragen stellen?« Mühsam wuchtet sich der Kommissar in die Senkrechte und wendet sich zu der Frau im eleganten schwarzen Kostüm. Zum ersten Mal betrachtet er sie genauer. *Sie wird sich doch nicht schon umgezogen haben? Sieht aus wie das Model einer trauernden Witwe in einer Modezeitschrift.* Die Freizeitkleidung des Mannes am Boden und die festliche Garderobe seiner Ehefrau passen nicht zusammen.

Die Frau nickt. »Sie sagten, Sie seien gegen Mitternacht nach Hause gekommen. Wann haben Sie denn das Haus verlassen?«

»Das Turnier begann um zehn.« Karin Dachstein überlegt. »Also werde ich gegen halb neun gefahren sein. Ich brauchte etwas Vorlauf, um das Nötige zu organisieren.«

»Und wann sind Sie wieder zurückgekommen?«

»Sagte ich doch schon. Um Mitternacht.«

»Haben Sie während des gesamten Turniers dieses Kostüm getragen?«, fragt Leicht verwundert.

»Nein.« Auf dem Gesicht der Frau zeigt sich ein nachsichtiges Lächeln. »Ich habe mich für den Abend im Club umgezogen.«

Als der Kommissar sie weiter fragend ansieht, fügt sie erklärend hinzu: »Ich habe dort ein eigenes Zimmer zur Verfügung.«

»Können Sie in dem auch übernachten, Frau Dachstein?« Der Kommissar stellt seine Frage so monoton, als habe er kein wirkliches Interesse an der Antwort. Nur seine gekniffenen Augen zeigen, dass er hellwach ist.

»Ja, es ist dazu eingerichtet«, erklärt sie. »Aber ich benutze es als mein Arbeitszimmer.«

»Bleiben Sie nie über Nacht im Club?«

»Nur selten. Wenn es spät wird und wir etwas zu feiern haben. Ich brauche meinen Führerschein, verstehen Sie? Früher hat die Verkehrspolizei ein Auge zugedrückt, wenn wir im Golfclub ein Fest feierten. Die Zeiten sind leider vorbei.«

»Verstehe«, nickt Leicht zustimmend. »Und warum sind Sie heute Nacht nicht im Club geblieben? Sie hatten doch einen Grund zu feiern.«

Es läutet an der Tür. Karin lässt die Frage unbeantwortet und öffnet. Die Männer der Spurensicherung und in ihrer Begleitung die Gerichtsmedizinerin sind eingetroffen. Sie bringen eine Menge kalter Luft in den warmen, stickigen Raum. Die KTU-Leute stellen ihre Taschen ab und machen sich routiniert an die Arbeit.

»Zuerst ihr«, sagt die Medizinerin provokativ gut gelaunt. »Ich habe ihn anschließend noch länger, exklusiv.« Sie schaut sich interessiert um. Als die Männer mit ihrer Arbeit fertig sind, wendet sie sich schmallippig grinsend an den Hauptkommissar. »Eine schöne Überraschung haben Sie heute wieder, Leicht. Wurde Ihnen übel? Zuviel gegessen an den Festtagen, oder wohnt in Ihnen ein verstecktes Sensibelchen?«

Horst Leicht arbeitet mit Frau Dr. Werr schon seit Jahren zusammen. *Einmal kommt der Zeitpunkt, da bringe ich dieses Weib um,* denkt er. *Immer muss sie ihre süffisanten Sprüche loswerden.* Ihm ist so früh am Morgen nicht danach, ihre Einladung zum Flachsen anzunehmen.

»Brauchen Sie mich noch? Ich möchte mich gerne umziehen.«

Karin Dachstein nutzt die Unterhaltung der beiden, um sich zurückzuziehen.

»Schon gut«, antwortet der Hauptkommissar. »Wir sprechen später weiter.«

Schnell schließt sie die Tür hinter sich.

Ute Werr geht in die Hocke, zieht sich sorgfältig die Handschuhe über und betastet mit ihren Gummifingern den Toten. Nach einer ersten überschlägigen Untersuchung blickt sie zu Leicht hoch.

»Ich habe Konkurrenz bekommen«, sagt sie ernst. »Aber keine gute.«

»Was heißt denn das schon wieder, Frau Doktor? Geht es weniger kryptisch, dass ich es verstehen kann?«, fragt er humorlos.

Horst Leicht weiß, dass die Frau, die neben dem Toten am Boden kauert, eine ausgezeichnete Gerichtsmedizinerin ist. Sie überspielt die Belastung, ständig mit Elend und Grausamkeit konfrontiert zu sein, mit einer gewissen skurrilen Flapsigkeit. Dass es sich dabei um reinen Selbstschutz und nicht um Respektlosigkeit handelt, ist ihm völlig klar. Er schätzt sie hoch, ohne es ihr jemals gesagt zu haben.

»Hier hat noch jemand – und zwar vor mir – an dem Toten herumgeschnitzt. Schauen Sie sich das an! Einfach ein Messer gedreht.« Sie zeigt auf die Verletzung an der Stirn. »Und dann«, das Hemd des Toten hat sie säuberlich aufgeknöpft, »schauen Sie her, rührt der Kerl in der toten Brust herum. Völlig sinnlos! Der Mann war schon mindestens zwei Stunden tot. Hat keinen Tropfen Blut mehr gegeben. Wenn Sie diesen Künstler gefunden haben, stellen Sie ihn mir vor. Der hat Nerven. Chapeau! Erschießt den Mann, hält stundenlang Totenwache, rüstet dann auf ein Messer um und macht weiter. Und noch was«, die Medizinerin zupft sich die Latexhandschuhe langsam von den Fingern und kostet es aus, wie sie Leicht auf die Folter spannt, »das Menü auf dem Boden stammt vermutlich nicht von unserem Toten. Keine Reste im Mund. Wenn er sich die Zähne nach der umgekehrten Peristaltik nicht geputzt hat, wäre das seltsam. Jedenfalls ist das meine vorläufige Meinung. Jetzt sind Sie dran. Mehr kann ich Ihnen kaum sagen.«

»Was meinen Sie zu der Hose?«, fragt Leicht und zeigt auf den Schmutzfleck im Schritt.

»Das schaue ich mir auf meinem Tisch genauer an. Wenn ich was Zerquetschtes finde, rufe ich Sie. Die Hose brauche ich nicht. Zu mir kommen alle ohne. Die können Sie behalten. Passt Ihnen aber wohl nicht.«

Leicht ist ihr zu dieser Uhrzeit nicht gewachsen.

»Vergessen Sie das Menü nicht, könnte noch interessant sein.« Ute Werr vergewissert sich, dass sie verstanden worden ist.

Hinter ihnen öffnet sich die Tür, und Karin Dachstein fragt, ob sie noch etwas tun könne und wie es denn nun weitergehe. Sie hat einen schwarzen Hosenanzug mit schwarzer Bluse angezogen und wirkt sehr gefasst. Das glänzend blonde Haar liegt sorgfältig gebürstet streng an ihren Wangen. Nur die große dunkle Brille verrät, dass sie ihre Augen dahinter verbergen will.

Die Werr wirft einen überraschten Blick auf die Frau und kniet sich nochmals auf den sauberen, hellen Marmorboden. Sie winkt Leicht heran und zeigt auf ein einzelnes langes, schwarzes Haar.

»Scheint nicht von der Dame des Hauses zu sein«, flüstert sie. Leicht hebt das Haar auf, gibt es einem Beamten der Spurensicherung und dreht sich zu Karin Dachstein: »Ihren Mann müssen wir in die Gerichtsmedizin bringen. Hier sind wir vorerst fertig. Ich würde mich aber noch gerne mit Ihnen unterhalten, wenn Sie dazu in der Lage sind.« Sie nickt.

»Hatte Ihr Mann irgendwelche Feinde? Können Sie sich das vorstellen?«

Karin will die Frage spontan verneinen, zögert jedoch, als sie sich an das Gespräch mit Dr. Max Mayer an der Clubtheke erinnert. Beiläufig sagte er ihr, Helmut solle mehr auf sich aufpassen. Weiß er etwas, was ihr verborgen ist?

»Ich glaube nicht«, antwortet sie deshalb nur. Horst Leicht fällt auf, dass sie überlegt. Ihm entgeht nicht, dass ihr rechter Mundwinkel, an dem sie ein kleines Muttermal hat, unsicher nach unten rutscht. Er schaut ihr geradewegs ins Gesicht und fasst nach: »Aber sicher sind Sie nicht?«

»Nein, wie könnte ich. Helmut ist ein mächtiger Mann ... *gewesen*«, ergänzt sie, als ihr bewusst wird, dass es ihn nicht mehr gibt. »In einer solchen Position hat man nicht nur Freunde. Aber jemanden Bestimmten kann ich Ihnen nicht nennen.«

»Und privat?«, hakt der Kommissar nach.

»Privat ist alles in Ordnung ... *gewesen*. Hier gibt es keine Feinde«, antwortet Karin bestimmt.

»Ich höre mich jetzt erst einmal um, Frau Dachstein. Wir müssen unser Gespräch sicher später fortsetzen.«

Leicht nickt kurz einen Abschiedsgruß und verlässt das Anwesen.

Sie schaut ihm nach, als vergewissere sie sich, dass er auch wirklich geht, öffnet die Verandatür weit, stellt sich davor, reckt die Arme in die Höhe und atmet einige Male tief durch. Dann sieht sie sich im Raum um. Die Leute der Polizei haben ihren Mann mitgenommen und keine Unordnung hinterlassen. Sie überlegt kurz, ruft dann ihr Polstermöbelgeschäft an und bittet darum, schnellstmöglich bei ihr einen Ohrensessel abzuholen. Mit ihrer Putzfrau vereinbart sie einen vorzeitigen Termin: »Kommen Sie sofort, Ivanka, hier muss gründlich aufgeräumt werden.«

4

Der Gasthof am Marktplatz ist schon gut gefüllt, als Horst Leicht am späten Vormittag die Gaststube betritt, um sein ausgefallenes Frühstück nachzuholen. Er findet einen leeren Tisch, greift nach einer Tageszeitung, die zwischen zwei Holzleisten eingeklemmt an einem der Haken bei der Garderobe hängt und setzt sich so, dass er durch das Fenster auf den Marktplatz hinausschauen kann. Zu kühl sei das Wetter an Pfingsten gewesen, liest er. Als ob er das nicht selber wüsste. Nach welchen Kriterien die Nachrichten ausgesucht werden, würde mich schon mal interessieren, grantelt er in sich hinein. Die freundliche Bedienung bringt ihm ein großes Frühstück. Er legt die Zeitung zur Seite und wischt sich mit einer Hand über die Augen. Was soll er von dieser Sache heute Nacht halten? In einer Provinzstadt wird der Chef einer Bank umgebracht. Seine gut aussehende, junge Frau kommt spätnachts heim und findet ihn. Dem Mann ist in die Stirn geschossen, und er wird Stunden später noch mit einem Messer malträtiert. Außerdem finden sich im Bereich der Genitalien Schuhspuren an der Hose des Opfers.

Der Mörder muss den Mann gehasst haben, folgert Leicht. *Es genügte ihm nicht, ihn nur umzubringen.* Hat er nach dem Todesschuss auf die Rückkehr der Ehefrau gewartet und ist ausgerastet, als diese nicht kam? Befindet sich Karin Dachstein möglicherweise noch in Gefahr? War der Tote nicht das einzige Ziel oder vielleicht das falsche? Die Gedanken durchfließen sein Gehirn wie einen Filter. Einiges wird hängen bleiben. Er darf sich keinen Fehler mehr leisten. Nicht so kurz nach dieser Attelmanngeschichte.

Am Nebentisch unterhalten sich einige ältere Männer so laut, dass Leicht dem Gespräch folgen kann, ohne sich anstrengen zu müssen. Die Sicht auf den Tisch ist ihm durch die an der Garderobe hängenden Mäntel verdeckt. Thema ist die Ermordung von Helmut Dachstein. Offenbar hat sich die Sensation bereits in der Stadt verbreitet. *Klar,* denkt Leicht. *Die Ortspolizei und der Notarzt. Ich bin gespannt, was morgen in der Zeitung steht.*

»Mich wundert das nicht«, hört er eine tiefe Stimme vom Nebentisch. »Da gibt es viele, die dem die Pest an den Hals gewünscht haben. So wie der sich aufgeführt hat.«

»Wisst ihr noch, wie er seinen Vorgänger abgesägt hat?«, führt ein anderer Mann das Gespräch fort. »Der Schwarzkopf hat Glück gehabt, dass er nicht ins Gefängnis gekommen ist. Der ist mit seiner Frau nicht umsonst an den Bodensee gezogen. Hier hat er sich nicht mehr sehen lassen können.«

»Und dem Jakob hat er den Hahn zugedreht, dass er sein Geschäft hat zumachen müssen. Jetzt lebt der von Hartz IV«, wirft eine hohe Fistelstimme ein.

Alle am Tisch können offensichtlich eine Geschichte über den Toten beisteuern. *Nichts los mit de mortuis nil nisi bene (über Tote spricht man Nichts oder nur Gutes) in dieser Stadt,* denkt Leicht.

»Vielleicht hat das aber mit seinem Geschäft gar nichts zu tun«, spinnt ein anderer den Faden weiter. »Seine Frau ist kein Kind von Traurigkeit.«

»Er auch nicht«, fügt der Bass hinzu. »Das mit der Murr hat doch jeder gewusst.«

»Die wird nicht die Einzige gewesen sein«, mutmaßt die Fistelstimme, und alle murmeln zustimmend.

»Die Karin hat es manchmal aber auch arg übertrieben. Was man da aus dem Golfclub und dem Reitverein hört. Wenn nur die Hälfte stimmt, dann hat der schwer getragen an seinem Geweih«, lässt sich eine neue Stimme in lokalem Dialekt vernehmen. Gelächter schallt vom Nebentisch zum Kommissar herüber. Der versucht gerade unkonzentriert, das weiche Frühstücksei so aufzuschlagen, dass möglichst wenig Dotter danebenfließt. Die Unterhaltung am Nachbartisch nimmt seine ganze Aufmerksamkeit in Anspruch.

»Da werden die Kriminaler schwer im Dunkeln tappen, bis sie den finden«, meint der Mann am Kopfende des Tisches.

»Oder sie finden gleich mehrere. Aber ob da der Richtige dabei ist? Auf jeden Fall wird es spannend«, kichert die unangenehme Fistelstimme.

Leicht überlegt kurz, ob er sich an den Tisch setzen und sich zu erkennen geben soll.

Unfug! Alles nur Gerüchte. Dem Gespräch hört er aber weiterhin aufmerksam zu.

Als er sein Frühstück beendet hat, holt er das Handy aus der Tasche und ruft seinen Oberkommissar an. »Otto, komm sofort. Ja, lass alles andere stehen und liegen.«

Eigentlich hasst er die Leute, die in einem Lokal ihre Finger nicht vom Fon lassen können. Nach vierzig Minuten trifft sein Kollege Otto Müller ein. Hauptkommissar Leicht unterrichtet ihn kurz und prägnant über den Verlauf seines bisherigen Tages.

»Das riecht nach Arbeit«, kommentiert Otto den Bericht. »Fangen wir an? Erst sein Arbeitsplatz, dann seine Frau, dann seine Freizeit?«

»Wir haben nichts Besseres. Also los!«, bestätigt der Hauptkommissar.

In der Bank ist seit Stunden jedem Mitarbeiter, vom jüngsten Azubi bis zum langjährigen Leiter der Devisenabteilung, bekannt, dass der Chef tot und einem Mordanschlag zum Opfer gefallen ist. Bei ihrer Ankunft werden die beiden Kommissare bereits im Büro des Stellvertreters von Direktor Dachstein erwartet.

»Eine schlimme Geschichte!«, eröffnet Konrad Kunath das Gespräch. »Haben Sie schon irgendeinen Anhaltspunkt?«

»Wir hoffen auf Ihre Hilfe«, antwortet Leicht.

»Mit der Bank hat das alles ganz sicher nichts zu tun«, versichert Dachsteins Stellvertreter. »Direktor Dachstein war ein sehr erfolgreicher und korrekter Chef. Wir werden ihn alle sehr vermissen.«

»Gab es denn irgendwelche Unstimmigkeiten in letzter Zeit?«, fragt Leicht.

Die beiden Ermittler betrachten den Befragten aufmerksam. Nach längerem Nachdenken erwidert er, dass er sich beim besten Willen an nichts erinnere, was irgendwie relevant sein könne.

»Wie lange sind Sie denn schon hier?«, will Leicht wissen.

»Gut zehn Jahre«, antwortet der Mann.

»War Dachstein schon der Chef im Hause, als Sie kamen?«

»Nein, damals führte Direktor Schwarzkopf die Bank.«

»Ist er in Pension?«

Der stellvertretende Direktor zögert kurz. Sein Blick wandert unsicher durch das Büro und bleibt an einem hohen mexikanischen Kaktus in der Ecke neben dem Fenster hängen.

»So kann man sagen, ja«, redet der Mann seltsam abwesend vor sich hin.

»Also, was ist, Herr Kunath? Ist Schwarzkopf in Pension oder nicht?« Horst Klein zeigt sich ungeduldig und Otto Müller beugt gespannt seinen Oberkörper vor, um die Fragen seines Kollegen zu unterstreichen.

»Das ist zwei Jahre her und Karl Schwarzkopf war damals 57 Jahre alt«, antwortet Kunath kurz.

Die beiden Beamten warten, aber es folgt keine weitere Erklärung.

»Ist es üblich, in diesem Alter aufzuhören? War der Mann krank?«

»Nein, nein. Er ist vorzeitig gegangen.«

Wieder warten die beiden vergeblich auf eine weitere Erläuterung.

»Aus welchem Grund ist Direktor Schwarzkopf vorzeitig gegangen? Lassen Sie sich doch nicht alles aus der Nase ziehen, Herr Kunath. Der Chef einer solchen Bank wirft doch mit 57 Jahren nicht einfach hin und geht in Pension. Da muss doch etwas gewesen sein!«

Kunath fasst den Einwurf von Leicht zutreffend nicht als Frage auf. Sein Blick wandert vom Kaktus wieder zurück zu den beiden Kommissaren. Als die Stille belastend wird, ermuntert Otto Müller den Banker zu einer Antwort.

»Was ist? Was ist passiert mit Direktor Schwarzkopf?«

Der Angesprochene überlegt lange. Dann antwortet er vorsichtig: »Dazu kann ich Ihnen nichts sagen. Es handelt sich um bankinterne Vorgänge. Es könnten auch Kunden betroffen sein.«

Die beiden Kommissare sehen sich irritiert an.

»Hallo, Herr Kunath. Es geht hier um Mord, nicht um eine Steuerhinterziehung! War Direktor Schwarzkopf in irgendwelche krummen Vorgänge verwickelt, die zu seinem Ausscheiden führten? Und welche Rolle spielte Dachstein dabei? Machen Sie schon den Mund auf! Oder müssen wir mit einem Durchsuchungsbefehl kommen? Das könnte peinlich werden!«

»Ich fürchte, Sie kommen zu spät«, lächeln Kunaths Lippen. Seine Augen erreicht das Lächeln nicht. »Ich kann Ihnen zu diesen Vorgängen nicht mehr sagen. Wenn Sie dazu etwas wissen wollen, müssen Sie wohl mit Herrn Schwarzkopf selber sprechen.«

Der ehemalige Direktor bezieht noch monatlich Bezüge von der Bank und hat in Nonnenhorn am Bodensee sein Domizil aufgeschlagen. Dies sind die einzigen Informationen, mit denen Kunath die zwei Kommissare verabschiedet.

Beim Verlassen der Bank erklärt Leicht seinem Kollegen frustriert:

»Seit die Staatsanwaltschaften die großen Banken in Frankfurt fast regelmäßig durchsuchen, kannst du mit einer Hausdurchsuchung nicht einmal mehr in der Provinz Eindruck machen. Auf nach Nonnenhorn, bevor morgen alles in der Zeitung steht!«

5

In der Klinik von Dr. Maximilian Mayer herrscht die übliche Montagshektik. Nur etwas intensiver, weil nach dem Pfingstfest ein dreitägiges Wochenende aufzuarbeiten ist. Dr. Mayer führt seine Visiten mit gewohnt souveräner Ruhe durch und bittet dann die Leiterin der psychosomatischen Abteilung, Dr. Babette Sauer, zu sich in sein Büro.

»Babette, Sie haben mir doch neulich von einem Ihrer Schmerzpatienten erzählt. Von dem mit dem Zeckenbiss, der Borreliose. Ist der noch bei Ihnen?«

»Ich therapiere ihn, ja. Ist etwas mit ihm?« Frau Dr. Sauer sieht verwundert an dem massigen Mann hoch. Es ist nicht seine Art, sich nach ihren Patienten zu erkundigen.

»Haben Sie mir nicht gesagt, dass die Ursachen seiner Schmerzen nicht in erster Linie bei seiner Krankheit zu suchen sind? Er hat Traumata erlitten, die mit seinem Berufsleben zusammenhängen?«

»Das ist richtig, Herr Dr. Mayer. Dass Sie sich daran erinnern!«

»Ich möchte gerne Näheres wissen. Der Fall interessiert mich.«

»Der Mann hat sich von ziemlich weit unten heraufgearbeitet, hat eine Fabrik aufgebaut und alles wieder verloren. Jetzt ist er mittellos, lebt dafür aber noch ganz passabel.«

»Macht er irgendjemanden für sein Unglück verantwortlich?«, fragt der Chefarzt nach.

»Ja. Ich glaube, ich habe es neulich schon erwähnt. Er gibt die Schuld unserer Bank, insbesondere ganz persönlich Direktor Dachstein.«

»Fertigen Sie Protokolle von Ihren Sitzungen?«

Wieder wirft die Ärztin einen irritierten Blick zu ihrem Arbeitgeber.

»Gedächtnisprotokolle ja, keine Wortprotokolle!«

»Haben Sie etwas dagegen, wenn ich mir diese einmal ansehe? Wie heißt der Patient doch gleich?«

»Baumann, Wolfgang Baumann, Herr Dr. Mayer.«

»Lassen Sie mir diese Unterlagen in mein Büro bringen, Babette. Ich möchte mich mit Ihnen gern über den Fall unterhalten, wenn ich die Akte studiert habe.«

Was ist denn in den gefahren, denkt Frau Dr. Sauer. *Ich habe noch gar nicht gemerkt, dass er sich für meine Arbeit interessiert. Er hat wohl über Pfingsten einen Artikel über ganzheitliche Medizin gelesen.*

Nachdem Dr. Mayer in sein Büro zurückgekehrt ist, steuert er zielstrebig auf seinen Schreibtisch zu und drückt eine gespeicherte Nummer in die Telefonanlage.

Es läutet mehrmals, bis er Karins Stimme hört.

»Grüß dich, Max.« Karin Dachstein hat auf ihrem Display die vertraute Nummer erkannt und weiß, mit wem sie verbunden ist.

»Geht es dir einigermaßen? Kann ich etwas für dich tun? Du lässt es mich wissen!«

»Aber ja, Max. Danke, dass du anrufst. Ich bin ziemlich fertig.«

»Kann ich mir denken. Darf ich dich zum Essen einladen? Du musst raus aus deinen vier Wänden!«

»Nett von dir. Aber nicht in der Stadt. Die Leute zerreißen sich die Mäuler.«

»Dann fahren wir halt ein paar Meter. Dann können wir uns in Ruhe unterhalten«, bestimmt er.

Als sie am Abend in einer gemütlichen Gaststube am Kachelofen sitzen und gemeinsam einen gebratenen Donauwaller zerlegen, erzählt Karin, welche Szene sie vorgefunden hat, als sie nachts vom Golfclub heimkam. Maximilian Mayer hört aufmerksam zu, ohne sie zu unterbrechen. Nachdem Karin ihren Bericht beendet hat, äußert er nur ein »*Seltsam, höchst seltsam*« und wendet sich wieder seinem Teller zu.

»Was wolltest du denn mit Helmut besprechen, Max?«, fragt Karin.

»Wieso? Wollte ich?«, fragt der zurück.

»Du hast mir doch gestern gesagt, du wolltest mit ihm etwas bereden und er solle mehr auf sich aufpassen. Weißt du etwas, was ich auch wissen muss?«

Maximilian Mayer legt sein Besteck langsam zur Seite, faltet die weiße Leinenserviette auseinander und betupft sich sorgfältig den Mund. Dann knüllt er das Tuch umständlich zusammen und legt es neben den Teller. Seine Augen sind müde, und der schwere Kopf neigt sich zu Karin.

»Ich weiß nicht, ob das jetzt noch wichtig ist. Wir sollten Gras über die Sache wachsen lassen.«

»Max, jetzt rede schon! Ich möchte das wissen!«

Der so selbstsichere Mann versucht, eine ausweichende Antwort zu formulieren. Aber Karin unterbricht ihn sofort.

»Was soll denn der Eiertanz, Max? Raus mit der Sprache! Wie lange kennen wir uns jetzt? Also, was ist los?«

Beide, Max und Karin, entstammen eingesessenen Familien. Trotz des Altersunterschieds von fünfzehn Jahren sind sie sich in dieser Stadt immer wieder über den Weg gelaufen.

In den Jahren ihrer engen Zusammenarbeit im Golfclub hat sich die Bekanntschaft zwischen ihnen zu einer Freundschaft entwickelt. Karin erledigt die tägliche Arbeit und Max lässt sie gewähren und beschränkt sich aufs Repräsentieren. Sie interessiert sich für die Tätigkeit von Max im Magistrat und diskutiert mit ihm die Angelegenheiten der Stadt und die kleinen kommunalen Streitigkeiten und persönlichen Rivalitäten. Ihr Ohr hat sie nahe bei den Leuten, und so erfährt Max in diesen Gesprächen mehr über die Stimmungen und Meinungen, als er aus der Lokalzeitung entnehmen kann. Sie ihrerseits ist aus erster Hand immer bestens über die städtischen Planungen und Entwicklungen informiert, was für ihren Mann vorteilhaft war.

»Ich wollte mit Helmut wegen dieser Katy-Murr-Geschichte reden«, sagt er schließlich vorsichtig. Er weiß nicht genau, wie viel Karin davon bekannt ist. »Die Leute haben nicht aufgehört, darüber zu tratschen und Katys Mann, der Buchhändler, scheint völlig abgestürzt zu sein. Ich meinte, dass Helmut diese Sache schaden könnte und wollte ihn davor warnen.«

Karin seufzt erleichtert auf.

»Aber Max, das sind doch olle Kamellen. Diese Katy hat sich in Helmut verguckt und einen gut verdienenden Onkel für ihren Sohn gesucht. Der Murr wäre mit seinem Laden doch nie auf einen grünen Zweig gekommen. Ich denke, diese Sache ist durch. Männer in Helmuts Alter verlieren schon manchmal den Kopf. Ich weiß auch nicht, was sie sich damit beweisen wollen.«

Die grünen Kacheln am Ofen wärmen ihre Rücken, und ein feiner Geruch weht von der Küche in die mit Holz getäfelte Gaststube herüber.

»Du bist eine kluge Frau, Karin. Nicht alle beurteilen das Verhalten von Helmut wie du.« Mit seiner angenehmen, tiefen und leisen Stimme kann der Arzt unangenehme Dinge aussprechen und dennoch seinen Zuhörer beruhigen. »Manche meinen, Helmut habe seine Macht ausgenutzt und anderen Menschen geschadet.«

»Meinst du, deshalb musste er sterben?«, fragt sie nachdenklich zurück.

»Ich weiß es nicht, Karin. Aber ich mache mir natürlich Gedanken. Die Polizei wird in nächster Zeit gewaltige Unruhe in die Stadt bringen, bis sich alles geklärt hat. Viel wird vermutet werden, und ich befürchte, es wird auch viel gelogen. Unter der schönen Oberfläche gibt es Neid, Dummheit und manche offene Rechnung. Die Stadt wird sich verändern, und das betrifft uns alle.«

Max hat seine schwere, gepflegte Hand schützend auf Karins Handrücken gelegt.

»Wir dürfen uns nicht verrückt machen lassen und müssen zusammenhalten. Und jetzt trinken wir ein Glas Wein! Das Leben geht weiter! Wie geht es eigentlich deinem alten Herrn?«

»Papa ist zum 15. Juni in Vinca. Wie jedes Jahr.«

»Ach ja«, stutzt Dr. Mayer, »hätte ich fast vergessen. Treffen sich die *Danuvier* wieder einmal. Hat er noch Kontakt zu seinem alten Budapester Kollegen?«

»Die sind gute Freunde geworden. Seit Dr. Szabo ebenfalls pensioniert ist, stecken die emeritierten Oberstudiendirektoren ihre Köpfe noch enger zusammen.«

»Dann ist deine Mutter ja etwas entlastet. Untätige alte Männer können eine Plage sein.«

»Kann dir mal nicht passieren, Max. Da bin ich mir ganz sicher.«

Die angenehme Atmosphäre der Landgaststätte hilft Max, Karin über diesen schrecklichen Tag hinwegzubringen.

6

Weißer Abenddunst liegt bereits über dem Bodensee, als Horst Leicht und Otto Müller Nonnenhorn erreichen. Der kurzweilige Weg durch das Allgäu führte sie in eine Gartenlandschaft mit herrlich blühenden Obstbäumen. Neben einem gepflegten, kleinen Weinhang finden sie ein schmuckes, weiß leuchtendes Haus.

»*Schwarzkopf*« lesen sie über dem Briefkasten an der Gartentür. Hauptkommissar Leicht drückt den Messingknopf und hört ein leichtes Krächzen aus der Sprechanlage. Es meldet sich eine müde weibliche Stimme.

Ob Herr Schwarzkopf zu sprechen ist, will er wissen, ohne sich zu erkennen zu geben.

»Karl Schwarzkopf. Wer will mich sprechen?«, hört er eine kräftige Männerstimme nach wenigen Sekunden aus der Sprechanlage.

»Kripo Ulm«, antwortet Leicht.

»Ach, Sie sind schon da.«

An der Haustür erscheint ein untersetzter, lächelnder Herr. Zart gerötete Wangen im runden Gesicht unterstreichen den freundlichen Eindruck. Er trägt eine einfarbige graue Hose mit scharfen Bügelfalten und eine grüne, karierte Wollweste. Die weißen, ordentlich gescheitelten Haare und die schwarzen Lederpantoffeln runden das Bild des arrivierten Hausvaters ab.

Karl Schwarzkopf kommt ihnen bis zur Gartentür entgegen. Aus runden, randlosen Brillengläsern blicken hellblaue, intelligente Augen ohne jedes Misstrauen auf die beiden Kripobeamten.

Er öffnet die Gartentür, begrüßt beide mit Handschlag und weist ihnen mit einer kleinen Geste den Weg zum Haus.

Die Kommissare treten in den Flur und machen Anstalten, ihre Straßenschuhe auszuziehen. Nicht nötig, bedeutet der Hausherr und geht ins Wohnzimmer voraus. Vor einer breiten, mit schweren Gardinen verhangenen Fensterfront laden ein dreisitziges Sofa und zwei wuchtige Sessel zum Versinken ein. Der leichte Duft eines teuren Tabaks schwebt im Raum. Schwarzkopf bittet seine Gäste, in den Sesseln Platz zu nehmen. Er selbst setzt sich in seine Sofaecke.

»Schön haben Sie es hier«, beginnt Leicht das Gespräch.

»Ja, wir hatten Glück, dieses Häuschen zu finden«, antwortet der Hausherr. »Was darf ich Ihnen anbieten? Bier, Wein?«

»Nein, danke. Nur Wasser.«

Der rundliche Mann erhebt sich mühelos und verlässt das Zimmer. Mit einer Flasche Mineralwasser unterm Arm kehrt er zurück. Er holt zwei Gläser aus dem Wandschrank und stellt alles auf den Tisch. »Die Herren bedienen sich selbst!«, sagt er, setzt sich wieder und schaut seine beiden Gäste erwartungsvoll an. »Was verschafft mir die Ehre?«

»Sie haben uns erwartet, Herr Schwarzkopf«, stellt Leicht fragend fest.

»Habe ich das? Ich habe geahnt, dass Sie kommen!« Um Schwarzkopfs Lippen spielt ein feines, spöttisches Lächeln.

»Warum?«, fragt Leicht.

»Weil ich nicht dumm bin«, antwortet der ehemalige Bankdirektor.

Otto Leicht erkennt, dass er das Pferd falsch aufgezäumt hat und beginnt von vorn. »Helmut Dachstein ist ermordet worden.«

»Ich weiß«, entgegnet der Hausherr.

»Dürfen wir erfahren woher?« Horst Leicht hebt erstaunt seine Brauen.

»Meine Herren«, erklärt Karl Schwarzkopf geduldig, »ich war zwanzig Jahre lang Bankdirektor in dieser Stadt. Meinen Sie, da läuft eine Maus über den Marktplatz, ohne dass ich es weiß? Seit zwei Jahren bin ich hier am See. Das ist doch nicht aus der Welt.«

»Wer hat Sie informiert?« Während diese Frage noch unbeantwortet ist, will sie der Kommissar schon wieder einfangen. Zu spät. Schwarzkopf schmunzelt: »Die Meldung kam bereits in den Vierzehnuhrnachrichten auf SWR 1.«

»Und warum haben Sie geahnt, dass wir zu Ihnen kommen werden?«

Das Schmunzeln hat sich in Schwarzkopfs Mundwinkeln festgesetzt. »Das haben Sie mich vorhin schon gefragt!«

Hauptkommissar Leicht ist das fruchtlose Spiel leid. So kommt er nicht weiter.

»Herr Schwarzkopf, wir wissen: Helmut Dachstein ist dafür verantwortlich, dass Sie vorzeitig in den Ruhestand gegangen sind.« *Mein Gott, klingt das banal,* denkt Leicht, als er seinen eigenen Worten hinterher lauscht. »Er hat Sie hinausgemobbt!«, legt er deshalb nach.

Karl Schwarzkopf schaut erstaunt auf, lehnt sich in seine Sofaecke zurück, blickt ruhig und konzentriert auf Leicht und schlägt die Beine entspannt übereinander.

Meinen Sie ernsthaft, dass irgendjemand mich aus meiner Bank mobben konnte, sagt seine Körpersprache.

»Das sehen Sie falsch, meine Herren«, formuliert der ehemalige Bankdirektor. »Mir ist ein Fehler unterlaufen und Herr Dachstein hat ihn aufgedeckt. Das war seine Pflicht als Justiziar, der er damals war.« Die ruhige Stimme Schwarzkopfs lässt keine Emotionen erkennen. Der Hauptkommissar versucht, die Deckung aufzubrechen:

»Jetzt tun Sie doch nicht so, als hätte Sie dies alles damals nicht getroffen! Sie mussten Ihren Platz räumen und nicht ganz freiwillig die Stadt verlassen! Mit siebenundfünfzig Jahren! Andere bezeichnen so etwas als Katastrophe!«

Der Hausherr geht lächelnd über die Ruppigkeit hinweg. Er schreibt sie auf das Konto der Hilflosigkeit. »Ihr Informant war nicht sehr präzise. Sicherlich, schön war das damals nicht. Heute bin ich darüber froh. Sogar dankbar. Das verstehen Sie aber nicht. Dafür sind Sie zwanzig Jahre zu jung. Mich können Sie als Täter getrost ausschließen. Ich saß zur Tatzeit gestern Mittag in der *Seerose*, habe ein vorzügliches Felchen gegessen und eine Flasche guten Nonnenhorner Wein getrunken.«

»Das mit der Tatzeit kam aber nicht in den Nachrichten, Herr Schwarzkopf?«

»In den meinen schon, Herr Kommissar. Übrigens, das Lokal kann ich Ihnen empfehlen.«

Horst Leicht versinkt ratlos in dem braunen Leder. Er schließt seine Augen und versucht, das bisherige Gespräch zu memorieren. Gedämmt wie durch eine Wand hört er Otto fragen, von woher Schwarzkopf zu der Bank in die Stadt gekommen ist, und ob er sich dort in all den Jahren wohlgefühlt hat.

Bisher haben wir aus dem Gespräch gar nichts erfahren, denkt Leicht. *Als potenzieller Täter ist dieser Mann jedenfalls auszuschließen.*

Sollte er die Fahrt an den Bodensee nicht ohne jedes Ergebnis beenden wollen, musste er den früheren Bankdirektor dazu bringen, zu erzählen. Über die Zeit als Chef der Bank, über seine Mitbürger, über seine Stadt, wo ohne sein Wissen nicht einmal eine Maus den Marktplatz überqueren kann, über sich und über Helmut Dachstein.

»Leisten Sie uns in der *Seerose* Gesellschaft?«, fragt Leicht deshalb.

»Wenn Sie es wünschen gern. Ich habe unendlich Zeit. War nicht immer so in meinem Leben.«

»Und Ihre Frau? Kommt sie mit?«

»Wohl nicht. Sie hat sich noch nicht so richtig arrangiert.«

Leicht verbietet es sich, weiter zu fragen. *Klar, die Frau war auf das Leben an der Seite eines Bankdirektors und nicht eines Frührentners eingestellt. Jetzt pflegt sie die Blumen auf dem Balkon. Gut, dass ich nicht verheiratet bin. Muss ein Riesenstress für einen Mann sein. Jeden Tag die großen, erwartungsvollen Augen!*

Die Ehen der meisten seiner Freunde waren schon wieder geschieden. Und alle hatten mit der ganz großen Liebe begonnen. Er selbst hat sich in einer kleinen Mansarde unter der Dachschräge am *Judenhof* neben dem Münster eingerichtet. Ein einziges großes Zimmer, Bad und Küche. Mehr braucht er nicht. Mit den Jahren ist er etwas korpulent geworden. *Es ist das Bier vor dem Einschlafen*, sagt er sich. *Fresser bin ich keiner.*

Wenn er abends manchmal durch die Kneipen streift, schließlich lebt er in der Stadt mit der höchsten Dichte an Gaststätten in Deutschland, und mit einer Frau in ein intimeres Gespräch kommt, dann gehen sie zu ihr oder in ein Hotel. In seine Wohnung nimmt er keine mit. Auch nicht Freunde, von denen er aber ohnehin keine hat.

Karl Schwarzkopf genießt die Unterbrechung seines Rentnerdaseins durch den Besuch aus seiner ehemaligen Heimat. Er begleitet die beiden Kommissare in sein favorisiertes Lokal, wo er von der Bedienung wie ein alter Bekannter herzlich begrüßt wird. Sie finden einen freien Ecktisch mit Panoramablick auf den See. Nachdem sie alle Platz genommen haben, wendet sich Schwarzkopf an die beiden Kommissare.

»Sie wollen also den Tod von Helmut Dachstein aufklären? Seinen Mörder finden? Da haben Sie sich etwas vorgenommen! Respekt!«

»*Jede lange Reise beginnt mit dem ersten Schritt*«, zitiert Leicht einen alten Chinesen.

»Also schön, wie kann ich Ihnen helfen?«

»Wollen Sie überhaupt?«, fragt der Hauptkommissar zweifelnd.

Der frühere Bankdirektor legt seinen Kopf zurück und schaut nachdenklich an die Decke der gemütlichen Gaststube.

»Wenn Sie meinen, ob ich will, dass dieser Mann bestraft wird, so bin ich mir nicht sicher. Wenn Sie meinen, ob ich wissen will, wer es ist? Das interessiert mich schon.«

»Woher wissen Sie, dass es ein Mann ist?«, fragt Otto Müller.

Vor dem Fenster versinkt der See langsam im Dunkeln, und die

Lichter der Boote auf dem Wasser zaubern einen ebenen Sternenhimmel auf seine schwarze Oberfläche.

»Ach Gott, dieser penetrante Zwang zur Korrektheit«, seufzt Schwarzkopf. »Ich sage immer noch Mann, wenn ich Mensch meine.«

»Lassen Sie uns doch gemeinsam neugierig sein.« Horst Leicht hebt sein Weinglas und streckt es Schwarzkopf einladend entgegen. »Ich war heute Mittag in einer Wirtschaft am Marktplatz und habe der Unterhaltung an einem Stammtisch zugehört. Die Leute halten alles für möglich. Besonders beliebt war Direktor Dachstein in der Stadt wohl nicht.«

»Jetzt ist er tot!«, erwidert Schwarzkopf. »Sie hätten die gleichen Leute hören sollen, solange er lebte. Da hätten Sie sich gewundert.«

»Sie halten nicht viel von den Leuten dort?«

»Die Leute sind überall gleich. Da sind die Schwaben nicht schlechter als die Bayern und die Franzosen nicht anders als wir. Meine Mutter hat immer gesagt, *eine Saubaggasch*! Und recht hatte sie!«

»Sie waren zwanzig Jahre in der Stadt. An ganz einflussreicher Stelle. Was ist geschehen, dass Sie gegangen sind?«, erkundigt sich Leicht interessiert.

Die freundliche Bedienung tritt an ihren Tisch und fragt, ob sie noch einen Wunsch erfüllen könne. Horst Leicht grinst auf diese Frage hin etwas spitzbübisch. Wünsche habe er jede Menge, aber er werde sich wohl auf den Vorspeiseteller beschränken müssen. Er bestellt für sich und Otto eine gemeinsame Portion.

»Das werden Sie alles nicht verstehen«, beginnt der freundliche Herr mit den schlohweißen Haaren und den rötlichen Wangen zu erzählen. »Die Zeiten haben sich in den letzten zwanzig Jahren sehr geändert. Als ich die Bank führte, legte ich Wert darauf, die Kunden zu kennen. Ich wusste, wem ich einen Kredit vergab. Wir hatten noch keine Computerprogramme, die uns die Entscheidungen abnahmen oder die wir überlisten mussten. Wir haben uns in die Augen geschaut. Wir haben das Konzept durchgesprochen, und dann haben wir gesagt, das klappt. Oder wir haben gesagt, das klappt nicht.

In der Regel ging das immer gut. Einmal habe ich mich verrechnet. Ein guter Kunde unserer Bank, der Inhaber eines Ingenieurbüros, hat sich vergrößert, eigene Patente angemeldet und auch zu produzieren begonnen. Ich habe ihm einen Kredit dafür gegeben. Die Sache lief ausgezeichnet und er hat sein Unternehmen in eine kleine Aktiengesellschaft umgewandelt. Die Aktien haben sich gut verkauft. Er und auch die Bank haben eine ordentliche Rendite erzielen können. Dann kam ein Konjunkturknick in der Bauwirtschaft. Das kommt periodisch immer wieder vor. Man muss nur überleben. Nach zwei Jahren ist wieder alles vorbei. Die Aktionäre meines Kunden sind nervös geworden und haben ihre Aktien auf den Markt geworfen. Natürlich hat niemand gekauft. Er war an der Grenze zur Pleite. Da habe ich mit der Bank die Aktien ins Depot genommen. Nach der Krise hätte ich sie wieder aus dem Keller holen und mit Gewinn verkaufen können. Damals wurde Helmut Dachstein als Justiziar in meine Bank versetzt. Er kannte unsere wirtschaftliche Infrastruktur nicht, er kannte unsere Kunden nicht, er kannte meine Arbeitsweise nicht, aber er kannte die Vorschriften und konnte ausgezeichnet Bilanzen lesen. In dieser Zeit hat sich die Rolle der Banken verändert. Wir haben nicht mehr Einlagen verwaltet und Kredite vergeben, sondern unser Hauptgeschäft wurde es, selber am Finanzmarkt zu handeln. Das hat unser Geschäft vollkommen verschoben.

Wir haben nicht mehr andere bei ihren Unternehmungen unterstützt, sondern sind selber Unternehmer geworden. Nicht in der realen Wirtschaft, aber auf dem Finanzmarkt.

Unter diesen Gesichtspunkten waren die Aktien, die ich zur Stützung der Firma meines Kunden gekauft habe, eine Fehlinvestition. Eigenkapital der Bank wurde gebunden und außerdem verstieß es gegen die Richtlinien, sich an anderen Unternehmen zu beteiligen. Als sich Helmut Dachstein, der sehr ehrgeizig war, in mein operatives Geschäft einmischte, was nicht zu seinen Aufgaben gehörte und ich ihn deshalb zurechtwies, fertigte er ein Dossier an über meine Art, die Bank zu führen, und die Aktien im Keller brachen mir das Genick.

Das Resultat kennen Sie. Ich sitze am schönen Bodensee und spiele Rentner. Meinem Kunden ist es schlimmer ergangen. Er ist pleite.«

»Ich hätte eine Wut auf den Kerl«, kommentiert Otto den Bericht des ehemaligen Bankdirektors.

»Hatte ich auch«, gibt Karl Schwarzkopf unumwunden zu. »Mindestens ein halbes Jahr lang. Ich habe die Entwicklung meiner Bank und auch der anderen aufmerksam verfolgt. Zeit hatte ich genug. Und ich sage Ihnen, ob Sie es glauben oder nicht, ich bin froh, in diesem Theater nicht mehr mitspielen zu müssen. Meine Frau denkt allerdings anders darüber. Das ist jetzt mein Hauptproblem.« Schwarzkopf lächelt schmerzlich amüsiert.

»Haben Sie den Kontakt zu Ihrer Stadt abgebrochen, nachdem Sie hierhergezogen sind?«, erkundigt sich Leicht.

»Nein, selbstverständlich nicht. Ich wollte nur den Dummen aus den Augen gehen. Mit ihnen wollte ich mich nach meinem Ausscheiden nicht belasten. Insbesondere meine Frau nicht. Aber wir haben noch gute Freunde dort, und diese Freundschaften sind erhalten geblieben.«

»Gehört Ihr Nachfolger auch dazu?«

»Wozu?«, lächelt Schwarzkopf ironisch. »Zu den Dummen oder zu den Freunden? Mit Karin, der Frau von Dachstein, ist die Verbindung nicht abgerissen. Wir kannten sie schon, bevor sie heiratete. Sie stammt aus einer der besten Familien. Ihr Vater und ihr Großvater waren hochangesehene Direktoren des *Albertus-Magnus-Gymnasiums*. Zu Helmut Dachstein selbst habe ich keine Beziehung mehr gepflegt.«

»Wenn Sie an meiner Stelle wären, Herr Schwarzkopf, mit wem in der Stadt würden Sie sprechen, um den Mord aufzuklären?« Leicht beschäftigt sich mit seinem Teller und tut so, als frage er ganz beiläufig.

Der langjährige Bankdirektor lächelt über diese Frage, die er längst erwartete. Weswegen haben die Kommissare ihn wohl gebeten, sie zum Essen zu begleiten? Doch nicht wegen seines Charmes. Natürlich versuchen sie, Informationen von ihm zu erhalten. Sie stochern völlig blind im Nebel. Er könnte ihnen die gesellschaftlichen Strukturen der Stadt aufzeichnen und ihnen darlegen, wer Schwätzer sind, und auf wessen Wort etwas gegeben werden kann. Er könnte ihnen auch sagen, wo mögliche Motive für eine solche Tat liegen. Warum aber sollte er? Deshalb antwortet er nur: »Ich habe mir immer die Frage gestellt, weswegen Dachstein mein Nachfolger geworden ist und nicht Kunath. Eigentlich wäre er an der Reihe gewesen.«

»Haben Sie eine Ahnung, warum?«, fragt Leicht.

»Wenn Sie es herausgefunden haben, bin ich Ihnen dankbar, wenn Sie es mir sagen.«

»Sie sind glitschig, Herr Schwarzkopf. Ein wenig mehr könnten Sie uns schon helfen«, wirbt der Hauptkommissar. »Haben Sie überhaupt keine Anhaltspunkte für uns? Da war ja der Stammtisch ergiebiger.«

»So? Was wurde denn von meinen früheren Mitbürgern alles erzählt?«

»Seine Frau soll ihm Hörner aufgesetzt haben. Eine Frau Murr soll für ihn ganz interessant gewesen sein, und außerdem habe er einige Leute finanziell ruiniert.«

Der Kommissar erzählt das in der Wirtschaft Aufgeschnappte in gleichmütigem Plauderton. Schwarzkopf hört belustigt zu.

»Das ist doch schon eine ganze Menge. Damit können Sie fast die halbe Stadt auseinandernehmen. Viel Spaß dabei!«

Auf der Heimfahrt fragt Otto seinen Teamchef, ob man denn mit diesem Gespräch irgendetwas anfangen kann.

»Dürftig wie ein abgenagter Hühnerknochen«, meint er.

»Oder fett wie ein Gaisburger Marsch, je nachdem«, brummt Leicht vor sich hin.

7

Im Haus von Dr. Maximilian Mayer stürmt Sohn Tobias in die Küche und gibt seiner Mutter einen Kuss auf die Wange. Sie steht am Herd und bereitet das Abendessen. Ihm schlägt ein heißer würziger Dampf entgegen, als er neugierig den Topfdeckel hebt. »Prima, ein Schmorbraten. Mit Spätzle und Preiselbeeren. Kommt Papa heute auch?«, fragt er und rückt seinen Golfsack in die Ecke neben die Garderobe. »Übrigens, schönen Gruß von Schorsch. Er möchte gerne wissen, wann du ernsthaft mit dem Training anfängst.«

Tobias wartet die Antworten seiner Mutter nicht ab, sondern zieht die Schuhe aus, stellt sie neben den Golfsack und läuft den langen Hausflur zur Treppe ins Untergeschoss. Dort hat sich die Familie einen kleinen Fitnessbereich eingerichtet. Im Laufen entledigt er sich seiner verschwitzten Wäsche und wirft sie in den großen weißen Korb, an dem er auf dem Weg zur Dusche vorbeikommt. Mit einem Schwall lässt er das Wasser über seinen neunzehnjährigen Körper strömen. Wie ein tropfnasser Vorhang hängen die blonden Haare vor dem ebenmäßigen Gesicht des Jungen. Mit beiden Händen schrubbt und reibt er den muskulösen, schlanken Körper und verteilt das Shampoo unter den Achseln und zwischen den Beinen. Seinem ständig leicht erigierten Glied widmet er besondere Aufmerksamkeit, ebenso seinen Zehen. Tobias ist einsneunzig groß, wie sein Vater, und ein verdammt hübscher Bengel. So jedenfalls nennt ihn mit liebevollem Stolz Tante Luise, die Schwester seines Vaters.

Tante Luise erledigt den kaufmännischen Teil in der Mayer'schen Klinik. Sie ist zehn Jahre jünger als ihr Bruder, besitzt dessen vollstes Vertrauen und verfügt über die Familiengene. Sie ist selbstbewusst, eigensinnig und freiheitsliebend; dazuhin hochgewachsen, allerdings im Gegensatz zu Max schlank und sportlich. Ihr Temperament erträgt es nicht, sich dem Rhythmus eines Partners unterzuordnen oder auch nur anzupassen. Sie liebt es, ihr Privatleben absolut nach eigener Laune zu gestalten und pfeift darauf, wenn die Leute sich ihre Lebensart als Gesprächsthema wählen. Mit Golf und gesellschaftlichem Engagement hat sie nichts am Hut. Skifahren und Bergsteigen sind ihre Favoriten. Sie lebt allein in einem kleinen Appartement. Zur Miete versteht sich. *Bin ich eine Schnecke, dass ich mich mit einem Haus belaste?* Anderen Rechenschaft abzulegen oder zu erklären, warum sie mal wieder ihre Pläne geändert hat, fällt ihr nicht im Traum ein. Wer sollte sich ein Recht anmaßen dürfen, von ihr so etwas zu fordern. Als junges Mädchen wurde sie von ihrer Mutter mehr noch als Max mit wohlmeinendem Psychoterror durch die Pubertät begleitet. Die Mutter brauchte nichts zu sagen. Sie sagte auch nichts. Allein der stumme, beleidigte Vorwurf in ihren manchmal zusätzlich noch wässrigen Augen schreckte Luise so sehr, dass sie traumatisiert beschloss, niemals mehr in ihrem Leben irgendjemanden so nahe an sich herankommen zu lassen, dass sie je wieder in so abgrundtief unberechtigt vorwurfsvolle Pupillen blicken musste.

In der Klinik ist sie die personifizierte Zuverlässigkeit. Für ihren Bruder eine sichere Bank. Sie erahnt, was er für die Klinik will. Es bedarf keiner Gespräche. Wie ein tüchtiges Turnierpferd seinen Reiter ohne Zügelgezerre durch den Parcours trägt, so organisiert Luise die Klinik für Max. *Ein Kopf und ein Arsch*, heißt es in der Stadt anerkennend, wenn das Gespräch auf die beiden Mayers kommt.

»Was soll ich Schorsch ausrichten, wenn ich ihn sehe?«, fragt Tobias seine Mutter, nachdem er frisch geduscht wieder bei ihr in der Küche steht. Sie trägt eine leuchtend gelbe Hose und einen engen Pulli in gleicher Farbe.

»Du siehst heute aus wie ein Zitronenfalter, Mama. Ist der Frühling ausgebrochen? Oder bist du nur frisch verliebt?«

Tobias steht kurz vor den Abiturprüfungen und sieht völlig stressfrei einem Einserergebnis entgegen. Zweifellos wird er Medizin studieren und in die Fußstapfen seines Vaters treten. Charmant und unbeschwert wie sein Vater verkehrt er mit den Leuten der Stadt. In den Discos ist er ebenso zu Hause wie auf dem Golfplatz oder in der Reithalle. Dass über seinen Vater getuschelt wird, Karin Dachstein sei für ihn mehr als die rechte Hand im Golfclub, amüsiert ihn nur. Schließlich ist für ihn Luise auch mehr als eine Tante. Wenn die Leute über uns nichts mehr zu tratschen haben, werden wir unserer Stellung nicht gerecht, kommentiert Vater dieses Thema. Menschen, die selber ein langweiliges Leben führen, müssen über andere tratschen. Sonst werden sie krank. Frage unsere Babette. Sie weiß Bescheid.

Damit ist für Vater Mayer dieses Thema erledigt, und wenn es für ihn erledigt ist, gilt das für die ganze Familie.

Als sich die schwere Haustür öffnet, bindet Marion ihre Schürze auf, faltet sie zusammen und legt sie auf einem Beistelltisch ab. Sie verlässt die Küche und geht ihrem Mann entgegen. Er empfängt einen zärtlichen Kuss von der auf Zehenspitzen stehenden Gattin, und im Gegenzug wird sie von ihm kräftig an seine breite Brust gedrückt. Für Tobias ist das ihm seit Kindheit an vertraute Zeremoniell der elterlichen Begrüßung der Inbegriff der Mayer'schen Hausordnung. Eher würde in der Stadtpfarrkirche an Heiligabend die Christmette ausfallen als sich dieses Ritual verändern.

Weil am selben Tag noch eine Stadtratssitzung angesetzt ist, bei der Dr. Mayer als Vorsitzender der Mehrheitsfraktion nicht fehlen darf, kann der Tod von Helmut Dachstein am Mayer'schen Esstisch nur kurz besprochen werden. Papa Mayer beschreibt als Mediziner die Verletzungen des Toten genau.

»Woher weißt du denn das alles?«, fragt ihn Tobias.

»Ich war mit Karin gestern beim Essen. Sie hat mir eine detaillierte Beschreibung geliefert. Es muss grausig für sie gewesen sein, obwohl sie nicht zimperlich ist. Ich bin wirklich gespannt, wer sich so etwas hat einfallen lassen.«

»Du bist doch über alles, was in der Stadt passiert, bestens informiert, Papa. Wohin schlägt dein Kompass aus? Sage nicht, dass du dir noch keine Gedanken gemacht hast. Ich jedenfalls habe meinen Kandidaten.«

»So, das ist aber interessant, mein Sohn. Darf ich an deinem Wissen teilhaben?«

»Erst du, mein Vater!«

Marion beobachtet mit stillem Stolz das Spiel ihrer beiden Männer. Seit Tobias den Windeln entwachsen ist, bilden die Gespräche beim Abendessen die schönsten Momente ihres Tages. Dabei spielt sie meist nur eine Statistenrolle, mit der sie zufrieden ist. Sie wirft ab und zu ein Stichwort ein oder zeigt durch sonstige Reaktionen ihr Interesse. In den ersten Jahren bestand die Unterhaltung aus väterlichen Monologen, die sich mit den Jahren des Heranwachsens von Tobias zu echten Diskussionen und manchmal sogar zu interessanten Streitgesprächen auswuchsen.

Je ähnlicher sich ihre beiden Männer werden, umso mehr gleichen die Abendessen einem respektvollen Florettkampf, an dem alle ihre Freude haben. Insbesondere sie, die sich am wenigsten beteiligt. Dennoch ist sie unentbehrlich: Sie bereitet die Bühne und spielt das Publikum, gar nicht so selten sogar die Schiedsrichterin. Unsere *Donna Blanka* betiteln sie deshalb ihre zwei Männer in Anlehnung an die *Disputation* aus Heinrich Heines *Romanzero*.

»Es kommt die halbe Stadt infrage«, grübelt der Vater. »Helmut hat sich viele Feinde gemacht. Die Staatsanwälte werden die ganze Stadt umdrehen und unter viele Steine schauen müssen, wenn sie erst einmal auf die Suche nach Motiven gehen. Aber vielleicht ist auch alles ganz einfach, und der Mann hat eine schöne Spur hinterlassen.«

»Wieso Mann? Bist du da sicher?« Tobias schaut seinen Vater grinsend an.

»Zu Frauen, meine ich, hatte er doch nur gute Beziehungen.«
Ein süffisantes Lächeln umspielt den Mund des Vaters.

Wie ähnlich sie sich doch sind, denkt Marion und genießt ihr behagliches Glück wie eine Katze die warme Sonne.

»Wen hast du auf dem Ticket, Tobias? Mich interessiert es wirklich.«

»Du kennst doch die Katy Murr. Sie ist vor ein paar Jahren in die Stadt gekommen und hat mit ihrem Mann Thomas eine Buchhandlung, eine Kunstgalerie und ein Café aufgemacht. Mitten in der Fußgängerzone. Sie ist ein echter Paradiesvogel. Ihr Mann eher eine graue Maus, ein Buchhändler. Aber fachlich okay. Der Laden lief gut. Dann muss irgendetwas passiert sein. Plötzlich tauchte sie immer wieder mit dem Dachstein auf. Oder der Dachstein mit ihr. War nie ganz klar. Jedenfalls wurde offen gemunkelt, dass sie ihrem Thomas Hörner aufsetzt. Um Weihnachten herum zog sie bei ihrem Mann aus, und ein paar Wochen später wurden Buchhandlung, Galerie und Café geschlossen. Den Thomas Murr hat niemand mehr gesehen. Hinter vorgehaltener Hand sagen die Leute, der Dachstein habe dem Murr den Geldhahn zugedreht und ihm nebenbei seine Frau ausgespannt.«

»Oh Gott, Tobias, wenn alle, denen der Helmut den Geldhahn abgedreht hat, ihn umbringen wollten, dann hätte man Nummernkarten ausgeben müssen. Die Babette hat zurzeit einen Patienten, der behauptet steif und fest, der Dachstein habe ihn ruiniert. Vorsätzlich, absichtlich, kaltblütig wegen der eigenen Karriere. Aber jetzt muss ich los. Das Rathaus wartet.«

»Wahrscheinlich kennen die den Täter schon«, lästert Thomas.

»Wir können ja mal abstimmen lassen«, antwortet der Vater gut gelaunt.

Marion begleitet Max zur Mayer'schen Abschiedszeremonie an die Tür. Dann setzt sie sich zu Tobias und will das Gerede über Helmut Dachstein und Katy Murr ganz genau wissen.

8

Der Hauptkommissar sieht von seinem Büro aus in Gedanken versunken auf die gotischen Türme des benachbarten Münsters. Ein Banker weniger, denkt er, und ihm fällt das Schreiben ein, das er gestern von seiner Bank in der Post fand. Zwei Stunden hat er das verschlossene Kuvert ahnungsvoll liegen lassen, bevor er es endlich öffnete. Er solle erklären, wie und wann er die ungenehmigte Kontoüberziehung zurückführen werde. Man könne bis zur Klärung keine Überweisungen mehr ausführen. Leckt mich am Arsch, hat er vor sich hingeflucht. Für alles habt ihr Geld. Milliarden. Für Griechenland, für Flüchtlinge, für Hypo Real Estate, für einen Berliner Schrottflughafen und für eure eigenen Prämien. Aber wenn ich um ein paar läppische Euro überziehe, bekomme ich einen frechen Brief. In meinem nächsten Leben mache ich den Uli, aber ohne Selbstanzeige.

Der Hauptkommissar ist miserabel schlecht gelaunt. Am gestrigen Abend frönte er seinem Hobby. In Lindenau traf er sich mit einer Studentengruppe aus Tübingen. Dort, etwa zwanzig Kilometer vom Münster entfernt im Lonetal, sind neben anderem Zeug aus der letzten Eiszeit mehrere Splitter eines Mammutzahns gefunden worden. Als man sie zusammensetzte, ergab sich ein Kunstwerk, dem man den anschaulichen Namen »*Löwenmensch*« gab. Im Jahre 1939 haben die Nazis im Rahmen ihrer unsäglichen germanischen Ahnenforschung diesen vor über dreißigtausend Jahren bearbeiteten Stoßzahn entdeckt. Wegen des im selben Jahr ausbrechenden Krieges ergaben sich unglücklicherweise andere Prioritäten, und die Grabungsarbeiten sind eingestellt worden. In

Leichts Kindheit nahmen Archäologen der Universität Tübingen die Suche wieder auf, und der kleine Horst war fasziniert von den Detektivgeschichten, die sich um die abenteuerlichen Ausgrabungen in den Höhlen der Schwäbischen Alb rankten. Am Scheideweg zwischen Archäologie und Kriminalistik entschied er sich Jahre später für die Laufbahn eines Kriminalbeamten. Manchmal haderte er mit sich, dass er sich damals für diesen Weg entschieden hatte.

Heute ist wieder so ein Tag. In der Gruppe der Studenten verguckte er sich in ein kurznasiges Mädchen mit einem braunen Bubikopf und großen, neugierigen, runden Augen. Sie kam ihm vor wie ein Boxerwelpe. Am liebsten hätte er sie in seine Arme geschlossen und mit nach Hause genommen. Ein Welpe würde in seine kleine Wohnungshöhle passen. Er müsste sich mit *Maus* vertragen. *Maus* ist der einzige Besucher in Leichts Wohnung, der jederzeit Zugang hat. Ein scheuer Kater, von dem niemand weiß, wem er gehört, der aber regelmäßig über das Dach zu seiner Fressschale kommt, die Leicht mit Zuverlässigkeit auffüllt. Eine Frau hat er noch nie dorthin eingelassen. Für sie hätte er durch umfangreiches Aufräumen erst Platz schaffen müssen. Das aber ist ihm zu viel Aufwand für einen kurzen Besuch.

Die jungen Studenten durchstreifen jetzt bei schönstem Frühlingswetter das Lonetal, während er in dem kalten, alten Gemäuer des Polizeipräsidiums unter seiner Midlife-Crisis leidet und sich den Kopf zermartert, wer um Gottes willen den Bankdirektor Helmut Dachstein vorzeitig und ungesetzlich ins Jenseits befördert haben könnte.

Es klopft und Otto steht in der Tür. »Horst, ich glaube, wir haben einen Fehler gemacht.« Ottos rotes Haar steht wirr auseinander, als habe er diese Nacht nicht im Bett verbracht. Zumindest nicht zum Schlafen.

»Auch schon auf? Guten Morgen! Was ist denn Schlimmes passiert?«

»Wir haben uns benommen wie blutige Anfänger.«

»Hast du einen genialen Traum gehabt?«, spottet Leicht. »Wir hätten die Villa vom Dachstein auf jeden Fall versiegeln müssen. Die Frau hat doch alle Zeit der Welt, um alte Spuren zu beseitigen oder neue zu legen. Meist kommen die Täter doch aus dem Familien- und Freundeskreis.«

Leicht streicht sich mit beiden Händen über den Bauch und stellt zu seinem Entsetzen fest, dass sich das schwarze Hemd, das er im letzten Sommerschlussverkauf erstanden hat und das damals locker saß, deutlich spannt. Das Herumhocken und die nächtlichen Biere bringen mich noch um, denkt er. Wäre ich Archäologe geworden, hätte ich eine Figur wie Schliemann. Zwanzig Kilo weniger. Und Morde würden mich nur interessieren, wenn sie tausend Jahre zurückliegen. Insgeheim gibt er seinem Oberkommissar recht. »Otto, jetzt fahren wir zu der trauernden Witwe und zu dem braven Herrn Kunath in die Bank. Vielleicht erfahren wir dann auch, wer der Jakob ist.«

»Welcher Jakob?«

»Die Leute am Stammtisch haben erzählt, der Dachstein habe einen Jakob finanziell ruiniert. Es muss doch rauszukriegen sein, wer das ist.«

Otto hat zwar keine Ahnung, wovon Leicht spricht, aber er greift nach seiner Jacke und folgt seinem Chef hinterher.

Das Dachstein-Anwesen liegt verwaist. Jedenfalls öffnet niemand, obwohl Leicht zum dritten Mal heftig klingelt.

»Also auf in die Bank! Mal sehen, was uns Kunath zu sagen hat.« Eigenartig, dass junge Witwen immer unterwegs sind. Leicht dreht sich zu Otto, und während er mit den Fingern ungeduldig auf das Lenkrad trommelt, erzählt er ihm von einem längst aufgeklärten Mordfall auf der Ostalb, bei dem die Frau des Opfers sich weigerte, das Haus, in dem ihr Mann erschlagen wurde, je wieder zu betreten. »Sie hatte auch bald keine Gelegenheit mehr dazu, denn sie bekam wegen Anstiftung zum Mord lebenslänglich«, grinst Leicht. »Aber sie hat uns alle mit ihrer Theatervorstellung schwer beeindruckt. Unverheiratet lebt es sich sicherer für einen

Mann. Männer sind Fluchttiere. Wenn die ihre Ehe nicht mehr aushalten, rennen sie davon. Frauen sind ganz anders gestrickt. Die bleiben und entfernen ihren Mann. Oder lassen ihn entfernen.«

In der Bank zeigt sich Direktor Dachsteins Stellvertreter nicht überrascht, als die beiden Kommissare wieder bei ihm auftauchen. Er lässt ihnen Kaffee und Mineralwasser servieren und setzt sich nach einigen Minuten zu ihnen.

»Sind Sie schon weitergekommen?«, fragt er den Hauptkommissar. Der Schatten eines Lächelns huscht über sein Gesicht.

»Wir hoffen auf Ihre Hilfe«, entgegnet Leicht.

»Dann schauen wir mal, was ich tun kann.«

Im Gegensatz zum letzten Besuch zeigt sich Konrad Kunath ausgeglichen und selbstsicher. Den Schock des Mordes an seinem Chef hat er offensichtlich schnell und spurlos überwunden.

»Wir suchen immer noch nach einem Motiv, Herr Kunath. Wir müssen sowohl das Privatleben, wie auch die berufliche Situation unter die Lupe nehmen. Sie kannten Helmut Dachstein sehr gut. Was war er für ein Mensch? Wenn Sie an unserer Stelle wären, was würden Sie tun?«

Kunath schaut die beiden Ermittler überrascht an und beginnt lauthals zu lachen. Als er sich wieder gefangen hat, bemüht er sich, durch besonderen Ernst seine spontane, unpassende Reaktion zu überspielen. »Ich bin froh, nicht an Ihrer Stelle zu sein, meine Herren. Sie werden bei Ihren Nachforschungen sicherlich auf viele Verdächtige stoßen. Vielleicht gehöre ich ja auch dazu. Ob Sie aber einen Täter ermitteln können, wage ich zu bezweifeln. Es sei denn, er hat sich außerordentlich dämlich angestellt. Wenn er allerdings aus denjenigen Kreisen kommt, die ich vermute, ist diese Chance eher gering.«

»Was vermuten Sie denn?« Der Hauptkommissar greift begierig nach dem Strohhalm, den Kunath ihm hinhält.

»Ich werde mich hüten, irgendwelche Verdächtigungen in die Welt zu setzen. Aber es sieht nicht so aus, als habe es jemand auf seinen Geldbeutel abgesehen gehabt.«

»Sie lachten, als ich fragte, was für ein Mensch Helmut Dachstein war. Ist diese Frage komisch?«, erkundigt sich der Hauptkommissar.

Kunath verschränkt abwehrend die Arme vor der Brust. Nach kurzem Zögern antwortet er, ohne auf den Vorwurf in der Frage einzugehen. »Ich weiß nicht viel von ihm. Ein Gespräch mit Schwarzkopf wäre sicher ergiebiger für Sie. Sie haben ihn doch bereits am Bodensee besucht.«

Die Buschtrommeln in dieser Stadt funktionieren ausgezeichnet, denkt Leicht. Es läuft keine Maus über den Marktplatz, ohne dass ich es weiß, hat Schwarzkopf gesagt. Offensichtlich war Kunath über ihren Besuch in Nonnenhorn bestens informiert.

»Herr Kunath, warum sind Sie so ängstlich? War Dachstein ein Inquisitor in der Bank? Wie viele Leichen hat er im Keller gefunden? Gemeinsame Leichen? Ihre Leichen und Schwarzkopfs?«

»Ein bisschen viele Fragen auf einmal, meinen Sie nicht? Aber wenn Sie in diesem Loch bohren, werden Sie nichts finden.«

»Da bin ich nicht so pessimistisch. Wer ist eigentlich Jakob?«

»Was für ein Jakob?« Kunath zuckt mit den Achseln.

»Man erzählt in der Stadt, Dachstein habe einen Jakob ruiniert.«

Kunath seufzt tief: »Man erzählt viel in unserer Stadt. Zurzeit sind wir Banker an allem schuld. Auch dann, wenn die Leute selber Mist gebaut haben. Das Pendel schlägt auch mal wieder auf die andere Seite. Früher hätte man gesagt: Gürtel enger schnallen. Augen zu und durch.«

Hauptkommissar Leicht fühlt einen Anflug von Respekt für diese ablenkende Finte. Trotzdem führt er das Gespräch wieder auf seinen Kern zurück. »Ich habe keine Lust zu philosophieren, Herr Kunath. Ich suche einen Mörder.«

»Den kann Ihnen leider nicht liefern, Herr Kommissar. Der Jakob Wagner ist ein Handwerker, ein Dachdeckermeister mit ein paar Gesellen und Hilfsarbeitern, der von einem Bauträger hereingelegt wurde. Aus guten Gründen hat ihm unser Direktor Dachstein einen Überbrückungskredit verweigert, den er beantragt und dringend gebraucht hat. Der Wagner Jakob hätte aber den Dachstein nicht einmal verprügelt, auch wenn er nach ein paar Bier in der Wirtschaft die wüstesten Beschimpfungen ausstieß. Mit dem sind Sie auf dem Holzweg.«

Leicht stellt befriedigt fest, dass der verschlossene Kunath nun doch ins Reden kommt. Die Auster öffnet sich einen kleinen Spalt. Jetzt bloß nicht bohren, nimmt er sich vor. Sonst macht er wieder zu. Er fragt deshalb so leichthin, wie es sein schauspielerisches Talent ermöglicht, ob er Dachstein gut gekannt habe. Ob man sich auch privat getroffen habe, und welche Rolle seine Frau im Golfclub spiele. Unverfängliches Geplauder, bei dem er hofft, in der vielen Spreu ein Korn zu finden. Und tatsächlich beginnt Kunath zu erzählen.

Helmut Dachstein sei vor vier Jahren in die Stadt gekommen; man habe ihn zunächst nur als Schwiegersohn des alten Dachstein wahrgenommen, aber in kürzester Zeit habe er sich einen eigenen Ruf erworben.

»Ich verstehe nicht«, unterbricht Leicht den Redefluss. »Wer ist der *alte Dachstein*?«

»Der *alte Dachstein* ist der Vater von Karin Dachstein. Er war bis zu seiner Pensionierung der Direktor des städtischen Gymnasiums. Sein Vater war das auch schon. Bei der Heirat mit Karin hat der Mann ihren Namen angenommen.«

»Warum denn das?«

»Soweit ging die Liebe des alten Dachstein zu seinen *Danuviern* nicht, dass er akzeptiert hätte, dass sich seine Enkel *Radic* schreiben.«

»Hieß Helmut Dachstein vor seiner Heirat Helmut Radic?«

»*Milan Radic*, der Vorname wurde in einem Aufwasch gleich mit geändert.«

»Und wer oder was sind die *Danuvier*? Ich kenne nur die Donaufreunde mit ihrer Schachtelfahrt.«

»Genau kann ich Ihnen das nicht sagen. Da fragen Sie besser den Dachstein selber. Ich weiß nur, dass sie sich einmal im Jahr in der Nähe von Belgrad treffen, und dass es ein ziemlich elitärer Verein ist. Hat mit den *Donaufreunden* nichts zu tun. Öffentlich treten die *Danuvier* fast gar nicht in Erscheinung. Hinter den Kulissen scheinen sie aber viel Einfluss zu haben.«

»Und Helmut Dachstein war ein *Danuvier*?

»Man sagt, dass er deshalb der Schwiegersohn vom *alten Dachstein* geworden ist.

»Kennen Sie sonst noch einen von dem Verein, Herr Kunath?«

»Da sind einige dabei. Entlang der Donau bis zum Schwarzen Meer. Aber ich weiß darüber nichts Bestimmtes. Da müssen Sie wirklich mit dem Oberstudiendirektor selber reden. Sagen Sie aber bitte nicht, dass ich Ihnen etwas erzählt habe.«

Kunath rutscht nervös auf seinem Stuhl herum und scheint seine Mitteilsamkeit schon zu bereuen.

9

Wolfgang Baumann beginnt den Tag mit den üblichen Runden im schwarz getäfelten Schwimmbad seines großzügigen Anwesens. Etwas abseits von der anderen Bebauung an einem Hang gelegen, von wo aus er einen herrlichen Ausblick über die im Talkessel ausgebreitete Stadt hat, baute sich der erfolgreiche Unternehmer vor zwanzig Jahren dieses Haus.

Der hochgewachsene, schlanke Mann tritt auf die Terrasse, blickt über einen Teppich gelb blühender Rapsfelder, der die Stadt einsäumt, und absolviert einige Dehn- und Streckübungen. Er lockert seine Verspannungen und mildert dadurch die ihn seit Jahren quälenden Schmerzen. Seine Ärzte diagnostizierten eine zu spät entdeckte Borreliose nach einem Zeckenbiss als Ursache dafür. Sie verschreiben ihm Morphium, mit dem er versucht, seine Schmerzen erträglich zu halten. Nach den Atemübungen auf der Terrasse legt er den Bademantel sorgfältig über einen Stuhl, kehrt an den Pool zurück und steigt vorsichtig die Marmortreppe in das Becken hinab. Die Wassertemperatur beträgt ganzjährig achtundzwanzig Grad. Der große, drahtige Mann mit der weißblonden Mähne stößt sich ab und beginnt ruhig und gleichmäßig zu schwimmen. Dies macht er eine Stunde lang wie jeden Tag, den er in seinem Haus verbringt. Und dies ist fast immer der Fall, denn er hat keine beruflichen Verpflichtungen mehr, seit sein Unternehmen vor einigen Jahren, er weiß das Datum genau, es war der Dienstag nach Pfingsten vor fünf Jahren, Insolvenzantrag gestellt hat. Er selbst hat ihn unterschrieben, und das verzeiht er sich nie. Jeden Tag läuft im Rhythmus seiner Schwimmbewegungen sein erfolgreiches Leben vor ihm ab, bis es am Dienstag nach Pfingsten stehen bleibt, sich strudelnd dreht und ihn in seine jetzige alltägliche Öde hinabzieht.

Er stößt sich von der Treppenstufe ab und teilt mit trainierten Armmuskeln das Wasser. Seine Augen sind fest auf die Bahn gerichtet, der Blick geht aber weit in sein Leben zurück.

Vater Lehrer, Bruder Lehrer.
Er atmet tief ein.
Ich war immer schlauer.
Elektromaschinenbauer. Weißhaupt und Bosch.
Er taucht kurz und streicht sich die Haare aus dem Gesicht.
Abendschule Zürich. Mit dem Auto auf dem See gefahren. 1963 zugefroren. Baumann zieht sich mit dem rechten Arm an den Beckenrand, wendet und stößt sich mit den Beinen an der Wand ab.
Mehr Geld verdient als Graduierte. Verbesserungsvorschläge. Prämie schwarz kassiert. Ein Jahr Auszeit. Fahrt ums Mittelmeer. Arbeit im Kibbuz. Krieg. Tolles Mädchen. Angst bekommen. Abgehauen.
Rückkehr. Malocht. Geld verdient. Constructa. Bertelsmann. Viel Glück gehabt.
Baumann lässt sich eine kurze Zeit im Wasser treiben und hängt seinen Gedanken nach. Dann zieht er wieder durch.
Ehrgeiz. Firma gegründet. Eingeschränkt. Gespart. Riesenerfolg.
Er wechselt seinen Schwimmstil und dreht sich auf den Rücken.
Ehe mit Margit. München Schickimicki. Franziskaner. Käfer. Mallorca mit Kreisky.
Ein leichtes Lächeln umspielt seinen Mund bei diesen Erinnerungen.
Dann investiert. Zweihundert Leute. Die erste Million. Börsengang. Firmen in Osteuropa. Zuwächse. Scheißkrieg. Pristina verloren.
Der Mann unterbricht seine Schwimmbewegungen und lässt sich sinken.
Schwarzkopf. Aufbau in Ostdeutschland. Kreditzusage.

Baumann holt tief Luft und schwimmt auf die Treppe zu, setzt sich auf eine Stufe im Wasser und stützt seinen Kopf in die Hände.
Schwarzkopf. Urlaub. Dachstein. Arschloch. Erpressung. Sicherheiten. Kündigung. Verbrecher. Alle.
Baumann bricht das morgendliche Schwimmen ab. Er hat keine Kraft mehr.

Wie immer, wenn er an diesem Punkt seiner Erinnerung ankommt, wächst entweder eine unbezähmbare Wut, oder er fällt in eine tiefe Depression.

Heute findet er sich im Zentrum einer schwarzen, wattierten Kugel wieder, in der er nur noch schwer atmen kann. Seine Augen brennen und der Gedanke an seine Tochter, die erst zehn Jahre alt ist, belastet und belebt ihn gleichzeitig. Sie ist der Schlüssel, mit dessen Hilfe er das Tor aus der schwarzen Kugel öffnen und wieder ans Licht treten kann.

Heute hat er noch einen Termin bei Frau Dr. Sauer in der Mayer'schen Klinik. Sie meint, mit Gesprächen seine Schmerzen beseitigen zu können, die er mit Disziplin und Morphium seit Jahren nahezu vergeblich bekämpft. Baumann glaubt nicht daran. Aber nach vielen ergebnislosen Behandlungsjahren bei verschiedenen Ärzten klammert er sich an jeden Strohhalm.

Als Dr. Babette Sauer dem hochgewachsenen, schlanken Mann, der ihr mit storchenartig staksigen Schritten entgegenkommt, die Hand gibt, fallen ihr die gesunde Gesichtsfarbe und die sorgsam gepflegte Kleidung auf. Es kommt nicht oft vor, dass sich Patienten im Anzug aus weißem gebügeltem Leinen vorstellen und dazu ein passendes Hemd mit Krawatte tragen. Der Haarschopf des Mannes ist wie immer etwas eigenartig über den Kopf gekämmt, wahrscheinlich soll eine kahle Stelle verdeckt werden, und die gepflegten, trockenen, kalten Hände scheinen frisch einer Maniküre unterzogen worden zu sein.

Der Mann hält auf sich, denkt sie. Könnte aber auch nur die äußere Form sein, die ihn zusammenhält, wie der Chitinpanzer die

Insekten. Denen würde mangels Skelett die ganze Masse davonsickern, wenn sie nicht von außen zusammengehalten würden.

»Freut mich, Sie zu sehen, Herr Baumann. Wie fühlen Sie sich?«

»Lassen wir das Vorspiel, Frau Doktor. Meinen Sie wirklich, dass Sie mit Psychologie meine Schmerzen vertreiben können? Seit zwanzig Jahren probiere ich alles Mögliche aus. Ich will nicht pessimistisch sein, aber ohne jeden Erfolg.«

»Dann sind Sie doch in der glücklichen Lage, nichts verlieren zu können.«

Baumann lacht bitter und wischt sich seine Hände an den Hosenbeinen ab. Er hat sich angewöhnt, aus hygienischen Gründen niemandem die Hand zu geben. Selbst in besten Lokalitäten öffnet er die Toilettentür mit dem Ellbogen. Jetzt hat sich die Begrüßung per Handschlag aber nicht vermeiden lassen.

»Da haben Sie nun auch wieder recht«, lächelt er die Ärztin an.

»Wir beginnen ja nicht von vorn, Herr Baumann. Eine Weile kennen wir uns inzwischen. Sie sind ein harter Brocken. Ein Mann aus weicherem Holz wäre schon längst zusammengebrochen.«

Es ist die Standarderöffnung des Gesprächs von Dr. Babette Sauer, wenn sie es mit einem männlichen Patienten zu tun hat und ihn zum Reden animieren will. Auf diese Einleitung fallen alle herein. Die Dummen und die Intelligenten, die Redseligen und die großen Schweiger. Männer sind viel einfacher zu knacken als Frauen, weiß die Psychologin. Wolfgang Baumann bildet keine Ausnahme. Er gehört zu den Verwundeten, die ihre Verletzung an einem konkreten Ereignis festmachen. Der Biss einer Zecke ist es nicht.

»Wissen Sie, das Leben als Unternehmer ist nicht leicht. Die Leute stellen sich das ganz falsch vor. Mein Leben lang habe ich gearbeitet und gespart, bis ich anfangen konnte. Andere haben sich ein Auto und eine Wohnung gekauft. Ich habe in Miete gewohnt und mir Lkws angeschafft. Und wie ich dann durch war und mir auch etwas leisten konnte, da legt mich dieser Dachstein aufs Kreuz.«

»Unser Dachstein hier?«, fragt die Ärztin ohne echtes Interesse.
»Ja, dieses Schwein. Ich habe nach 1990 als einer der Ersten im Osten investiert. Die Moskauer Universität wurde mit meinen Gerüsten umgebaut. In Jugoslawien war meine größte Produktionsfirma. Prima Leute, bis der Scheißkrieg kam. Alles fort. Von heute auf morgen. Ich habe mich wieder aufgerappelt. Der Direktor Schwarzkopf sagte zu mir: »Herr Baumann, wir haben volles Vertrauen zu Ihnen. Sie haben in den letzten Jahren hervorragend gearbeitet. Ihnen werden wir vorübergehend auch Verluste finanzieren. Sie können sich auf uns verlassen. Investieren Sie! Sie sind doch Unternehmer.« Zuletzt hat er mir bei einem Konjunktureinbruch das Aktienkapital gestützt. Und dann kommt der Dachstein und kündigt mir alle Kredite. Von einem Tag auf den anderen. Ohne jede Begründung. Am Freitag vor Pfingsten war alles okay. Am Dienstag nach Pfingsten musste ich Insolvenzantrag stellen. Mein Wirtschaftsprüfer war im Urlaub und nicht erreichbar. Der Dachstein hat die Löhne nicht ausbezahlt, und mein Geschäftsführer hat mir verheimlicht, dass wir noch Geld für zwei Monate auf unseren Auslandskonten hatten. Was hätte ich machen sollen?«
»Wie lange ist das jetzt her?«, fragt die Ärztin.
»Genau fünf Jahre, Frau Doktor. Die größten Sauereien habe ich erst erfahren, als ich den Abschlussbericht des Insolvenzverwalters gelesen habe.
Ich hätte gar nicht Insolvenzantrag stellen müssen. Wir waren liquid, das hat mir mein Geschäftsführer verschwiegen, und eine Überschuldung hat der Insolvenzverwalter nur deshalb festgestellt, weil er die Fortführungswerte in der Bilanz durch Zerschlagungswerte ersetzt hat. Das hat mir mein Wirtschaftsprüfer vor einiger Zeit erklärt. Ich habe mich um die Zahlen nie gekümmert. Nur um Patente, neue Produkte und den Vertrieb.
Der Dachstein hat meine Firma gebraucht, weil er noch eine andere im Keller hatte. Zusammen waren die beiden interessant. Seine Firma allein hätte er nie verkaufen können. Der Insolvenz-

verwalter und mein Geschäftsführer haben mit ihm zusammengespielt.«

»Wann hat das mit den Schmerzen angefangen?«

»Lange vorher. Ich bin von Arzt zu Arzt gelaufen. Arthrose, Arthritis, Bandscheibenvorfall, eingeklemmte Nerven – alles wurde untersucht. Keiner kam auf die Idee, dass die Ursache ein Zeckenbiss war. Das weiß ich erst seit drei Jahren. Schon lange nehme ich Morphium und versuche die Dosis nicht zu erhöhen. Wenn ich kein Schwimmbad im Haus hätte, könnte ich es nicht aushalten.«

»Dann sind Sie ja noch mit einem blauen Auge aus dem Schlamassel herausgekommen. Ich kenne Leute, die haben alles verloren. Die können von einem Haus mit Schwimmbad nur träumen.«

»Sie sollten mich nicht mit anderen vergleichen, Frau Doktor. Ich bin immer meinen Weg gegangen. Ich habe meine Firma aus dem Nichts aufgebaut. Man hat mich anfangs belächelt und dann beneidet. Es waren alle da, die mich jetzt nicht mehr kennen: der Landrat, der Oberbürgermeister, der Stadtpfarrer und die gesamte Möchtegernprominenz. Ich habe sie immer auf Distanz gehalten. Auch jetzt, wo dieses charakterlose Geschmeiß von Konkurrenten, Bankern und Insolvenzverwaltern mich umgebracht hat, habe ich den Ehrgeiz, besser zu leben als sie. Ich bin zu alt, um aufzugeben.«

»Aber auf ganz legalem Weg geht das doch nicht? Oder kenne ich mich da zu wenig aus?«

Baumann verzieht bitter sein Gesicht.

»Was heißt *legal*? Und wer bestimmt das? Niemand hat mich davor geschützt, von diesen Kerlen betrogen zu werden. Ganz legal. Also muss ich selber für mich sorgen. Die Bank hat verdient, mein Geschäftsführer wurde geschmiert und der Insolvenzverwalter hat das große Geld gemacht. Und Sie kommen mir mit *legal*.«

»Wie machen Sie das, Herr Baumann?« Die Ärztin ist jetzt wirklich interessiert, denn sie behandelt mehrere Patienten, denen ihre wirtschaftliche Existenz zerbrochen ist und die in tiefe Depressionen verfielen. Spektakuläre Selbstmorde zweier renommierter mittelständischer Unternehmer aus der Region haben im letzten Jahr die Öffentlichkeit beschäftigt.

»Sie müssen doch Emotionen haben: Wut, Zorn, Angst, Demütigung, Enttäuschung, Niedergeschlagenheit. Da können schon Schmerzen entstehen.«

»Nichts dergleichen, Frau Doktor. Ich will nur Rache. Das hält mich aufrecht. Und Schmerzen bekomme ich davon nicht. Im Gegenteil. Wissen Sie, ich habe im Sommer 1967, nachdem ich meinen Job in Zürich aufgegeben habe und eine tolle Abfindung erhielt, mit meinem Käfer eine Reise über den Balkan und die Türkei ums Mittelmeer gemacht. In Israel bin ich ein paar Monate hängen geblieben. Einige Wochen im Sommer habe ich in einem Kibbuz gearbeitet. Im Juni war der Sechstagekrieg. Ich war dabei. Lebenslänglich bin ich von Selbstmitleid geheilt.«

»Und wovon leben Sie jetzt? Haben Sie noch Einkünfte oder eine ordentliche Altersversorgung?« Sie blättert in der Patientenakte und findet Baumanns Geburtsdatum. »Sie sind doch schon über siebzig, obwohl man Ihnen das wirklich nicht ansieht.«

»Man hat mir alles genommen, auch meine Lebensversicherungen und meine Altersversorgung. Ich hole mir mein Geld aus den Casinos.«

»Geht denn das?«, fragt Babette Sommer ungläubig amüsiert.

»Ja, aber lassen Sie die Finger davon. Ich habe schon einigen erklärt, wie es geht, und die haben viel Geld verloren. Sie müssen Mathematiker sein, kein Spieler. Sie brauchen eiserne Disziplin, sonst funktioniert das nicht. Ich kenne keinen außer mir, der das auf die Reihe kriegt. Deshalb muss ich nach Bregenz fahren, um zu spielen. In Deutschland habe ich bei allen Casinos Hausverbot. Alles Verbrecher bei uns.«

Der Mann ist eine Bombe, denkt Frau Dr. Sauer, nachdem diese Sitzung beendet ist. Möchte bloß wissen, was den Chef an dem Fall so interessiert.

10

Um Katy Murr ist es ruhig geworden in der Stadt. Die Nachricht von der Ermordung des Bankdirektors Dachstein hat sich wie ein Lauffeuer verbreitet. Fanden sich noch vor Pfingsten die Mütter, die ihre Kinder von der Schule abholten, zu einem Plausch zusammen, so steht Katy heute allein und wartet, bis ihr Moritz wie immer aus der Tür gehüpft kommt. Als sie sieht, wie das Kind mit hängendem Kopf und allein auf sie zutrottet, drückt es ihr die Kehle zusammen. Also hat das Gerede der Stadt auch die Kinder erreicht, und Moritz ist bereits das Opfer von Hänseleien geworden.

Natürlich wusste Katy, dass ihre Affäre mit Helmut Dachstein in dieser Stadt nicht zu verheimlichen war, und dass die braven und biederen Bürger und insbesondere deren Frauen ihr Verhalten aufs Schärfste missbilligten. Eine Frau verlässt nicht ihren Ehemann und beginnt ein Verhältnis mit dem Bankdirektor, der ihrem Mann die Existenz vernichtet. Und dies vor allen Augen. Katy hat in den letzten Monaten ihren Status als unangepasste Provokateurin, als exotischer Kolibri innerhalb der grauen Mäuse, dennoch oder gerade deswegen durchaus genossen. Dass man über sie tuschelte, war ihr nicht unangenehm, zumal es hinter ihrem Rücken geschah. Das Interesse, das sie hervorrief, schmeichelte ihr, und sie empfand sogar einen gewissen prickelnden Reiz dabei.

Nun, da es den Bankdirektor nicht mehr gibt, spürt Katy, dass sich das Verhalten der Leute ihr gegenüber ändert.

Sie ist ein soziales Nichts. Der Organismus der Stadt beginnt, sie wie einen eingezogenen Stachel auszueitern. Menschen und Stimmen um sie nimmt sie wahr, als befände sie sich in einer anderen Wirklichkeit. Wie ein getrockneter, geschrumpfter Kern innerhalb einer Nuss, der nicht mehr an der Schale anliegt, fühlt sie sich. Was geht mit mir vor, fragt sie und weiß doch genau, dass ihr nun das Leben eine insgeheim schon länger befürchtete Rechnung zur Zahlung präsentiert. Das Leben, das sie bei einer kurzen, leichtfertigen Entscheidung nicht ernst genommen hat.

Sie sieht Moritz, wie er auf sie zuschlurft und nimmt ihn wortlos bei der Hand.

Sie wird sich eine andere Stadt suchen müssen. Zum ersten Mal seit vielen Wochen denkt sie wieder an Thomas. Als sie mit Moritz vor einem halben Jahr nach einer zuerst wütenden und dann verletzenden Auseinandersetzung die gemeinsame Wohnung verließ, glaubte sie, das Kapitel Thomas abschließen zu können. Sie ging in das Licht; er blieb im Dunkeln zurück. Jetzt ist sie im Dunkeln angelangt.

Wenn er nur nicht so schwach gewesen wäre, hätte alles gut gehen können. Warum musste ich es sein, die mit Helmut verhandelte, wenn eine Monatsrate für den Kredit nicht bezahlt werden konnte? Warum hat er mich als Bittstellerin benutzt? Er meinte, wir seien ein starkes Team. Warum sollte er zu Dachstein gehen, wenn ich ihn mit einem Lächeln um den Finger wickeln konnte? Ist doch vernünftig, du machst das, Katy. Und Dachstein genoss es, Thomas vor mir als schwachen Feigling darzustellen. Schickt er wieder seine stärkste Waffe in die Schlacht, spottete er. Katy, merken Sie sich: An der Front bewährt sich der Mann. Und es gibt viele Fronten im Leben. Der Feigling bleibt zu Hause. Sie sind auch eine Frontfrau. Ich spüre das.

Und so zerbröselten zuerst der Respekt und dann ihre Liebe.

Helmut war ganz anders als Thomas: zupackender, direkter, stärker, männlicher. Er fragte nicht, er redete nicht drum herum. Er tat. Manchmal erschrak sie über seine Dominanz, hinter der Brutalität durchschien. Während Thomas sie mit seinen Zweifeln und seiner unentschlossen zärtlichen Sensibilität oft bis zur Langeweile nervte, überrumpelte sie Helmut mit seinen Entscheidungen.

Ich habe dir eine Wohnung. Du ziehst aus. Mit meiner Frau gibt es keine Probleme. Mit Thomas werde ich schon fertig.

Hatte er etwas getrunken – und er vertrug viel – sang er auf der Heimfahrt im Auto nach einer eingängigen Melodie lauthals mit angenehmer und kräftiger Stimme ein Lied in einer Sprache, die Katy nicht verstand.

Natürlich steuerte er das Auto. Die Polizei schien ihn nicht zu interessieren.

Manchmal dachte sie deshalb, mit seinem Geld und seiner Macht, mit seinen Beziehungen und seinem Charakter stünde er außerhalb der für andere geltenden Gesetze. Sie brauchte sich nicht in seine Arme zu werfen. Er nahm sie einfach.

Sein plötzlicher Tod ließ Katy ins Bodenlose fallen.

Thomas Murr versteht die Welt nicht mehr. Die Berichterstattung über den Mord an Dachstein verfolgt er sehr genau. Was er in den Zeitungen lesen kann, deckt sich nicht mit dem, was er mit seinen eigenen Augen gesehen hat. Seine Rolle kommt schlicht nicht vor. Es wird lediglich geschrieben, Dachstein sei erschossen worden und es handle sich um einen besonders kaltblütigen Mörder. Die Polizei gehe nicht von einem Raubmord aus, sondern das Motiv müsse ein persönliches sein. Der Täter sei außerordentlich emotional vorgegangen.

Mehrere Spuren seien gefunden und sichergestellt worden, denen die Kriminalpolizei akribisch nachgehe. Das war alles.

Thomas malt sich immer wieder die Reaktion von Katy aus. Ob sie es jetzt wohl bereut, die gemeinsame Wohnung verlassen zu haben und in Dachsteins Appartement gezogen zu sein, nachdem dieses Schwein tot ist? Stechende Schmerzen in der Brust begleiten seine Gedanken, wenn sie um Katy kreisen. Er nähme sie sofort wieder auf, wenn sie zu ihm zurückfände. Er liebt sie noch immer, ja vielleicht mehr noch als zuvor. Man schätzt nur das, was man verloren hat, nicht was man besitzt. Jeder andere Mann hätte eine Wut auf diese Frau, wirft er sich vor. Und du? Du freust dich, nochmals von vorne anzufangen und verzeihst ihr. Thomas Murr überlegt, ob dies eine realistische Option ist. Nochmals von vorne anzufangen. Mit Katy und Moritz. Sie ist doch nur zu diesem Scheißkerl gegangen, weil ich zwischen den Backen eines Schraubstocks steckte und Dachstein mich nach Belieben quetschen konnte. Jetzt ist der Schraubstock zerbrochen. Leider nicht von mir. Aber das weiß Katy nicht.

Was wäre, wenn sie erführe, dass er härter ist, als Helmut Dachstein war?

Dass er ihn besiegt hat, nicht umgekehrt? Final! Was dann? Würde sie ihn nochmals lieben können?

Thomas Murr dreht und wendet seine Gedanken. Er prüft und gewichtet. Er fürchtet und hofft.

Und er kommt zu einem Entschluss.

Am nächsten Tag erhält Katy einen Brief ohne Absender. Er ist so leicht, dass sie meint, das Kuvert sei leer. Als sie es öffnet, fällt ein kleiner Zettel heraus. Neugierig hebt sie ihn vom Boden auf und liest:

Es war dein Mann.

Mehr steht dort nicht.

11

Marion Mayer weiß ganz genau, ob sie ihren Mann stören darf oder ob dies unmöglich ist. Hat er sich mit Dr. Wilhelm Dachstein in seine Bibliothek zurückgezogen, dann ist allerhöchste Zurückhaltung geboten. Der seit einigen Jahren pensionierte Oberstudiendirektor des städtischen *Albertus-Magnus-Gymnasiums* hat diese in der Stadt hoch angesehene Position viele Jahre bekleidet. Maximilian Mayer bestand an diesem Gymnasium vor dreißig Jahren das Abitur. Sohn Tobias befindet sich unter den diesjährigen Abiturienten.

Wilhelm Dachstein hat seinen um zwanzig Jahre jüngeren früheren Schüler und heutigen Freund zu einem Gespräch aufgesucht. In dem dunkel getäfelten Herrenzimmer sitzen sie sich in schweren Ledersesseln versunken gegenüber. Der ehemalige Oberstudiendirektor dreht eine Zigarre zwischen den Fingern und bläst in die Glut, um sie gleichmäßig anzubrennen.

Maximilian Mayers Hände spielen mit seiner gestopften, aber noch nicht angezündeten Pfeife.

»Ich bin etwas beunruhigt«, nähert sich Wilhelm Dachstein dem Thema, über das er mit seinem jüngeren Freund sprechen will. »Ich traue den Leuten hier eine solche Tat einfach nicht zu.«

»Es war nicht das Werk eines Profis«, gibt Dr. Mayer zu bedenken. »Helmut hatte außer der Schusswunde auch noch Stichverletzungen. Karin wird dich informiert haben. Das gibt doch keinen Sinn.«

»Stichverletzungen? Na so was! Bist du sicher?«

»Karin hat es mir beschrieben. Dir nicht?«

»Nein. Wir haben nicht darüber gesprochen. Für morgen Vormittag hat mich die Polizei um ein Gespräch gebeten. Ich bin sehr unschlüssig, was ich denen erzählen soll.«

»Aber Wilhelm, du wirst dich doch nicht wegen der Fragen eines Polizisten aus der Ruhe bringen lassen!«

»Das nicht«, wehrt Wilhelm Dachstein ab. »Aber ich habe keine Ahnung, was der Mann weiß.«

»Du hast dein ganzes Leben lang andere examiniert«, lächelt sein ehemaliger Schüler mit leichtem Spott. »Es wird dir ein Leichtes sein, in kürzester Zeit zu eruieren, in welche Richtung die Leute ermitteln und welche Erkenntnisse sie bereits haben.«

Der ehemalige Oberstudiendirektor lehnt sich tief in den Sessel zurück, zieht kräftig an seiner Zigarre, legt den Kopf in den Nacken und lässt den weißen Rauch langsam aus den halb geöffneten, vollen Lippen zur Decke aufsteigen. Die schweren Augenlider unter den buschigen weißen Brauen hält er nachdenklich geschlossen.

Er war ein gefürchteter, aber auch geachteter Gymnasialdirektor gewesen. Sowohl bei den Schülern wie auch im Lehrerkollegium.

Als er sich wegen seines Alters pensionieren lassen musste, übergab er *sein* Gymnasium nur ungern einem Nachfolger. Andererseits konnte er sich mit dem *Volksabitur,* wie er es nannte, nicht mehr anfreunden. In diese Zeit, in der die Anforderungen so weit heruntergeschraubt wurden, dass die Abiturzensuren zwischen den Noten *sehr gut* und *gut* schwankten, passte er nicht. *Wer Caesar richtig schreiben kann und das Datum der Prüfungsarbeit zutreffend angibt, hat das Große Latinum erworben,* erklärte er mit süffisanter Ironie und erwarb sich bei den modernen Kultusministerialen den Ruf eines Ewiggestrigen.

»Sie werden wissen, dass Helmut Dachstein als Milan Radic nach Deutschland gekommen ist. Sie werden Nachforschungen anstellen.

Übrigens war letzte Woche Mira hier. Sie ist älter geworden und wollte sich nochmals bei uns bedanken.«

»Das ist interessant. Meinst du, das hat mit der Sache zu tun?«, fragt Max alarmiert.

»Nein. Sie war auf der Durchreise und ist vor Pfingsten wieder nach Pristina zurückgekehrt.«

»Wilhelm, sie werden nur seinen Mörder suchen. Je schneller sie ihn finden, umso weniger interessant ist er selbst. Mir wäre es sehr unangenehm, wenn wir *Danuvier* irgendwie involviert würden.« Wilhelm öffnet die Augen und richtet sie auf seinen Freund.

»Das muss in der Tat vermieden werden. Das ist es, was mich besorgt macht. Ich möchte dafür keine Anhaltspunkte liefern.«

»Helmut hat sich in den letzten Monaten verändert. Er hat sich zurückgezogen, fast abgewendet. Hast du deinen Schwiegersohn wegen dieser Kathi Murr unter Druck gesetzt?«

Der alte Herr zieht amüsiert an seiner Zigarre. Dann antwortet er lächelnd: »Keineswegs! Über solche Dummheiten habe ich nicht mit ihm geredet, und Karin stand ohnehin drüber. Morgen nach dem Gespräch mit dem Polizisten wissen wir mehr. Lassen wir es auf uns zukommen. Wie geht es Tobias? Hat er sein Abitur in der Tasche?«

»Ich denke schon. Ist aber auch kein Vergleich mehr zu unserer Zeit. Stell dir vor, da erzählt mir der Tobias, sein Deutschlehrer Dr. Klausner, glaube ich« – Wilhelm Dachstein nickt bestätigend mit dem Kopf – »habe ihnen erklärt, sie müssten mit ihren Eltern mehr Verständnis haben und dürften diese nicht so ernst nehmen. Diese befänden sich jetzt meist in der Lebensphase von bellenden Hunden.

Die ganze Klasse schaute natürlich öchsisch blöd. Deshalb erklärte der Klausner, als Gott die Welt erschuf, habe er jedem Lebewesen fünfzig Jahre Lebenszeit zugeteilt. Der Mensch kam am Schluss an die Reihe und Gott stellte fest, dass er nur noch fünfundzwanzig Jahre übrighatte. Daraufhin beklagte sich Adam, dies sei zu wenig. Gott meinte aber, dies sei genug. Als Adam nicht zu jammern aufhörte, schlug Gott ihm vor, bei anderen Geschöpfen einige Jahre zu erbetteln. Er jedenfalls werde seine Zuteilungen nicht mehr rückgängig machen. Also ging Adam los und tatsächlich traten ihm zuerst das Pferd, dann der Hund und zuletzt noch der Affe jeweils fünfundzwanzig Jahre ab. Adam ging damit zu Gott und dieser schüttelte nur den Kopf. Du wirst wissen, was du tust. Willst du das wirklich, fragte er. Adam nickte. Nun gut, sagte der HERR, du hast es selbst so gewollt. Du wirst also die ersten fünfundzwanzig Jahre leben, wie ich es dem Menschen zugedacht habe. Die zweiten fünfundzwanzig Jahre wirst du arbeiten wie ein Pferd. Die dritten fünfundzwanzig Jahre wirst du bellen wie ein Hund. Und die letzten fünfundzwanzig Jahre wird man über dich lachen wie über einen Affen!«

Der alte Oberstudiendirektor schaut überrascht auf, als Max Mayer mit seiner Geschichte zu Ende ist. Dann schüttelt er resigniert den Kopf: »Das hat der Klausner erzählt? Ohne Quellenangabe? Und die Schwachköpfe von Abiturienten haben nichts bemerkt? Eine Schande ist das! Und du, Max? Deinen *Alexander Solschenizyn* schon vergessen? *Krebsstation*? Ja, so ist das heute überall. Jeder steckt sich fremde Federn an den Hut und das geht durch, weil alle gleich blöd sind. Der Guttenberg und die Schawan sind nicht die Ausnahme, sie sind die Regel.«

Theatralisch hebt er seine Arme. »*Oh tempora, oh mores!*« Dann beschäftigt er sich wieder mit seiner Zigarre.

»Übrigens, heuer fahre ich nach Belgrad zum Jubiläum. 15.Juni 1389. Aber wir sehen uns sicher noch zuvor. Über mein morgiges Gespräch halte ich dich auf dem Laufenden.«

Als der alte Freund aus dem Haus ist, fragt sich Dr. Mayer verwundert, weswegen ihn Wilhelm besuchte. Er hebt ratlos die Schultern, genehmigt sich einen Cognac und zündet sorgfältig die Pfeife an. Eine Antwort findet er trotzdem nicht.

12

Im Büro von Hauptkommissar Leicht wartet Otto Müller auf seinen Chef. Er steht am Fenster und schaut auf den Hauptturm des Münsters hinüber. Seit langer Zeit einmal ohne Gerüst. Immer wieder staunt er, wie ein solch hohes und filigranes Bauwerk ohne Kräne überhaupt errichtet werden konnte.

Den roten Hefter, in dem die Ergebnisse der KTU zusammengefasst sind, hat er für Leicht in die tiefe Brüstung gelegt. Er hat den Inhalt überflogen: Der Schuss in den Kopf von Dachstein war nicht aus der Pistole abgefeuert, die auf dem Boden gefunden wurde. Das Kaliber der tödlichen Kugel stimmt nicht mit dem des Laufs überein. Mit dieser Pistole, für die der Getötete eine Besitzkarte hat, ist in letzter Zeit überhaupt nicht geschossen worden. Am Griff der Waffe konnten ausschließlich Fingerabdrücke des Opfers festgestellt werden. Das Erbrochene stammt nicht vom Ermordeten. Das lange schwarze Haar, das Ute Werr aufgefallen war, kann einer etwa vierzigjährigen, aber nicht bekannten Frau, zugeordnet werden. Ob es allerdings mit dem Mord zu tun hat, ist völlig unklar. Die DNA des Haares und des Erbrochenen passen nicht zusammen. Die Stichwunden sind dem Toten etwa zwei Stunden nach dem Todeszeitpunkt zugefügt worden, und die Verschmutzungen an der Hose des Ermordeten rühren von Tritten mit schwarzen Lederschuhen her. Hämatome finden sich an der Leiche nicht. Nach den Spuren der Ledersohlen, die sich auf dem Marmorboden fanden, kann von einer Schuhgröße von 42/43 ausgegangen werden. Äußerst rätselhaft alles. Er wird viel mit Leicht zu besprechen haben. Wo er nur bleibt?

Es kommt selten vor, dass sich der Hauptkommissar morgens verspätet, eigentlich nie. Heute jedoch fällt es Körper und Geist von Horst Leicht außerordentlich schwer, zusammenzufinden.

Am gestrigen Abend war er ohne Ziel durch die Gassen der alten Stadt geschlendert, und als er am Fischerbrunnen beim Rathaus das bunte Treiben der Touristen und Passanten beobachtete, fiel ihm ein Mädchen in zerschlissenen blauen Jeans auf, das konzentriert die zwei Uhren am Ostgiebel des Rathauses betrachtete und eine seltsam wohlige Ausstrahlung auf ihn ausübte. Irgendwie kam es ihm bekannt vor.

Das Mädchen drehte seinen braunen Bubikopf, und Leicht erkannte die stupsnasige Archäologin aus der Tübinger Studentengruppe wieder. Er beobachtete es eine Weile, und als er meinte, dass es ohne Begleitung unterwegs war, ging er auf das Mädchen zu. »Hallo«, gab er sich überrascht. Die Studentin erinnerte sich nicht an ihn. »Schon fertig mit den Mammuts?«, half er nach. »Habt ihr was Neues gefunden?«

Leicht war mit sich zufrieden. Keine schlechte Einleitung.

»Ach, Sie sind es. Ich habe Sie fast nicht mehr erkannt.«

Das Mädchen siezte ihn. Im Studentenkreis waren alle per Du. Klar, ich bin vierzig und sie knapp über zwanzig. Ich gehöre nicht dazu. »Ganz allein unterwegs heute Abend?«, fragte er leichthin und konnte die Antwort kaum erwarten.

»Ja, die anderen sind schon zurückgefahren, aber ich will mir noch ein wenig die Stadt ansehen. Ich bin zum ersten Mal hier.«

»Darf ich dabei helfen? Ich bin hier geboren.«

»Nein, das ist nicht nötig.«

»Aber ich mache das gern.«

Das Mädchen schaute ihn prüfend an und kam offenbar zu einem positiven Ergebnis. »Wenn Sie unbedingt wollen. Das Münster habe ich schon gesehen. Aber wie die untere Uhr hier funktioniert, würde mich schon interessieren.«

Horst Leicht blickte zu dem Giebel des alten Rathauses hoch. Dank seines strengen Physiklehrers weiß er immer noch, dass es sich um eine Astrolabiumsuhr handelt, die gegen 1580 von dem Straßburger Uhrmacher Isaak Habrecht konstruiert oder repariert worden ist. Auf dem mit Tierkreiszeichen reichlich bemalten Zifferblatt sind noch weitere Ebenen mit Sonnen-, Mond- und Drachenzeiger montiert. Bei einem Luftangriff im Dezember 1944 wurde sie zerstört und dann wieder original restauriert.

»Ist doch eine ganze Menge für einen Polizisten«, lobte das Mädchen. »Ich heiße Judith«, sagte sie und hakte sich bei ihm unter.

»Horst«, stellte er sich vor und führte die Studentin an seinem Arm weiter, weil er über die Uhr und wie sie funktioniert nicht mehr wusste.

»Dort hinten ist das Museum. Da haben sie euren *Löwenmenschen* ausgestellt.« Er steuerte auf das Gebäude zu. Vor dem Eingang standen einige Tische eines Cafés. Er drehte sich um und deutete auf die Stadtbibliothek.

»Ist das diese Glaspyramide?«, fragte Judith.

»Ja, setzen wir uns.«

Die tiefstehende Sonne blendete und sie schirmten mit den Händen ihre Augen ab.

»Ganz schön mutig, so ein futuristisches Gebäude neben das alte Rathaus zu setzen.« Leicht wollte den Gesprächsfaden weiterspinnen.

»Was ist an einer Pyramide futuristisch?«, fragte Judith zurück.

»Ist wohl eine der ältesten Architekturformen.«

Leicht schluckte enttäuscht. »Ich meine den Baustoff. Die Oberfläche besteht aus über fünftausend Quadratmetern Glas.«

»So ganz ohne Vorbereitung bist du ganz schön beschlagen.« Judith schenkte ihm einen anerkennenden Blick.

»Ich bin hier geboren«, erklärte Leicht und freute sich, dass sie ihn geduzt hatte.

»An deinem Arbeitsplatz bin ich auch schon vorbeigekommen. Kann man in so einem alten Gemäuer überhaupt was tun? Und was für ein Brunnen steht in dem Innenhof?«

»Aber klar, Judith!« Er probierte ganz beiläufig, ihren Vornamen zu benutzen. »Ich habe in der ganzen Stadt den Arbeitsplatz mit dem schönsten Blick auf unser Münster, und selbst im Hochsommer ist es angenehm kühl. Es ist der Hildegard-Brunnen. Ich glaube, das war eine Frau von Karl dem Großen. Übrigens ist das *alte Gemäuer* eine seiner Pfalzen gewesen.«

»Arbeitest du bei der Sitte?«, fragte sie forschend und grinste geheimnisvoll vor sich hin. Leider wusste er mit der Frage nichts anzufangen. Judith klärte ihn auf: »Hildegard war dreizehn Jahre alt, als Karl sie geschwängert und geheiratet hat. Nach neun Geburten ist sie zwölf Jahre später gestorben. Und so was von Mann nennt man den *Großen*. Ist das kein Fall für die Sitte?«

»Alles relativ«, murmelte Leicht vor sich hin und war mit sich unzufrieden.

»Wieder so ein großer Sohn eurer Stadt!«

»Wieso? Karl der Große ist doch nicht von hier.«

»Der nicht, aber der Herr *Relativ*!«

Der Groschen bei Horst Leicht fiel spät. Dann gab er sich geschlagen, und sie stießen auf Judiths Punktsieg an. Leicht mit Weizen, Judith mit Pils.

»Ich hätte auch fast Archäologie studiert. Manchmal sage ich mir, dass ich es hätte tun sollen. Aber dann bin ich nach dem Abitur doch nach Villingen-Schwenningen gegangen.«

»Was ist da?«

»Die Polizeifachhochschule. Drei Jahre.«

»Warum hast du es gemacht, wenn du nicht wolltest?«

»Weiß nicht, ob du das verstehst.« Er machte eine Pause und überlegte, ob er weiterreden sollte. Sie schaute ihn wartend an. »Mein Vater war Werkstattmeister beim Fahrzeugbau hier. Da haben sie alle paar Jahre Personalabbau betrieben und dann wieder Überstunden gemacht und eingestellt. Nach einiger Zeit gingen wieder die Freisetzungen los. War ein richtiger Zyklus. Kein Mensch hat begriffen, warum und wieso. Zumindest die Betroffenen nicht. Als ich das Abitur hinter mir hatte, hat es ihn wieder einmal mit Arbeitslosigkeit erwischt und er sagte, ich solle sobald als möglich Beamter werden. Mit Archäologie wäre das nicht möglich gewesen. Was tust du, wenn du mit dem Studium fertig bist?«

Judith überlegte kurz.

»Da mache ich mir jetzt keinen Kopf. Irgendwas findet sich immer. Und was machst du eigentlich genau?«

Horst Leicht erzählte, dass er nach dem Abitur einen Tauchtrip an das Rote Meer gemacht hat. Dass er von Hurghada nach Luxor getrampt und von den Tempelanlagen von Karnak überwältigt gewesen war. Dass er auf der anderen Nilseite bei den zwei Memnons auf dem Weg zum Tal der Könige einen Hinweis auf ein *»Deutsches Haus«* gelesen hat. Dass einige deutsche Archäologen bei der Arbeit waren und ihn einige Tage mitarbeiten ließen.

»Eine schöne Zeit war das«, schwelgte er in seinen Erinnerungen und strich sich mit beiden Händen über den Bauch. Judith beobachtete ihn interessiert und wiederholte ihre Frage:

»Und was machst du jetzt?«

»Jetzt sitze ich mit einem wunderschönen Mädchen vor einem Museum und träume«, sagte Leicht und wunderte sich über seine weiche Stimme.

»Du bist ein Kindskopf, Horst. Sag endlich, was du machst! Ich weiß, dass du dort drüben in deiner Kaiserpfalz bei der Polizei bist.« Judith spielte die Verärgerte. »Da kann man doch vieles machen. Wirst ja wohl kaum die Warndreiecke in den Autos kontrollieren?«

Hauptkommissar Horst Leicht redete privat nie über seine Arbeit. Aus Prinzip nicht. Jetzt fühlte er sich aber herausgefordert. Er neigte sich ihr über den Tisch entgegen und blinzelte verschwörerisch: »Wenn du mal jemanden umbringen willst, kannst du mich um Rat fragen.«

»Du bist bei der Mordkommission? Spannend!«

Judiths runde braune Augen wurden noch runder und glänzten vor Neugier. Sie trommelte nach Kleinmädchenart mit den Füßen auf den Boden. »Das musst du mir erzählen, Horst. Was machst du gerade?«

Leicht merkte zu spät, dass er sich in eine Klemme manövriert hatte. Über den aktuellen Fall durfte er keinesfalls reden. Sich auf seine Schweigepflicht zurückzuziehen, wäre äußerst langweilig gewesen. Schnell irgendetwas zu erfinden, war ihm zu riskant. Er könnte sich in Widersprüchen verheddern. Er suchte einen Ausweg. »Da kannst du mir eventuell helfen, Judith. Sind dir »*die Danuvier*« ein Begriff? Muss sich um irgendeine Organisation entlang der Donau handeln.«

Judith überlegte. Sie stützte ihre Ellbogen auf den Tisch und legte das Kinn in ihre Hände. »Keine Ahnung«, sagte sie schließlich. »Warum?«

»Da muss es in der Donaukultur irgendetwas Elitäres geben, was insbesondere gebildete Leute interessiert. Ich bin noch nicht dazu gekommen, mich damit zu beschäftigen.« Horst Leicht redete, was er aus dem Gespräch mit Kunath im Gedächtnis behalten hatte.

»Und das spielt bei einem Mord eine Rolle? Den du aufklärst?«

»Weiß ich noch nicht. Könnte aber sein.«

»Ich kenne nur die Donauzivilisation, die jetzt ziemlich heiß diskutiert wird. Wichtige Orte sind Varna am Schwarzen Meer. Dort wurde ein Goldschatz gefunden. Und Vinca, ein paar Kilometer donauabwärts nach Belgrad. Da graben sie gerade. Es soll sich um die älteste Schrift der Geschichte handeln. Uralt. Vor der Keilschrift der Sumerer und vor den Hieroglyphen. Wenn das stimmt, ist es eine Sensation. Dann ist die Donaukultur wahrscheinlich die älteste auf der Welt. Die Archäologen sind ziemlich nervös deswegen.«

»Gibt es einen Verein, der sich darauf beruft?«

Judith überlegte und schaute zu dem in den Himmel ragenden Kirchturm hinüber. Sie zuckte mit den Achseln.

»Weiß man es? Es gibt Menschen, die neigen dazu, einen Verein zu gründen. Denke nur an die Freimaurer. Sie kannten das Geheimnis des Baus dieser Kirchen und Türme und waren etwas Besonderes. Die heutigen Mitglieder haben wahrscheinlich noch nie einen Hammer, einen Meißel oder ein Lot in der Hand gehabt. Trotzdem pflegen sie ihre Geheimbündelei. Oder schau nach Italien. Nach dem Zusammenbruch der Democrazia Cristiana haben die katholischen und sonstigen Logen, denke nur an die ominöse P 2, eingegriffen und die Macht erobert. Hätten sie keine so undisziplinierte Galionsfigur wie den Bunga Silvio ausgewählt, hätte alles tadellos geklappt. Oder die Templer nach den Kreuzzügen. Der ganze Wahnsinn mit dem heiligen Gral oder dem goldenen Vlies. Es gibt Menschen, die das brauchen. *Opus dei* im Vatikan soll ja auch so ein Verein sein. Davon gibt es sicher eine ganze Menge.«

Horst Leicht hing an Judiths Lippen. Aus ihrem Mund klangen diese Worte irgendwie deplatziert und altklug. Judith spürte Leichts Verwunderung. »Wenn mein Vater sich etwas auf Anhieb nicht erklären kann«, setzte sie deshalb ihren Vortrag fort, »dann zitiert er Hamlet: *There are more things in heaven and earth, than are dreamt of in your philosophy* und seine Welt ist wieder in Ordnung. Der Mann ist Richter am Oberlandesgericht! Im einundzwanzigsten Jahrhundert!«

Sie stutzte und dachte nach. »Was hat das mit den *Danuviern* auf sich? Haben die jemanden umgebracht?«

»Ich habe noch keine Ahnung und weiß auch nicht, ob es überhaupt eine Rolle spielt. Ich bin nur darauf gestoßen und habe es noch nie gehört.«

Horst Leicht überlegte angestrengt, wie er das Gespräch wieder auf Judith bringen konnte. Sie lehnte entspannt in ihrem Stuhl und hatte ihre Beine ausgestreckt über den Fußknöcheln gekreuzt. Der blaue Jeansstoff spannte prall über ihren Schenkeln und ließ die ausgefransten Querrisse, die wohl schon von Anfang an vorgesehen waren, aufklaffen. Leicht musste seine Blicke im Zaum halten, damit sie nicht zu oft an den braunen durchscheinenden Hautstreifen hängen blieben. Unter ihrer weiten Bluse trug sie nur ein eng anliegendes weißes Unterhemd. Keinen Büstenhalter, keinen Schmuck. Den weichen Hals hatte sie wie zu einer Mondsichel zurückgebogen. Alles an Judith war rund und weich. Keine

Kanten, nichts Hartes, nichts Eckiges. Die kurze Nase, die großen braunen Augen unter den dunklen Brauen, selbst ihre Stirn, über die braune Haarfransen fielen. Alles rund und weich. Horst betrachtete aufmerksam ihre Hände. Wie kleine Schaufeln, dachte er. Kurz und rund. Spontan wählte er einen Kosenamen für sie. Mein Maulwurf, würde er sie nennen, passt doch zu ihrem Beruf.

»Bitte was?« Judith hatte etwas gesagt, und er musste nachfragen. Seine Gedanken waren unterwegs gewesen.

»Gehörst du auch zu so einer Gemeinschaft?«, fragte sie. »Man sagt euch Polizisten nach, ihr hättet einen Korpsgeist.«

»Die Uniformierten vielleicht. Aber ich glaube nicht, dass das stimmt. Ich mache meine Arbeit ziemlich allein.«

Wie damit seine Worte sofort widerlegt würden, hörte er hinter sich eine vertraute weibliche Stimme. Zwei Hände legten sich fest auf seine Schultern. »Den Fall schon gelöst, Herr Hauptkommissar? Sie haben versprochen, mir den Künstler vorzustellen. Sie wird es ja wohl nicht gewesen sein?«

Dr. Ute Werr deutete fragend auf Judith, und dem Kommissar blieb nichts Anderes übrig, als die beiden Frauen einander vorzustellen. Nicht nur die Namen, sondern auch ihre Berufe.

»Oh, das ist interessant. Sie sind Gerichtsmedizinerin«, wiederholte Judith aufgeregt.

»Ja, im Gegensatz zu den Knochen, die Sie ausgraben, ist bei meinen noch etwas dran.«

»Bitte setzen Sie sich doch zu uns, Frau Dr. Werr«, bettelte sie.

Bloß nicht, dachte Horst, als sich Ute Werr bereits einen Stuhl heranrückte und beim aufmerksamen Ober ein Viertel *Blanc de Blanc* bestellte. Sie war äußerlich das glatte Gegenteil von Judith. Mindestens zwanzig Jahre älter, und an ihr war nichts rund, sondern alles kantig. Ihre langen, schmalen Hände reichten so weit aus einem etwas kurzärmligen, hellgrünen Jackett hervor, dass die Handknöchel deutlich zu sehen waren. An den Fingern trug sie etliche kunstfertig verschnörkelte, silberne Ringe, und um den schon faltigen Hals baumelte eine Kette aus großen weißen Perlen.

Rotblonde Haare hingen etwas nachlässig und widerborstig bis zu den Schultern. Ein breiter, schmallippiger Mund und eisgraue Augen, die gelegentlich schelmisch blitzten, prägten ihr Gesicht. Um diese Augen und den oberen Teil der Wangen zog sich ein sternförmiges Geflecht von kleinen Fältchen, das davon zeugte, dass diese Frau nicht nur die Sonnenseite des Lebens kannte.

»Noch nie habe ich diesen Mann in der Stadt getroffen. Wie haben Sie denn dieses Kunststück fertiggebracht, Judith?« Wie selbstverständlich sprach sie die jüngere Frau mit dem Vornamen an.

»Wir sind uns ganz zufällig begegnet. Schon zum zweiten Mal. Vor ein paar Tagen in Lindenau und heute hier vor dem Rathaus.«

»Fahren Sie zum Saufen nach Lindenau, Leicht? Das hätte ich Ihnen gar nicht zugetraut. Haben wir nicht genug Kneipen in der Stadt?« Horst Leicht schloss genervt die Augen. Der Abend nimmt eine unglückliche Wendung, ahnte er.

»Nein, nein, wir haben uns wegen der Ausgrabungen im Lonetal getroffen«, beschwichtigte Judith. »Horst wäre auch gerne Archäologe geworden.«

Ute Werr sah mit Überraschung, die sich schnell zu Spott wandelte, auf den Hauptkommissar und hob ihr Glas.

»Zieht Horst es neuerdings vor, seine Täter auszugraben? Die Chance, dass sie ihm wieder entwischen, verringert sich dabei wohl beträchtlich!«

»Archäologie kann spannend sein«, erklärte Judith ernst.

»Das glaube ich. Wie könnte sich sonst ein so hübsches, junges Mädchen dafür begeistern?« Dann wandte sich Ute Werr an Leicht: »Gibt es schon was Neues von unserem Künstler, oder zieht er es vor, anonym zu bleiben?«

Der Hauptkommissar hatte sich inzwischen damit abgefunden, dass seine Zweisamkeit mit Judith gestört war. »War wohl ein Berufskollege von Ihnen. Das schränkt den Täterkreis erheblich ein«, antwortete er ironisch.

»Horst sucht nach einem *Danuvier*. Wissen Sie, was das ist?«, fragte Judith wichtig.

»Oh, ein *Danuvier*? Lebt der noch oder ist er schon mumifiziert? Den suchen Sie im Lonetal? Zwischen all den Mammutchen? Zum Ausgraben? Also deshalb Lindenau! Da hätte ich Ihnen fast Unrecht getan, Horst.«

Irgendwann werde ich es ihr gnadenlos heimzahlen, schwor sich Leicht, und Judith fing an, sich über die Frotzelei zu amüsieren.

Als sie sah, wie ein Mann aus der Tür des Museums herauskam, in seiner Hosentasche umständlich nach dem Schlüssel suchte und abschloss, erkannte sie den Direktor. Erst vor ein paar Tagen hatte er vor ihrer Studentengruppe einen Vortrag über die Höhlenfunde und die Puzzlearbeit ihrer Zusammensetzung gehalten. Anschließend erlebten sie einen interessanten Diskussionsabend. Sie winkte mit den Armen. Der Mann war erfreut, von einer der Studentinnen erkannt zu werden und kam auf den Tisch zu.

»Herr Direktor, setzen Sie sich doch zu uns.« Judith erwies sich als Kommunikationstalent. »Wir haben gerade ein interessantes Problem. Können Sie mit dem Begriff »*Danuvier*« etwas anfangen?«

Der so stürmisch Eingeladene zog einen Stuhl an den Tisch und setzte sich neben Judith. Dann legte er nachdenklich seine gespreizten Finger auf die Stirn und strich sich mit der flachen Hand über Augen, Nase und Mund bis zum Kinn. »Die *Danuvier*? Das sind interessante Leute. Sie haben Mitglieder von Donaueschingen bis zum Schwarzen Meer. Alles, was mit der Donau zusammenhängt, wird von ihnen gepflegt. Erst neulich hat mich einer von ihnen besucht. Wir sollten uns an den Ausgrabungen in Vinca Bela Brdo beteiligen und eine Partnerschaft für ein Museum in Varna übernehmen. Dort liegt der älteste Goldschatz der Welt. Ich musste natürlich ablehnen. Das übersteigt unsere Mittel. Aber die *wollen* nicht nur, die *bringen* auch. Wenn ich für mein Museum etwas benötige, auch Geld, so ist auf die *Danuvier* Verlass. Voraussetzung: Es hat mit der Donaukultur zu tun.«

»Was ist denn die Donaukultur?« Die Medizinerin erkundigte sich mit ehrlicher Neugier. »Habe ich noch nie gehört.«

Horst Leicht spielte den Gelangweilten, hörte aber mit gespitzten Ohren zu. »Die Donauzivilisation könnte die älteste Kultur dieser Erde sein«, dozierte der Museumsdirektor. »Höchst interessant. Ein nicht hierarchisches, sondern egalitäres Gesellschaftssystem, und wie man aus den gefundenen Figurinen erkennen kann, vermutlich ein Matriarchat. Und das Ganze etwa 5.500 vor unserer Zeitrechnung, also zweitausend Jahre vor dem alten Reich in Ägypten und den Sumerern in Mesopotamien.«

»Und daran hängen sich die *Danuvier* auf? Wieso habe ich davon noch nie gehört?«, fragte Ute Werr enttäuscht. »Matriarchat interessiert mich immer!«

»Wird hier nicht propagiert«, erläuterte der Kunsthistoriker humorlos. »Ist Balkan. Serbien. Kein gutes Image hierzulande«, fügte er bedauernd und erklärend hinzu.

Nach einem Blick auf seine Armbanduhr erhob er sich:

»Ich muss mich leider verabschieden. Meine Frau wartet. Heute ist Kinotag; da muss ich mit.«

Deshalb bin ich nicht verheiratet, dachte Leicht.

»Gut, dass ich nicht mehr verheiratet bin«, sagte Ute Werr. »Ich habe den ganzen Tag Theater, da kann ich mir abends das Kino sparen. Trotzdem muss ich noch etwas einkaufen. Ich denke, Horst hat nichts dagegen, wenn ich Sie mit ihm allein lasse.«

Judith zog eine kleine Schnute, und als die Pathologin außer Hörweite war, fragte sie Horst, ob er mit dieser Frau täglich zusammenarbeite. Das sei doch eine sehr interessante Person.

»Sie ist eine absolute Koryphäe auf ihrem Gebiet. Aber als Mensch könnte ich sie öfters erwürgen. Sie war mit einem Chefarzt an der Uniklinik verheiratet, bis der etwas mit einer jungen Assistentin angefangen hat. Als sie erfuhr, dass er sie ein halbes Jahr an der Nase herumgeführt hat, hat sie ihn gefeuert. Seitdem ist sie überzeugt, dass Männer nicht stubenrein sind und lässt keinen mehr in ihr Leben.«

»Und du? Siehst nicht gerade aus wie ein Familienvater. Schwul?«

Horst Leicht sah an sich herunter. Das Hemd spannte über dem

Bauch, die Jeans war an den Knien ausgebeult, und die ausgetretenen braunen Halbschuhe hätten dringend eine Pflege gebraucht. Da ihm nichts Originelles einfiel, hielt er den Mund und wartete.

»Beleidigt? Das tut mir leid. Ich habe nur geplappert. Aber du siehst nicht aus, als hättest du einen Haushalt.«

»Wie sehe ich denn aus?«

»Wie einer, der bei sich selber zu Besuch ist.«

Der Abend wurde noch lang. Horst Leicht lud Judith zum Essen in das Fischerviertel der Altstadt ein. Dann führte er sie in seine Stammkneipe. Sie unterhielten sich gut, lachten viel miteinander und schließlich stellte sich die Frage, was nun? Er konnte sich nicht entschließen, sie zu sich mitzunehmen. Seine Wohnung war unaufgeräumt, nicht für Damenbesuch geeignet und nur für ihn selbst bestimmt. Als er ihr sagte, er kenne ein nettes Hotel, antwortete sie, dies sei schön für ihn. Sie gehe aber jetzt in ihr Bett. Ein Hotel habe sie selber.

Das war es dann gewesen.

Als morgens der Wecker lärmte, war er müder als vor dem Einschlafen. Irgendwas läuft schief, dachte er, während er sich im Spiegel betrachtete und rasierte. Mit diesem Gedanken und schweren Beinen machte er sich auf den kurzen Weg in sein Büro, wo er von Otto erwartet wird, der in Gedanken versunken aus dem Fenster auf die Stadt hinausschaut und beobachtet, wie die Händler die Marktstände auf dem Platz vor dem Münster beziehen.

Als der Hauptkommissar mit Verspätung durch die Tür stürmt, reicht ihm Otto die rote Akte von der Fensterbrüstung.

»Das solltest du vielleicht noch anschauen, bevor wir losfahren.«

Kaum hat er sich in die verwirrenden Berichte vertieft, läutet das Telefon. Er greift zum Hörer und blafft Unverständliches.

»Oh, Herr Kommissar, war die Nacht nicht befriedigend? So schlechte Laune nach einem so reizenden Abend?«

»Was ist, Frau Doktor? Ich habe wenig Zeit.« Leicht braucht sich nicht zu bemühen, um unhöflich zu klingen.

»Vielleicht kann ich zu Ihrer Aufmunterung beitragen. Unser Künstler war nicht gründlich genug. Ich konnte einige Hautreste finden. Der Schuss in den Kopf von Dachstein war aufgesetzt. Eine regelrechte Hinrichtung.«

»Warum hat er sich dann nicht gewehrt?«, fragt Leicht. »Keine Abwehrspuren? Wurde er betäubt?«

»Nichts zu finden! Saubere Fingernägel, keine Hämatome oder Chemiereste. Nichts, gar nichts. Entweder der Mann war total geschockt oder mit seiner Tötung einverstanden. Anders kann ich mir das Bild nicht erklären.«

»Dann passt aber das Verhalten des Mörders nicht. Wer jemanden völlig kalt hinrichtet, der bleibt doch nicht zwei Stunden beim Toten, sticht mit dem Messer in der Leiche herum, zerrt sie auf den Boden, verpasst ihr Fußtritte in den Sack und kotzt auch noch den Tatort voll.«

»Ja, das ist jetzt wieder Ihr Metier, Herr Kommissar. Bei mir gibt es nur Fakten. Aber vielleicht wurde der Mörder erst nach der Tat zornig. Vielleicht hat er etwas gesucht, gefunden oder nicht gefunden. Es gibt verschiedene Gründe, auf einen Toten wütend zu werden. Von enttäuschten Erben ganz abgesehen. Viel Glück, Horst.«

Leicht grübelt. Die Spitze, dass die Werr ihn wegen des gestrigen Abends auf Judith anspielend beim Vornamen nennt, überhört er.

Der Mörder wurde nach der Tat wütend, nimmt er den Gedanken der Gerichtsmedizinerin auf. *Warum? Was kann ihn nach dem Schuss noch wütend gemacht haben? Zwei Stunden danach?*

Sein Hirn arbeitet, und bis zu den Fingerkuppen spürt er eine unerklärliche Spannung. Sein Herz stolpert, und er flucht in sich hinein. »Otto, wir müssen sofort in die Dachstein-Villa!

»Ist doch klar«, redet er auf dem Weg zum Auto mehr vor sich hin als zu seinem Kollegen, »der Mann hat etwas gesucht und gefunden oder nicht gefunden. Jedenfalls wurde er deshalb so wütend, dass er noch die Leiche malträtierte. Und wir Idioten nehmen die Bude nicht auseinander. Otto, da bleibt jetzt kein Blatt Papier auf dem anderen.«

Als Karin Dachstein die Tür öffnet und die beiden Kriminalbeamten davorstehen, ist sie überrascht. »Sind Sie mit meinem Vater schon fertig?«

Horst Leicht schiebt die Frau wortlos zur Seite und drängt in das Haus. »Haben Sie irgendetwas verändert, seit wir Ihren Mann mitgenommen haben, Frau Dachstein? Wo bewahrt Ihr Mann seine Unterlagen auf? Hat er ein privates Arbeitszimmer? Gibt es einen Safe hier im Haus?«

Er steht in der offenen Tür zur Wohnhalle, dem Tatort, und kann nicht glauben, was er sieht. »Verdammt, hier ist ja alles leer. Wo sind denn die Möbel? Der Sessel, der Tisch? Alles weg!« Er schaut die gepflegte Frau entsetzt und vorwurfsvoll an.

»Können Sie mir sagen, was das hier soll?«, fragt Karin Dachstein empört zurück. »Sie stürmen hier in mein Haus. Ich erwarte eine Erklärung, meine Herren!«

»Die erwarten wir von Ihnen, Frau Dachstein. Warum haben Sie das Zimmer geräumt?«

»Ich bin nicht der Meinung, dass Sie das irgendetwas angeht, Herr Kommissar. Aber ich sage es Ihnen trotzdem: Nach diesem Vorfall musste ich einige Veränderungen vornehmen. Ich werde nicht in einem Mausoleum wohnen.«

»Aber es ist doch erst ein paar Tage her!«, ächzt Leicht. »Das macht doch kein Mensch!«

»Wenn ich mich richtig erinnere, hat mir niemand gesagt, ich dürfe keine Veränderungen vornehmen.«

Leicht erkennt, dass er so nicht weiterkommt. In gewissem Sinn hat die Frau durchaus recht. Wenn ein Fehler passiert ist, dann ist er selber schuld. Er hat das Anwesen nicht sofort unter die Lupe genommen. Jetzt jemanden anderen dafür verantwortlich zu machen, ist nicht in Ordnung.

Leicht hat sich wieder gefangen und versucht, den Scherbenhaufen seines polternden Auftritts zusammenzukehren.

»Frau Dachstein, wir bitten um Entschuldigung. Aber die Ermittlungen haben ergeben, dass der Mörder Ihres Mannes etwa zwei Stunden im Haus anwesend blieb, nachdem er Ihren Mann erschossen hat. Er hat irgendetwas gesucht und gefunden, was ihn außerordentlich wütend machte. Haben Sie eine Vorstellung, was das gewesen sein könnte? Haben Sie außer in diesem Raum weitere Veränderungen vorgenommen? Wir müssen wissen, was der Mörder gesucht und gefunden – oder noch besser – nicht gefunden hat. Dann müssen wir es finden.«

»Ich habe ein wenig aufgeräumt, nicht genug. Was suchen Sie denn, Herr Kommissar?«, fragt Karin schon etwas besänftigt.

»Dürfen wir uns etwas umsehen im Haus? Gibt es einen Platz, an dem ihr Mann wichtige Dokumente verwahrte? Einen Safe vielleicht?«

»Es wäre leichter, wenn Sie mir erklären würden, was Sie suchen.«

Oberhalb Karins Nase bildet sich eine Steilfalte. Den beiden Ermittlern wird klar, dass mit dieser Frau nicht zu spaßen ist.

Sie treten etwas zur Seite und beraten sich kurz.

Dann kommt Horst Leicht nahe an Karin heran und redet beschwörend auf sie ein. »Sie wollen doch auch, dass der Mörder Ihres Mannes gefasst wird. Es dauert bestimmt nicht lange, und wir wühlen auch nicht überall herum und machen Unordnung. Aber wir müssen wissen, was der Mörder gesucht hat.«

Leicht spürt den schwachen Duft des feinen Parfüms, das Karin Dachstein umgibt, und er kommt sich mit seinem Verlangen, alle Räume sehen zu wollen, grobschlächtig und aufdringlich vor. Jedenfalls war sein Verhalten nicht angemessen, das spürt er deutlich. »Wir tun nur unsere Pflicht, Frau Dachstein. Persönlich ist es uns sehr unangenehm, Ihr Haus *durchsuchen* zu müssen.«

Jetzt ist das Reizwort versehentlich gefallen, das der Kommissar unbedingt vermeiden wollte.

»Braucht man dazu nicht einen Gerichtsbeschluss? Meines Wissens kann eine solche Maßnahme nur ein Richter anordnen. Oder irre ich mich?« Dass Karin Dachstein diese Frage nur rhetorisch stellt, lässt ihr bestimmter Tonfall deutlich erkennen.

»Haben Sie denn etwas zu verbergen? Wir verstehen Ihre Weigerung doch hoffentlich nicht falsch?« Hauptkommissar Leicht will seinen Fauxpas auswetzen und kommt noch tiefer in die Bredouille.

»Ach, Sie gehören auch zu der Kategorie von Beamten, die meinen, jeder Bürger, der auf seinen Rechten besteht, hat etwas zu verbergen. Weit sind wir wieder gekommen in unserem herrlichen Deutschland!« Karin Dachsteins Lippen zittern, und ihre Augen sprühen Funken. Am Hals bilden sich immer mehr kleine rote Kreise. Die Strategie der Einschüchterung führt hier nicht weiter. Leicht muss sich etwas Anderes einfallen lassen. Eine Eskalation zieht ein unangenehmes Gespräch mit dem Präsidenten und schlimmstenfalls eine Unmenge an Schreibkram nach sich. Diese Frau ist für eine saftige Beschwerde gut, fürchtet er. »Dürfen wir uns bitte etwas umsehen, Frau Dachstein? Wir müssen uns nochmals ein Bild vom Tatort machen. Wir rühren nichts an, und wir nehmen nichts mit.«

Der Hauptkommissar nimmt alles aus seiner Stimme, was auch nur als Misston gedeutet werden könnte. Otto Müller kennt diesen sanften Tonfall des Chefs. Ein sicheres Zeichen, dass er unter größten Anstrengungen eine Eruption zu verhindern sucht.

»Es geht also doch«, merkt Karin Dachstein an. »Bitte folgen Sie mir!«

Ganz in der Rolle der Hausherrin führt sie die beiden Kommissare durch das Haus, öffnet die Zimmertüren, lässt die beiden Herren einen Blick in jeden Raum werfen und schließt die Türen wieder. Alles ist penibel aufgeräumt. Otto Müller schaltet in diesen Situationen seine Suchscheinwerfer ein. Seine Gesichtszüge verrutschen leicht nach hinten, und die Augen treten fast aus den Höhlen. Diese Eigenschaft hat ihm bei seinen Kollegen den Spitznamen »Lurchi« eingetragen. Die beiden Kommissare erfahren bei dieser Hausbesichtigung, dass es ein Doppel- und zwei Einzelschlafzimmer gibt, die wohl alle drei benutzt werden. Zu jedem dieser Schlafräume gehört ein eigenes Bad. Die Türen zu diesen Zimmern öffnet Frau Dachstein nur einen Spalt. Trotzdem sehen die Kommissare, dass es sich bei den beiden Einzelschlafzimmern um ein Herren- und ein Damenzimmer handeln muss. An den Ankleideraum schließt sich ein weiteres Zimmer an, in dem Leicht durch die halb geöffnete Tür einen modernen Glasschreibtisch erblickt. Er zögert kurz und bittet mit seiner sanftesten Stimme, ob es möglich ist, dieses Zimmer vielleicht zu betreten, um es näher zu betrachten.

»Es ist das Arbeitszimmer meines Mannes.« Frau Dachstein stockt kurz und setzt hinzu »*gewesen*«. Sie öffnet die Tür weiter und Otto Müller schlüpft hinein, während Leicht seine Augen über die Wandregale wandern lässt und sich von der Witwe ein Loblied auf den Ordnungssinn ihres Ehemannes anhört. Computerbeschriftete gleichgroße rote, grüne, blaue und gelbe Ordner stehen präzise aufgereiht in den Regalen. Auf den Rücken liest Leicht, was Helmut Dachstein in ihnen gesammelt hat: Versicherungspolicen, Hauskostenbelege, Pkw-Papiere, Krankenkassenbelege und vieles mehr. Einige Ordner sind unbeschriftet, aber ersichtlich nicht leer. Als Leicht wissen will, ob sie spüre, dass in diesem Raum eine fremde Person gewesen ist, und was denn verändert worden sein könnte, schaut ihn Frau Dachstein erstaunt an. In diesem Arbeitszimmer ist nur ihr Mann gewesen. Sonst niemand. Alles steht so wie immer, versichert sie. Leicht greift nach einem der Ordner, aber aggressiv tadelndes Räuspern lässt seinen Arm sofort wieder sinken.

Auf seine Frage, ob sie sich hier etwas gründlicher umsehen dürfen, lehnt die Hausherrin die Bitte mit dem Hinweis ab, er sehe doch, dass alles unberührt ist und sich in diesem Zimmer außer ihrem Mann niemand aufgehalten hat.

Während Karin Dachstein mit dem Hauptkommissar spricht, sucht Otto Müller den Glastisch, auf dem ein PC und ein Telefon stehen, sorgfältig ab und verlässt den Raum mit einer resignierenden Geste. Ihm folgt sein Chef, und Karin Dachstein schließt zufrieden hinter ihnen die Tür.

»Können Sie sich vorstellen, dass der Mord etwas mit der jugoslawischen Vergangenheit Ihres Mannes zu tun hat?« Hauptkommissar Leicht will den Ort nicht ohne einen kleinen Triumph verlassen.

»Jugoslawien gibt es nicht mehr, und auch die Vergangenheit meines Mannes ist eine abgeschlossene Geschichte. Schon seit Jahren. Sie müssen sich mit der Gegenwart begnügen, Herr Kommissar.«

Aus dem Triumph wird nichts. Karin Dachstein ist bei der Frage keine Überraschung anzumerken, und sie antwortet völlig emotionslos. *Nicht mein Tag heute,* sagt sich Horst Leicht und schließt den gestrigen Abend in diesen Zeitraum mit ein.

Als Karin Dachstein die Haustür hinter den beiden Ermittlern geschlossen hat, ruft sie Max Mayer an. »Hallo Max, bei mir waren eben zwei Ermittler und wollten das Haus durchschnüffeln. Sie haben irgendetwas gesucht. Nein, mitgenommen haben sie nichts. Ich bin aber ziemlich sicher, dass sie noch einmal kommen.«

»Ich komme zu dir, Karin. In zehn Minuten bin ich da.«

Vor dem Dachstein'schen Haus bleibt Leicht stehen und fragt seinen Kollegen: »Was war denn das für ein Auftritt, Otto? Die Frau hat doch nicht mehr alle!« An Leichts Schläfen pochen die herausgetretenen Adern. Otto kennt diesen Zustand und schweigt. Während der Hauptkommissar und Karin Dachstein sich ihre Scharmützel lieferten, hat er am PC die säuberlich an einer Magnetleiste aufgereihten USB-Sticks abgezogen und unbemerkt eingesteckt. Jetzt will er dies seinem Chef jedoch noch nicht sagen. Dazu muss er den richtigen Moment abwarten. Am besten dann, wenn der Hauptkommissar einige Kilometer und Stunden Abstand gewonnen hat.

»Wohin fährst du?«, fragt Otto, als Leicht in die Altstadt einbiegt.

»Ich muss mir den Kunath nochmals vornehmen«, sagt er immer noch wütend.

In der Bank stürmt der Hauptkommissar durch die Schalterhalle an den verdatterten Angestellten vorbei zur Tür in den ersten Stock. Diese lässt sich jedoch nur durch einen Code öffnen. Leicht staucht schmerzhaft seinen rechten Arm, mit dem er die Türe aufdrücken will, und die blauen Adern an seinen Schläfen wachsen an. Otto Müller zeigt seine Marke und bittet, bei Direktor Kunath angemeldet zu werden. In dessen Büro verlangt der Hauptkommissar Auskunft darüber, ob Dachstein in der Bank ein Schließfach besitzt, in dem er seine Wertsachen aufbewahrt. Außerdem fordert er in barschem Ton, Kunath solle ihn zu Dachsteins Schreibtisch führen.

Kunath hat seit dem letzten Besuch der Kommissare deutlich an Statur gewonnen. Er erscheint größer und voluminöser und bleibt trotz des ruppigen Auftretens von Leicht die personifizierte Freundlichkeit. Er bittet die Herren in sein Besprechungszimmer und bietet ihnen Kaffee an. Dann setzt er sich ihnen gegenüber, schlägt bedächtig seine Beine übereinander und zieht die Bügelfalten sorgfältig zurecht. Lächelnd erzählt er, dass die Ehefrau und Alleinerbin des früheren Direktors die persönlichen Dinge aus dem Schreibtisch bereits abgeholt hat. Er könne versichern, dass sich dabei nichts von Interesse befunden habe. Direktor Dachstein habe Geschäft und Privatleben immer und grundsätzlich streng getrennt. Auch das auf seinen Namen geführte Wertfach in der Bank sei zwischenzeitlich von der Witwe geräumt und aufgelöst worden.

Leicht und Müller wechseln Blicke, aus denen Kunath deutlich entnehmen kann, dass sie sich wegen ihrer Versäumnisse Vorwürfe machten. Mit fast mitleidiger Herablassung erwähnt er, dass man in der Stadt bemerke, wie sich der kleine Skandal um Katy Murr, mit der man dem früheren Direktor eine Affäre angedichtet habe, offensichtlich wieder in Nichts auflöse. Sie sei wohl wieder zu ihrem Ehemann zurückgekehrt, jedenfalls wurden sie wieder gemeinsam gesehen. Gestern Abend habe er selbst sie zufällig beim Abendessen in den *Rißstuben* getroffen. Sie hätten einen glücklichen Eindruck gemacht. »Sehen Sie, so hat alles auch

sein Gutes«, schließt Kunath großherzig und setzt hinzu,»und damit Sie es nicht von anderer Seite erfahren: Seit gestern bin ich offiziell als Nachfolger von Direktor Dachstein berufen worden.«
»Herzlichen Glückwunsch, Herr Direktor«, stöhnt Horst Leicht, während er sich aus dem Sessel wuchtet. Schwer atmend verlässt er die Bank.

»Warum hat er uns die Murr-Geschichte erzählt?«, fragt Otto, als sie vor dem Bankportal stehen und Horst Leicht hörbar nach Luft schnappt. *Ich muss dringend abnehmen. So kann das nicht weitergehen. Judith hat mich nicht ernst genommen, die Dachstein ist mit mir Schlitten gefahren, und der neue Bankdirektor erzählt mir Dinge, nach denen ich nicht gefragt habe.*

»Wo wohnt denn die Murr, Horst? Wenn wir schon hier sind, können wir da mal vorbeischauen.«

»Mach du das, Otto«, sagt Leicht abgespannt. »Ich gehe zum Marktplatz. In der Kneipe habe ich vor ein paar Tagen mehr erfahren als bei allen Gesprächen bisher.«

»Okay, wir treffen uns dann dort.«

Hauptkommissar Leicht schlendert durch die Fußgängerzone dem Marktplatz zu. Er versucht, sich auf den Dachstein-Fall zu konzentrieren. Doch seine Gedanken kreisen um ihn selbst. Die Menschen, die ihm entgegenkommen, nimmt er als huschende schwarze Ameisen wahr. Die altertümlich grünen, pittoresken Straßenlaternen erscheinen ihm als verkrüppelte Pappeln, und auf die hellen Schaufenster schaut er wie ein Waldspaziergänger auf Lichtungen, in die das Sonnenlicht fällt. Er denkt an den gestrigen Abend und Judith zurück. Und wie sich seine Gedanken von ihm lösen, sieht er sich selbst inmitten der Ameisenstraße. *Ich bin genau wie sie. Ich schaue mir beim Leben zu. Nein, du lebst gar nicht,* korrigiert ihn eine innere Stimme, *du wartest, bis du zu leben anfängst. Was ist denn das, was ich jetzt tue? Ein Vorspiel, eine Übung, eine Hauptprobe? Jedenfalls nicht die Aufführung! Das geht doch allen so,* versucht er sich zu trösten. *Aber nicht Judith*, protestiert sein Geist gegen die eigene Beschwichtigung. Und weil er schon am Protestieren ist, fügt er noch hinzu: *Und die Dachstein lebt auch.* Leichts Schritt wird ausholender und schneller. *Weißt du, was du bist, Horst Leicht? Ein Feigling! Auf was wartest du?* In seinem Hirn bohrt im Hinblick auf Karin Dachstein die Frage, *ob man jemanden anderen umbringen müsse, um selbst zu leben. Ich fange zu spinnen an,* verbietet er sich weiterzudenken, kehrt am Marktplatz in die Gaststube ein, findet seinen Platz leer und bestellt ein Bier. Es ist halb zwölf.

Otto Müller hat das Haus erreicht, in dem Direktor Dachstein für Kathi Murr ein Appartement bezahlte. Er sucht die Namen und findet *K. M.* Nachdem er den Knopf gedrückt hat, hört er aus der Sprechanlage ein krächzendes »Ja, bitte?«

»Otto Müller, Kriminalpolizei.«

Der Hörer in der Wohnung wird aufgehängt, und es rührt sich nichts.

Eine Stunde später berichtet Oberkommissar Müller seinem Chef im Gasthof am Marktplatz, dass er sich den Eingang in das Haus durch Läuten bei einer anderen Bewohnerin verschaffen konnte und Katy Murr erst die Wohnungstür öffnete, nachdem er durch das Schlagen mit der flachen Hand auf das Türblatt signalisierte, dass er direkt vor ihrer Tür stand und sie die Wahl habe, entweder zu öffnen oder von der Polizei gewaltsam herausgeholt zu werden. Katy Murr sei eine äußerst attraktive Frau und habe ihr Verhalten damit entschuldigt, dass sie nach dem Tod von Helmut Dachstein von allen möglichen Leuten angepöbelt werde. Insbesondere von solchen, die ihr vor dieser Katastrophe geschmeichelt hätten. Sie wolle deshalb mit diesem Pack nichts mehr zu tun haben und verschanze sich in ihrer Wohnung, soweit dies möglich sei.

Hauptkommissar Leicht hört der interessanten Erzählung seines Kollegen nur mit halbem Ohr zu. Seine Aufmerksamkeit richtet sich auf die Unterhaltung am Nebentisch. Die Fistelstimme, die er noch in Erinnerung hat, beherrscht den Stammtisch mit der Meinung, dem Dachstein sei völlig Recht geschehen und man habe dem Buchhändler gar nicht zugetraut, dass er sich so grandios wehren würde. Leicht kann die Männer am Tisch gut beobachten. Diesmal ist die Sicht durch die Garderobe nicht mehr verdeckt. Die Mäntel bleiben bei diesem Wetter im Schrank. Die Fistelstimme gehört zu einem schmächtigen alten Männlein mit grauem Mausgesicht, in dem die kleinen, listigen Knopfaugen Zustimmung heischend unruhig hin und her blitzen. Seine Lippen laufen beim Sprechen spitz zu und verbergen die gelben, unregelmäßigen Raucherzähnchen nur unzulänglich. Ihm gegenüber sitzt ein dicker Glatzkopf mit massigem Schädel. Die mächtige Brust umspannt eine grüne Weste, und seine Hände sind um den vor ihm stehenden Bierkrug gelegt. Große braune Augen über der fleischigen, grobporigen Nase ruhen interessiert auf dem Mausgesicht. Ohrlappen wie pralle Hahnenkämme glühen am kahlen Schädel. Der Mann hat seine wulstige Unterlippe weit vorgeschoben und macht nicht den Eindruck, zu diesem Thema etwas sagen zu wollen. Zwischen beiden streckt ein schlanker Müßiggänger seine langen Beine unter den runden Tisch. Einen farblosen Cordhut in die Stirn geschoben, begleitet er die Reden der Fistelstimme mit gelegentlichem, aufmunterndem Nicken.

»Ich hätte das genauso gemacht«, unterbricht er das Mausgesicht und wischt beide Handflächen an seiner Jeans ab, als müsse er sich Schmutz oder Schweiß wegstreichen. »Aber irgendwie sind sie ganz schön dumm. Mit ihrer Versöhnung hätten sie schon noch warten können, bis etwas mehr Wasser die Donau runtergeflossen ist. Oder was meinst du, Karl?«

Der Dicke nickt, fast ohne seinen Kopf zu bewegen. »Ja, gescheit ist das nicht.«

Der Kommissar erkennt den Bass wieder.

Die dunklen Augen im massigen Gesicht wenden sich wie die Scheinwerfer eines langsam drehenden Lastwagens von der Fistelstimme ab und richten sich auf die beiden Kommissare. Bedächtig und deutlich vernehmbar sagt er zu seinen beiden Stammtischbrüdern: »Wir wissen alle nichts Genaues. Es gibt viel Gerede in der Stadt. Irgendwann ist diese Geschichte auch vorbei, dann treibt man wieder eine andere Sau durchs Dorf.«

Jetzt sehen auch die anderen zu dem Tisch, an dem Leicht und Müller so tun, als wären sie in ein Gespräch vertieft und würden nicht auf das Gerede am Nebentisch lauschen. Nach einem Moment des Schweigens informiert der Cordhut die Fistelstimme, dass beim Fußballverein ein Trainerwechsel ansteht, weil die Mannschaft seit acht Wochen vom Abstiegsplatz nicht weggekommen ist. Karl nickt dazu wie eine alte Schildkröte und richtet seine Scheinwerfer wieder auf den runden Tisch vor ihm. Über Dachstein und die Murr fällt kein Wort mehr.

»Das ist vielleicht eine Gesellschaft«, brummt Otto Müller, als er mit dem Hauptkommissar den Marktplatz überquert. Horst Leicht macht sich seine eigenen Gedanken. Die Leute haben nicht weniger gesagt, als dass ein Herr Murr, der Ehemann von Katy Murr, die wohl Dachsteins Geliebte war, den Bankdirektor umbrachte, und sich das Ehepaar Murr nach dem Tod von Dachstein wieder zusammengefunden hat. Dabei haben sie volles Verständnis für den Mord, aber keines für die unkluge Eile bei der öffentlich sichtbaren Versöhnung.

»Du warst doch eben bei der Frau Murr? Was hast du denn für einen Eindruck? Kann was dran sein an dem Geschwätz?«

»An dummem Gerede hat die kein Interesse. Deshalb zieht sie sich so zurück. Aber wie eine tieftraurige Geliebte, die ihren Gönner verloren hat, sieht sie nicht aus.«

»Bei der Witwe hält sich die Trauer auch in Grenzen«, erinnert sich Leicht unpassend amüsiert. »Wir suchen die Damen nochmals auf, Otto. Fangen wir mit der Geliebten an.«

13

Thomas Murr kniet auf dem Boden. »Gib mir doch mal die Weiche, Moritz.« Moritz sucht zwischen den auf dem roten Teppichboden des Kinderzimmers ausgeschütteten Teilen der Eisenbahn nach einer Weiche. Aufmerksam schiebt er mit tapsigen Fingern Schienenstücke, Häuser, Bäume und Waggons auseinander und findet schließlich, um was Thomas ihn gebeten hat. Stolz präsentiert er die Weiche und Thomas steckt sie zusammen. Seine Welt ist wieder in Ordnung. Wie er mit Moritz den Schienenstrang der Eisenbahn aus dem Chaos der Einzelteile zusammenfügt, so hat sich sein Leben wieder geordnet. Bei Katy, die vor dem um Kredit winselnden Wurm von Ehemann jeden Respekt verloren hat, spürt er Erstaunen und schließlich Bewunderung über die tatkräftige Entschlossenheit, mit der er um sie kämpfte. Dass ein anderer die Arbeit für ihn erledigt hat, braucht sie nicht zu wissen. Er war entschlossen, es zu tun, das genügt. Zumindest ihm. So befindet er sich in einem doppelten Wohlgefühl: Er hat den miesen Kerl nicht umgebracht. Katy glaubt es aber, hat wieder Achtung vor ihm gewonnen, und das Geheimnis schweißt sie zusammen.

Das Klingeln an der Wohnungstür stört ihn nur kurz. In Katys Appartement kümmert ihn das Läuten nicht. Er will sich in dieser vom Bankdirektor bezahlten Wohnung nicht einrichten, sondern fühlt sich als Besuch. Es wird ohnehin nicht mehr lange dauern, und diese Behausung gehört endgültig der Vergangenheit an. Bis dahin übernachtet er zwar hier, löst seine eigene Wohnung aber nicht auf.

Aus den Schritten und Stimmen auf dem Flur schließt er, dass

Katy mindestens zwei Besucher, und zwar Männer, eingelassen hat. Nun ja, sie haben einige Monate nicht zusammengelebt. Da können sich schon neue Bekanntschaften ergeben. »Moritz, gib mir den gelben Tankwaggon«, bittet er, und Moritz beginnt zu suchen.

»Haben Sie etwas vergessen?«, fragt Kathi Murr Otto Müller und ist erstaunt, dass er in Begleitung erscheint.

»Ich habe noch eine Frage«, übernimmt Leicht die Antwort. »Sie haben sich mit Ihrem Mann wieder ausgesöhnt? Sie sind wieder zusammen?«

Katy seufzt auf und erhebt sich aus dem Sessel. Leicht entgeht nicht, dass ihre Markenjeans wie angegossen sitzt und die locker fallende Bluse ein aufreizendes Dekolleté enthüllt.

»In was für einem Staat leben wir eigentlich? Gibt es noch so etwas Ähnliches wie eine Privatsphäre?«, fragt sie genervt. Leicht meint, Karin Dachstein zu hören. Geliebte und Ehefrau sind sich sehr ähnlich.

»Ja schon«, sagt er. »Aber bedenken Sie, wir suchen einen Mörder.«

»Sehe ich aus wie einer?«

»Frau Murr, die wenigsten sehen so aus. Wenn es anders wäre, hätten wir es leichter in unserem Job.«

»Das heißt, Sie verdächtigen mich?«, fragt sie empört. »Das ist doch lächerlich!«

Hauptkommissar Leicht schaut ihr geradewegs in die Augen: »Nein, nicht Sie.«

»Kann ich mal kurz auf die Toilette?« Otto Müller rutscht vom Sofa und drückt sich an Katy vorbei.

»Gleich links«, weist sie ihm freundlich den Weg, als er an ihr vorbeigeht. Bad und Toilette sind in dem kleinen Appartement in einem Raum untergebracht. Otto schaut sich um. Dusche und Badewanne sind integriert. Daneben hängt ein Bidet an der Wand. Auf der anderen Seite befindet sich unter einem großen Spiegel ein Waschbecken. Das WC ist links neben der Tür.

Otto benutzt es nicht. Auf den Rändern des Waschbeckens sieht er zwei elektrische Zahnbürsten und eine einfache im Zahnputzglas. Mit einer raschen Handbewegung nimmt er die Bürste aus dem Glas und wickelt sie in eines der bereitliegenden Papiertaschentücher. Dann kehrt er in das Wohnzimmer zurück.

Dort ist das Gespräch nach dem »*Nein, nicht Sie*« ins Stocken geraten. Kathi nimmt wieder im Sessel Platz, schlägt die Beine übereinander und verschränkt abwehrend ihre Arme.

»Was meinen Sie damit, Herr Kommissar?«

»In der Stadt wird offen darüber geredet, Ihr Mann könne etwas mit dem Tod von Direktor Dachstein zu tun haben. Er hat allen Grund, ihn nicht zu mögen, um es vorsichtig zu formulieren. Verstehen Sie die Leute, denen es sehr verdächtig vorkommt, dass Sie sich mit Ihrem Mann wieder zusammengetan haben?«

»Was den Leuten alles *wie* vorkommt, ist mir reichlich wurscht, Herr Kommissar. Die Leute haben sich ihr Maul über mein Verhältnis zu Helmut zerrissen! Aber dann wurde Karin, Helmuts Frau, mal wieder mit ihrem Trainer erwischt, und schon hatten sie ein neues Thema. Oder der junge Tobias Mayer mit seiner Tante Luise und der große Herr Dr. Mayer selbst mit allen möglichen Weibern. Wenn das für Sie Mordmotive sind, dann können Sie die halbe Stadt verhaften.«

»Wo können wir denn Ihren Mann antreffen, wenn wir mit ihm sprechen wollen?« Katy zögert. Aus dem Nebenzimmer war ein rumpelndes Geräusch zu hören. Sie steht auf.

»Moritz wird unruhig. Geben Sie mir doch Ihre Telefonnummer. Mein Mann wird sie dann anrufen. Ist das in Ordnung so? Ich muss mich um Moritz kümmern.«

Katy geht zur Tür voran, Leicht nestelt eine Visitenkarte aus seinem Geldbeutel, legt sie auf den Tisch und verlässt an Otto Müller vorbei, der noch einige entschuldigende Worte sagt, die Wohnung.

»Wenigstens habe ich seine Zahnbürste«, informiert Otto seinen Kollegen, als sie vor dem Haus stehen.

»Für heute habe ich genug«, brummt Leicht. »Ich mache jetzt Feierabend.«

Er irrt sich gewaltig. Im Präsidium herrscht helle Aufregung, als Leicht und Müller dort eintreffen. Am Vormittag hat eine Joggerin im Rechen des unterhalb der Stadt gelegenen Donaukraftwerks einen menschlichen Körper entdeckt. Nach der Bergung stellte sich heraus, dass es sich um eine etwa 40-jährige Frau handelte und diese schon einige Tage im Wasser gelegen hat. Die Leiche landete schließlich auf dem Tisch von Frau Dr. Werr.

Ihre kurze und schnelle Diagnose lautete: tot seit mindestens Pfingstsonntag. Kein Wasser in der Lunge, aber ein glatter Genickbruch. Profiarbeit.

Hauptkommissar Leicht schnauft gequält. Dass die Morde nicht schön hintereinander geschehen können! Jetzt hat er noch einen auf dem Tisch. Gemeinsam machen sich die beiden Kommissare auf den Weg in die Gerichtsmedizin. Dort finden sie Ute Werr, die konzentriert über den Seziertisch gebeugt einen nackten Frauenkörper nach irgendwelchen Spuren absucht.

»Sie werden Ihr Fahndungstempo erhöhen müssen, meine Herren«, empfängt sie die zwei Ermittler. »Das müssen Sie sich ansehen! Keinerlei äußerliche Verletzungen. Ein paar postmortale Kratzer an der Haut, wohl von ihrem letzten Bad am Kraftwerk. Ansonsten nichts. Aber wie es da drinnen aussieht, geht uns doch was an. Bei der Frau finden sich fürchterliche Vernarbungen im Genital- und Analbereich. Innerlich. Das sind keine Operationshinterlassenschaften, sondern – lassen Sie es mich sagen, wie es ist – Beweise viehischer Sauereien. Allerdings schon mehrere Jahre her. Genau kann man das nicht mehr feststellen. Ich wenigstens nicht. Archäologen haben andere Methoden. Ist es nicht so, Horst?«

Wenn Leicht an diesem Tag irgendetwas nicht brauchen kann, dann sind es Ute Werrs Frotzeleien.

»Haben Sie eine Ahnung, woher die Frau kommen könnte?«, fragt er deshalb und geht auf ihren Ton nicht ein.

»Keine Ahnung. Konnte nicht mehr viel mit ihr reden. Aber es sieht nicht so aus, als wäre sie am Neckar geboren. Ich tippe auf zweitausend Kilometer südöstlich. Übrigens dürfte sie an Jahren etwas jünger sein, als sie aussieht. Mitte dreißig schätze ich.«
Otto Müller holt die in ein Papiertaschentuch eingewickelte Zahnbürste aus der Tasche und reicht sie der Medizinerin.
»Was ist denn das? Bringen Sie mir die Leichen jetzt stückchenweise?«
»Frau Dr. Werr, ich habe eine große Bitte.« Müller bemüht seinen ganzen Charme. »Das ist eine Zahnbürste. Können Sie die DNA des Benutzers feststellen? Wir müssen wissen, ob diese Person mit dem Mord an Dachstein zu tun hat.«
»Mein Gott, seid ihr heute humorlos. Meint ihr, der Mörder hat dem Dachstein die Zähne geputzt, nachdem er sich übergeben hat, nur damit ich nichts finde? Aber ich mache alles für Sie, Herr Müller. Nur wenn Herr Leicht mir künftig Mumien oder Mammutchen bringt, hört der Spaß auf.«
»Herr Gott noch mal, wer bricht einer Frau kaltblütig das Genick und wirft sie in die Donau?«, fragt Otto Müller den Hauptkommissar, als sie sich in Leichts Büro zu einem Bier als Absacker dieses Tages zusammensetzen.
»Das sieht nicht nach viel Emotion aus. Die wurde einfach weggeräumt. Sie hat gestört. Und wir wissen gar nichts. Kein Name, kein Wohnort, nichts.«
In solchen Fällen schlägt Hauptkommissar Leicht auf das trübe Wasser, wie er sagt. Manchmal entsteht dann eine überraschende Bewegung, und einige Fische kommen an die Oberfläche. Er greift also zum Telefon und ruft Michael Plum an, den Lokalreporter der größten Tageszeitung der Region. Plum ist eine schillernde Gestalt in der Stadt. Man munkelt, er berichte nicht nur über kleinere und größere Skandälchen, sondern sei oftmals auch darin verstrickt. Hartnäckig hält sich das Gerücht, er sei aus gutem Grund in seiner Jugend aus der Stadt verschwunden und habe einige Jahre in Nordafrika in der Fremdenlegion verbracht.

»Ich habe eine interessante Geschichte für dich. Aber nur, wenn du mir hilfst«, lockt Leicht den Journalisten in sein Büro.
»Okay, ich bin in zehn Minuten drüben bei dir.«
Am nächsten Tag erfahren die Zeitungsleser unter der reißerischen Überschrift *Profikiller in der Stadt*, dass einer schwarzhaarigen Frau, zwischen dreißig und vierzig Jahren alt, die vermutlich aus Südosteuropa stammt, am Pfingstsamstag oder Pfingstsonntag brutal das Genick gebrochen wurde. Die Leiche wurde dann in die Donau geworfen und blieb im Schutzrechen des Kraftwerks hängen, wo sie gestern eine Joggerin entdeckte. Es folgen eine nähere Beschreibung der Frau und der Hinweis, dass das Opfer womöglich auf der Durchreise gewesen ist. Der Mord trage professionelle Züge. Es könne also sein, dass sich ein Berufskiller in der Stadt aufhalte. Neben dem Artikel ist das stark retuschierte Bild eines Frauengesichtes abgedruckt.

Wie jeden Tag studiert der pensionierte Oberstudiendirektor Wilhelm Dachstein beim Morgenkaffee gründlich die Tageszeitung. Sein Blick bleibt an dem Bild hängen. Er liest den Artikel, entfernt das Blatt aus der Zeitung und faltet die Gazette für seine Frau, die beim Bäcker die Frühstücksbrötchen holt, sorgsam wieder zusammen. Dann zieht er sich schweigend in sein Arbeitszimmer zurück. Frau Dachstein bringt ihrem Mann seine Tasse Kaffee und einen Teller mit einem belegten Brötchen und stellt beides vor ihn auf den Schreibtisch. Als er sich bedankt, meint sie, Tränen in seinen Augen zu sehen. »Ist doch selbstverständlich, Willi«, sagt sie seltsam angerührt. *Mein Mann wird alt*, denkt sie und streicht ihm zärtlich über seine weiße Mähne.

In der Rezeption des Hotels am Bahnhof blättert die Azubi zur Hotelfachfrau, Martina Mann, gelangweilt in der Zeitung. In Kürze wird das große Outchecking beginnen. Jetzt aber ist es noch ruhig. Die Stimme ihrer Chefin, einer resoluten schnörkellosen Fünfzigerin, hört sie aus dem Büro. Offensichtlich hat sie einen Gast am Telefon, der unbedingt eine Zugverbindung nach Hamburg braucht und sich darüber beklagt, keinen reservierten

Platz zu bekommen. Martinas Augen bleiben an dem Bild unter dem Wort *Profikiller* hängen, und sie sieht sich die abgebildete Frau genauer an, vergewissert sich, nimmt die Zeitung und geht nebenan zu Frau Schlumberger, die ihr Telefonat beendet hat.

Sie legt die aufgeschlagene Zeitung über die auf dem Schreibtisch herumliegenden Papiere und tippt auf das Bild. »Die hatte doch bei uns ein Zimmer.«

Ihre Chefin beugt sich über den Tisch, überfliegt den Artikel und meint: »Das kann sein. War das nicht die mit den zwei Typen?«

Vor der Theke der Rezeption sammeln sich die ersten Gäste, die ihre Rechnung verlangen. »Auf geht es, Martina. Die Gäste warten.« Frau Schlumberger wirft die Zeitung achtlos in den Papierkorb, um den Schreibtisch schnell wieder freizubekommen.

14

Auf Max Mayer ist Verlass. Karin hat ihn angerufen und vom Besuch der beiden Kommissare erzählt. Also kommt er. Seine Schwester wird informiert, dass er heute vermutlich den ganzen Tag nicht mehr in der Klinik sein wird. Notfalls kann sie ihn am Handy erreichen. Das ist das Angenehme an Luise. Sie fragt niemals nach. Sie weiß, wenn Max etwas preisgeben will, dann tut er es und wenn nicht, dann ist das seine Sache.

Karin geht ihm in das Wohnzimmer voraus und holt zwei Tassen Kaffee aus der Küche. »Das war eigenartig eben«, beginnt sie ihren Bericht über den Besuch der beiden Kommissare. »Sie wollten das ganze Haus auf den Kopf stellen.«

»Haben sie denn etwas gefunden?«, fragt Dr. Mayer, der Karin aufmerksam zuhört.

»Ich weiß es nicht, aber ich glaube, nein. Jedenfalls haben sie sich mir gegenüber nichts anmerken lassen.«

»Wäre denn etwas zu finden gewesen?«

Karin sieht Max erstaunt an. Wie immer strahlt dieser Mann eine grenzenlose Sicherheit aus. Ruhig und unerschütterlich sitzt er im Sessel, und nur seine hellwachen Augen verraten ein aufmerksames Interesse. Karin ist sich seiner Freundschaft ganz sicher und obwohl dies nicht ihre Art ist, hat sie das Bedürfnis, es ihm zu sagen. »Max, ich bin so dankbar, dass ich mit dir reden kann.«

Der schwere Mann verscheucht mit einer wegwerfenden Handbewegung die aufkommende Sentimentalität wie eine lästige Fliege. »Jetzt erzähle mal, Karin. Was war denn los mit dir und

Helmut in letzter Zeit? Dass irgendetwas nicht stimmte, konnte man doch mit Händen greifen. Er hat sich völlig zurückgezogen und niemanden mehr an sich herangelassen. Kennst du dafür einen vernünftigen Grund? Launisch war er doch nicht, oder irre ich mich?«

Karin hat die Schuhe ausgezogen und sich in der Sofaecke zusammengekauert. Sie sucht nach einer geeigneten Antwort. Max wartet. Es ist still im Zimmer, und von dem zuverlässigen Freund der Familie Dachstein strömt eine entspannende Wärme zu der grübelnden Frau und umschließt sie. »Über Bankdinge hat er nur manchmal mit mir geredet. In letzter Zeit gar nicht mehr. Aber ich habe gespürt, dass da etwas ist. Wie in einer schwarzen Wolke ist er langsam verschwunden. Ich habe ihn nicht mehr erreicht. Ich bekam das unsichere Gefühl, als wolle er etwas verbergen. Nicht, weil er ein Geheimnis vor mir hüten wollte, sondern um mich nicht zu belasten. Ich spürte, dass er mir entglitt. Nicht wegen anderer Frauen; das war kein Thema. Nein, ich fürchte, es hat ihn irgendetwas aus seinem früheren Leben erreicht, von dem ich nichts weiß, und was er mir auch nicht sagen wollte.«

»Hat er mit Wilhelm darüber gesprochen?«

»Ich weiß es nicht. Mir hat Vater nichts gesagt.«

Maximilian Mayer senkt die Lider und massiert mit Daumen und Zeigefinger seine Schläfen. »Karin, ich bin kein Freund des Konjunktivs. Aber könnte es sein«, – er lässt beide Arme fast hilflos nach unten fallen, und die offenen Handflächen zeigen zu Karin – »könnte es sein, dass Helmut wieder Kontakt zu seinem Leben als Milan Radic aufgenommen hat?«

Karin hält mit beiden Armen ihre hoch angewinkelten Knie umgriffen und zieht sie enger an ihren Körper heran. Mit den nicht so streng anliegenden Haaren und dem lustigen, kleinen Leberfleck am rechten Mundwinkel sieht sie trotz ihres Alters in dieser Pose recht mädchenhaft aus. »Dass er aufgenommen hat, glaube ich nicht. Dass es ihn eingeholt hat, halte ich für möglich.«

Max Mayer lässt seinen Kopf nach vorne fallen. Nur sein massi-

ver Brustkorb verhindert, dass die Stirn den Couchtisch berührt. In dieser Haltung verharrt er eine Weile. Karin beobachtet ihn abwartend aus ihrer Sofaecke. Endlich hebt er seinen Kopf und bestimmt: »Der Kunath muss her!«
Er holt sein Telefon aus der Tasche und gibt eine Nummer ein. »Dr. Mayer hier! Herr Kunath, gut, dass ich Sie erwische. Ich habe eine große Bitte. Können wir möglichst sofort miteinander sprechen. Nein, nicht in der Klinik und nicht in der Bank. Ich bin bei Karin Dachstein.« Er hört die Antwort und bedankt sich. »Das ist schön. Wir erwarten Sie.«

Keine halbe Stunde später sitzen sich die beiden Männer gegenüber. Karin Dachstein serviert Kaffee und Cognac. Das auf dem Sofa zusammengekauerte Mädchen hat sich in Minutenfrist zur perfekten Gastgeberin gewandelt.

»Herr Kunath, lassen Sie mich gleich zur Sache kommen«, beginnt Dr. Mayer das Gespräch. »Heute waren die beiden Kommissare hier und wollten alles auf den Kopf stellen. Was sie suchen, wissen wir nicht. Ob sie etwas gefunden haben, wissen wir auch nicht.«

»Bei mir waren sie auch«, informiert der neue Bankdirektor. »Sie wollten Direktor Dachsteins Schreibtisch und auch sein Schließfach sehen. Beides Fehlanzeige.«

»Wir rätseln, was sie suchen. Wir haben alle in den letzten Wochen erlebt, wie Helmut sich verändert hat. Er wurde verschlossen, was so gar nicht seine Art war. Haben Sie eine Ahnung, was hinter diesem Verhalten stecken könnte? Ich vermute, es hat mit der Bank zu tun.«

»Haben Sie bereits mit Schwarzkopf gesprochen?«, fragt Kunath vorsichtig.

»Nein«, erwidert Mayer, »warum sollte ich?«

»Mir wäre es lieber so.«

»Warum? Was ist los? Wir dürfen die Kommissare nicht in jeder Ecke herumsuchen lassen, wenn wir kurzen Prozess machen können. Das tut unserer Stadt nicht gut.«

Maximilian Mayer, ganz Lokalpolitiker und Mäzen, appelliert an die Loyalität Kunaths zu den Interessen der Stadt und ihrer Bürger. Dieser hat sein Mobiltelefon am Ohr und wartet, als habe er die eindringlichen Worte nicht gehört. Abweisend und unbeteiligt reagiert er auf Mayers ermunternd fragenden Blick.

»Karl, ich bin es. Ich habe dich doch informiert, was mir aufgefallen ist und dich gebeten, zu überlegen, was wir tun können. Nein, ich habe alles hier unter Verschluss. Aber die Kommissare setzen offensichtlich Frau Dachstein unter Druck und Dr. Mayer fragt mich, ob ich eine Erklärung habe, weswegen sich *unser Milan* in letzter Zeit so verändert hat.«

Kunath hört schweigend zu, was die Stimme aus dem Telefon sagt. Den Blicken von Karin Dachstein und Max Mayer weicht er aus. Nach einer langen Weile angespannten Hörens sagt er: »Ja, er sitzt neben mir.«

Er reicht Dr. Mayer sein Handy. Der lässt es in seiner rechten hohlen Hand verschwinden und legt sie ans Ohr. Lange hört man nur ein leises, unverständliches Stimmgeräusch, in ruhigem Tonfall, aber wohl eindringlich. Nach einigen Minuten, die sich für Karin wie Stunden ziehen, sagt der schwere Mann mit leicht gerötetem Kopf: »Danke, Karl. Ich weiß Bescheid. Du kannst dich auf mich verlassen.« Er gibt das Telefon an Kunath zurück und sagt mit einem Blick auf Karin: «Karl Schwarzkopf. Schönen Gruß an dich.«

Mit Daumen und Zeigefinger drückt er fest auf seine geschlossenen Lider. Dann wendet er sich an Kunath:

»Das darf nicht bekannt werden. Das müssen Sie erledigen, Herr Kunath. Wilhelm würde das nicht überleben.«

Kunath nickt und erhebt sich. Es ist alles gesagt.

»Mit der Wahrheit ist niemandem gedient«, fasst Dr. Mayer das Telefonat zusammen und gibt Kunath zum Abschied die Hand.

Karin Dachstein sieht verständnislos in die verschlossenen Gesichter der beiden Männer.

15

»Hallo Horst, du sollst deine Intimfreundin besuchen. Ute möchte dem Horst etwas mitteilen, was sie mir nicht sagen kann.«

Otto Müller macht sich einen Spaß daraus, den süffisanten Tonfall der Gerichtsmedizinerin nachzuäffen. »Sie hat zwei interessante Neuigkeiten und möchte dein Gesicht sehen.«

Hauptkommissar Leicht steht der Sinn nicht nach Scherzen. Er hat ein Gespräch mit der Oberstaatsanwältin Rossmann hinter sich und musste den Ermittlungsstand in zwei ungeklärten Mordfällen darlegen. Die hagere Endfünfzigerin ließ den Hauptkommissar sadistisch seine leeren Taschen ausbreiten und schickte ihn mit den Worten fort: »Also, Leicht, bringen Sie mir ordentliche Ergebnisse. Möglichst bald! Aber nicht solche wie bei Attelmann.«

Wieder holte ihn dieser verdammte Attelmann-Prozess ein, in dem er sich bis auf die Knochen blamiert hatte, weil er sich vorzeitig auf einen Täter festlegte.

So sind die Staatsanwälte, quengelt er unverstanden. Wird ein Fall aufgeklärt, schnell und zutreffend, dann ernten sie die Lorbeeren. Gibt es Probleme, dann sind die unfähigen Ermittler schuld. Die sollen mal raus und sich die Hacken ablaufen, anstatt zwischen Büro und Gerichtssaal zu pendeln und sich mit fremden Federn zu schmücken.

Wenn Ute Werr Neuigkeiten ankündigt, dann steckt meist eine handfeste Überraschung dahinter. Sie ist eine Künstlerin der Untertreibung. In seinen beiden Fällen kann Leicht neue Erkenntnisse gut gebrauchen. Er hat nichts, nicht einmal konkrete Vermutungen, wie ihm das Gespräch bei der Oberstaatsanwältin überdeutlich bewies. Er macht sich auf den Weg in die Gerichtsmedizin, durchquert die unterirdischen, langen Flure und tritt, ohne anzuklopfen, durch die Tür mit dem Aufkleber *Dr. U. Werr*. Die Pathologin sitzt hinter ihrem Schreibtisch und nimmt, als Leicht das Zimmer betritt, ihre Lesebrille ab und betrachtet den Hauptkommissar interessiert. »Sie sehen deprimiert aus. Kommen Sie gerade von Dr. Rossmann?« Leicht stutzt.

»Bevor Sie mich für eine Hexe halten: Sie hat mich heute Morgen angerufen. Ich habe ihr aber nichts gesagt. Jetzt setzen Sie sich erst mal.«

Die drahtige Frau im weißen Arztmantel steht auf, holt zwei Wassergläser vom Waschbecken, eine Grappaflasche aus dem Präparatenschrank und gießt die beiden Gläser halb voll.

»Santé«, sagt sie und nimmt einen kräftigen Schluck. Leicht rührt sich nicht, sondern schaut ihr nur neugierig zu.

»Sitzen Sie gut? Dann kann ich anfangen. Erstens«– sie umfasst mit der rechten Hand ihren sehnigen, nach oben gestreckten linken Daumen – »der rechtmäßige Eigentümer des Erbrochenen und der Benutzer der Zahnbürste sind identisch. Zweitens«– sie lässt den Daumen los und fasst nach dem ausgestreckten Zeigefinger – »das einzelne schwarze Haar, das wir neben Dachstein gefunden haben, gehört«– Ute Werr lässt den Zeigefinger los, stützt sich auf ihre Handflächen, beugt sich zu Horst Leicht vor und sperrt ihre Augen mit gespieltem Staunen weit auf - »unserer unbekannten Toten aus dem Donaukraftwerk.«

Nach dieser schauspielerischen Leistung gönnt sie sich einen ordentlichen Schluck aus dem Wasserglas und genießt Leichts Sprachlosigkeit. »Und jetzt kommt der Hammer: Dieser Frau ist das Genick mindestens vierundzwanzig Stunden früher gebrochen worden, ehe der Dachstein erschossen wurde. Ist das eine Geschichte?! Oh, là, là! Da können Sie Ihre elfenbeinernen Mammutchen vergessen!«

»Sind Sie ganz sicher?« Leicht steht auf und erwartet keine Antwort. Ute Werr, das weiß er, ist sich ganz sicher, wenn sie solche

Feststellungen trifft. Im Stehen trinkt er sein Glas in einem Zug leer, stellt es auf dem Waschbecken ab, wendet sich zu der Gerichtsmedizinerin um, murmelt so etwas Ähnliches wie »*Danke*« und schließt die Tür hinter sich.

Die Frau im weißen Mantel stellt ihr Glas neben das von Leicht und lächelt. *Jetzt hat er was zu beißen*, denkt sie und macht sich selbst Gedanken darüber, wie denn das alles zusammenpassen könnte.

Otto Müller erwartet seinen Chef ungeduldig. »Was gibt es für Neuigkeiten?«, fragt er, als Leicht ins Büro kommt. Statt einer Antwort bekommt er eine Gegenfrage: »Wer hat die Zahnbürste benutzt, die du bei der Murr mitgenommen hast?« Otto kennt diesen Ton. Am besten nur antworten. Kurz und knapp. »Ich wette, ihr Mann.«

»Warum?«

»Da standen zwei elektrische für die Dauerbewohner. Katy Murr mit Sohn Moritz. Und eine einzelne für den Übernachtungsgast. Es ist die einzelne.«

»Okay, Otto, nimm ihn fest und bring ihn her. Den Haftbefehl besorge ich bei der Rossmann.«

16

Die Nachricht von der Festnahme Thomas Murrs wird in der Stadt mit Erleichterung aufgenommen. Nicht etwa, weil irgendjemand sich vor dem frei herumlaufenden Mann, der einen Mord begangen haben soll, gefürchtet hat, sondern weil damit das belastende Kapitel plausibel und wie erwartet abgeschlossen werden kann. Die Leiche von Helmut Dachstein wird zur Beerdigung freigegeben, und die Stadt bereitet den letzten Akt vor.

Stadtpfarrer Dr. Albert Haider bekleidet dieses Amt seit über zehn Jahren. Er ist ein kräftiger, zupackender Mann. Als drittes Kind eines kleinen Allgäuer Bauern hat er in Weihenstephan Landwirtschaft studiert. Als ihm seine Braut, die Erbin eines niederbayerischen Hofguts, bei einem Ausflug nach Andechs erklärte, mit der Hochzeit werde es nichts, weil ihr Vater den Sohn eines Freundes von ihm, der eine Zuckerrübenfabrik besitzt, für sie ausgesucht hat, zog er sich zurück. Am Domberg in Freising besuchte er dann das Priesterseminar, und vor gut zwanzig Jahren wurde er vom damaligen Kardinal Joseph Ratzinger, der auch sein akademischer Lehrer war, zum Priester geweiht. Dass er sein Leben als Stadtpfarrer in dieser oberschwäbischen Pfarrei verbringen werde, war ihm nicht in die Wiege gelegt. Er hat sich damit abgefunden und in der Stadt Ansehen und sogar eine gewisse Beliebtheit erworben.

Zum Requiem füllen die Familienangehörigen und persönliche Freunde die ersten Bankreihen. Neben der Witwe Karin sitzen ihre Eltern, der frühere Direktor des Gymnasiums und seine Frau. Gleich dahinter wird der Oberbürgermeister mit Gattin nicht müde, die Teilnehmer an der Trauerfeier mit würdigem Kopfnicken zu begrüßen. Maximilian Mayer umklammert mit beiden Händen die obere Leiste der Kirchenbank, und weiter hinten im Kirchenschiff versammeln sich die übrigen Bewohner der Stadt, die meinen, bei diesem Ereignis anwesend sein zu müssen.

Nachdem der Stadtpfarrer, der dem Anlass entsprechend mit einem weiten schwarzen Rauchmantel bekleidet ist, den Altar umschritten und durch kräftiges Schwenken des Weihrauchfasses dafür gesorgt hat, dass die dichten weißen Schwaden eine feierliche Stimmung erzeugen, beginnt der Gottesdienst.

Dr. Haider variiert in seiner Trauerrede, in der er zunächst die Verdienste des Toten hervorhebt, das Thema aus Matthäus, Kapitel 7: *Richtet nicht, auf dass ihr nicht gerichtet werdet.*

Es gelingt ihm, eine nachdenkliche und ruhige Stimmung zu schaffen, in die hinein er die Ansprache routiniert beenden kann:

»So lasset uns beten für unseren Bruder Helmut Dachstein, der uns vorausgegangen ist, für unseren weiteren, verzweifelten und zum Sünder gewordenen Bruder, der auf Gottes Gnade hofft und für den nächsten aus unserer Mitte, der vor Gottes Angesicht treten wird. Vater unser …«

Mit kräftigen Stimmen fällt die Gemeinde in das Gebet ein.

Als der Stadtpfarrer und hinter ihm die Sargträger die Prozession vom Altar zum Kirchenportal eröffnen, um den Weg zum Friedhof einzuschlagen, braust aus allen Pfeifen der mächtigen Orgel der österliche Triumphchoral: *Jesus lebt, mit ihm auch ich. Tod, wo sind nun deine Schrecken?*

Stadtpfarrer Dr. Haider hat mit seinem Zeremoniell den ramponierten Anzug der Stadt wieder glattgebügelt. Die Menschen sind ihm dankbar dafür. Bei dem anschließenden gemeinsamen Leichenschmaus ist der Tod von Helmut Dachstein bereits kein Thema mehr.

17

Im Vernehmungsraum des Polizeipräsidiums sitzen sich Thomas Murr und der Hauptkommissar gegenüber. Auf dem Tisch ist ein Tonträger aufgebaut. Leicht diktiert den Beginn des Protokolls und fragt dann ohne alle Umschweife: »Herr Murr, haben Sie den Bankdirektor Helmut Dachstein am zweiten Pfingstfeiertag dieses Jahres in dessen Wohnzimmer getötet?«

Thomas Murrs Haltung ist aufrecht. Sein Rücken ist durchgedrückt und seine Hände hat er hinter der Lehne des unbequemen und harten Stuhles verschränkt. Er zeigt Leicht seine freie Brust.

»Ja, das habe ich.«

»Warum haben Sie das getan?«

»Der Mann hat es verdient.«

»Wie haben Sie Helmut Dachstein getötet?«

»Ich habe ihn erschossen und mit einem Messer auf ihn eingestochen.«

»Womit haben Sie ihn erschossen?«

»Mit einer Pistole. Ich habe sie neben den Sessel gelegt.«

»Mit welchem Messer haben Sie auf ihn eingestochen?«

»Mit einem Jagdmesser. Ich habe es bei der Brücke in den Fluss geworfen.«

»Warum haben Sie die Pistole neben den Sessel gelegt und nicht auch in den Fluss geworfen?«

»Ich wollte es wie Selbstmord aussehen lassen.«

»Dann hätten Sie aber nicht mehr auf ihn einstechen dürfen.«

»Das war ein Fehler. Ich habe mir das zu spät überlegt. Es ist mein erster Mord.«

»Hat Ihnen jemand geholfen?«
»Nein, ich war allein.«
»Kennen Sie diese Frau?« Leicht legt das Bild der Toten vom Donaukraftwerk vor Murr auf den Tisch. Der betrachtet das Foto ohne Interesse.
»Nein. Nie gesehen.«
Horst Leicht überlegt. Zweifelnd betrachtet er den Mann, der ohne jede Gefühlsregung einen Mord gesteht, der so, wie er ihn schildert, nicht begangen worden sein konnte.
»Wie kam Dachstein auf den Boden? Fiel er vom Sessel?«
»Nein, ich habe ihn heruntergezogen und mit den Füßen getreten. Er hat es nicht anders verdient.«
»Wir haben neben der Leiche Erbrochenes gefunden. Wie kam das dorthin?«
»Mir wurde übel. Ich habe so etwas noch nie gemacht.«
»Bereuen Sie, Dachstein umgebracht zu haben?«
»Nein.«
»Sind Sie sicher, dass Sie mit der Pistole geschossen haben, die wir neben dem Sessel gefunden haben?«
Horst Leicht spürt, dass der Mann ihm gegenüber unsicher wird und nachdenkt. Die Antwort kommt nicht mehr so schnell wie die anderen zuvor.
»Ich weiß nicht, welche Pistole Sie gefunden haben, Herr Kommissar. Ich habe mit derjenigen geschossen, die ich neben den Sessel gelegt habe. Ich sagte schon, ich wollte einen Selbstmord vortäuschen.«
»Wie lange haben Sie sich im Haus von Dachstein aufgehalten? Wie sind Sie hineingekommen?«
»Ich kam über die Terrasse. Die Tür stand offen. Es war ein warmer Tag.«
»Und wie lange waren Sie im Haus?«
Thomas Murr zögert. Er scheint zu rechnen. Der Kommissar hilft ihm: »Zehn Minuten, eine halbe Stunde, eine Stunde oder den ganzen Tag? Aber es ist ja auch nicht so wichtig.«

Thomas Murr beobachtet den Mann, der ihn verhört, aufmerksam, und als dieser mit einer wegwerfenden Handbewegung die Bedeutung der Frage als gering wertet, antwortet er: »Etwa eine halbe Stunde. Ich habe nicht auf die Uhr gesehen.«
»Gut, Herr Murr. Dann beenden wir das für heute. Das Wichtigste haben wir jetzt hinter uns. Fühlen Sie sich erleichtert nach dem Geständnis?«

Thomas Murr steht auf und folgt dem Wachtmeister, der ihn wieder in seine Zelle bringt. Die letzte Frage von Leicht lässt er unbeantwortet.

Der Hauptkommissar entnimmt dem Gerät auf dem Tisch die Kassette und macht sich auf den Weg in sein Büro. Verdammt, da läuft etwas schief, schrillen in Leichts Kopf alle Alarmglocken. Wenn der Mann so lügen würde, um aus dem Verdacht herauszukommen, dann wäre es aussichtslos, aber verständlich. Er lügt, um den Verdacht gegen sich zu erhärten, das kann erfolgreich sein, aber ist nicht zu verstehen. Oder er ist ein ganz raffinierter Hund: Er belastet sich selbst so dumm, dass wir ihn als Täter ausschließen. Jedenfalls kann ich mit diesem Ergebnis nicht zur Rossmann. Mit diesen Gedanken kehrt er in sein Büro zurück, wo ihn Otto Müller bereits mit strahlender Laune erwartet.

»Gute Nachricht, Chef. Die Oberstaatsanwältin gratuliert. Du sollst sofort zu ihr hinüberkommen und dir die Blumen abholen.«

Horst Leicht winkt ab. Er setzt sich an seinen Schreibtisch und ruft Karin Dachstein an. Am Telefon stellt er den Lautsprecher an, damit Otto Müller mithören kann. »Frau Dachstein, entschuldigen Sie bitte, aber ich habe noch eine Frage: Wann war Ihr Hausputz vor Pfingsten?«

»Ist das wichtig? Ivanka hat Freitag und Samstagvormittag geputzt.«

»Können Sie sich vorstellen, dass auf dem Fußboden in der Wohnhalle ein Haar liegen geblieben ist?«

»Nein, Herr Kommissar. Bei Ivanka? Kein Stäubchen! Da bin ich mir ganz sicher.«
»Das war es schon. Danke, Frau Dachstein.«

18

In Hamburg regnet es, als die beiden schlanken, jungen Männer in den knapp sitzenden schwarzen Anzügen durch die erleuchtete Lincolnstraße auf den *Piccadilly Club* zueilen. Sie schmieden Pläne, was sie mit den zehn Riesen anfangen, die sie als zweite Rate in wenigen Minuten von Ilir bekommen. Die ersten zehn haben sie als Anzahlung bereits bei Übernahme des Auftrags erhalten. Über Ilir wissen sie nicht viel. Er gehört zu den Kosovo-Albanern, die sich mit den Russen um die Macht rund um die Herbertstraße prügeln. Nach dem Zusammenbruch der ehemals eisernen Grenzen zu Osteuropa sind die verschiedensten Gangs nach Deutschland gekommen und haben mit Brutalität das alte, geradezu romantisch liebenswerte St. Pauli umgekrempelt.

Zwei rivalisierende Gruppen bekämpften sich damals, und die mächtigen Bosse blieben unsichtbar. Man kannte ihre Namen nur vom Hörensagen und hütete sich, sie zu nennen. Ilir war der sichtbare Teil des albanischen Eisberges.

Sie arbeiteten immer wieder für ihn. Mal waren Mädchen aus der Ukraine nach Hamburg zu holen, mal ein größerer Bargeldbetrag grenzüberschreitend zu transportieren. Es kam auch schon mal vor, dass jemand eingeschüchtert werden musste. Sie erledigten diese Aufträge zuverlässig und erfolgreich, und Ilir zeigte sich bei der Bezahlung nicht knauserig.

Diesmal hatten sie eine Frau davon abzuhalten, einem für Ilir wichtigen Mann zu nahe zu kommen. Weder die Frau noch der Mann wussten von ihrem Auftrag. Ilir stattete sie mit Namen, Reisedaten und Fotos aus. Am Donnerstag war die Frau aus Belgrad kommend in der Stadt eingetroffen und hatte sich im Hotel am Bahnhof eingemietet. Am Freitag fuhr sie zum Wohnort des Mannes, besuchte aber ein anderes Haus. Den Mann traf sie nicht. Am Samstag erledigten sie ihren Auftrag. Diese Frau würde für niemanden mehr eine Bedrohung sein. Die letzten Minuten waren etwas unangenehm, da die noch junge Frau beteuerte, niemandem etwas tun zu wollen, und nachdem sie merkte, dass alles Reden nichts half, sie als seelenlose Roboter beschimpfte, die sie genau kenne. Solche Leute hätten sie schon vor fünfzehn Jahren getötet. Sie könnten ihr also gar nichts mehr tun. Das wirre Gerede hätten sie nicht im Gedächtnis behalten, wenn es nicht in ihrer gemeinsamen Muttersprache gewesen wäre.

Pfingsten verbrachten die zwei Männer anschließend bei Freunden in Frankfurt, und für diesen Sonntag sind sie um 22 Uhr mit Ilir im *Piccadilly* verabredet. Sie treten in die Bar ein und warten, bis sich ihre Augen auf das gedimmte Licht eingestellt haben. Dann sehen sie sich um und entdecken Ilir in angeregtem Gespräch mit dem Barkeeper an der Theke. Er sitzt mit dem Rücken zu ihnen, und als sie sich neben ihn stellen, hebt er überrascht den Kopf. Dann legt er schweigend die geöffnete rechte Hand mit der Handfläche nach oben neben sein noch halb gefülltes Glas. Er schaut sie herausfordernd an. Sie verstehen nicht.

»Alles erledigt.« Der eine sagt es, der andere nickt.

»Nichts ist erledigt«, sagt Ilir fast tonlos. »Der Mann ist tot.«

Die offene Hand auf der Theke schließt und öffnet sich mehrere Male ungeduldig.

Die beiden jungen Männer kennen Ilir und haben drei Probleme:

Zum einen verstehen sie nichts, zum anderen ahnen sie etwas, und zum weiteren haben sie die erste Rate nicht mehr.

»Ilir, die Frau ist erledigt.«

»Der Mann ist tot. Nicht reden, zahlen!« Ilir spricht ruhig und ohne die Stimme zu erheben.

»Können wir nicht. Wir haben das Geld nicht mehr.« Der eine

spricht, der andere nickt. Die geöffnete Hand auf der Theke greift langsam nach dem Glas. Ilir nimmt einen kräftigen Schluck. Dann sagt seine dunkle Stimme in gleichmütigem Ton: »In einer Stunde. Hier.«

Der Barkeeper und Ilir setzen nach dieser Unterbrechung ihr Gespräch fort, und die beiden Männer haben die Drohung verstanden. Sie verschwinden ratlos im schummrigen Licht zur Tür.

19

So lange hat ihr Mann noch nie gebraucht, um die Reisekoffer zu packen. Die Frau des Oberstudiendirektors erinnert sich gerne an das große Fest im Juni 1989, als sich fast zwei Millionen Menschen zur Sechshundertjahrfeier auf dem Amselfeld versammelten, um die Heldentaten der Serben um Prinz Lazar zu bejubeln. Damals hat Präsident Slobodan Milosevic die ganze Welt daran erinnert, dass es Serben waren, die Europa vor der Eroberung durch Murat und dem Islam bewahrten. Serbien hat anschließend fünfhundert Jahre Knechtschaft ertragen müssen, um das christliche Abendland zu retten. Was kann Serbien dafür, wenn das geschichtsvergessene Westeuropa nur noch in Euro denkt und plötzlich beschließt, multikulturell zu werden? Isoliert und trotzig stellte sich der damals umjubelte Serbenpräsident gegen den Zeitgeist und wähnte sich und sein Volk als die treuesten Verteidiger Europas, wie sie es Jahrhunderte lang waren. Danach hörte man über zehn Jahre lang nur Nachrichten von unsagbaren Gräueln, und immer schoben die Berichterstatter allein den Serben die Schuld in die Schuhe. Frau Dachstein ist die Entscheidung schwergefallen, aber sie hat sich entschieden: Niemals mehr wird sie ihren Mann nach Belgrad begleiten. Es belastet ihre Seele. Also, warum sollte sie?

Der alte Oberstudiendirektor dagegen ist geradezu verliebt in diese Donaukultur, die ihn immer wieder zum Balkan führt. Der ältesten auf unserer Erde, wie er sagt.

Wir Europäer pilgern nach Karnak, bestaunen die Pyramiden in Gizeh, klettern in den verschlampten Ruinen von Angkor Wat und auf der Chinesischen Mauer herum, beten den Mayas ihren

Kalender nach und bekommen auf dem Inka-Trail im Sonnnentor beim Anblick von Machu Picchu einen Herzinfarkt. Aber keiner hat eine Ahnung von Vinca, Larissa und Varna. Und wenn man jemanden fragt, warum die Flusskilometer der Donau von der Mündung zur Quelle, also von Ost nach West vermessen sind und nicht wie üblich, von der Quelle zur Mündung, sieht man nur in dumme Gesichter.

Dr. Wilhelm Dachstein kann nicht verleugnen, Direktor eines humanistischen Gymnasiums gewesen und an der Donau geboren worden zu sein.

Am Jahrestag im Juni 1999 fuhren die *Danuvier* aus Österreich und Deutschland demonstrativ in großer Zahl nach Belgrad. Im April und Mai hatte die Stadt einen Bombenhagel über sich ergehen lassen müssen. Belgrad, Novi Sad und ganz Serbien wurden damit eingedeckt. Fabriken, öffentliche Gebäude und Donaubrücken wurden zerstört. Tausende Männer, Frauen und Kinder zahlten mit Gesundheit und Leben. Die Schifffahrt zwischen Passau und dem Schwarzen Meer kam zum Erliegen. Die Schiffe der Donaudampfschifffahrtsgesellschaft rosteten unterhalb Belgrads vor sich hin. Im Kosovo bestimmte die UCK, wo die Verteidiger der westlichen Wertegemeinschaft ihre Bombenlast abwarfen: Auf Flüchtlingstrecks der ihre Heimat im Kosovo verlassenden Serben, auf Dörfer, die mehrheitlich von Serben bewohnt waren oder auf Fabriken mit serbischen Eigentümern. Während vom Himmel die Bomben fielen, raste auf dem Boden der Terror: Vertreibungen, Ermordungen, Folterungen und Vergewaltigungen der Serben an den Kosovo-Albanern und der UCK an den Serben und solchen, von denen sie annahmen oder wussten, dass sie mit Serben zusammenarbeiteten oder befreundet waren.

Die *Danuvier* wollten zeigen, dass nicht alle im Westen ausschließlich die Serben als Barbaren und die Kroaten, Bosnier und Kosovaren als unschuldige Opfer ansahen. Damals brachte ein etwa dreißig Jahre alter Mann ein junges Mädchen zwischen fünfzehn und zwanzig Jahren in den Versammlungssaal der *Da-*

nuvier im vornehmen Yachtclub am rechten Donauufer von Belgrad. Das Mädchen war fürchterlich zugerichtet. Es erzählte, dass sie die Tochter eines Geschichtsprofessors ist, der in Pristina an der Universität lehrte und sich an den Forschungen in Vinca bei Belgrad beteiligte. Die Männer der UCK betrachteten ihn, der ein Kosovare war, deshalb als Serbenfreund und Verräter.

Anfang März 1999 stürmten junge Albaner – Männer der Befreiungsfront – das Wohnhaus der Familie in Pristina, erschossen den Vater und warfen ihn aus dem Fenster. Ihre Mutter und sie wurden geschlagen und vergewaltigt. Dann nahmen die Männer die beiden schon fast ohnmächtigen Körper zu einer Gemeinschaftsunterkunft dieser Truppe mit und warfen sie den anderen Männern vor die Füße, die dann über sie herfielen. Sie erwachte in einem Bett, an dessen Rand ein älterer Mann saß und ruhig erklärte, er sei ein Freund ihres Vaters und habe sie im Rinnstein einige Meter vor seiner Haustüre gefunden. Er habe sie an ihren langen, schönen Haaren erkannt, aber für tot gehalten. Er wollte sie eigentlich nur von der Straße holen und ordentlich begraben, als er merkte, dass noch Leben in ihr war. Der Sohn des Mannes war Arzt, und dieser habe ihr dann das Leben gerettet. Von ihrer Mutter wisse sie nicht, wo sie sei und ob sie noch lebe.

Dieser Bericht des jungen, noch von den Spuren der Barbarei gezeichneten Mädchens wurde von dem jungen Mann aufgezeichnet. Der Film sollte als Beweis dafür dienen, dass Gräueltaten nicht von Serben, sondern von den Kosovaren und der UCK verübt wurden. Die NATO würde diese Fakten bewusst nicht zur Kenntnis nehmen und der westeuropäischen Öffentlichkeit verschweigen, um weiter einen Bombenkrieg gegen Serbien führen zu können.

Damals beschlossen die Anwesenden spontan, die Ausbildungs- und Lebenshaltungskosten des Mädchens für die nächsten zehn Jahre zu übernehmen. Dreißig *Danuvier* zahlten in der Folgezeit jeder vierzig Mark, später Euro an Wilhelm Dachstein, und dieser überwies den Gesamtbetrag monatlich an das Mädchen. Sie studierte an der Universität Pristina und trat in die Fußstapfen ihres Vaters. Nicht nur aus Dankbarkeit, sondern aus echtem eigenem Interesse beteiligte sie sich auch an den Ausgrabungen in Vinca und berichtete ihren Zahleltern darüber gerne. Jedes Jahr im Juni kamen wenigstens einige dieser damals Anwesenden und verfolgten die Entwicklung *ihrer Mira*.

Heuer fällt es Wilhelm Dachstein außerordentlich schwer, nach Belgrad zu reisen. Es zieht ihn jedoch mit magischer Kraft an die Mündung der Save. Geschichte quillt hier nicht aus Büchern, sie geschieht vor unseren Augen. Davon ist er überzeugt. Und für ihn besteht Geschichte aus Namen, Landschaften, Gesichtern und Schicksalen. Wie das von Mira.

Der alte Lehrer versucht immer wieder und immer vergeblich, eine Logik in den von ihm so geliebten Geschichtswissenschaften zu erkennen. Resigniert und ratlos gesteht er sich die Erfolglosigkeit seiner Bemühungen ein. Sorgfältig vergewissert er sich, den Zeitungsausschnitt eingepackt zu haben und schließt langsam den Koffer. Diesmal wird er mit dem Zug fahren. Als Pensionär hat er Zeit. Er muss nicht mehr fliegen. Und auf der Strecke werden noch einige *Danuvier* zusteigen. Aus Dillingen, Regensburg und Passau. Dann die Österreicher aus Linz und Wien. Und ganz sicher sein Freund Dr. Imre Szabo aus Budapest: der ehemalige Leiter eines Gymnasiums aus Buda und immer voller lebhafter Geschichten. Es wird eine interessante Reise werden, und trotzdem wird er selbst von einer tiefschwarzen Wolke umgeben sein. Mira, die ihm erst vor wenigen Tagen dankbar die Hand gegeben hat und so jämmerlich in der Donau endete, reist in ihm mit. Er ist sich nicht schlüssig, ob er den anderen sein Wissen offenbaren soll.

Dabei ist dies nur die eine Seite des Geheimnisses, das Wilhelm Dachsteins Brust zerreißt.

20

»Das ging ja richtig schnell, Herr Hauptkommissar. Unser Präsident hat sich schon erkundigt, wann er die Anklageschrift auf den Tisch bekommt. Er hat offenbar Sehnsucht nach einem vollen Gerichtssaal und einem runden Prozess. Unser künftiger Angeklagter ist geständig, wie ich gelesen habe, da kann wohl nichts schiefgehen.« Frau Dr. Rossmann kippt ihren Kopf aufmunternd zur Seite und sieht Leicht erwartungsvoll an. Als der nichts sagt, bohrt sie nach. »Wann sind Sie mit Ihrem Bericht fertig, damit ich die Anklage basteln kann?«

»Da gibt es noch ein paar Unstimmigkeiten«, beginnt Leicht unsicher.

»Ja was denn?«, unterbricht sie ihn. »Der Mann hat die Tat gestanden, oder ist das falsch?«

Horst Leicht atmet tief durch. »Schon, aber ...«

Die Oberstaatsanwältin unterbricht ihn barsch: »Was heißt *aber?*«

»Es müssen noch einige Sachen geklärt werden.«

»Was muss noch geklärt werden?«

Horst Leicht ist kein guter Erklärer. Er bekommt ein Problem auf den Tisch, dreht und wendet es, betrachtet es von allen Seiten, dann stellt er sich Fragen und beginnt die Antworten zu suchen. Otto Müller hat sich an diese Art zu arbeiten gewöhnt. Er kann Leichts Gedanken lesen. Da muss er nichts erklären. Erklärungen empfindet der Hauptkommissar als störend. Sie halten ihn bei den Ermittlungen auf. Deshalb ist der Kontakt zu Frau Dr. Rossmann, die nominell die Ermittlungsleiterin ist, ziemlich ungepflegt. Andere Kollegen halten die Staatsanwaltschaft auf dem Laufenden oder ziehen sie in die Ermittlungen mit hinein. »Schoßhündchen« bezeichnet Leicht diese abfällig. Er selbst will mit einem fertigen Ergebnis kommen und ansonsten in Ruhe gelassen werden.

Die Oberstaatsanwältin kennt diesen Arbeitsstil und toleriert ihn weitestgehend. Mindestens einmal im Jahr macht sie dem Hauptkommissar aber klar, dass er mit seiner Arbeitsmethode eigentlich schon längst pensioniert sein müsste. Teamfähige Kommunikationsgenies sind gefragt. Für Leicht sind diese angesagten Eigenschaften nichts Anderes als Flucht vor der Verantwortung. Dass er sich dabei manchmal in den eigenen Finger schneidet, weiß er. Wenn ihm ein Fehler unterläuft wie im letzten Jahr beim Fall Attelmann, dann gibt es nur einen Schuldigen: Kriminalhauptkommissar Horst Leicht. Wenn das genau Gleiche in anderen Abteilungen passiert, dann ist niemand verantwortlich. Dumm gelaufen, heißt es dort.

»Ich brauche noch ein wenig Zeit«, versucht er sich um eine Erklärung herumzudrücken.

»Sie haben doch ein Geständnis. Wo sind denn noch Knackpunkte?« Frau Dr. Rossmann wird ungeduldig. Deshalb setzt Leicht doch zu einer Erklärung an: »So wie der Murr den Hergang erzählt, kann er nicht gewesen sein.«

Die Staatsanwältin hört gespannt zu und zieht ihre Augenbrauen erwartungsvoll nach oben. Leichts Redefluss ist aber schon wieder versiegt. »Na, na. Was ist?« Die Staatsanwältin lässt nicht locker.

Leicht fügt sich in sein Schicksal. »Murr behauptet, er habe die Pistole, mit der er den Dachstein erschossen hat, so abgelegt, dass es wie Selbstmord aussehen sollte. Er behauptet weiter, er habe kurz nach dem Schuss, jedenfalls innerhalb einer halben Stunde, auf den Getöteten eingestochen. Die Pistole, die wir bei dem Toten gefunden haben, war aber seine eigene, und aus dieser ist nicht geschossen worden. Zwischen dem Schuss und den Stichen liegt ein Zeitraum von mindestens zwei Stunden. Und so blöd kann niemand sein, der einen Selbstmord vortäuschen will, dass er auf den Toten einsticht.«

Die Staatsanwältin schaut zweifelnd.

»Dr. Werr ist sich ganz sicher«, ergänzt Leicht deshalb.

Marlene Rossmann lehnt sich zurück, schließt ihre Augen und überlegt. Dann greift sie entschlossen zum Telefon und gibt dem Wachtmeister den Auftrag, den Untersuchungshäftling Murr in das Vernehmungszimmer zu bringen. Zu Leicht sagt sie kurz: »Jetzt nehme ich Ihnen mal ein wenig Arbeit ab. Kommen Sie mit!«

Der Hauptkommissar stöhnt ahnungsvoll auf, und die Oberstaatsanwältin lächelt überlegen. Gemeinsam überqueren sie die kleine Gasse hinter dem Gerichtsgebäude, in dem die Staatsanwaltschaft untergebracht ist und werden durch die enge Tür in das Untersuchungsgefängnis eingelassen. Thomas Murr wartet bereits in dem »*Grillkäfig*«, wie die Gefangenen diesen Raum, in dem sie zu einem Geständnis gebracht werden sollen, bezeichnen. Ihm fällt auf, dass Hauptkommissar Leicht völlig lustlos hinter einer resoluten, hageren Frau hertrottet, die offenbar seine Vorgesetzte ist. Der Hundertkilomann hat seinen Oberkörper nach vorn geneigt und lässt sich, seinem Schicksal ergeben, von einem Fuß auf den anderen fallen. Die Frau setzt sich dem Häftling gegenüber, der Hauptkommissar bleibt in der linken Raumecke hinter ihr stehen.

»Herr Murr, ich vertrete in Ihrem Verfahren die Staatsanwaltschaft. Sollte es zu einer Anklage kommen, werden Sie mich im Gerichtssaal wiedersehen. Ich werde beweisen, dass Sie Helmut Dachstein getötet haben, und insbesondere werde ich die Höhe der Strafe beantragen, die gegen Sie verhängt wird. Sie sollen wissen, dass die Staatsanwaltschaft sehr wohl berücksichtigt, ob ein Angeklagter mit ihr kooperiert, oder ob er dies nicht tut. Herr Murr, Sie können jederzeit zu diesem Gespräch einen Anwalt hinzuziehen, und Sie können sich auch weigern, mit mir zu sprechen. Sie können mich auch belügen. Aber eines können Sie nicht: Sie können nicht verhindern, dass wir uns im Gerichtssaal wiedersehen. Ich hoffe, wir haben uns verstanden.«

So sieht also die staatsanwaltliche Rechtsbelehrung aus, denkt Leicht. Da kann man wirklich noch was lernen.

Thomas Murr nickt nur.

»Haben Sie Helmut Dachstein getötet?«

»Das habe ich dem Kommissar schon gesagt.«

»Sagen Sie es mir.«

»Ja.«

»Wie haben Sie das gemacht?«

»Ich habe ihn erschossen.«

»Mit einer Pistole?«

»Ja.«

»Wo haben Sie die her?«

»Alter Familienbesitz. Brachte Opa aus dem Krieg mit.«

»Und die Munition?«

»War dabei. Alles in einem alten Öllappen. Hat mir Opa schon als Kind gezeigt.«

»Warum haben Sie die Pistole nicht wieder mitgenommen?«

»Habe ich dem Kommissar schon gesagt. Sollte nach Selbstmord aussehen.«

»Die Pistole war aber nicht mehr da. Wie erklären Sie sich das?«

»Muss einer weggenommen haben. Vielleicht ist nach mir noch einer gekommen. Der Mann war ein Dreckskerl, und die Tür stand offen.«

»Warum haben Sie auf den Mann eingestochen?«

»Hab ich dem Kommissar auch schon gesagt. Ich hatte eine Wut.«

»Wann haben Sie auf Dachstein eingestochen? Wie lange nach dem Schuss?«

Thomas Murr zögert. Er erinnert sich an das erste Verhör. Offensichtlich ist diese Frage wichtiger, als es der Kommissar damals zugab.

»Weiß nicht. Später.«

»Wie lange später?«
»Weiß nicht. War im Stress.«
»Können es zwei Stunden gewesen sein?«
Leicht in seiner Ecke zuckt zusammen. *Um Gottes willen, was macht die denn?*
»Schon möglich.«
»Was haben Sie so lange in der Wohnung gemacht?«
»Hab mir den Kerl angesehen. War so schön, dass er tot war.«
»Gut, Herr Murr. Der Mann hat Ihnen sehr weh getan. Aber deshalb durften Sie ihn doch nicht umbringen!«
Frau Dr. Rossmann sieht streng auf den Mann ihr gegenüber. Sie steht auf. »Wenn Sie bei Ihrem Geständnis bleiben, wird es Ihr Schaden nicht sein. Wir sehen uns im Gerichtssaal.«

Dann verlässt sie den Verhörraum. Leicht trottet hinterher, und Thomas Murr folgt zufrieden dem Wachtmeister, der ihn wieder in seine Zelle bringt.

Vor der Gefängnistür verabschiedet die Staatsanwältin den Kommissar. So macht man das, sagt ihr Blick, und Leicht denkt: Wenn das nur gut geht, Frau Dr. Rossmann. Schweigend gehen sie auseinander.

Im Kommissariat kann Otto Müller die Rückkehr von Leicht fast nicht mehr erwarten. Die USB-Sticks, die er an Dachsteins Computer gefunden hat, sind ausgewertet worden. Einer davon enthält einen Film. Allerdings ohne Ton. Diesen Stummfilm sehen sie sich gemeinsam an.

Ein etwa dreißig Jahre alter, gutaussehender Mann in einem dunkelblauen Anzug steht auf einer Bühne. Offensichtlich redet er. Mehrmals kommt der Zuhörerraum mit etwa fünfzig Personen ins Bild. Dann wird ein Mädchen mit deutlichen Prügelspuren im Gesicht in den Saal geführt, die offensichtlich unter Schmerzen ihre noch aufgesprungenen und geschwollenen Lippen bewegt. Dies dauert etwa zehn lange Minuten. Als das Mädchen den Raum wieder verlassen hat, steht ein Herr mit einer weißen Mähne aus dem Publikum auf und spricht auf die Zuhörer ein.

Die Leute nicken ernst zu seiner Ansprache. Viele haben Tränen in den Augen. Der Mann, der am Anfang des Filmes gesprochen hat, schüttelt dem weißhaarigen Mittfünfziger lange die Hand und verbeugt sich vor dem Publikum. Dann wird der Bildschirm schwarz. Hauptkommissar Leicht will aufstehen, aber Otto Müller drückt ihn auf den Stuhl zurück. Er hat den Film schon gesehen. »Warte!«

Auf dem Monitor entsteht wieder Bewegung. Die verwackelten Bilder zeigen uniformierte und bewaffnete Männer mit Kapuzen über dem Gesicht, in die Sehschlitze geschnitten sind. Sie stürmen in ein Haus und werden von der Haustür aus frontal gefilmt. Dann ändert sich die Perspektive. Die Kamera folgt den Soldaten, wie sie eine Stiege hochtrampeln, eine Wohnungstür eintreten und den Mann, der sich ihnen in den Weg stellt, niederschießen. Zwei Uniformierte packen den leblosen Körper an den Handgelenken, ziehen ihn vom Flur rechts in ein Zimmer. Auf einem großen Teppich steht ein mächtiger Schreibtisch. Die Wände verschwinden hinter Büchern. Ein Soldat reißt die Gardine herunter und öffnet das Fenster. Trotz der schlechten Filmqualität kann man erkennen, dass der mitgeschleppte Mann an den Oberschenkeln hochgehoben und aus dem Fenster geworfen wird. Dann erscheint eine Frau im Bild. Ihre Augen sind vor Schrecken starr geweitet. Ihr Mund steht offen. Offensichtlich schreit sie. Ein Uniformierter schlägt mit voller Kraft links und rechts in ihr Gesicht. Ein anderer greift ihr brutal an die Brust und reißt die Bluse weg. Von hinten packt ein anderer den Rocksaum der Frau und hebt ihn über ihren Kopf. Jetzt schwenkt die Kamera auf den Türrahmen und zeigt ein entsetztes Mädchen, das auf die Knie sinkt. Mit gefalteten Händen sieht sie flehend an einem Soldaten hoch. Dieser tritt ihr seinen rechten Stiefel mit voller Kraft in den Unterleib. Das Mädchen fällt nach vorn vor dem Mann auf den Boden. Er stellt seinen Stiefel auf die linke Hand des Mädchens und ein weiterer zerrt ihr von hinten die Jeans herunter. Das Mädchen wehrt sich und strampelt verzweifelt mit den Beinen. Einer der Männer

setzt seinen Stiefel auf ihr Schulterblatt und lässt den Fuß darauf stehen. Er verlagert sein Gewicht auf dieses Bein. Ein anderer kniet sich vor sie, öffnet mit einer Hand sein Koppel und greift mit der anderen in ihre langen schwarzen Haare. Er reißt ihren Kopf zwischen seine Beine. Nun drängen sich mehrere Männer an der Kamera vorbei und verdecken mit ihren breiten Rücken das weitere Geschehen. Schließlich bricht der Film ab.
Otto Müller schaut neugierig auf Leicht. »Scheint perverse Neigungen gehabt zu haben, der Herr Bankdirektor.«
Leicht schüttelt den Kopf und birgt sein Gesicht in den hohlen Händen. Die Ellbogen hat er vor dem Monitor auf den Tisch gestützt. Ohne seine Körperhaltung zu verändern, sagt er zu Müller: »Zeig den Film noch einmal. Nur den ersten Teil.«
Mit größter Konzentration verfolgt der Hauptkommissar den Anfang des Films. »Kannst du anhalten, Otto?«, fragt er leise.
Das Bild bleibt stehen. Die beiden Kommissare schauen gebannt auf den Mann im dunkelblauen Anzug, der die Gäste begrüßt.
Sie schauen sich an und nicken. »Das ist er«, bestätigt Otto Müller.
»Lass weiterlaufen!« Die Kamera schwenkt vom Vortragenden in das Publikum. Neben dem weißhaarigen Mann, der später noch reden wird, kommt ein junges Mädchen mit langen blonden Haaren ins Bild. »Stopp!«, befiehlt Leicht. »Kannst du zoomen?«
Otto vergrößert das Bild, das dadurch allerdings unschärfer wird.
Das blonde Mädchen schaut gebannt direkt in die Kamera. Langes, volles blondes Haar fällt ihr bis auf die Schultern. Rechts neben dem Mundwinkel hat sie ein kleines Muttermal, nicht viel größer als eine Sommersprosse. Für ihr Alter von ungefähr zwanzig Jahren ist sie in dem eng sitzenden, dunkelblauen Kostüm und der weißen, strengen Bluse im Vergleich zu den anderen Zuhörern deutlich zu gut gekleidet. Leicht sieht erwartungsvoll zu dem neben ihm stehenden Otto Müller auf. Der sieht die große Frage in seinen Augen. »Könnte sein«, sagte er.

»Stell dir vor, die Haare gekürzt und fast zwanzig Jahre älter.« Leicht wirft nochmals einen prüfenden Blick auf den Schirm. Plötzlich leuchten seine Augen auf. »Sie ist es! Dachte ich mir doch! Otto, schau mal auf den rechten Mundwinkel!«

»Das Muttermal! Klar!« Otto schaltet den Monitor aus. »Und? Was bedeutet das alles?« Horst Leicht überhört die Frage seines Kollegen. Für heute hat er nach seinem Geschmack ohnehin schon viel zu viel erklärt.

21

Auf dem Schreibtisch von Dr. Mayer herrscht die übliche Ordnung. Dafür sorgt in erster Linie seine Schwester Luise. Er hat genug Platz, die Tageszeitung auszubreiten und in aller Ruhe das Neueste zu studieren. Auf der ersten Seite des Lokalteils springt ihn die Überschrift über einem dreispaltigen Artikel an: *Anklage im Fall Dachstein erhoben*. Unterhalb der Überschrift teilt der Redakteur Michael Plum mit, dass in dem »*Pfingstmordfall*«, der so viel Aufsehen erregt, die Oberstaatsanwältin Marlene Rossmann die Anklageschrift fertiggestellt hat und kein Zweifel daran besteht, dass das Landgericht den Prozess aufnehmen wird. Der Angeklagte Thomas M. habe den Mord an dem Bankdirektor bereits gestanden. Es sei mit einem kurzen Prozess zu rechnen. Vermutlich laufe es auf einen Deal zwischen Verteidigung, Staatsanwaltschaft und Gericht hinaus. Bleibt der Angeklagte bei seinem Geständnis, dann wird die Staatsanwaltschaft den Mordvorwurf fallen lassen und auf vorsätzliche Tötung plädieren. Dies habe die Oberstaatsanwältin bereits durchblicken lassen. Der Angeklagte könne wegen der persönlichen Umstände mit einer Freiheitsstrafe von unter acht Jahren davonkommen und nach fünf Jahren vorzeitig aus der Haft entlassen werden. Die Untersuchungshaft werde angerechnet.

Dr. Mayer faltet die Zeitung zusammen und legt sie zur Seite. Erleichtert atmet er durch. Alles scheint ganz normal zu verlaufen. Der Kelch ist an der Stadt vorübergegangen.

Gestern hat sich Wilhelm verabschiedet. Eine Woche will er diesmal unterwegs sein. Wenn er ihn richtig verstand, beabsichtigt er, auf der Rückreise einige Tage bei Imre Szabo in Budapest zu bleiben. Seltsam bedrückt war er ihm vorgekommen.

Der Tod seines Schwiegersohns nimmt ihn wohl doch mehr mit, als er es sich nach außen anmerken lässt. Dr. Mayers Gedanken wandern zu jenem denkwürdigen Besuch im Jahre 1999 zurück, bei dem sich Karin so plötzlich und heftig in den jungen Belgrader verliebte. Wie ein Racheengel des zu Unrecht beschuldigten Serbien hat sich Milan Radic präsentiert, und Karin schmolz nur so dahin. Ihr Vater hat sie während ihres Aufwachsens an seiner Leidenschaft für Geschichte und Kultur der Donauregion teilnehmen lassen und war glücklich darüber, dass sein einziges Kind sich dafür interessierte. Auch wenn er es nicht zugab: Wilhelm achtete auf seine Tochter mehr als auf seine Augäpfel. Er ließ sich nicht hinter die Fassade seines immer korrekten und kontrollierten Auftretens schauen. In all den Jahren, in denen sich der Klinikchef und sein ehemaliger Lehrer, der zwischenzeitlich Gymnasialdirektor geworden war, näherkamen und schließlich Freunde wurden, hat Mayer den weißmähnigen Pädagogen nie schwach, sentimental oder auch nur unsicher erlebt. Dass er aber seine schöne und intelligente Tochter abgöttisch liebte, das konnte und wollte er wohl auch nicht verbergen. Später, als Gerüchte durch die Stadt schwirrten, Karin Dachstein pflege einen aus dem üblichen Rahmen fallenden, lockeren Lebenswandel, zeigte ihr Vater keine Reaktion. Diese Verachtung für das Gerede der Leute verband die beiden Männer. Dr. Maximilian Mayer spielte in seiner Funktion als Kommunalpolitiker mit den Möglichkeiten, die Gerüchte eröffneten. Dabei wurde er von Karin kreativ inspiriert.

Der Oberstudiendirektor Dr. Wilhelm Dachstein jedoch schien von Gerüchten erst gar nicht erreicht zu werden.

Damals reagierte die Stadt mit Erstaunen, als ein völlig unbekannter Mann, noch dazu ein Ausländer, die allen bekannte einzige Tochter des angesehenen Direktors des Gymnasiums heiratete und den Namen seiner Frau annahm. Als dieser Mann wenig später in die Leitung der größten Bank der Stadt berufen wurde, legte sich das Gerede. Dr. Mayer hatte dem *alten Dachstein*, wie er Wilhelm damals noch nannte, eine solche Toleranz, Milan Radic als Mann seiner Tochter zu akzeptieren, nicht zugetraut.

Gut, das liegt jetzt alles schon lange zurück, und viele in der Stadt wissen davon nichts mehr. Auch er beschäftigt sich mit dieser Erinnerung nur deshalb, weil Helmut auf diese Art ums Leben kam.

Was ihm Karl Schwarzkopf aktuell am Telefon mitgeteilt hat, beunruhigt ihn allerdings in mehrfacher Hinsicht. Zum einen als prominentes Mitglied der Wirtschaft der Stadt und zum anderen als Freund der Familie Dachstein. Kunath hat nach Übernahme der Geschäfte ein verstecktes Konto entdeckt, über das innerhalb des letzten Kalenderjahres einhundertachtzig Millionen Euro geflossen sind. Kunath konnte nicht nachvollziehen, woher das Geld kam und auch nicht, wohin es ging. Ohne Mitwirkung von Direktor Dachstein waren solche Transaktionen nicht möglich. Nachdem der Nachfolger diese Entdeckung gemacht hatte, informierte er den ehemaligen Chef Karl Schwarzkopf. Dieser riet von Schnellschüssen ab und empfahl Kunath, Stillschweigen zu bewahren und das Konto zu beobachten. Vielleicht fand sich für alles eine lapidare Erklärung.

Dr. Max Mayer ist deshalb sehr erleichtert, dass die Geschichte mit dem Tod von Helmut Dachstein eine so gewöhnliche, unkomplizierte Auflösung findet. Auch Karin Dachstein seufzt erleichtert auf, als sie in der Zeitung liest, Thomas M., von dem hier jeder weiß, dass das M für Murr steht, würde der Prozess gemacht. Endlich kann dieses Kapitel abgeschlossen werden. Sie macht sich Gedanken darüber, ob sie als Zeugin in diesem Verfahren aussagen muss. Schließlich war sie es, die ihren toten Mann als Erste angetroffen hat. Wenn es aber stimmt, dass Murr ein umfangreiches Geständnis abgelegt hat, dann, so hofft sie, könne ihr der Auftritt erspart bleiben. Erpicht darauf, vor Gericht zu erscheinen, ist sie nicht.

Katy Murr hat damit gerechnet, dass Thomas Schwierigkeiten

bekommen wird, weil er Helmut Dachstein umgebracht hat. Sie versteht aber nicht, weswegen er sich selbst beschuldigt. Ihrer Meinung nach sind die Beweise nicht so erdrückend stark, dass er nicht eine Chance hätte, wenn er seine Tat leugnete. Sie will auf jeden Fall zu ihm halten. Sie würde für ihn auch lügen, ihm ein Alibi verschaffen oder was auch immer. Er hat ihr keine Möglichkeit dazu gegeben. Sie versteht ihn ganz und gar nicht.

22

Horst Leicht starrt an die Decke. Er liegt im Bett und findet keinen Schlaf. Die Szenen des Films, die er sich angesehen hat, durchfurchen sein Gehirn. Nicht etwa nur deshalb, weil er sich Gedanken darüber macht, was diese Bilder mit dem Mordfall Dachstein zu tun haben könnten, sondern weil ihn die grausame Brutalität, diese nackte Unmenschlichkeit, nicht loslässt. In der Schule hat der Geschichtslehrer in der elften oder zwölften Klasse eine Besichtigung des Konzentrationslagers Dachau organisiert. Damals waren sie erschüttert über die Anlagen, in denen Menschen andere Menschen zu Tode quälten. Sie hielten es überhaupt nicht für möglich, was sie sahen und schoben es in ihrem Bewusstsein in eine andere, unwirkliche Welt, die mit ihnen nichts zu tun hatte. Der Lehrer nahm den Besuch zum Anlass, in der nächsten Stunde darüber zu sprechen, wie dünn und verletzlich der Firnis von zweitausend Jahren Christentum über Gemeinheit und Niedertracht immer noch ist. Er redete über ihre Köpfe hinweg.

Jetzt nach diesem Film fragt sich Leicht, welche Welt die wirkliche ist. Überall werden Menschen von Menschen vertrieben, gefoltert und erschlagen. Als wäre dies der Normalfall. Irgendwo hat er einmal gelesen, die Zeitspanne des menschlichen Lebens gleiche dem Herabfallen von Schneeflocken auf den warmen Erdboden. Die eine Schneeflocke fällt unablässig, die andere wird von einer Windböe nochmals nach oben gewirbelt. Aber jede wird letztendlich am Boden angelangt zerschmelzen. Wie lächerlich ist es, so empörte sich der schreibende Denker, wenn sich in dieser Situation eine Schneeflocke wichtiger nimmt als die andere. Aber selbst im Wissen um ihr gemeinsames Schicksal quälen sie sich noch gegenseitig. Leicht fürchtet eine heranziehende Depression und stellt das Denken ein. Er ist über sich selbst verwundert, irritiert, verunsichert, erschrocken, dass sich in ihm zu Abscheu und Ekel beim Ansehen dieser Gewaltorgie auch ein Gefühl der Erregung beimischte. Er zwingt sich, nicht weiter darüber zu sinnieren. Jetzt bedauert er, dass der Abend mit Judith so ganz ohne einen Trend zur Fortsetzung zu Ende gegangen ist. Eine so verständige Gesprächspartnerin und ein so reizendes Mädchen findet er nicht so häufig, dass es ihm gleichgültig sein kann, ob er sie wieder trifft. Vielleicht sollte er sich doch etwas ändern? Schön wäre es schon, wenn sie jetzt neben ihm läge, und er ihre warme Haut und das weiche Haar spüren könnte. Leicht dreht sich vom Rücken auf die Seite, streckt den unteren Arm irgendwie vom Leib, dass er beim Schlaf nicht stört und tröstet sich damit, dass zu irgendeinem Zeitpunkt in jeder Beziehung immer extrem lästiger Stress aufkam, wenn er diesen seinen Sehnsüchten nachgegeben hat. Morgen nach Sonnenaufgang sieht die Welt wieder anders aus. Mit diesem Gedanken schläft er ein.

Die Schwere der Nacht ist verflogen, als er am Morgen sein Büro betritt. Otto Müller schiebt etwas zerzaust wie meist einige Papiere hin und her und wartet darauf, was für ein Tagesprogramm der Hauptkommissar festlegt.

»Heute besuchen wir unsere trauernde Witwe noch mal. Vielleicht kann sie zu dem gestrigen Stummfilm den passenden Ton liefern.«

»Ich denke, der Fall ist gelöst«, wirft Müller ein. »Die Rossmann und der Zeiss haben ihr Urteil doch schon fertig.«

Dr. Anton Zeiss bekleidet seit über zehn Jahren die Position des Präsidenten des Landgerichts und bildet neben dem Oberbürgermeister das Gesicht der Stadt. Leicht kennt ihn persönlich recht gut, weil sie im Ruderclub, der am rechten Donauufer sein Gelände mit Vereinsheim besitzt, öfters zusammentreffen. Gerichtspräsident Zeiss ist Ehrenvorsitzender in mehreren Vereinen.

So schmückt er auch den Ruderclub in der Position des obersten Repräsentanten ohne Arbeitsbereich, und der Hauptkommissar kümmert sich um die Sportgeräte und die Jugend. Leicht hat bis über das Abitur hinaus im Vierer gerudert. Mit seinen Kameraden errang er einmal sogar die deutsche Jugendmeisterschaft. Damals wog er noch keine hundert Kilo, erinnert er sich wehmütig. Wenn Anton Zeiss in der jährlichen Hauptversammlung des Vereins die Urkunden an die ausgezeichneten Mädchen und Jungen verleiht, assistiert ihm Horst Leicht als Jugend- und Zeugwart.

In seinem Gerichtssaal präsidiert der Landgerichtspräsident als oberste weltliche Autorität der Stadt, und er scheut sich nicht, in seinen mündlichen Ausführungen Anwälte, Angeklagte und Zuhörer mit seinen juristischen und moralischen Vorstellungen zu belehren. Dabei täuscht seine äußere Erscheinung über diese unangenehme Attitüde hinweg und mildert deren Penetranz, denn Dr. Zeiss strahlt satte Lebensfreude und joviale Zufriedenheit aus. Unter dichtem schwarzem Haar, das sich zu Locken kräuselt, ruhen große braune Augen in einem runden, fleischigen Gesicht. Wenn er den Gerichtssaal betritt und die schwarze Robe seine mächtige Brust über dem stattlichen Bauch umweht, kann es keinen Zweifel darüber geben, wer in diesem Raum das Zepter schwingt. Zu den herausragenden Eigenschaften des Anton Zeiss gehört es, sich relativ schnell ein Urteil zu bilden und dieses nur dann zu revidieren, wenn es unmöglich ist, daran festzuhalten. Das Personal des Landgerichtsbezirkes und die wohlwollende Öffentlichkeit nennen dies Verlässlichkeit. Einige Anwälte sprechen von eitler Rechthaberei. *Rechtsprechung nach Gutsherrenart in allerbester souveräner Ausformung,* hat es der Oberbürgermeister bei der Feier zum sechzigsten Geburtstag des Präsidenten gerühmt, zu der die Stadt eingeladen hat.

»Wir müssen doch wissen, was es mit diesem Film auf sich hat.« Horst Leicht wundert sich über das mangelnde Interesse seines Kollegen.

»Müssen wir das?«, fragt dieser zurück und überlegt, was die

Oberstaatsanwältin zum weiteren Aufklärungseifer sagen wird, wo der geständige Täter doch nur noch auf seinen Prozess wartet, die Anklage bereits fertig ist und Dr. Zeiss seinen Auftritt vorbereitet.

Im Hause Dachstein ist das Umräumen in vollem Gange, als sich das fordernde Schrillen der Haustürklingel in die Scharrgeräusche der geschobenen Möbel und Verpackungskartons mischt. Karin hat Schorsch gebeten, ihr beim Ausräumen der Bücher zu helfen. Sie will in einem hellen, luftigen und leichten Haus leben und fühlt sich von den wuchtigen, schweren Möbeln und den kompakten Bücherwänden eingeengt, ja geradezu erschlagen. Sie fragt sich, wie sie so lange in diesem schweren Ambiente hatte wohnen können. Eigentlich ist ihr die bedrückende Atmosphäre erst aufgefallen, nachdem ihr Mann nicht mehr im Haus lebt.

Karin Dachstein ist keine Frau, die mit Plänen lange schwanger geht. Hat sie einen Entschluss gefasst, so wird er in die Tat umgesetzt. So hat sie es bisher immer gehalten. Mit ihrem Vater bekommt sie deshalb öfters Differenzen, aus denen aber stets sie als Siegerin hervorgeht. Er neigt dazu, bedächtig das Für und Wider einer Entscheidung abzuwägen. Er wirkt deshalb oft unentschlossen und tatenlos, was er nicht ist. Ihr gegenüber befindet er sich dauerhaft in einer unterlegenen Position, denn sie ist sein einziges Kind, und in ihren Händen schmilzt sein Vaterherz, was sie weiß.

Karin will mit der Umgestaltung ihres Hauses fertig sein, bevor ihr Vater wieder aus Belgrad zurückkommt. Er stünde sicherlich mitten im Raum, in dem sie ausräumt und nähme jedes Buch und jedes Bild in die Hände, bevor er sich doch nicht entscheiden könnte, es wegzugeben. Natürlich ist es ihr Haus und ihre Entscheidung, was sie damit macht. Aber die Beziehung zu ihrem Vater ist zu eng, als dass sie ihn ausschließen könnte oder wollte.

Schorsch steht auf der Haushaltsleiter und räumt die Bücherregale leer, ohne die Titel der Bücher zu beachten. »Hast du noch einen Packesel bestellt?«, fragt er, als sich die Klingel zum zweiten Mal meldet.

»Ich schau nach.« Karin erhebt sich von den Knien. Sie schichtet die von Schorsch abgeräumten Bücher in die bereitgestellten Kartons. An der Haustür sieht sie erstaunt in die Gesichter der beiden Kommissare.

»Kommen wir unpassend, Frau Dachstein?« Karin steht in Jeans und weitem kariertem Hemd, das über die Hose fällt, vor den zwei Männern. Ihre blonden Haare liegen nicht so eng am Gesicht an, wie es Leicht in Erinnerung hat. Sein Blick sucht und findet das kleine Muttermal am rechten Mundwinkel.

»Immer«, antwortet Karin knapp. Leicht nickt verständnisvoll. Er hat keinen freudigen Empfang erwartet.

»Trotzdem haben wir eine dringende Frage. Wir sind gleich wieder draußen.«

Karin Dachstein macht einen Schritt zur Seite und gibt den Weg in das Haus frei. Es ist ein warmer Junitag, und die Türen zu den Zimmern stehen offen. Leicht wählt den Weg in die Bibliothek, wo Dachstein am Boden lag, und sieht in dem leeren Raum einen jungen Mann auf einer Leiter stehen und die Regale abräumen. Wehmütig und neidisch streift sein Blick über die sportlich schlanke Figur von Schorsch.

»Wir wollen gerne mit Ihnen allein sprechen, Frau Dachstein.«

»Schon gut. Tun Sie einfach so, als wäre Schorsch nicht da. Wir haben keine Geheimnisse.« Karin führt die beiden Kommissare an das andere Ende des Raums, stemmt ihre Hände in die Hüften und schaut die beiden Männer fragend an. Sitzmöglichkeiten gibt es keine mehr.

»Wenn Sie meinen«, sagt Leicht zweifelnd. »Wir haben einen Film gesehen und glauben, Sie und Ihren Mann erkannt zu haben. Er ist sehr beeindruckend. Ihr Mann stellt ein übel zugerichtetes Mädchen einem größeren Publikum vor, und offensichtlich erzählt es seine Geschichte. Die Zuhörer waren sichtbar schockiert. Darunter auch Sie. Der Film ist mindestens zehn Jahre alt, wahrscheinlich noch älter.«

Schorsch hört auf zu arbeiten und beobachtet ungeniert die

Dreiergruppe. Karin nimmt ihre Hände aus den Hüften und wischt die Handflächen an ihrem Hemd ab. »Wo haben Sie denn diesen Film gefunden? Ich wusste nicht, dass es darüber einen gibt.«

»Das tut jetzt nichts zur Sache, Frau Dachstein. Uns interessiert, wann und wo er gedreht wurde.«

Karin zögert mit einer Erklärung. »Warum wollen Sie das wissen? Ist das nicht meine Privatsache? Sie haben den Mord an meinem Mann doch schon aufgeklärt.«

Leicht fällt auf, dass die Stimme der Frau zwischen Unsicherheit und Verärgerung schwankt. Er erinnert sich an den letzten Besuch in diesem Haus. Deshalb unterlässt er jeden Druck und wirbt um eine Antwort: »Es muss ein schreckliches Erlebnis für Sie gewesen sein.«

»Wenn der Film das zeigt, was ich denke, so liegt das Ereignis lange zurück und hat mit dem Mord an meinem Mann nichts zu tun.«

»Wir würden Ihnen das gerne glauben, wenn der Film nicht noch eine Fortsetzung hätte.« Leicht beobachtet den Mann auf der Leiter, der dem Gespräch gespannt folgt.

»Was für eine Fortsetzung?« Karin kennt den Film nicht.

»Sie zeigt, wie das Mädchen ihre Verletzungen bekommen hat.«

»Was heißt das?«

»Es wurde gefilmt, wie sie gequält und vergewaltigt wurde«, antwortet Leicht.

»Nein!« Karin schließt ihre Augen und ruft sich die Bilder von damals in Erinnerung.

»Jetzt heraus mit der Sprache, Frau Dachstein. Was ist das für ein Film?«

Karin reagiert nicht. Sie scheint die Anwesenheit der Männer vergessen zu haben. Nach einer langen Weile kommt wieder Leben in ihr versteinertes Gesicht. Anders als es sich Leicht wünscht. Zuerst strafft sich ihr Körper, dann formen sich ihre Lippen zu einem blassen Strich, und zuletzt richtet sie ihre Augen glanzlos und abweisend auf die beiden Ermittler. Mit ruhiger und harter Stimme, die keinen Widerspruch duldet, sagt sie: »Ich werde Ihnen nicht weiterhelfen können. Ich kenne den Film nicht. Wo immer Sie ihn herhaben; ich wiederhole: Mit dem Mord an meinem Mann hat dies alles nichts zu tun. Diese Dinge sind längst abgeschlossen.«

»Wollen Sie den Film sehen, Frau Dachstein?«, fragt Leicht, und seine Stimme klingt scharf und vorwurfsvoll.

»Nein! Das ist Geschichte«, lehnt sie schroff ab. Sie dreht sich langsam zu Schorsch und zeigt mit einer ausholenden und erklärenden Geste auf den mit Kartons vollgestellten Raum: »Wir haben zu arbeiten.«

Ohne sich zu vergewissern, ob ihr die beiden Männer folgen, geht sie aufrecht gestreckt mit großen Schritten der Haustür zu. Nachdem die beiden Kommissare ihr Haus unverrichteter Dinge verlassen haben, greift sie zum Telefon: »Max, ich fürchte, da kocht etwas hoch. Können wir uns treffen? Ich komme zu dir.«

In der Mayer'schen Klinik ist Karin Dachstein eine bekannte und häufige Besucherin. Sie darf ungehindert den Chefbereich betreten und gelangt ohne Wartezeit zum Klinikleiter, der hinter seinem Schreibtisch Akten studiert. Karin kennt das Büro und setzt sich auf die Ledercouch an der Wand neben der Tür. Der Klinikchef schließt einen Ordner und kommt zu ihr. »Was ist passiert?«, fragt er ruhig.

Karin hat sich nicht viel Zeit für ein Make-up genommen. Deshalb fällt Max Mayer die aufgeregte Röte in ihrem Gesicht auf. »Jetzt beruhige dich erst mal. Ich lasse uns einen Kaffee bringen.«

»Die beiden Kommissare waren eben bei mir. Sie haben mir von dem Film erzählt, der über die Zusammenkunft 1999 in Belgrad gedreht worden ist.«

»Na und«, wirft Max Mayer ein, »ist doch kein Geheimnis.«

»Sie sagten, man könne darauf sehen, wie Mira verletzt worden ist.«

»Ja, das weiß ich. Die Verletzungen sind offensichtlich gewesen.«

»Nein«, fällt ihm Karin ins Wort. »Wie sie verletzt worden ist.«
Dr. Mayer zögert. »Es gibt einen Film, der zeigt, wie Mira die Verletzungen zugefügt worden sind?«
»Ja, so habe ich das verstanden. Ich habe mich geweigert, ihn anzusehen. Warum stochern die denn noch in der Sache herum? Sie haben doch ihren Täter?«, fragt sie entrüstet und hilflos zugleich.
Der massige Mann zieht seine Schultern ratlos nach oben. Auf diese Frage hat auch er keine Antwort. Wenn die Polizei allerdings einen Zusammenhang herstellt zwischen dem Film und dem Mord an Helmut Dachstein, dann ist es mit der zwischenzeitlich eingekehrten Ruhe in der Stadt wieder vorbei. Wo haben sie nur diesen Film her? Und was zeigt er genau? Vielleicht war es falsch von Karin, ihn nicht anzusehen. Und was hat es mit dem Konto auf sich, das Kunath gefunden hat?
Max Mayer hat immer gerne alles unter Kontrolle. Zumindest das, was Einfluss auf ihn haben kann. »Karin, ich werde mit dem zuständigen Staatsanwalt sprechen. Ich möchte wissen, was dahintersteckt. Als Freund der Familie kann ich das machen, zumal dein Vater nicht hier ist.«
Nach längerem Verbinden hat er die im Justizapparat zuständige Oberstaatsanwältin Dr. Rossmann am Telefon. Er stellt sich vor, wobei er weder seine Funktion als Fraktionsvorsitzender im Stadtrat, noch diejenige als Inhaber einer renommierten Privatklinik verschweigt. Ganz besonders weist er darauf hin, dass er sich als Freund der Familie nach dem fürchterlichen Schicksalsschlag um Karin Dachstein kümmert, die sich in einer sehr labilen Gemütsverfassung befindet, was wohl jeder nachvollziehen könne. Umso verwunderlicher sei es, dass immer wieder unangemeldet Kriminalpolizei bei ihr auftauche und sie verdächtigt werde, irgendwie in die Bluttat verstrickt zu sein. Er verstehe das nicht, da die Polizei bereits einen geständigen Täter habe, wenn man der Presse glauben dürfe.
Die Oberstaatsanwältin hört den Vortrag geduldig und höflich an und fragt nach, wann denn die Kommissare zuletzt bei Frau Dachstein gewesen sind.

»Heute, soeben. Frau Dachstein sitzt mir gegenüber und ist völlig aufgelöst. Ich sah keine andere Möglichkeit, ihr zu helfen, als Sie zu informieren, Frau Dr. Rossmann.«

Aus dem Telefon ist ein tiefes Durchatmen der Oberstaatsanwältin zu hören. »Danke für Ihren Anruf, Herr Dr. Mayer. Ich kümmere mich um die Sache.«

Als Otto Müller und Horst Leicht in ihr Büro zurückkommen, finden sie einen Vermerk neben dem Telefon, sie sollten schnellstens bei der Staatsanwaltschaft vorsprechen. Horst Leicht ist kein Feigling. Aber bevor er zusammen mit seinem Kollegen Otto bei Frau Rossmann antanzt, will er schon wissen, warum. Er ruft also bei der Oberstaatsanwältin an.

»Ich habe Beschwerden vorliegen, Leicht.« Frau Rossmanns Stimme klingt angespannt. »Sie ermitteln in der Sache Dachstein weiter? Ich denke, wir haben den Täter. Oder ist meine Anklage falsch?«

Die Oberstaatsanwältin erwartet keine Antworten auf ihre Fragen, die sie ohne Pause aneinanderreiht.

»Wenn es etwas gibt, was ich wissen muss, dann sagen Sie es mir! Wenn nicht, dann sind diese Ermittlungen abgeschlossen. Haben wir uns verstanden? Wie kommen Sie im Fall der unbekannten Toten aus der Donau weiter? Ich warte auf Ihre Ergebnisse. Und belästigen Sie die Frau Dachstein nicht länger.«

Die Oberstaatsanwältin hat aufgelegt, ohne dass Leicht ein Wort sagen konnte. Was er hätte sagen wollen, weiß er allerdings selbst nicht. Dennoch empfindet er das Gespräch als Niederlage. Seine Hand hält immer noch den Telefonhörer. Er schaut ihn fragend und verständnislos an. Dann wählt er die Nummer der Gerichtsmedizin. »Haben Sie Zeit für einen Grappa?«, fragt er kleinlaut.

»Was ist denn mit Ihnen, Herr Leicht? Sie hören sich ja völlig zusammengefaltet an. Waren Sie bei Ihrer Chefin oder ist Ihnen ein Mammutchen davongelaufen?«

»Ich wäre Ihnen wirklich dankbar, wenn Sie ein paar Minuten Zeit hätten.«

Ute Werr ist eine fantastisch gute Pathologin. Sie ist darüber hinaus aber auch einmal eine sehr feinfühlige Frau gewesen, bevor sie sich entschloss, ein jederzeit schussbereites Stachelschwein zu werden. »Kommen Sie herüber. Ich brauche ohnehin eine Pause«, sagt sie deshalb nur.

Sie legt ihren weißen Mantel nicht ab, als der Hauptkommissar ihr Reich betritt, sondern zieht nur das Tuch höher, um ein gelbes, lebloses Gesicht auf ihrem Arbeitstisch abzudecken. Dann wäscht sie sich die Hände und geht weiter in den Präparatenraum, in dem sie eine Sitzmöglichkeit geschaffen hat. Sie holt die Grappaflasche aus dem Regal, füllt ein Wasserglas fast voll und stellt es vor Leicht. Dann holt sie sich selbst ein Glas und gießt eine Bodendecke voll ein. Sie setzt sich und wartet. Horst Leicht starrt auf sein volles Glas. »Ich komme nicht weiter, Frau Doktor. Ich habe das Gefühl, da entgleist ein Zug.«

»Jetzt mal der Reihe nach. Was ist denn passiert?« Sie hält ihm ihr Glas entgegen, so dass er nicht anders kann, als auch einen Schluck zu nehmen. Heiß rinnt der Grappa durch seine Kehle und schnürt sie fast zu. Im Magen kommt er warm an und breitet sich wohlig im Bauch aus. Leicht beginnt, sich zu entspannen. »Es stimmt alles nicht zusammen.«

Die Medizinerin lächelt verständnisvoll. Horst Leicht braucht noch etwas Zeit. Deshalb spricht sie. »Ganz selten stimmt alles zusammen. Was meinen Sie, was bei mir alles nicht zusammenstimmt. Ich bekomme fast jeden Tag ein Rätsel auf den Tisch. Meist sind die Wege zu den Antworten vorher noch mehr oder weniger raffiniert versperrt worden. Sie schicken mir gewaltsam getötete Menschen und wollen wissen, wie ein Mörder vorgegangen ist. Die Krankenhäuser schicken mir Verstorbene und wollen wissen, woran sie gestorben sind. Nicht mitgerechnet, die ganz normalen Unfalltoten, die über meinen Tisch geschoben werden. Hinter jedem Toten steckt ein Schicksal. Nein, ich meine nicht dasjenige des Toten. Ich meine das Schicksal dessen, der für den Tod verantwortlich gemacht wird. Von meiner Arbeit kann es abhängen, wie dessen Leben weiter verläuft. Auf meinem Tisch werden Behandlungsfehler aufgedeckt, die in Krankenhäusern vorkommen. Soll ich jedem Arzt, dem einmal ein Fehler unterläuft, die Karriere verbauen? Manchmal sind diejenigen, die bei mir liegen, die größeren Mistkerle gewesen als diejenigen, die sie hergebracht haben. Natürlich stimmt nie alles zusammen!«

»Nein, so meine ich das nicht.« Leicht nimmt noch mal einen Schluck aus dem Wasserglas und ist jetzt so weit, dass er reden kann. »Die Rossmann und der Zeiss haben den Fall Dachstein abgeschlossen. Der Murr war am Tatort, er hat ein Motiv, er hatte die Gelegenheit, er hat ein Geständnis abgelegt. Klarer geht es nicht. Der Fall ist geklärt. Trotzdem glaube ich nicht, dass er es war. Mehr noch: Ich bin überzeugt, er war es nicht. Er kennt den Tathergang nicht und variiert sein Geständnis je nach eigenem Wissensstand. Außerdem gibt es das Haar, das Sie gefunden haben, und da ist der Film, den Otto hat mitgehen lassen.«

»Was für ein Film?« Ute Werr fragt interessiert.

»Otto hat ihn als USB-Stick im Arbeitszimmer von Dachstein gefunden und mitgenommen.«

Sie schaut etwas spöttisch auf Leicht. Der übersieht es und bittet fast flehentlich: »Schauen Sie sich den Film an. Ich weiß, das gehört nicht zu Ihren Aufgaben. Aber ich muss mit jemandem darüber reden.« Die Medizinerin bleibt für ihre Verhältnisse lange still. Dann hebt sie ihren Kopf und sagt belustigt: »Leicht, Sie sind ja völlig durch den Wind. Sie haben aber nicht vor, mir heute noch einen Heiratsantrag zu machen?« Sie fühlt, wie fragil das Selbstbewusstsein des Hauptkommissars heute ist und meint, mit einem kleinen Schuss aus ihrem Stachelkleid dem Mann wieder auf die Füße helfen zu können. Die Rechnung der erfahrenen Frau geht auf.

»Wenn Sie mich je in der Horizontalen sehen, Frau Doktor, dann nur da drinnen.« Leicht zeigt zu den Kühlboxen, in denen die Leichen aufbewahrt werden.

»Das beruhigt mich ungemein. Also, in welches Kino wollen Sie mich einladen? Sie haben mir einen Film versprochen.«

Otto Müller staunt nicht wenig, als Leicht mit der Gerichtsmedizinerin in seinem Büro aufkreuzt und den Film nochmals vorgeführt haben will. Während er die notwendigen Vorbereitungen trifft, beginnt er, Frau Werr den Inhalt zu erzählen.

»Schnauze!«, fährt Leicht dazwischen, und Otto macht den Monitor schweigend startklar. Auch Leicht gibt, als der Film zu laufen beginnt, kein Wort der Erklärung. Vielmehr beobachtet er und liest im Gesicht der Frau. Zunächst sieht er spontane Neugierde, die sich zu konzentriertem Interesse wandelt. Als der erste Teil des Films vorüber ist und der Monitor schwarz flimmert, schaut sie fragend zu Horst Leicht hoch, der neben ihr steht und sowohl sie, als auch den Monitor im Auge hat. Er schüttelt nur den Kopf und deutet auf den sich wieder aufhellenden Schirm.

Ute Werr verfolgt den Film weiter. Ihre Lippen pressen sich zusammen. Die Augen wandeln sich zu engen Schlitzen, und die vielen kleinen Falten in ihrem Gesicht verschärfen sich und werden tiefer.

Als der Film zu Ende ist, steht sie auf, geht einige Schritte, bleibt vor dem Hauptkommissar stehen, sieht ihn fest an und sagt klar und emotionslos nur drei Worte: »Sie ist es.«

Leicht senkt den Kopf und nickt anerkennend. »Haben Sie auch das Muttermal erkannt?«, fragt er.

»Was für ein Muttermal? Sie hat kein Muttermal. Sie wurde gequält wie kein Schwein.« Dr. Ute Werr stehen Tränen in den Augen, die sie zornig wegwischt. »Finden Sie ihre Mörder, Leicht. Das sind wir ihr schuldig.«

»Wem denn?« Leicht versteht nicht.

»Ihr. Der Frau, die Sie mir aus der Donau gebracht haben. Sie ist es.

23

Nachdenklich hat sich die Oberstaatsanwältin den Bericht des Hauptkommissars angehört. Nicht ein einziges Mal hat sie Leicht unterbrochen. Ganz gegen ihre Gewohnheit. Normalerweise kann es ihr nie schnell genug gehen. Sobald sie einen Sachverhalt oder Zusammenhang erfasst hat, will sie dazu nichts Weiteres, Erklärendes, Ausschmückendes, Überflüssiges mehr hören und beendet das Thema. Jetzt hat sie Leicht aufmerksam zugehört.

»Was bedeutet das für meine Anklage?«, fasst sie seinen Vortrag zusammen. »Herr Dachstein hat ein verletztes Mädchen vor etwa fünfzehn Jahren einem Publikum vorgestellt, in dem sich auch die spätere Frau Dachstein befand. Die Zufügung der Verletzungen ist dokumentiert. Sie geschah wohl im Rahmen der bekannten Gräuel im damaligen Balkankrieg. Der Person wird nun nach dieser Zeit das Genick gebrochen, und sie wird bei uns in die Donau geworfen. Ein Haar der Toten findet sich im Haus von Dachstein. Zum Zeitpunkt der Ermordung von Dachstein war die Frau bereits tot. Sie kommt als Täterin also nicht in Frage. Das ist doch zutreffend?« Frau Dr. Rossmann sieht Leicht prüfend an, erwartet aber keine Antwort.

»Objektiv scheint es einen Zusammenhang zwischen unserer Donautoten und Dachstein zu geben. Dachstein könnte sie ermordet haben, sie aber nicht ihn. Die Zeitabfolge ist zwingend.«

Die Oberstaatsanwältin zieht tief den Atem ein. »Alles Spekulationen!«, sagt sie.

»Auf der anderen Seite haben wir eine klare Beweislage und ein Geständnis. Für mich gibt es nur eine offene Frage: Wieso findet sich neben dem toten Dachstein seine eigene Pistole und nicht die Tatwaffe? Frau Dachstein hat den Toten aufgefunden. Was hat diese Frau davon, die Tatwaffe verschwinden zu lassen? Und warum legt sie die Waffe des Toten neben ihn? Oder war vor Frau Dachstein noch eine weitere Person am Tatort? Vielleicht Frau Murr? Hat ihr Mann sofort nach der Tat seine Frau aufgesucht und ihr alles erzählt? Mitteilsam ist er ja. Ist sie zur Villa gegangen und hat die Waffen ausgetauscht? Es muss einer doch ungeheuer blöd sein oder gewaltig unter Stress stehen, jemandem eine Pistole als Tatwaffe unterschieben zu wollen, aus der nicht geschossen worden ist. Jeder Mensch, der noch einen Funken Verstand besitzt, hätte zumindest die Hand des Toten genommen, ihm die Pistole hineingedrückt und dann einen Schuss abgefeuert. Wäre auch nicht intelligent gewesen, aber immerhin ein netter Versuch.« Sie unterbricht sich und zögert. »Aber was soll man von einem Mörder halten, der sich neben der Leiche erbricht und den Dreck nicht wegwischt, wenn er genug Zeit hat? Logik sicher nicht! Die Anklage im Fall Dachstein ist fertig, Leicht! Konzentrieren Sie sich auf den Mordfall unserer Donautoten. Vielleicht haben sie gar nichts miteinander zu tun. Nichts ist, wie es scheint, alte Kriminologenweisheit.«

Damit war die Besprechung beendet und selbst Leicht mit seinen Zweifeln muss erkennen, dass die Anklage gegen Thomas Murr auf sicheren Füßen steht.

24

Die Angestellten in der Eingangshalle der Bank staunen nicht schlecht, als der neue Direktor Kunath seinen Vorvorgänger Karl Schwarzkopf zum Aufzug in die oberste Etage geleitet. Schwarzkopf hat weder Bank noch Stadt seit seinem Wegzug an den Bodensee je wieder betreten. Dies liegt nahezu drei Jahre zurück. Jetzt sieht man ihn mit federndem Schritt zielstrebig die Schalterhalle durchqueren. Kunath hält sich nicht lange mit Höflichkeiten auf. In seinem Büro angekommen fährt er den Computer hoch, gibt seinen persönlichen Zugangscode ein, schickt einige Eingaben hinterher und weist dann mit der flachen Hand auf den Monitor. Dort können die Bewegungen auf einem eigenen Unterkonto der Bank nachvollzogen werden. Die ersten Einzahlungen beginnen im November vorigen Jahres. Bei den Zuflüssen handelte es sich immer um Beträge zwischen zehn- und hunderttausend Euro. Es verging keine Woche, in der nicht mindestens vier solcher Überweisungen erfolgten. Auffällig ist, dass nach Pfingsten sechs Wochen lang auf dem Konto keine Bewegung mehr stattfand. Nun beginnen die Überweisungen wieder. Um dieses Problem zu besprechen, hat Kunath den früheren Direktor in die Bank gebeten. Von diesem Konto fließen regelmäßig Beträge um etwa drei Millionen Euro an die HSBC. Auch hier handelt es sich um ein bankinternes Konto. Der aktuelle Kontostand zeigt 1538 tausend Euro.

Karl Schwarzkopf schnalzt mit der Zunge. »Typische Geldwäsche unter Mitwirkung der Bank«, sagt er. »Wieso hat er das gemacht? Haben Sie bei seinen eigenen Konten Auffälligkeiten gefunden?«

Kunath verneint. »Wie soll ich mich verhalten, Herr Schwarzkopf?«

Der frühere Bankdirektor lässt sich in einen tiefen Sessel fallen und streckt sich. »Ich kann Ihnen nur sagen, was ich täte. Ich würde dafür sorgen, dass im Hause niemand davon erfährt und es weiterlaufen lassen. Den sicher zu erwartenden Überweisungsauftrag würde ich nicht ausführen. Spätestens dann wird sich jemand bei Ihnen melden. Aber Sie wissen, Herr Kunath, mit meinen Methoden wurde ich Frührentner.«

»Und was mache ich, wenn sich jemand meldet?«

»Auskehren. Konto löschen. Alles vergessen. Aus.«

Kunath fährt den Computer herunter und setzt sich in einen Sessel Karl Schwarzkopf gegenüber. »Gut, dass sich alles auf den Murr konzentriert hat und die Ermittlungen abgeschlossen sind. Wir kannten den Radic offensichtlich doch nicht gut genug.«

Karl Schwarzkopf schaut sich interessiert in dem Büro um, das er nach drei Jahren zum ersten Mal wieder betreten hat und das einmal seines gewesen war. »Daran, dass es der Murr ist, gibt es ja wohl keinen Zweifel. Mit der Bank hat das alles erfreulicherweise nichts zu tun. Eigentlich habe ich Schlimmeres befürchtet. Wie geht es denn in der Stadt?«

Kunath lächelt. »Sie wissen doch besser Bescheid als ich, Herr Schwarzkopf. Man sagt, dass in Nonnenhorn viele Drähte zusammenlaufen. Der Mayer Maximilian wird immer stärker. Der Bürgermeister lässt ihn gewähren. Er ist kein Konkurrent um das Amt. Mit seiner Klinik hat er genug am Hals. Der Wilhelm Dachstein reitet sein Steckenpferd und ist zurzeit in Belgrad. Seine Tochter Karin tanzt auf allen Hochzeiten, und unser Herr Stadtpfarrer hat überall die Finger drin und spielt die Unschuld in Person. Der Stadt geht es gut. Sie ist unser bester Schuldner. Die Wirtschaft boomt. Neue Baugebiete sind ausgewiesen, und wir sind mit dabei. Zurzeit haben wir nur zwei kleine Insolvenzen im Haus. Der Umsatz im Vergleich zum Vorjahr ist um ein Drittel gestiegen. Die letzte Wahl ging noch eindeutiger aus als üblich. Bestens alles.«

Schwarzkopf nickt. »Können Sie sich vorstellen, Kunath, dass ich den Rauswurf vor drei Jahren heute als einen Glücksfall betrachte?« Kunath streicht sich übers Gesicht. Er ruft sich die Ereignisse von damals in Erinnerung. Dann sagt er: »Darf ich ehrlich sein? Ich glaube es Ihnen nicht!«

Schwarzkopf nickt bedächtig. »Würden Sie es tun, dann wären Sie nicht der Richtige an Ihrem Platz.«

Der rundliche Pensionär dreht sich langsam aus dem Sessel hoch und reicht Kunath zum Abschied die Hand. »Wenn Sie wollen, können Sie mir die Fortsetzung der Geschichte ja mal erzählen.«

»Ich werde Sie auf dem Laufenden halten, Herr Schwarzkopf. Vielleicht brauche ich nochmals Ihren Rat.«

25

Die zwei älteren Herren am Tisch vor dem hintersten Fenster des Restaurantwagens unterhalten sich gut. Der Kellner bringt bereits zum zweiten Mal eine Flasche seines besten Rotweins, den er im Zug von Belgrad nach Budapest auf Lager hat. Er tauscht den Aschenbecher mit den Zigarrenresten aus und stellt einen Becher gesalzene Mandeln und ein Gläschen Honig neben den Wein. Als der Zug in den Bahnhof von Novi Sad einfährt, fragt Imre:

»Wilhelm, hättest du dir je vorstellen können, dass unsere Bomber die Donaubrücken von Neusatz zerstören?«

Der alte Direktor des humanistischen Gymnasiums *Albertus Magnus* lehnt sich zurück, zieht tief an seiner Zigarre und seufzt. Im Stil seines Berufs setzt er zu einer Antwort an. »Als Maria Theresia uns eingeladen hat, sind vor knapp dreihundert Jahren die Donauschwaben mit alten Barkassen, unseren Schachteln, in dieser Stadt angelandet. Im Zweiten Weltkrieg begann der große Exodus zurück. Die Verlierer dieses Krieges sind die Anrainer der Donau. Hier gab es keine Gewinner. Wie mühsam versuchen sich Rumänien und Bulgarien aus dem Dreck zu ziehen. Ohne europäische Hilfe. Wie unrecht tun wir bis heute Serbien. Von uns aus gingen die Waffentransporte nach Weißenburg, damit die Türkenkriege geführt werden konnten, die Westeuropa vor den Osmanen retteten. Ich habe dir bei deinem letzten Besuch das Bild am *Schönen Haus* auf dem Fischerplätzle gezeigt. Unsere Bomber haben auch diese Stadt, die heute *Belgrad* heißt, nicht verschont. Wie misstrauisch wird Ungarn beäugt. Ungarn, das den Eisernen Vorhang niedergerissen hat und mit Semmelweis in

Europas Krankenhäusern erstmals Hygiene einführte! Mit welch melancholischem Gleichmut erträgt Österreich den Verlust seiner Donaumonarchie! Wie heuchlerisch verurteilen wir diese Staaten, wenn sie den Strom der heutigen Migranten donauaufwärts aufzuhalten versuchen. Es ist schrecklich, wir sind so geschichtslos!« Imre schaut mit vor Schalk blitzenden Augen auf seinen deutschen Freund. »Und Deutschland?«

»Wir sind kein Donaustaat, Imre. Unsere Ströme sind Rhein, Elbe und Oder. Selbst im Süden, wo die Donau die anderen Flüsse aufnimmt, gelten der Neckar und die Isar mehr. Unser Gewicht hat sich in den letzten Jahrzehnten deutlich nördlich des Limes verlagert.«

»Saubere Europäer seid ihr, Wilhelm!«

Der nickt resigniert. »Wenn wir in Deutschland Europa sagen, richtet sich unser Blick nach Westen, und die Donau fließt nun mal in die andere Richtung.«

»Wollten wir das nicht ändern? Ich meine nicht die Donau, sondern den Blick?«, erinnert der alte Pädagoge aus Budapest.

»Imre, ich bin müde geworden, so müde.«

Dr. Imre Szabo blickt mit unendlichem Verständnis auf seinen deutschen Freund. »Du wurdest alt seit letztem Jahr, Wilhelm. Willst du darüber reden?«

Wilhelm Dachstein schließt seine Augen. Vor dem Fenster fliegt die fruchtbare, weite Ebene der Wojwodina vorbei. Das rhythmische Geräusch der Räder auf den Schienen, das in das Abteil dringt und das Stimmengewirr untermalt, wirkt beruhigend, fast einschläfernd.

»Milan ist tot.« Wilhelm Dachstein sagt es, ohne die Augen zu öffnen. »Er wurde getötet.« Die beiden Männer am kleinen Tisch im überfüllten Speisewagenabteil sind inmitten der Reisenden allein. Als säßen sie in einem hohlen Fass, hören sie die Außengeräusche nur gedämmt und verfremdet. Der temperamentvolle Ungar hätte nun fragen können, warum und was denn geschehen ist. Aber der einfühlsame Freund schweigt. Nach einigen Minuten fährt Wilhelm mit immer noch geschlossenen Augen erklärend fort: »Alles war Lüge.« Mehr sagt er nicht.

»Woher weißt du das?«, fragt Imre, als sein Freund keine Anstalten macht, weiterzusprechen. Langsam öffnen sich die Augen unter den buschigen weißen Brauen. »Mira hat mich besucht. Milan war Propagandist. Zuletzt wusch er das Blutgeld der UCK.«

Imre stockt der Atem. Er war dabei, als sich bei der Veranstaltung im Jahre 1999 die Tochter seines Freundes in den vor Empörung brennenden Milan Radic verliebte. Er weiß, dass Wilhelm Dachstein dem sympathischen und engagierten jungen Mann den Weg nach Deutschland geebnet hat. Er war auch bei der Hochzeitsfeier zu Gast, als Milan Radic Wilhelms Tochter heiratete, und Wilhelm hat ihn stolz informiert, als sein Schwiegersohn zum Direktor einer Bank berufen wurde.

»Wie starb er?« Mit leiser Stimme erkundigt sich der Freund.

»Er wurde erschossen. An Pfingsten. Im eigenen Haus.«

Es entsteht eine lange Pause. Die schweren Lider des Ungarn verschließen seine dunklen Augen. »Kennt man den Täter?«

»Nein«, antwortet Wilhelm knapp.

»Dann wird man ihn wohl nie finden.« Imre saugt die Luft scharf durch seine zusammengebissenen Zähne. »Vielleicht ist es besser so«, fügt er dann hinzu. »Wie trägt es Karin?«

»Sie weiß nichts«, antwortet Wilhelm. Nach einer Weile stillen Einvernehmens zwischen den beiden Männern fragt Imre: »Und wie geht es Mira? Sie hat dich besucht.«

Lange muss er auf eine Antwort warten. Wilhelm ist unschlüssig, wie und was er antworten soll. Schließlich entscheidet er sich. Der Freund schaut dem Freund ruhig in die Augen und lügt:

»Gut«, sagt er, und Imre versteht, dass nichts gut ist und Wilhelm nicht mehr weiterreden will.

Die beiden Männer schweigen, bis der Zug in den Budapester Hauptbahnhof einrollt und ruckelnd zum Stehen kommt. Imre greift nach seinem Koffer und beobachtet fragend und erstaunt seinen Freund, der keine Anstalten macht, auszusteigen. »Ich denke, du bleibst noch einige Tage bei mir?«

»Ich glaube, es ist besser, ich fahre nach Hause.«

Unter den vielen Reisenden fallen die zwei älteren Herren nicht auf, die sich Abschied nehmend umarmen wie Menschen, die sich vielleicht nie mehr wiedersehen, und die darunter leiden, nicht die Kraft zu haben, das, was zwischen ihnen steht, wegzuräumen.

Auf der weiteren Heimfahrt hängt der Oberstudiendirektor seinen Gedanken nach. Dem Oberlauf des Flusses rattert der Zug entgegen. Vorbei an der Stadt Linz, die der primitive Menschenschlächter zu einer europäischen Kunstmetropole ausbauen wollte. Vorbei an Straubing, wo Herzog Ernst von Bayern seine unstandesgemäße Schwiegertochter Agnes Bernauer ertränken ließ. Vorbei am Schlachtfeld von Blindheim, wo Gustav Adolf den Fall Donauwörths erzwang. Vorbei auch an der Stadt Günzburg, die man einst Klein-Wien nannte, von wo aus Marie-Antoinette, das fünfzehnte Kind der großen Kaiserin, mit Pferden und Kutschen der Guillotine in Paris entgegenreiste und die für alle Zeit mit dem Namen des *Todesengels von Auschwitz* verbunden bleibt. Vorbei an der Abtei Elchingen, wo Napoleon den entscheidenden Sieg gegen die unglücklichen Österreicher errang und nach dieser gewonnenen Schlacht seinen verhängnisvollen Marsch nach Osten begann.

Wilhelm Dachstein schaut durch das Fenster seines Abteils auf die Donau hinaus. Er betrachtet nicht den geografischen Verlauf ihres Bettes neben den Gleisen. Vor seinen Augen sieht er die historische Biografie dieses von ihm so geliebten europäischen Stroms. Als der aus der Flussebene emporragende Münsterturm in Sicht kommt, macht sich der Zurückkehrende zum Aussteigen bereit. Er schleppt seinen schweren Koffer aus dem Zug und weiß, dass dies nicht die größte Last ist, die er mit nach Hause bringt.

26

Der große Saal im ersten Stock des Justizgebäudes ist bis auf den letzten Platz gefüllt, als Gerichtspräsident Dr. Anton Zeiss die Verhandlung gegen Thomas Murr eröffnet und die Oberstaatsanwältin die Anklage verliest. Sie schildert überzeugend, warum und wie der Angeklagte am Pfingstmontag den ahnungslosen Bankdirektor Helmut Dachstein im eigenen Haus heimtückisch erschoss und anschließend noch mit dem Messer auf ihn einstach, um Spuren zu verwischen und neue zu legen. Was rätselhaft geblieben sei, könne unberücksichtigt bleiben, da der Angeklagte ein umfassendes Geständnis abgelegt hat.

Die Presse verbreitete bereits im Vorfeld des Prozesses die rührselige Geschichte des geprellten und gedemütigten Ehemannes und die Versöhnung von Kathi und Thomas.

Als der Gerichtspräsident nach der Verlesung der Anklage den Pflichtverteidiger fragt, ob dieser irgendwelche Einwendungen oder Anregungen habe, schüttelt der nur den Kopf.

»Dann kommen wir zügig voran«, freut sich Dr. Zeiss und beginnt mit der Aufnahme der Personalien.

Einen langweiligeren Angeklagten hat dieses Gericht noch nie gesehen! Als der Vorsitzende den Namen Thomas Murr, seine Adresse und das Geburtsdatum vorliest, nickt er nur. Als der Vorsitzende fragt, was er zur Anklage der Staatsanwaltschaft meine, erwidert er: »Stimmt!«

»Haben Sie sonst noch etwas zu sagen?«, fragt Dr. Zeiss.

»Nein!«

Als der Vorsitzende den Pflichtverteidiger fragend ansieht, zuckt der mit den Schultern und sagt gar nichts.

»Dann schließen wir für heute die Sitzung und treffen uns nächsten Montag um neun Uhr wieder.«

Die enttäuschten Zuschauer drängen aus dem Saal, und die Gerichtsreporter der örtlichen Zeitungen überlegen, wie viele Zeilen sie aus dieser Eröffnung des Verfahrens machen können.

Am nächsten Morgen liest man in den Zeitungen unisono die Nachricht: *Angeklagter Thomas Murr gesteht Mord an Bankdirektor Dachstein. Der Pfingstmord ist aufgeklärt. Eifersuchtsdrama endet tödlich.*

Maximilian Mayer faltet die Tageszeitung zusammen und wendet sich wieder seinem Frühstück zu. Das Ei ist goldrichtig und die Butter streichzart. Marion steht hinter ihm und massiert mit weichen Händen seinen Nacken. Tobias schlurft bettwarm vorbei und holt sich eine Kaffeetasse.

»Was meinst du, wie viel er bekommt, der Murr?«, fragt Tobi, der bereits am Laptop in seinem Schlafzimmer die Lokalzeitung gelesen hat.

»Sieben Jahre. Nach vier Jahren ist er wieder draußen«, meint sein Vater.

»Das ist eine lange Zeit«, sagt Marion. »Ich kann mir nicht vorstellen, dass diese Frau das erwarten kann.«

Während sich zwischen Tobias und seinem Vater ein Disput darüber entwickelt, ob Pferde, Hunde oder Frauen treuer seien, und ob es sich unter gewissen Prämissen lohnt, so ein Risiko wie Murr einzugehen, läutet das Telefon.

»Oh Wilhelm, bist du schon wieder zurück? Ja, ich gebe dir Max.«

Marion zuckt mit den Schultern, zieht die Mundwickel nach unten und reicht ihrem Mann den Hörer. Was will Wilhelm Dachstein um diese Tageszeit? Die Störung kommt ihr befremdlich vor.

»Natürlich habe ich für dich Zeit. Morgen Abend. Gut. Ich erwarte dich.«

»Was ist denn mit dem los?«, fragt Marion, und Max bestätigt, dass er Wilhelm noch nie so schroff erlebt hat.

»Dem muss in Belgrad etwas gewaltig gegen den Strich gegangen sein«, vermutet er als Grund.

27

Wie es Kunath und Schwarzkopf erwarteten, kam die Anweisung an die Bank, zwei Millionen Euro an die HSBC zu überweisen. Und wie sie es besprochen haben, stoppt Kunath den Vorgang. Wohl dabei ist ihm nicht. Telefonisch informiert er Karl Schwarzkopf. Nun gilt es abzuwarten, was geschehen wird. Kunath hofft darauf, dass Dachsteins Erbe, mit dem er sich jetzt herumschlägt, ohne Aufsehen abgewickelt werden kann.

In Hamburg vergewissert sich Ilir zweimal, ob ihn seine Augen nicht trügen. Sein Bildschirm zeigt, dass die von ihm veranlasste Überweisung nicht ausgeführt worden ist. Also gibt es nach dem fehlgeschlagenen Schutz für Milan Radic weitere Komplikationen. Er blättert im Namensregister seines Computers und findet unter *Kunath, Konrad, Agathe, Silke* die Angaben, die er sucht. Er nimmt das bereitliegende Prepaid-Mobiltelefon und wählt die Nummer, die er vom Monitor abliest.

Als der neue Direktor an diesem Abend nach Geschäftsschluss das Auto in die Garage fährt, wird er von seiner Ehefrau schon aufgeregt erwartet. Agathe Kunath will nicht vor ihrer Tochter Silke mit dem Vater über den Telefonanruf reden, den sie heute erhalten hat. Sie ist tief verstört. Deshalb fängt sie Konrad in der Garage ab. Eine tiefe, männliche Stimme mit unverkennbar osteuropäischem Akzent hat ihr am Telefon erklärt, dass eine Überweisung an die HSBC ausgeführt werden muss. Sie hat den Anrufer darauf hingewiesen, dass er die Privatnummer gewählt hat. Er solle doch in der Bank anrufen. Darauf hat der Mann versichert, dass dies schon seine Richtigkeit habe. Sie solle ihrem

Gatten ausrichten, dass viele junge Mädchen wie Silke für ihn arbeiteten. Lange Zeit gebe er ihm nicht mehr, um die Überweisung zu erledigen.

Der Mann hat die Verbindung unterbrochen, bevor sie noch etwas fragen konnte. Über diesen Anruf berichtet Agathe Kunath in der Garage ihrem Mann, während er aus dem Auto steigt. »Er hat den Namen von Silke genannt, Konrad. Was bedeutet das?«

In Konrad Kunaths Magen bildet sich ein Krampf. Ganz langsam, wie früher, als er seine ersten Zigaretten versuchte und versehentlich den Rauch verschluckte. Sein Kopf füllt sich mit Watte und lässt keinen vernünftigen Gedanken mehr hinein. Er wirft die Autotür hinter sich zu und geht mit unsicheren Schritten ins Haus. Seine Frau sieht ihm ängstlich nach. Sie meint, ihn taumeln zu sehen.

28

Wilhelm Dachstein steht im ausgeräumten Kaminzimmer und berichtet seiner Tochter Karin über seinen Aufenthalt in Belgrad. »Ich sehe zurzeit alles so pessimistisch«, beklagt sich der alte Herr. Belgrad freut sich auf den Eintritt in die Europäische Union, und ich erkenne nur das verlorene Selbstbewusstsein. Die Stadt wird internationaler, und mir kommen alle Städte immer ähnlicher vor. Ich vermisse das Individuelle, Typische, Charakteristische. Es scheint in Europa endlich friedlicher zu werden, und ich wittere Lüge und Heuchelei in allen Ecken. Dein Vater wird alt, Karin.

Du hast dir Platz verschafft hier. Ist es dir nicht schwergefallen, so radikal auszuräumen?«

»Ich muss mich neu einrichten, Papa. Nicht nur im Haus, sondern auch sonst. Dazu brauche ich Platz. Du hast doch immer gepredigt: *Deine Augen sollen geradeaus schauen und dein Blick richte sich nach vorn.* Das mache ich jetzt.«

Wilhelm Dachstein lächelt stolz in sich hinein. Meine Tochter, mein Mädchen! War doch nicht alles umsonst.

»Fehlt dir Helmut sehr?«, fragt er leise. Karin hakt sich nachdenklich bei ihrem Vater unter: »Eigentlich bin ich mir selbst nicht klar. Irgendwie bin ich allein, aber irgendwie auch befreit. Muss ich mich deshalb schuldig fühlen?«

»Nein«, sagt ihr Vater. »Das geht uns allen so. Nur die wenigsten gestehen es sich ein. Du bist ein mutiges Mädchen.«

»Ich habe einen klugen Vater«, gibt sie sein Kompliment zurück. »Max hat mir viel geholfen in den letzten Tagen. Ich bin dankbar, dass ich euch habe.«

Wilhelm Dachstein lächelt bei diesen Worten und Karin, die ihren Vater kennt, beobachtet besorgt, wie ein wehmütiger, ja bitterer Zug in seinem Gesicht das Lächeln überdeckt.

Mit ausgestreckten Armen empfängt Maximilian Mayer seinen väterlichen Freund und führt ihn in die Bibliothek, die ihm zu Hause als Arbeits- und Rückzugsraum dient. Wilhelm Dachstein wirkt verändert: ernst, gealtert, bedrückt, fast welk. Dieses Gesicht passt nicht zu dem makellosen grauen Anzug, den blitzblanken Schuhen und der diszipliniert gebändigten, weißen Mähne.

Der Hausherr lässt es bei seinem Eindruck bewenden, ohne dazu ein Wort zu verlieren. Er bittet Wilhelm, Platz zu nehmen, holt zwei Cognacschwenker aus dem Schrank und schenkt beide Gläser zur Hälfte voll. So locker wie möglich prostet er seinem Gast zu: »Schön, dass du wieder da bist. Gute Reise gehabt? Viele alte Bekannte getroffen? Gibt es was Neues?«

Wilhelm Dachstein trinkt das Glas in einem Zug leer, schweigt und schaut seinem ehemaligen Schüler Maximilian lange und ruhig in die Augen. Max Mayer hat es sich in Erwartung des Besuchs bequem gemacht. Die Straßenschuhe hat er gegen schwarze Lederpantoffeln getauscht, und statt einer Anzugjacke trägt er eine weit geschnittene rote Hausweste. Er hält dem Blick seines Gastes stand.

»Hast du in der Zeitung gelesen, der Buchhändler hat den Mord an Helmut gestanden?« Ruhig und so, als messe er dieser Feststellung keine Bedeutung bei, stellt Wilhelm Dachstein die Frage in den Raum.

»Ja, die Sache dürfte ausgestanden sein. Man sagt, er käme mit einer glimpflichen Strafe davon.«

Wilhelms Augen ruhen unverändert tief in denen seines ehemaligen Schülers. »Sagt man das.« Er formt diesen Satz nicht als Frage. »Er war es nicht.« Mit ruhiger und sicherer Stimme wiederholt er: »Er war es nicht.«

Bedrückende Stille erfüllt den Raum. Max Mayer atmet schwer. Dann rutscht er im Sessel zurück, als ahne er, was kommt. Die

Wucht dieser Worte – *er war es nicht* - und noch mehr die Erwartung des folgenden Satzes zieht alle Atemluft aus dem Zimmer. Als beide dem Ersticken nahe sind, öffnen sich die fein geschwungenen Lippen in dem vertrauten Gelehrtengesicht und ruhig reihen sich die Worte aneinander: »*Ich* habe es getan.«

Alle Kraft des äußerlich ruhigen Mannes liegt auf dem *Ich*. Als wolle er dem Geständnis auch noch ein Erstaunen beimischen.

Nun lösen sich die Augen des alten Oberstudiendirektors aus denen seines Freundes, und sein Kinn kippt auf die Brust.

Mit gesenktem Haupt sitzt er am Tisch, und langsam löst sich die unerträgliche Spannung. Beide Männer atmen tief durch.

»Ich bin gekommen, um dich zu bitten, das, was zu tun ist, zu veranlassen. Ich kann nicht zulassen, dass ein anderer für mich ins Gefängnis geht. Bitte rufe die Polizei.«

Maximilian Mayer erhebt sich langsam und tritt hinter den Sessel, in den Wilhelm Dachstein versunken ist. Er schaut über das weiße volle Haar des nach vorne geneigten Hauptes hinweg.

»Weiß deine Frau davon?« Er sieht, dass sich der Kopf unter ihm schüttelt.

»Weiß Karin davon?« Der Kopf schüttelt erneut.

»Weiß irgendjemand davon?« Die gleiche Bewegung.

»Dann halten wir jetzt mal ganz schön still und machen nichts, bevor wir nicht alles genau überlegt haben.«

»Da gibt es nichts zu überlegen, Max. Ich kann das mit meinem Gewissen nicht vereinbaren. Ich stelle mich. Das ist definitiv.«

»Was genau kannst du mit deinem Gewissen nicht vereinbaren?«

»Dass dieser Murr für mich im Gefängnis sitzt.«

Max Mayer durchmisst schweigend einige Male den Raum. Er schaut prüfend auf seinen im Sessel zusammengesunkenen, klein gewordenen Freund.

»Verstehe ich! Darüber müssen wir nachdenken.«

»Dass ich einen Menschen umgebracht habe. Ich dachte, ich sei Humanist.«

Maximilian bleibt abrupt vor dem Oberstudiendirektor stehen. Er betrachtet ihn lange unsicher. Wilhelm weicht dem skeptischen Blick aus. »Da wiederum tue ich mir schwer, dich zu verstehen. Ich denke, du wirst einen Grund gehabt haben. Wenn du dich deshalb schuldig fühlst, kann dir das sicher meine Psycho-Babette erklären und ausreden.«

Wilhelm Dachstein schüttelt ablehnend den Kopf.

»Babette entwickelt sich zu einer Kapazität, Wilhelm. Sie hat fast mehr Patienten als ich.«

Das weiße Haupt bewegt sich ablehnend. Wilhelm Dachstein hat sich entschieden und ist für Argumente von Max nicht mehr erreichbar.

So schnell gibt ein Maximilian Mayer, gewiefter Kommunalpolitiker und Chef seiner eigenen Klinik, nicht auf. Er schreitet mit auf dem Rücken verschränkten Armen nachdenklich durch das Zimmer, stellt sich vor das Fenster und sieht gedankenversunken zum Kirchturm hinüber. »Wir haben noch einen anderen Experten für Schuld und Sühne in der Stadt. Wenn du einverstanden bist, rufe ich Dr. Haider.«

Als aus dem Sessel keine Reaktion kommt, greift Max zum Telefon. »Das ist gut, dass ich Sie selbst erreicht habe, Herr Stadtpfarrer. Haben Sie einen Moment Zeit? Können Sie zu mir kommen?«

Er hört einen Moment zu. Dann sagt er betont ernst: »Ja, es ist wichtig. Würde ich Sie sonst belästigen?«

Der Stadtpfarrer schafft es in bemerkenswert kurzer Zeit, zum Haus der Familie Mayer zu kommen. Auf dem Weg fragt er sich, was dem Mann wohl auf den Nägeln brennt, wenn er ihn so kurzfristig um einen Besuch bittet. Sie haben manchmal miteinander zu tun, wenn es um die Finanzierung des Kindergartens geht, oder Zuschüsse für die Erhaltung der Kirchengebäude vonseiten der Stadt benötigt werden. Maximilian Mayer als Vorsitzender der Mehrheitsfraktion im Stadtrat winkt diese Dinge regelmäßig ohne besonderes eigenes Engagement durch. Schließlich trägt seine Partei das Adjektiv *christlich* im Namen. Als Kirchgänger oder aktive Angehörige der Kirchengemeinde fallen die Mitglieder der Mayer'schen Familie nicht auf.

Die Türklingel summt. Marion Mayer öffnet und ist sehr überrascht, als sie den Stadtpfarrer vor sich sieht. Sie kann sich nicht erinnern, dass er jemals in ihrem Haus war. Sie bittet ihn herein und bereitet ihn darauf vor, dass ihr Mann Besuch hat und wahrscheinlich nicht gestört werden kann.

»*Er* hat mich gebeten zu kommen, Frau Mayer«, klärt Dr. Haider die Situation. »Ich werde erwartet.«

Marion geht voran und klopft an die Tür des Arbeitszimmers. Sofort kommt Dr. Mayer und bittet den Stadtpfarrer herein. Seiner Frau wirft er einen stummen, entschuldigenden Blick zu, bevor er die Tür hinter dem Besucher wieder schließt.

Der sieht sich in dem Raum um. Drei braune Ledersessel sind um einen schweren Tisch, auf dem eine Flasche Cognac und zwei Gläser stehen, gruppiert. An einer Stirnwand steht ein massiver Schreibtisch, und die beiden fensterlosen Wände verschwinden hinter überquellenden Bücherregalen.

Erst jetzt entdeckt er den weißen Haarschopf in dem Sessel, hinter den er sich gestellt hat. Er geht drei Schritte vor und erkennt den pensionierten Direktor des Gymnasiums. Dieser macht keine Anstalten einer Begrüßung. Er bleibt unbeteiligt sitzen.

Mit ernstem Gesicht schiebt der Hausherr den befremdeten Stadtpfarrer zu dem dritten, freien Sessel weiter, holt noch einen Schwenker aus dem Schrank und füllt alle drei Gläser.

Dr. Haider betrachtet die bedrückten Mienen der beiden Männer stumm und eindringlich. Er überlegt lange, wie er diese Szene einordnen soll. Dann fasst er einen Entschluss. Ein Ruck geht durch seinen Körper, er strafft sich, holt aus der Innentasche seines schwarzen Priesteranzugs ein schmales, blaues Band, faltet es auseinander, führt es andächtig an seinen Mund, deutet einen Kuss an und legt es sich schwungvoll um den Hals. Mit kräftiger Stimme sagt er: »Sie haben mich gerufen, Herr Dr. Mayer. Ich bin da.«

Der Angesprochene steht auf und tritt wie zu einer Rede hinter seinen Sessel. Mit den Händen knetet er unsicher den Lederwulst vor ihm und sucht nach Worten: »Danke, dass Sie gekommen sind. Wir haben ein Problem und brauchen Ihren Rat. Sie haben sicher die Geschichte mit dem Prozess gegen unseren Buchhändler Thomas Murr verfolgt. Er steht vor Gericht und wartet auf seine Verurteilung. Wir wissen aber, dass er unschuldig ist.«

Der Stadtpfarrer hat die Lider halb gesenkt und hört konzentriert zu. Sein Blick ist nach unten ins Leere gerichtet. Er beabsichtigt, nicht zu sprechen. Während Dr. Mayer noch weiter nach geeigneten Worten sucht, spricht der im Sessel tief zusammengesunkene Mann überraschend klar und deutlich: »Ich war es.«

Der Stadtpfarrer scheint völlig ruhig. Fast unbeteiligt. Und doch ändert er seine Haltung. Die übereinandergeschlagenen Beine stellt er parallel und seine Füße zieht er näher an den Sessel heran. Sein Oberkörper richtet sich auf. Die Augen bleiben halb geschlossen und niedergeschlagen. Mit beiden Händen greift er nach den Enden der blauen Stola und zieht sie enger über seiner Brust zusammen, als solle das schmale, dünne Band ihn wärmen oder schützen.

Maximilian Mayer rutscht in seinen Sessel hinein und nickt Wilhelm, der ihm gegenübersitzt, ermutigend zu.

»Am Freitag vor Pfingsten klingelte es an meiner Haustür«, fängt der pensionierte Oberstudiendirektor zu reden an. »Als ich die Tür öffnete, erkannte ich in der schwarzhaarigen Frau sofort Mira. Ich war erfreut über den überraschenden Besuch und bat sie herein. Sie erzählte mir von ihrer Arbeit in Vinca, und nach etwa zwanzig Minuten unterbrach sie sich und sagte, dass sie deshalb nicht gekommen sei. Sie erklärte mir, dass Milan Radic ein Provokateur gewesen, und dass er in die Verbrechen im Kosovo als Täter verwickelt war. Dass er heute die Blutgelder der UCK für die Verbrecherorganisationen, die aus dieser Gruppierung entstanden sind, wasche. Er gehöre nach wie vor dazu.

Ich konnte mir nicht vorstellen, dass dieser unglaubliche Bericht stimmen könne und sagte dies Mira. Sie holte einen USB-Stick aus ihrer Handtasche und gab ihn mir. Sehen Sie selbst, sagte sie. Ich ging zu meinem Computer, und was ich sah, war in so hohem Maße schockierend, dass ich keinen Mut mehr hatte, nach Beweisen für ihre zweite Behauptung zu fragen. Sie legte den Stick wieder in ihre Handtasche zurück, und ich sah darin eine Pistole liegen. Nachdem ich die Kraft gefunden hatte, zu reden, fragte ich Mira, weswegen sie gekommen sei und was sie vorhabe. Sie werde tun, was sie tun müsse, antwortete sie. Dann fragte sie mich nach dem Weg zur Toilette.

Als sie wiederkam, war sie frisch geschminkt und gekämmt. Ich war immer noch zutiefst erschüttert. Ich sagte zu ihr, dass dies mit Milan Radic meine Sache sei. Sie sah mich so durchdringend und unendlich hilfesuchend an, dass ich ihr versprach, diese Angelegenheit in ihrem Sinne zu Ende zu bringen. Ich fühlte mich schuldig, diesem Mann den Weg geebnet und zu einer neuen Identität verholfen zu haben.

Versprochen, fragte sie und stand auf. *Versprochen,* sagte ich. Wir umarmten uns, und ich strich ihr wie einer Tochter mehrmals über die Haare. Als sie gehen wollte, sagte ich zu ihr, sie solle die Pistole und den Stick bei mir lassen. Mira stellte folgsam die Handtasche auf den Tisch, nahm die zwei Dinge heraus und legte sie daneben. Dann ging sie.

Ich habe mir den Film noch mehrere Male angesehen. Am Samstagvormittag bin ich dann zu meinem Schwiegersohn gegangen. Ich wusste, dass meine Tochter mit dem Golfturnier zu tun hatte und ich ihn allein antreffen würde. Ich habe ihm den Besuch von Mira in allen Einzelheiten geschildert. Er hat sich überrascht gezeigt und alles abgestritten. Ich habe ihm den Stick auf den Tisch gelegt und ihn aufgefordert, in sein Arbeitszimmer zu gehen und den Film anzusehen. Ich könne es nicht nochmals ertragen, ihn zu sehen. Nach einigen Minuten kam er zurück. Weiß im Gesicht und völlig in sich gefallen. Ich legte ihm die Pistole auf den Tisch, die Mira bei mir gelassen hatte, und sagte ihm, dass Mira diese Waffe bei sich geführt habe.

Er bat mich, am Montag gegen elf Uhr wieder zu ihm zu kommen.

Weder meiner Frau noch meiner Tochter erzählte ich von Miras Besuch. Ich wusste nicht, was ich tun konnte und sollte.

Als ich am Pfingstmontag der Verabredung gemäß zu Helmut kam, saß er apathisch im Sessel und hatte eine Pistole in der rechten Hand. Ich dachte zunächst, es sei die von Mira. Doch diese lag auf dem Tisch. Er sagte, er sei zu feige, sich zu erschießen. Ich fragte ihn, was er alles getan habe, und ob es keine andere Lösung gäbe. Er gestand mir, dass er im Jahre 1999 Morde und Überfälle organisiert und diese filmisch dokumentiert habe, um sie der Gegenseite unterzuschieben und propagandistisch auszuwerten. Dazu habe er auch die Gutwilligkeit der *Danuvier* benutzt. Als sich Serbien entschloss, Slobodan Milosevic an Den Haag auszuliefern, sei es allen damals Beteiligten nur noch um Geld gegangen. Die Männer der UCK besaßen im Überfluss davon, konnten es aber nicht in den legalen Markt bringen. Europa und Amerika waren im Gegenteil bemüht, das von ihnen mit vollen Händen ausgestreute Geld wieder einzusammeln.

Milan hatte zwischenzeitlich als Direktor einer Bank die Möglichkeit, Einzahlungen unkontrolliert entgegenzunehmen und Überweisungen auszuführen. Er wurde zum finanziellen Angelpunkt der Auslandssektion der Kosovo-Albaner, die sich mit den Russen einen Kampf um die Vorherrschaft in den Rotlichtmilieus der westlichen Großstädte lieferten.

Ich fragte ihn, warum er meine Tochter geheiratet habe, und er antwortete nur: Was hättest du gemacht? Eine solche Chance kommt nicht oft im Leben. Er grinste mich an, nahm seine Pistole hoch und hielt sie sich an die Schläfe. Ich hoffte, er würde abdrücken und stellte mich auf den Knall ein. Aber er ließ die Hand wieder sinken. Ich bin zu feige, jammerte er. Ich weiß nicht, wie viele Männer und Frauen und Kinder ich erschossen habe. Es geht ganz schnell. Aber ich bin zu feige. Mein Blick wanderte von Helmuts Mund zu Miras Pistole auf dem Tisch. Er bemerkte es.

Ja, sagte er. Mache es du. Zuerst erschrak ich. Dann nahm ich die Pistole und richtete sie auf Milan. Ich war völlig leer im Innern. Er lächelte, winkte mich mit der Hand, in der er seine Waffe hielt, heran und legte seine Pistole auf den Boden. Dann nahm er die von Mira und schob den Sicherungshebel nach oben. Setze sie an meiner Stirn auf, sagte er, du bist kein guter Schütze. Es ist eine P 8. Ich kenne sie. Die macht es fast von selbst. Und drücke nachher den Hebel wieder herunter. Er schloss die Augen und ließ beide Arme hängen.

Ich dachte an Mira, an den Film und auch an Karin. Dann hielt ich die Pistole an Helmuts Stirn und schoss ihn zwei Fingerbreit über den geschlossenen Augen mitten in den Kopf. Die Pistole legte ich wieder auf den Tisch und prägte mir das Bild ein. Alles sah so ordentlich aus, so endgültig aufgeräumt. Helmut saß im Sessel. Neben ihm auf dem Boden lag die Pistole, die er selbst dort abgelegt hatte, und sein Gesicht war fast nicht verletzt. Er schien zu lächeln. Nur einige Tropfen Blut perlten von der Stirn zur Nase herunter. Ich drückte den Sicherungshebel an Miras Pistole wieder nach unten, wie Helmut es gesagt hatte und steckte sie in meine Jackentasche. Ein langes Haar, das mit der Waffe auf den Tisch gekommen war und unordentlich dort lag, blies ich weg. Dann verließ ich benommen das Haus über die Terrasse und ging nach Hause. Ich habe mit keinem Menschen darüber gesprochen.

Zwei Tage später habe ich das Bild von Mira in der Zeitung gesehen. Sie ist die Frau, die tot mit gebrochenem Genick aus der Donau geholt wurde. Sie wurde am Samstag umgebracht. Ich mache mir die größten Vorwürfe. Ich habe einfach nicht daran gedacht, sie in Lebensgefahr zu bringen, als ich Helmut von ihrem Besuch erzählte. Diesen seinen letzten Mord hat er mir vor seinem eigenen Tod verschwiegen. Anscheinend besaß er noch einen letzten Rest von Schamgefühl, oder er war auch dafür zu feige. Ich aber fühle mich unendlich schuldig.«

Der Stadtpfarrer sieht kurz überrascht auf und räuspert sich. Dann schlägt er den Blick wieder nieder und Wilhelm Dachstein beendet seinen Bericht mit der Feststellung: »Ich kann nicht hinnehmen, dass dieser Murr an meiner Stelle verurteilt wird.«

Erschöpft neigt sich der alte Schuldirektor nach dieser Schilderung zum Tisch, greift nach der bereitstehenden Flasche, gießt sein Glas randvoll und leert es in einem Zug. Er schaut den beiden anderen Männern geradewegs in die Augen. Max Mayer sitzt zusammengeschrumpft, als wäre die untragbare Last aus dem einen Sessel in den anderen übergegangen. Zum besseren Verständnis des Stadtpfarrers will er erklären, dass Mira ihnen vor Jahren von Helmut Dachstein, als der noch Milan Radic war, als geschundenes Mädchen vorgestellt worden und von den *Danuviern* während ihrer Ausbildung unterstützt worden ist.

Dr. Haider zupft verärgert über das Eingreifen von Maximilian Mayer an seinem schmalen blauen Band vor der Brust und bringt ihn mit einer unwirschen Handbewegung, die keinen Widerspruch duldet, zum Schweigen. Demonstrativ wendet er sich allein Wilhelm Dachstein zu.

Als er sicher ist, dass dieser seinem Bericht nichts mehr hinzufügen will und nicht beabsichtigt, weiterzusprechen, beginnen sich seine Lippen vorsichtig zu bewegen, und weil er weiß, dass Dr. Wilhelm Dachstein Altphilologe ist und Direktor des humanistischen Gymnasiums *Albertus Magnus* war, formuliert der Priester die lateinischen Worte deutlicher als sonst üblich.

»Indulgentiam, absolutionem et remissionem peccatorum tuorum tribuat tibi omnipotens et misericors Dominus. Dominus noster, Jesus Christus, te absolvat. Et ego auctoritate ipsius te absolvo ab omni vinculo. Ego te absolvo a peccatis tuis, in nomine Patris et Filii et Spiritus Sancti. Amen.

(Lossprechungsformel nach der katholischen Beichte: Nachlass, Vergebung und Verzeihung deiner Sünden schenke dir der allmächtige und barmherzige Herr. Unser Herr Jesus Christus spreche dich los. Und ich löse dich mit seiner Vollmacht von jeder Fessel. Ich spreche dich los von deinen Sünden im Namen des Vaters und des Sohnes und des Heiligen Geistes. Amen.)

Mit geübter Hand zeichnet Dr. Haider während seines letzten Satzes drei Kreuzzeichen in die Luft. Dann nimmt er die Stola vom Hals, faltet sie liebevoll und sorgfältig zusammen, küsst sie und steckt sie wieder in seine Anzuginnentasche zurück. Besorgt fragend und überraschend freundlich schaut er erst zu Wilhelm Dachstein, dann zu Maximilian Mayer. »Was machen wir jetzt mit dieser Geschichte?«

Der Gymnasialdirektor, noch etwas benommen von der eindrucksvollen und unerwarteten Absolution, sieht erstaunt über diese Frage zum Stadtpfarrer. »Sie werden verlangen, dass ich mich stelle.«

Dr. Haider zuckt uninteressiert mit den Achseln. »Die römische Kirche ist zwar in dieser Welt; aber nicht von ihr. Wir sind weder Racheengel noch Knechte der Schimäre von irdischer Gerechtigkeit.«

Der Gastgeber steht auf, schenkt die Gläser nach und macht einige Schritte durch den Raum: »Wir können es nicht auf sich beruhen lassen. Wir drei sind die Einzigen in der Stadt, die wissen, was geschehen ist. Wir müssen den Murr aus dem Gefängnis holen und den Wilhelm nicht hineinbringen. Darüber sind wir uns doch einig?«

»Gottvertrauen scheint nicht Ihre hervorstechendste Eigenschaft zu sein«, bemerkt Dr. Haider hintergründig lächelnd.

»Auch Gott braucht Helfer, wenn er etwas erreichen will«, kontert der Arzt. »Kann mir einer erklären, warum dieser Murr partout schuldig sein will, wenn er mit der Sache nichts zu tun hat? Wenn es so weiterläuft, ist der in ein paar Tagen verurteilt.«

Maximilians Frage bleibt unbeantwortet.

Dr. Haider trinkt mit Bedacht und Genuss sein Glas aus und erhebt sich. »Ich verabschiede mich jetzt wohl besser. Für die Diskussion Ihrer Strategien werden Sie mich weder als geistlichen, noch als sonstigen Beistand benötigen.« Dann wendet er sich zu Wilhelm Dachstein: »Wie geht es Ihnen jetzt?«

»Besser, Herr Stadtpfarrer. Viel besser.«

»Dann ist es gut, mein Sohn, und schau, dass es so bleibt.«

Es klingt ganz natürlich, dass dieser Sechzigjährige den Siebzigjährigen als seinen Sohn anspricht. In der Tür stehend dreht sich der Stadtpfarrer nochmals halb um. Ruhig und bestimmt, aber fast flüsternd sagt er zu Dachstein gewandt: »Und machen Sie sich keine falschen Vorwürfe, Herr Dachstein. Ihr Schwiegersohn hat an Pfingsten keine Frau umgebracht.«

Als Maximilian Mayer wieder im Zimmer steht, nachdem er den Gast hinausbegleitet hat, sagt er zu Wilhelm: »Der Mann hat es faustdick hinter den Ohren. Hätte ich von ihm nicht erwartet. Über Gerechtigkeit werde ich mich mit ihm noch mal unterhalten. Ich glaube, da kann ich einiges lernen.«

»Woher weiß er, dass Helmut Mira nicht getötet hat?«, fragt Wilhelm. Max Mayer zuckt mit den Achseln. »Meinst du, Helmut war an Pfingsten bei ihm und hat reinen Tisch gemacht vor seinem Tod?«

Max Mayer ist ermüdet. Er will keine weiteren Rätsel haben. »Die Wege des HERRN sind unergründlich und die des Albert Haider auch. Wilhelm, jetzt schlafen wir über die ganze Sache und dann legen wir fest, was wir tun. Du unternimmst ohne mich nichts, verstanden!«

Wilhelm Dachstein nickt ergeben und verlässt erleichtert das Mayer'sche Haus.

29

»Was bringt einen Menschen dazu, ein Verbrechen zu gestehen, das er nicht begangen hat?«

Dr. Babette Sauer hebt ihre Schultern. »Ohne dass ich einen persönlichen Eindruck von ihm habe, kann ich Ihnen diese Frage nur allgemein beantworten.«

Der Klinikchef hat ganz gegen seine Gewohnheiten das Reich seiner Psychiaterin aufgesucht und die Seelenärztin mit der Frage konfrontiert, die ihn beschäftigt. Üblicherweise bittet er seine Leute zu sich, wenn er etwas zu besprechen hat. »Dann mal ganz allgemein.«

Die Ärztin dachte, Dr. Mayer habe die Frage beiläufig gestellt und ist über sein nachhaltiges Interesse erstaunt. Konzentriert versucht sie, seinen Wissensdurst zu löschen: »In der Regel verhalten sich Menschen berechenbar. Sie tun etwas, wovon sie sich einen Vorteil versprechen. Wenn also ein Mensch etwas eingesteht, dann deshalb, weil er meint, es nützt ihm. Bei Geständnissen kann der Nutzen darin liegen, das Gewissen zu erleichtern, die Folter zu beenden oder eine geringere Strafe zu erhalten.«

»Und wie ist ein falsches Geständnis zu bewerten?«

»Genau gleich«, fährt die Ärztin fort. »Derjenige, der etwas gesteht, was er nicht getan hat, wägt Nutzen und Schaden ab. Schaden ist die Strafe, die er erhält. Nutzen ist der Ertrag, den er daraus zieht, dass ihm die Tat zugerechnet wird. Wieder ganz allgemein: Menschen betrachten als positiv: Essen, Trinken, sexuellen Zugriff, soziale Anerkennung, Liebe, Ruhm, Ehre. Als negativ: Armut, Einsamkeit, Misserfolg, soziale Missachtung.

Kann ein labiler Charakter durch ein falsches Geständnis eine negative Situation in eine positive wenden, so wird er es tun. Ein Verbrechen kann Ruhm und Ehre bedeuten. Denken Sie an Attentate gegen Diktatoren. Ein Verbrechen kann auf viel Verständnis stoßen. Denken Sie an den Todesschuss der Marianne Bachmeier im Lübecker Landgericht auf den Mörder ihrer Tochter. Ein Verbrechen kann aus einem Wurm von Menschen einen Helden machen. Denken Sie an Herostrat. Warum sollte sich jemand, wenn er eine solche Chance sieht, nicht auch mal eine fremde Feder an seinen Hut stecken?«

Dr. Mayer hat genug Futter für sein Gehirn erhalten. Dies muss er alles erst wieder auf den konkreten Fall umsetzen, der durch irgendwelche Verstrickungen, über die er nicht nachdenken will, der seine geworden ist. Nach ein paar belanglosen Worten zieht er sich in sein Büro zurück.

Wie immer, wenn er etwas zu bereden hat, was nicht nach außen dringen soll, ruft er Luise. Bei einer Tasse Kaffee fragt er sie, ob sie die Geschichte mit dem Buchhändler Murr verfolge.

»Nicht wirklich«, erwidert sie. »Was man eben so hört.«

»Und was hört man so?«, fragt er weiter.

»Die Leute sagen, er brachte den Dachstein um, weil der ihn ruiniert hat. Geschäft weg und Frau weg. Aber die Frau hat er ja anscheinend wieder.«

»Wieso?« Max lauscht interessiert.

»Nach dem Tod von Dachstein scheinen sie sich wieder gefunden zu haben. Hat ihr wohl imponiert, welchen Einsatz er für sie gebracht hat. Ist ja auch schmeichelhaft für die Frau, wenn ihr Mann den Nebenbuhler auspustet. Chapeau! Hat was! Die Leute sind auch erstaunt. Hätten sie dem Buchhändler nicht zugetraut.«

Nachdenklich bedeckt Dr. Mayer mit beiden Händen sein Gesicht und zieht sie langsam herunter, bis er mit den Fingerkuppen sein ausgeprägtes Kinn massieren kann.

»Luise, ich glaube, du hast mir wieder einmal sehr geholfen«, sagt er nur, und seine Schwester spürt, dass er allein sein will.

Trotzdem hat sie ihm noch ein Personalproblem auf den Tisch zu legen. »Bevor du voll in deine Stadtpolitik abdriftest, Max, solltest du mal ein Gespräch mit Dr. Harsch aus der Chirurgie führen. Ich glaube, der hat Abwanderungsgedanken. Das würde uns zurzeit gar nicht passen.«
»Wohin will er denn?«, fragt Max interessiert.
»Weiß nicht genau. Aber da oben im Burgkloster hat eine Operationsklinik aufgemacht, die sehr gut bezahlen soll.«
Maximilian Mayer ist überrascht. »Kenne ich gar nicht. Wer betreibt denn die?«
»Soll eine Wiener Firma sein. Genaues weiß ich auch noch nicht. Rede mal mit Dr. Harsch! Ersatzlos können wir jetzt nicht auf ihn verzichten.«

Am nächsten Tag betritt Dr. Maximilian Mayer zum ersten Mal in seinem Leben ein Gerichtsgebäude. Zwischen den beiden imposanten weißen Löwen neben der Eingangstreppe bleibt er kurz stehen und betrachtet die beiden Statuen von *Themis* und *Dike* über dem wilhelminischen Portal. *Aha, Ordnung und Gerechtigkeit. Mal sehen, was wir tun können,* denkt der ehemalige Abiturient des Albertus-Magnus-Gymnasiums. Von der Eingangshalle führt ein weitläufiges Treppenhaus zum großen Verhandlungssaal hinauf, in dem gegen Thomas Murr verhandelt wird. Ein Türflügel steht offen. Dr. Mayer findet noch einen Sitzplatz in der hintersten Reihe und schaut sich um.

Der Saal ist voll und der Publikumsandrang hält immer noch an. Neben ihm sitzen einige uniformierte Justizbeamte. Vor der langen erhöhten Richterbarriere hat links hinter einem Pult, auf dem ein Computer steht, eine ältere, hagere Frau in schmuddeligem schwarzem Umhang und sauber gerichteter Frisur Platz genommen. Offenbar führt sie das Protokoll. Rechts an einem zur Stirnseite ausgerichteten Tisch steht Thomas Murr neben einem etwas nervös wirkenden Mann, dessen Alter Max Mayer auf ungefähr vierzig Jahre schätzt und der ebenfalls einen schwarzen Mantel trägt. Ist wohl die Anklagebank. Direkt gegenüber sitzt eine Frau und blättert in den vor ihr liegenden Akten. Da sie einen Talar trägt, vermutet Dr. Mayer zutreffend, dass es die Staatsanwältin ist, mit der er telefoniert hat.

Hinter dem Richterpodium aus hellem, massivem Holz an der Stirnwand des Saales befindet sich eine Tür, und über die ganze Breite sind fünf Stühle aufgereiht, wobei der mittlere eine erhöhte Lehne besitzt. Inmitten der weißen, leeren Wand hängt ein schmuckloses, einfaches Holzkreuz. Als sich die Tür in dieser Wand öffnet, erheben sich die Zuschauer, und ein schwerer, bulliger Mann in schwarzer Robe mit lockigem dunklem Haar über dem ausdrucksvollen Gesicht erscheint im Rahmen, schaut prüfend in den Saal und strebt zum mittleren Platz. Hinter ihm folgen ein schlanker, großer Mann mit bereits schütterem, farblosem Haar und fein geschnittenen Zügen, der sich rechts neben ihn stellt, und eine kleine, untersetzte Frau mit breitem Gesicht und einer schwarzen Hornbrille, die sich auf der anderen Seite postiert. Die beiden tragen ebenfalls weite schwarze Talare. Dann kommen noch zwei Frauen mittleren Alters in dunklen Hosenanzügen, die sich links und rechts außen hinstellen. Als sie sich gesetzt haben, nehmen auch die Zuschauer wieder Platz.

Der schwere Mann in der Mitte, offensichtlich der Erste des Gremiums, reibt seine fleischigen Hände und teilt mit, dass nach der Verlesung der Anklage und der Feststellung der Personalien in der letzten Sitzung heute mit der Zeugenvernehmung begonnen werde. Der einzige Zeuge des Termins sei der ermittelnde Beamte, der von der Staatsanwaltschaft benannte Kriminalhauptkommissar Horst Leicht. Er fragt, ob es dazu Anregungen, Einwendungen oder sonst etwas zu sagen gebe und als sowohl die Oberstaatsanwältin, wie auch der Verteidiger ihre Köpfe schütteln, bittet der Gerichtspräsident Dr. Anton Zeiss einen der Justizbeamten, den Zeugen Leicht, der auf dem Flur wartet, in den Gerichtssaal zu holen.

Der Richter nutzt die entstandene Pause, um den Zuhörern und der Presse im Saal belehrend zu erklären, dass das Gericht kein

Urteil fällen darf, nur deshalb, weil der Angeklagte geständig ist, sondern unabhängig davon, dem Angeklagten die vorgeworfene Tat nachgewiesen werden muss. Dazu benötige man trotz des Geständnisses Beweise. Deshalb sei es notwendig, den Zeugen Leicht zu vernehmen.

Der Präsident weist den ihm persönlich gut bekannten Hauptkommissar freundlich und Aufmerksamkeit heischend auf seine Wahrheitspflicht hin und fügt großzügig hinzu, als häufiger Zeuge kenne der Polizist diese obligatorische Erklärung ohnehin auswendig. Er als Richter sei verpflichtet, jeden Zeugen so zu belehren, auch dann, wenn er keinen Anlass habe, an dessen Aufrichtigkeit zu zweifeln.

»Sie wissen, warum Sie hier sind. Erzählen Sie uns mal, was Ihre Ermittlungen ergeben haben.«

Horst Leicht berichtet, was er in der Nacht auf den Dienstag nach Pfingsten im Hause Dachstein vorgefunden hat. Er berichtet weiter, dass die Pistole neben dem Sessel nicht die Tatwaffe gewesen ist. Die Gerichtsmedizinerin Frau Dr. Werr habe festgestellt, dass die Verletzungen mit dem Messer mindestens zwei Stunden nach dem Todesschuss zugefügt wurden. Er schildert, wie man herausgefunden hat, dass das Erbrochene Herrn Murr zugeordnet werden kann. Als man diesen dann mit der Tatsache konfrontierte, dass er am Tatort seine Spuren hinterlassen habe, sei er sofort zusammengebrochen und geständig gewesen.

»Gute Arbeit«, lobt der Vorsitzende. Er schaut nach links; er schaut nach rechts. Die Richterbank nickt.

In der letzten Zuhörerreihe hat Dr. Mayer diesen Auftritt aufmerksam verfolgt. *Da soll noch einer sagen, wir sind die Götter in Weiß. Schau mal diese in Schwarz an.*

»Gibt es noch Fragen an den Zeugen?«, erkundigt sich der Vorsitzende.

Kopfschütteln von der Oberstaatsanwältin. *Läuft wie geschmiert*, denkt sie.

»Es bleibt jetzt natürlich schon noch eine Frage«, wendet sich der Richter an Leicht. »Mit welcher Waffe wurde Helmut Dachstein denn erschossen?«

»Das wissen wir nicht. Jedenfalls stammt die tödliche Kugel nicht aus der Waffe, die wir bei dem Toten gefunden haben. Erstens hat sie ein anderes Kaliber und zweitens wurde aus dieser Pistole kein Schuss abgefeuert. Herr Murr erklärte uns …« – »Nennen Sie Herrn Murr nicht bei seinem Namen, Herr Zeuge, hier ist er der Angeklagte«, unterbricht der Vorsitzende barsch, und Leicht berichtet, dass der Angeklagte behauptete, die Tatwaffe von seinem Vater geerbt und am Tatort hinterlassen zu haben. »Wir haben sie aber nicht gefunden.«

Der Vorsitzende schaut fragend und auffordernd zur Anklagebank. »Weiß nicht, wer sie weggeräumt hat«, sagt Thomas Murr nur, als er den Blick auf sich gerichtet sieht und sein Verteidiger sitzt stumm daneben und versteckt seinen Kopf zwischen den Schultern.

»Nun, bei dieser Beweislage ist es vielleicht gar nicht so wichtig«, schließt der Vorsitzende das Thema ab. Allein im schmalen Gesicht des Mannes rechts neben dem die Verhandlung leitenden Richter meint Dr. Mayer, einen Schatten zu erkennen. Alle anderen pflichten dem Präsidenten bei.

»Gut, dann vertagen wir die Sitzung auf nächste Woche und setzen sie mit der Anhörung von Frau Dachstein, die als Erste am Tatort war, fort. Gibt es dazu Einwendungen oder Anträge?«

Allseits Kopfschütteln. Die Richterbank erhebt sich und zieht durch die hintere Tür wieder aus.

Dr. Mayer versucht, an Murr heranzukommen. Er drückt sich an den anderen Zuhörern vorbei. Als er neben dem Verteidiger angekommen ist, fragt er: »Warum gestehen Sie etwas, was Sie nicht getan haben?«

Der Mann in der schwarzen Robe dreht sich verärgert um. »Lassen Sie meinen Mandanten in Ruhe«, und Maximilian Mayer kann zusehen, wie Thomas Murr von den Justizvollzugsbeamten abgeführt wird.

Auf der Heimfahrt lässt er die zwei Stunden im Gerichtssaal nochmals an seinem inneren Auge vorbeiziehen. Je länger er nachdenkt, umso sicherer wird er. *Wenn nichts Einschneidendes passiert, ist der Murr schon verurteilt. Das können wir dem Wilhelm nicht antun.*

Zuhause angekommen empfängt ihn seine Frau mit Mayer'schem Ritual. Auch Tobias hat sich zum Essen eingefunden. Als sie am Tisch versammelt sind und sich Marions Essen schmecken lassen, fragt Tobias seinen Vater, ob er etwas darüber weiß, dass der alte Schwarzkopf wieder in der Bank ist. Er habe ihn heute mit Kunath gesehen, und ihrem Verhalten nach zu urteilen gibt es keinen Zweifel, dass Schwarzkopf der Chef ist. Kunath sei nur neben ihm hergedackelt. Im Übrigen habe er die Absicht, nachdem seine Prüfungsaufgaben abgeschlossen sind, mit einigen Freunden für ein paar Wochen nach Kuba zu fahren. Er will die Insel sehen, nachdem Castro gestorben ist, bevor die Amis sie mit Miami und den Bahamas gleichgemacht haben. »Mach das! Vielleicht bist du dann von einigen Illusionen geheilt. Aber anschließend wird studiert, mein Sohn.«

Tobias grinst. »Weißt du, dass der größte Exportartikel von Kuba ausgebildete Ärzte sind?«

»Hätten sie besser Fidel Castro ausgewiesen, dann könnten ihre Ärzte im Land bleiben. Der war doch selber Arzt, oder irre ich mich?«

»Du bist ein unverbesserlicher Kapitalist, mein Vater. Ich hoffe, du hast deine Euros auf dem Trockenen, dass mir auch noch mal was bleibt.«

Marion badet wieder einmal stolz lächelnd in ihrem Glück.

»Meinst du wirklich, Papa, dass der Schwarzkopf die Bank wieder übernimmt? Das wäre doch eine ganz schöne Blamage für den Kunath.«

»Kann ich mir nicht vorstellen. Aber dass der Kunath hin und wieder einen Rat von ihm holt, ist doch ganz in Ordnung. Schließlich haben die lange zusammengearbeitet, bevor der Dachstein aufgetaucht ist.«

Maximilian Mayer erinnert sich an sein Telefonat mit Schwarzkopf und kann seine Beunruhigung nur schwer verbergen. Wird doch dieses Geschwür nicht auch noch aufbrechen, hofft er. Während er darüber nachsinnt, läutet das Telefon. Marion nimmt das Gespräch entgegen. Sie hört kurz und reicht den Hörer an ihren Mann weiter. Sie sieht, wie er angespannt lauscht.

»Gut, dann sehen wir uns in einer halben Stunde in der Klinik«, ist alles, was er sagt. Der Hausvater isst anschließend schweigend seinen Teller leer, wischt sich mit der Serviette über den Mund und faltet sie nachdenklich zusammen. »Muss noch mal weg«, erklärt er kurz und verlässt das Haus.

»Das war der Schwarzkopf«, sagt Marion zu ihrem Sohn. »Hast du eine Ahnung, warum sich Papa so reinhängt? Dann kann er doch gleich den Bürgermeister machen.«

»Das macht er nicht«, sagt die Mutter. »Aber manchmal bin ich schon froh, dass Luise die Klinik im Griff hat. Papa kann einfach nicht Nein sagen.«

»Irgendwo wird es ihm schon guttun«, lästert Tobias. »Sonst täte er es ja nicht. Ist ja schließlich nicht dumm, unser Boss, oder?«

Marion lässt den Satz von Tobias unbeantwortet. Sein *oder?* klingt ihr aber unangenehm in den Ohren nach. Mit einem ihr bisher nicht bekannten Gefühl der Unsicherheit räumt sie den Esstisch ab.

In der Klinik wartet Karl Schwarzkopf bereits auf das Eintreffen von Dr. Mayer, und als er ihm am Schreibtisch gegenübersitzt, kommt er ohne Umschweife zur Sache. »Es ist so weit«, sagt er. »Kunath steht unter Druck. Er wird bedroht.«

»Was ist passiert?«, fragt Dr. Mayer.

Der gepflegte ältere Herr im tadellos sitzenden grauen Anzug erzählt eine schmutzige Geschichte. Auge in Auge wiederholt er zunächst, was er Max Mayer bereits am Telefon berichtet hat. Von dem internen Konto, auf das dubiose Einzahlungen geleistet werden. Von seinem Rat an Kunath, es laufen zu lassen und keine Auszahlung mehr zuzulassen. Von dem Telefonat, das Frau

Kunath ihrem Mann verständnislos wiedergegeben hat. Schließlich von der verzweifelten Bitte Kunaths, ihm zu raten, wie er aus dieser Situation unbeschadet herauskommen könne.

Dr. Mayer hört schweigend zu. Er schweigt noch, als Schwarzkopf schon längst seinen Bericht beendet hat. Nur an seinem energischen Kinn ist zu erkennen, dass seine Zähne aufeinander mahlen.

»Kann Kunath veranlassen, dass das Konto ausgekehrt wird?«, fragt er.

»Kann er«, antwortet Schwarzkopf.

»Was geschieht mit ihm, wenn er die Geschichte seinen Chefs meldet?«

»Schlecht zu sagen. Wird sich dann kaum verheimlichen lassen.«

»Verliert er seinen Job?«

»Wird vermutlich versetzt. Aber zu seinem Schutz. Ohne Abstufung.«

Die Kiefer von Dr. Mayer beginnen wieder zu arbeiten.

»Herr Schwarzkopf, ich habe eine großartige Idee«, sagt er plötzlich, und sein ernstes Gesicht hellt sich auf. Aus den warmen braunen Augen sprüht energische Entschlossenheit.

»Wir schlagen zwei Fliegen mit einer Klappe.«

Als der ehemalige Bankdirektor und der Klinikchef eine halbe Stunde später das Haus mit entschlossenen Schritten verlassen, lächeln sie vor sich hin wie zwei Lausbuben, die einen Streich ausgeheckt haben.

»Ich übernachte im *Hotel am Marktplatz*. Darf ich dich noch zu einem Absacker einladen?«

»Ich muss nur noch ganz kurz einen Besuch bei unserem alten Direx machen und komme dann zurück, wenn es bei einem bleibt.«

Es blieb nicht bei einem und wurde noch spät an diesem Abend, an dem eine Männerfreundschaft entstand.

30

Horst Leicht berichtet Otto Müller von seinem Zeugenauftritt vor Gericht. »Die interessiert gar nichts«, sagt er. »Keine Frage vom Verteidiger. Keine Frage von der Rossmann. Keine Frage vom Gericht. Nur wegen der Pistole ist der Zeiss kurz gestolpert, hat dann aber schnell alle Fünf wieder gerade sein lassen. Ich konnte das Haar nicht anbringen und den Film schon gar nicht. Wenn nächste Woche niemand die Karin Dachstein auseinandernimmt, dann ist dieser Prozess gelaufen.«

Otto schiebt den aufgeschlagenen Lokalteil der Zeitung zu Leicht. Mit *Viele Fragen offen* überschrieb der Redakteur seinen Artikel über den Prozesstag. »Der Meinung bin ich auch«, sagt Leicht sarkastisch.

»Meinst du wirklich, dass der Murr unschuldig ist? Das Gekotze stammt doch zweifelsfrei von ihm.«

»Unschuldig ist der nicht, aber so, wie er es sagt, kann es nicht gewesen sein. Der will unbedingt den Mörder spielen, und die lassen ihn. Überlege doch mal, wer soll denn die beiden Pistolen ausgetauscht haben? Glaubst du das Märchen von einem, der eine alte Weltkriegspistole, die Murr von seinem Vater oder Großvater geerbt haben will, vom Tatort klaut? Und dann die vom Dachstein unbenutzt danebenlegt. So bescheuert kann doch gar niemand sein. Die Witwe bestimmt nicht. Die ist alles, aber nicht blöd!«

Das Telefon läutet, und Otto Müller nimmt das Gespräch an. Er hört kurz zu und gibt den Hörer an Leicht weiter. »Eine Verehrerin für dich.«

Horst Leicht braucht eine Weile, bis er im Bilde ist. Judith, die stupsnasige Studentin vom Lonetal, ist in der Stadt und ruft ihn an, weil sie in der Zeitung von seinem Zeugenauftritt gelesen hat. Spannend sei das und ob er Zeit habe, mit ihr im Stadthaus einen Cappuccino zu trinken.

»Klar«, antwortet Leicht, dankbar für die Unterbrechung seiner unfruchtbaren Gedanken. Er freut sich sogar und stellt erstaunt fest, dass er ein kleines Grummeln im Bauch spürt. Zu Otto sagt er erklärend, er müsse schnell zu einem Termin. Als dieser süffisant lächelnd erwidert, dass dieser wohl in den Feierabend hineinreicht, ist der Hauptkommissar bereits durch die Tür verschwunden.

Judith hat einen Stuhl vor dem weiträumigen weißen Stadthaus auf dem großen, freien Platz gefunden, streckt ihre Beine von sich und schaut tief nach hinten gelehnt zum hohen Turm des Münsters hoch. Über seiner Spitze zeigt sich ein weiter blauer Himmel, an dem eine weiße, dicke Kumuluswolke hängt, und weit darüber schweben wie kleine Papierfetzen die Zirruswölkchen dahin.

Leicht entdeckt sie sofort, und sein Blick verhakt sich an dem braunen, gespannten Bogen, den ihr Hals macht. Dann wandert er über die locker fallende Bluse zu der rissigen blauen Jeans und von dort zu den nackten Füßen, die verspielt mit den braunen Sandalen balancieren. Das helle Gemäuer des Münsters glänzt in der Nachmittagssonne und strahlt die Wärme auf den Platz zurück.

Er zieht einen Stuhl neben den ihren und setzt sich.

Judith dreht träge den Kopf zu ihm. »Schön, dass du Zeit hast.« Ganz bedächtig formen ihre Lippen die Worte. So als seien sie wichtig.

»Was machst du hier?«, fragt er im gleichen, ruhigen Ton.

»War im Museum, beim Wasburger. Er strahlt über alle vier Backen.« Ihre Stimme ist unverändert langsam.

»Gibt es was Neues?«

»Sein Löwenmensch ist zwei Zentimeter gewachsen und eindeutig maskulin.«

»Wegen zwei Zentimetern?«

»Du bist albern. Der ist fast vierzigtausend Jahre alt.«
»Fühle ich mich auch manchmal.«
Judith zieht ihre Füße unter den Stuhl und richtet ihren Oberkörper auf. »Dein Prozess läuft komisch, oder? Bist du noch an der Donaukultur interessiert?«
»Wie kommst du darauf?«
Ein Mädchen mit einer schwarzen Schürze kommt an ihren Tisch und fragt, ob sie etwas bringen kann.
»Ein Hefeweizen«, bestellt Horst.
»Mir auch«, schließt sich Judith an.
»Ich habe heute den Zeitungsartikel gelesen. Die greifen dich ganz schön an.«
»Ich habe nur die Überschrift gesehen. Warum mich?«
»Schlampige Ermittlungen oder so ähnlich. Ohne eigenes Geständnis könnte der Angeklagte als freier Mann aus dem Gerichtssaal spazieren, schreibt die Zeitung.«
»Hat sie wahrscheinlich recht.«
Die kellnernde Studentin stellt zwei volle Weißbiergläser vor die beiden. Sie stoßen an, trinken, schlecken den Schaum von ihren Lippen und halten ihre Gesichter in die Sonne.
»Was ist denn so schwierig an diesem Fall, dass dich die Presse so zerreißt?«
»Der Mann erzählt Märchen«, plaudert Leicht entspannt wie lange nicht vor sich hin. »Er behauptet, er habe geschossen und die Waffe liegengelassen. Wir finden eine Pistole, aus der nicht geschossen worden ist.«
»Warum ist er dann vor Gericht?«
»Weil er ein handfestes Motiv hat.«
Als Leicht nicht weiterredet, blinzelt Judith aus der Sonne zu ihm hinüber: »Was denn für eines?«
»Der Ermordete hat ihn vor seiner Frau blamiert und sie ihm auch noch ausgespannt. Kaum ist er tot, sind die beiden wieder ein Pärchen.«
Judith setzt ihr Glas an die Lippen, ihre Zunge spielt mit dem

Schaum, und dann nimmt sie einen tiefen Schluck. Sie lächelt listig. »Verstehe ich«, sagt sie.

»Was verstehst du?«

»Dass sie wieder zusammen sind«, ergänzt sie.

»Wieso?«, fragt er ohne wirkliches Interesse, nur um das Gespräch nicht abreißen zu lassen.

»Würde mir auch gefallen, wenn sich wegen mir zwei Männer schießen.«

Horst Leicht dreht ihr seinen Kopf zu. Sie lehnt lässig im Stuhl, hat die Augen geschlossen und träumt versonnen vor sich hin. Er greift nach seinem Bierglas und trinkt.

»Wahrscheinlich hat sie die Pistole geholt, wenn sie der Trottel vergessen hat«, hört er sie sagen.

Horst Leicht ist sich nicht im Klaren, was ihn mehr erregt: Die lasziv müde, monotone Stimme oder der Inhalt dessen, was er hört. Oder ist es das irreale Zusammenspiel? Er ist plötzlich hellwach und greift nach ihrer Hand. Sie ist warm und weich. »Wie meinst du das, Judith?« Horst sieht zu, wie die vollen Lippen in dem stupsnasigen Gesicht mit den tiefbraunen Augen vor sich hinreden: »Ich stelle mir vor, mein Exmann kommt und sagt, er hat eben seinen ekligen Rivalen erschossen, er liebt mich und möchte, dass ich ihn auch wiederliebe. Das gäbe mir ganz schön Adrenalin. Schließlich habe ich ihn ja mal geheiratet. Dann würde er mir erzählen, dass er die Pistole mit seinen Fingerabdrücken und so weiter neben dem Toten hat liegenlassen. Wenn es möglich wäre, würde ich ihn in die Badewanne stecken, die Pistole holen und alles tun, damit der Verdacht nicht auf ihn fällt.«

»Das würdest du tun?« Der Hauptkommissar staunt ungläubig. *Sie macht sich einen Spaß mit mir. Nicht gerade lustig.*

»Klar«, sagt sie ernsthaft. »Ihr Männer habt keine Ahnung von uns Frauen.« Sie schüttelt ganz leicht den Kopf und fährt sich mit den Fingern durch ihren braunen Haarschopf. Dann legt sie ihre Hand wie selbstverständlich wieder in die seine.

»Du glaubst wohl den Todesanzeigen der Witwen: Mein herzensguter, treusorgender Ehemann hat mich für immer verlassen. In Liebe und Dankbarkeit: Seine Frau. Weißt du, was das heißt? Stinklangweilig war es an seiner Seite. Hoffentlich kommt noch was Anderes. Einen Mann, dem Gesetze wurscht sind, wenn ihn Liebe und Leidenschaft packen, der dann alles riskiert, sogar sich selbst, so einen mögen wir. Davon träumen wir. Muss ja nicht immer gleich Bonnie und Clyde sein.«

Judith hat diese Sätze ohne jedes Nachdenken aus ihrem Innersten geholt. Leicht zweifelt keinen Augenblick, dass sie wirklich meint, was sie sagt, obwohl er es nicht glauben mag. Als sie zu ihm sieht, hält er ihrem Blick nicht stand und schaut zum Kirchturm hoch.

In einem offenen Jeep wünscht er mit diesem Mädchen durch das *Tal der Könige* zu fahren und auf Knien Seite an Seite nach Schätzen zu graben oder von Alexandria nach Siwa oder zum Nord- oder Südpol. Oder die Route 66. Egal. Stattdessen sitzt er hier in seinem langweiligen braunen Anzug und stiert in die Wolken.

»Komm«, sagt er und stellt verwundert fest, dass er noch immer ihre Hand in der seinen hält und dass sie ihm einfach folgt. Jetzt ist ihm egal, wie seine Wohnung aussieht. Sogar das Zahlen vergisst er.

Als Leicht erwacht, scheint bereits die Morgensonne durch die Fenster. Am Staub brechen sich die Strahlen. Suchend tastet er mit ausgestrecktem Arm zur anderen Bettseite. Das Kissen ist warm, aber leer. Er setzt sich auf und versucht, wach zu werden. Sein Magen meldet sich und erinnert ihn daran, dass gestern das Abendessen ausgefallen ist. Von nebenan aus der Küchennische hört er, wie Schranktüren geöffnet und geschlossen werden, als suche jemand etwas, ohne es zu finden. Judith erscheint barfuß und zerzaust in der Tür. Sie trägt eines seiner grauen Unterhemden. Es reicht ihr fast bis zu den Knien und hängt über beide Schultern herunter.

Mild lächelnd zuckt sie mit den Achseln. »Nichts«, sagt sie. »Ich finde nichts.«

Er steht auf, packt sie in seine Arme und legt sie wieder auf das Bett. »Noch zehn Minuten. Dann gehen wir runter zum Frühstücken.«

Der Morgen ist schon warm. Durch die Glasfront des Cafés können sie die Menschen beobachten, die ihrer Arbeit zustreben. »Beschäftigst du dich noch mit der Donauzivilisation?«, fragt Judith. »Ich habe in letzter Zeit einiges darüber gelesen.«

Horst Leicht ist damit beschäftigt, zu entscheiden, ob er sein Frühstücksei klopfen und mühsam schälen oder doch besser köpfen soll. Er entscheidet sich für Letzteres.

»Es gibt wenig darüber«, sagt er nur, um nicht als uninteressiert zu erscheinen. Er findet das Gesprächsthema ziemlich deplatziert. Es ist ihm egal. Mit seinen Gedanken ist er noch bei der letzten Nacht.

»Das liegt daran, dass es eine echte Bürgergesellschaft war. Die Menschen haben die Sachen selber geregelt. Keine Prachtkönige, keine übermächtigen Götter! Deshalb gibt es keine Gesetzestafeln wie bei Moses und Hammurabi oder Pyramiden und Tempeln wie bei den Pharaonen. Hättest wahrscheinlich keinen Job gehabt als Polizist. Wärst im alten Ägypten am Nil oder bei den Sumerern zwischen Euphrat und Tigris besser aufgehoben gewesen als an deiner Donau.«

Sind die Frauen anstrengend, stöhnt es in Leicht. Kaum sind sie aus dem Bett, hängen sie dir ein solches Gespräch auf.

»Wann kommst du mal wieder hierher?«, hört er sich fragen.

»Ich hoffe, dass ich dabei bin, wenn wir dem Wasburger seinen renovierten Löwenmenschen bringen. Das erste Männchen der Geschichte.«

Judith lacht, und Leicht stellt irritiert fest, dass er wünscht, in seinem Büro zu sein.

»Endlich kommst du.« Otto Müller erwartet ihn zum Aufbruch bereit. »Wir müssen sofort los!«

»Was ist denn? Schön langsam heute Morgen.«

Der Hauptkommissar ist in sehr ausgeglichener Stimmung.

»Auf den Kunath, den Nachfolger von Dachstein, ist geschossen worden.«

»Scheiße«, sagt Leicht. »Das hat gerade noch gefehlt.«

Im Auto unterrichtet Otto Müller seinen Hauptkommissar darüber, dass die örtliche Polizei heute in der Frühe bei der Mordkommission angerufen hat. Der neue Bankdirektor Kunath sei in seinem Haus überfallen worden, und es seien Schüsse gefallen. Als die Polizeibeamten in Kunaths Anwesen angekommen seien, hätten sie zwei Einschüsse an der Haustür festgestellt. Verletzt worden sei niemand. Die Spurensicherung sei bereits vor Ort.

»Dann fahren wir zur Bank«, entscheidet Leicht.

Nachdem sie ein beflissener Schalterbeamter bei Direktor Kunath angemeldet hat, dauert es keine Minute, und der Bankdirektor holt sie persönlich ab, lotst sie durch den gesicherten Zugang in das obere Stockwerk und führt sie in sein Büro. Die Tür steht offen und hinter dem Schreibtisch residiert Karl Schwarzkopf.

Als er die beiden Kommissare sieht, erhebt er sich langsam und geht ihnen zwei Schritte entgegen.

Hier steht nicht der gemütliche Hausherr von Nonnenhorn, sondern ein kraftvoller Mann: anthrazitfarbenes Jackett, dunkelgraue Hose mit messerscharfen Bügelfalten, schwarze, glänzende Halbschuhe, ein blütenweißes Hemd hinter einer rot und schwarz gestreiften Krawatte. Das weiße Haar korrekt gescheitelt.

Der ist zehn Jahre jünger geworden, denkt Leicht, als er die ihm entgegengestreckte Hand ergreift und den festen Händedruck spürt.

Das Auftreten Schwarzkopfs lässt keinen Zweifel aufkommen, wer Chef in diesem Büro ist. Der ehemalige Direktor weist den beiden Männern zwei mit schwarzem Leder gepolsterte Stühle zu und nimmt selbst wieder hinter dem Schreibtisch Platz. Kunath steht neben dem Fenster an die Wand gelehnt. Durch die Scheiben ist die grün patinierte Zwiebel eines Kirchturms zu sehen.

»Meine Herren, wir haben ein Problem, das wir nur offen und vertraulich lösen können. Herr Kunath, der Direktor dieser Bank, wird erpresst.« Schwarzkopf macht eine Pause und prüft die Wirkung seiner Worte. Als lediglich Schweigen den Raum füllt und die Kommissare auf weitere Erklärungen warten, fährt er fort: »Wir müssen davon ausgehen, dass auch Helmut Dachstein Ziel einer Erpressung war.«

Nach dieser Einleitung lehnt er sich zurück, als habe er alles gesagt. Schwarzkopf prüft in den Gesichtern der Kommissare, welchen Eindruck seine Worte hinterlassen. Leicht und Müller sehen sich ratlos an.

»Ich verstehe kein einziges Wort, Herr Schwarzkopf.« Hauptkommissar Leicht betont jede Silbe. »Bitte klären Sie uns doch auf. Aber zusammenhängend. Warum sind Sie eigentlich hier? Haben Sie das Regiment wieder übernommen?«

»Ich bin hier, weil mich Herr Kunath hierhergebeten hat«, erklärt Schwarzkopf nachsichtig lächelnd.

Die Kommissare schauen zu Kunath und sehen ihn nicken.

»Er hat mich hierhergebeten, weil er nach Übernahme der Leitung dieses Hauses eine Entdeckung machte, die eine gewisse Brisanz enthält und er meinen Rat wollte, wie damit umgegangen werden soll. Ich habe ihm diesen Rat gegeben, aber leider sind für Herrn Kunath äußerst unangenehme Folgen entstanden, die ich nicht vorhergesehen habe.« Der Redefluss von Schwarzkopf stockt.

»Herr Schwarzkopf, geht es nicht weniger geheimnisvoll? Sie reden daher wie eine Ehefrau, die von uns eine Zusicherung will, dass wir ihrem Mann nichts von einer aufgedeckten Affäre erzählen.«

Karl Schwarzkopf nickt amüsiert. »So ähnlich ist es auch. Wir hätten sehr gerne, dass das, was ich Ihnen zu sagen habe, nicht nach außen dringt.«

»Sie wissen doch, dass wir Ihnen das nicht versprechen können.«

»Mir genügt, wenn Sie es von sich aus nicht hinausposaunen.«

Der Mann hinter dem Schreibtisch steht zweifellos außerhalb dieser Geschichte. Er redet nicht im eigenen Interesse. Er versucht, seine Hand über Kunath und vielleicht auch über die Bank zu halten.

»Also, was ist los?«, fordert Leicht Klarheit. Wollen *Sie* es uns erzählen, Herr Kunath?«

Kunath steht unbeteiligt an der Wand und schweigt.

Karl Schwarzkopf erhebt sich aus seinem Sessel, legt beide Hände hinter seinen Rücken, umfasst mit der linken Hand den Knöchel der rechten und drückt fest zu. Dann schreitet er an der Wand entlang, vom Schreibtisch zur Tür, wendet und kehrt zum Schreibtisch zurück. Dort bleibt er kurz stehen und wiederholt seine Wanderung. Dann beginnt er zu sprechen. »Einige Tage, nachdem Herr Kunath die Leitung der Bank übernommen hat, informierte er mich, dass ihm ein Konto aufgefallen ist, auf dem rätselhafte Bewegungen stattfinden. Ich riet ihm, dieses Konto bestehen zu lassen und es im Auge zu behalten. Einige Wochen nach dem Tod von Helmut Dachstein blieb das Konto unbenutzt. Dann erfolgten diverse Einzahlungen und schließlich ein Überweisungsauftrag. Diesen Überweisungsauftrag riet ich, nicht auszuführen. Herr Kunath werde dann sehen, wer sich als Verfügungsberechtigter über dieses Konto zeigt.

Herr Kunath befolgte meinen Rat.

Die Konsequenz war, dass Frau Kunath über die private Telefonnummer einen anonymen Drohanruf erhielt und auf das Anwesen der Familie Kunath geschossen wurde. Ich kann es Herrn Kunath nicht verdenken, dass er nach diesen Ereignissen den Überweisungsauftrag ausgeführt hat. Selbstverständlich ist der Zentralvorstand der Bank über den Vorfall unterrichtet.«

Karl Schwarzkopf hört auf zu sprechen, setzt aber nachdenklich seine Wanderung durch das Büro fort. »Übrigens«, ergänzt er, »als Sie mich in Nonnenhorn aufsuchten, hatte ich von diesem Konto noch keine Kenntnis.«

Horst Leicht hört sich den erstaunlichen Bericht interessiert an. Dann fragt er Kunath, wie der Überfall auf ihn in dieser Nacht abgelaufen ist.

Eigentlich sei es kein Überfall gewesen, berichtet Kunath. Am Nachmittag habe seine Frau den mysteriösen Drohanruf erhalten und gegen Mitternacht habe er zwei Einschläge in seine Haustür gehört. Er sei noch nicht im Bett gewesen und habe dann sofort alle Lichter gelöscht und sich von den Fenstern ferngehalten. Die Polizei, die er sofort alarmierte, sei nach ungefähr zehn Minuten eingetroffen. Sie habe das Grundstück nach möglichen Spuren abgesucht. Er sei der Überzeugung, dass mit diesen Schüssen noch nicht sein Leben in Gefahr gewesen ist, sondern lediglich dem Telefonat Nachdruck verliehen werden sollte.

»Haben Sie denn eine Ahnung, wer dahinterstecken könnte?«, fragt der Hauptkommissar. Kunath zuckt mit den Achseln und schüttelt den Kopf.

»Wir vermuten, dass es sich um Geldwäsche handelt«, antwortet Karl Schwarzkopf, »und befürchten, dass es um Verbindungen aus der Vergangenheit von Herrn Dachstein gehen könnte. Es dürfte sich dabei um bandenmäßige Kriminalität handeln.«

Die beiden Kommissare sehen sich so an, als habe sich ein Verdacht, den sie insgeheim hegten, bestätigt.

»Können Sie uns die Kontoauszüge zur Verfügung stellen? Sie werden verstehen, dass wir in diesem Fall das Bundeskriminalamt informieren müssen.« Leichts Blick wandert von Schwarzkopf zu Kunath und wieder zurück. Karl Schwarzkopf, der immer noch am Schreibtisch steht, bückt sich, zieht eine Schublade auf und holt einen vorbereiteten grünen Schnellhefter heraus.

»Wir haben schon damit gerechnet, dass Sie das haben wollen.« Er reicht die Akte zu Leicht weiter.

»Danke, Herr Schwarzkopf. Wir können uns jetzt wohl verabschieden. Wie lange bleiben Sie noch hier?«

»Ich fahre heute noch an meinen Bodensee zurück. Bei dem, was jetzt zu erledigen ist, kann ich nicht mehr behilflich sein, fürchte ich.«

Vor der Bank dreht Leicht die Akte unschlüssig in seinen Händen. Er denkt an das Gespräch mit Judith zurück.

»Otto, lass uns vorsichtshalber noch bei der Kathi Murr vorbeischauen.«

Nichts rührt sich in der Wohnung, als sie an Kathis Tür läuten. Nach dem zweiten Klingeln streckt eine Frau im Morgenrock ihren Kopf aus der benachbarten Wohnung. Misstrauisch mustert sie die beiden Männer. »Was wollen Sie von Frau Murr?«, fragt sie.

»Wir müssen nur kurz mit ihr sprechen. Wir sind von der Polizei«, stellt sich Otto Müller vor. Frau Murr sei nicht zu Hause. Sie ist verreist.

»Wie lange schon?«, will Leicht wissen.

»Seit ein paar Tagen. Ich nehme die Post weg.«

Ob sie wisse, wohin Frau Murr verreist ist, fragt Leicht.

»Ja, zu einer Freundin nach München. Sie hat mir für Notfälle ihre Mobiltelefonnummer gegeben.« Die Frau schlurft in ihre Wohnung und kommt nach einer Weile mit einem Zettel zurück. »Hier! Können Sie behalten.«

Leicht zieht sein Handy aus der Tasche und ruft die Nummer an. Als die Verbindung hergestellt ist und sich Kathi Murr meldet, fragt Leicht, wo sie gestern Nacht gewesen sei.

»Hier in München«, erklärt Kathi.

»Gibt es dafür Zeugen?«, fragt Leicht.

»Ja, eine ganze Menge«, lacht die Angerufene gut gelaunt. »Wir hatten eine Vernissage. Die Bude war voll. Bis gegen vier in der Früh.«

»Danke, Frau Murr, und entschuldigen Sie die Störung.«

Leicht räumt sein Telefon wieder weg und schüttelt seinen Kopf.

»Das war wohl nichts«, bemerkt er zu seinem Kollegen.

»Eigentlich können wir jetzt noch bei den Polizisten vorbeischauen, die heute Nacht die Sache aufgenommen haben, wenn wir schon mal hier sind«, meint Otto.

Die beiden Polizisten, die gegen Mitternacht Haus und Garten bei Kunath durchsucht haben, beteuern, keine Spuren gefunden zu haben. Nur zwei Kugeln haben sie aus der Haustür bohren können. Diese sind bereits bei der kriminaltechnischen Untersuchung. Ein Nachbar hat ein Auto davonfahren hören. Mehr nicht. Am Morgen bei Tageslicht hätten sie nochmals den Garten untersucht. »Wir haben keine Abdrücke von Schuhen oder Ähnliches finden können«, sagen sie übereinstimmend.

Nach ihrer Rückkehr im Büro finden die beiden Kommissare auf dem Schreibtisch eine Nachricht der KTU. Das braune Kuvert ist zugeklebt und dick gestempelt: *Sehr dringend* und *Vertraulich*. Hauptkommissar Leicht reißt den Umschlag auf, und die beiden machen sich über die Unterlagen her.

»Verdammt, ich muss sofort zur Rossmann«, sagt Leicht, nachdem er den Bericht gelesen hat und macht sich auf den Weg.

Otto Müller setzt sich hinter den Schreibtisch und studiert das Ergebnis der Untersuchung gründlich. Mit höchstmöglicher Sicherheit, so steht es schwarz auf weiß, stammen die beiden Kugeln in der Haustüre des Anwesens Kunath aus der gleichen Waffe wie die Kugel, die Dachstein am Pfingstmontag getötet hat. Mit größter Wahrscheinlichkeit handelt es sich um eine P 8 mit dem Kaliber 9 mm x 19, die seit dem Jahre 1989 von der Firma Heckler & Koch hergestellt wird.

Jetzt haben sie aber ein Problem mit dem Murr. War mal wieder zu schnell, unser Dr. Zeiss, denkt Leicht.

Zur gleichen Zeit informiert Karl Schwarzkopf im Mayer'schen Haus den Hausherrn über den Besuch der beiden Ermittler in der Bank. »Die Geschichte mit dem Konto hätte Kunath ohnehin nicht alleine von hier aus regeln können. Die Vorgänge wären jeder halbwegs anständigen Revision aufgefallen. Also haben wir ihm sogar einen Gefallen getan, wenn die Kripo die Sache von einer ganz anderen Seite her aufrollt. Ich wusste gar nicht, dass du so ein guter Schütze bist.« Die beiden Männer grinsen wie Lausbuben nach einem gelungenen Streich.

»Wilhelm hat mir gezeigt, wie es geht. Ist ganz einfach. Macht aber einen ganz schönen Krach, wenn sie losgeht. Was mache ich jetzt mit dem Ding? Ich kann sie ja schlecht dem Wilhelm wieder zurückbringen.«

»Meinst du, wir brauchen sie noch?«
Die beiden Männer überlegen.
»Ich glaube nicht, Karl. Wir haben alles getan, was wir konnten. Den Murr werden sie jetzt wohl laufen lassen müssen. Im Gefängnis hat er ein perfektes Alibi. Natürlich darf man die Pistole nicht mit Wilhelm Dachstein in Verbindung bringen. Mir wäre am liebsten, sie wäre weg.«
Karl Schwarzkopf denkt nach. »Gib sie mir«, sagt er dann. »Im Bodensee sind schon mehrere solche Rätsel versenkt. Da ist noch gut Platz für ein weiteres.«
Dann verabschieden sich die beiden herzlich voneinander.
»Und halte mich auf dem Laufenden, Max. Interessiert mich wirklich, wie es weitergeht.«
»Karl, du hast uns sehr geholfen. Wenn es dir in Nonnenhorn zu langweilig wird, weißt du, wo du daheim bist.«
Als Marion Mayer den früheren Bankdirektor vor der Haustür verabschiedet, fällt ihr auf, dass er unbeholfen versucht, ein kleines Bündel hinter seinem Rücken vor ihr zu verbergen.
»Hast du Geheimnisse vor mir?«, fragt sie ihren Mann, nachdem sie ins Wohnzimmer zurückgekehrt ist. »Kommt mir langsam merkwürdig vor. So eng warst du mit dem Schwarzkopf doch gar nicht befreundet. Und der Stadtpfarrer war noch nie bei uns. Max, gibt es etwas, was ich wissen sollte?« Eine strenge Steilfalte formt sich über ihrer Nase.
Glücklicherweise kommt Tobias ins Zimmer gestürmt.
»Wisst ihr schon? Auf den Kunath ist heute Nacht geschossen worden. Bei uns geht es zu wie in Chicago! Kaum ist der eine Banker tot, schon kommt der nächste dran.«
»Ist ihm was passiert?«, fragt die Mutter erschrocken.
»Nein, er hat gerade noch rechtzeitig die Haustür zuschlagen können«, erklärt ihr Sohn.
»Woher hast du denn diese Weisheiten?«, fragt sein Vater.
»Ich komme gerade vom Reitstall. Der Nachbar vom Kunath hat sein Pferd dort stehen. Er hat heute Nacht aus dem Nachbar-

grundstück zwei Schüsse gehört. Vom Fenster aus hat er einen dicken schwarzen Mercedes wegfahren sehen, und ein paar Minuten später schlichen Polizisten mit Taschenlampen um das Haus und haben Spuren gesucht. Sie haben ihn gefragt, ob er etwas beobachtet hat und ihm erzählt, dass auf den Kunath geschossen worden ist.

»Und, hat er was beobachtet?«, fragt Max mühsam beherrscht.
»Nur das Auto, sagt er. Sonst nichts.«
»Hat er die Nummer gesehen?«, fragt Max nach.
»Davon hat er nichts gesagt. Übrigens schönen Gruß von der Karin. Sie war auch dort. Ist mit Cäsar Moschl ausgeritten. Ich glaube, da tut sich was.«

Maximilian Mayer geht zum Küchenschrank und holt ein Glas. Aus dem Kühlschrank nimmt er eine Flasche Aquavit. Sein Magen kann eine Beruhigung gebrauchen. »Das sind aber auch Zustände hier«, brummelt er und zieht sich zu seinen Büchern zurück.

Hinter seinem Schreibtisch sitzend legt er sein Gesicht in beide Hände und überlegt, wie denn nun der Sachstand ist. Seines Erachtens war alles getan.

31

In Hamburg klebt Ilir auf seinem Stuhl an der Bar. Das *Piccadilly* benutzt er als zweites Büro und zweites Wohnzimmer. Vielleicht auch als erstes. In seiner Wohnung ist er fast nie. Zum Schlafen, ja. Aber Ilir braucht nicht viel Schlaf. Er kann den Schlaf nicht ertragen. Im Schlaf reihen sich die Bilder seiner Vergangenheit aneinander. Diese Vergangenheit bestimmt seine Gegenwart, und seine Lage ist ausweglos.

Begonnen hatte es mit seiner Bereitschaft, bei der Befreiungsarmee des Kosovo, der UCK, dabei zu sein. Nachdem er sich bei einigen Massakern bewährt hatte, und die UCK am 20. September 1999 einen Vertrag zu ihrer Legalisierung unterzeichnete, stellte ihn sein Stabschef an die Spitze der holländischen Versteigerungen. Die UCK war von der amerikanischen Armee im Kosovo als ihre Bodentruppe gepflegt worden und verfügte über riesige Geldmittel. Diese Dollars mussten umgewandelt werden. Zunächst organisierten sie den Mädchenhandel aus der Ukraine, Moldawien und Rumänien. Für zweitausend Dollar konnte auf dem Markt in Pristina eine junge Osteuropäerin erworben werden. Für ein Aufgeld von zweihundert Euro wurden diese Mädchen in Bordelle nach Westeuropa und Arabien überstellt. Auch der Schmuggel, insbesondere von Zigaretten, und der Drogenhandel folgten der Route vom Schwarzen Meer die Donau aufwärts. Später kam der Handel mit menschlichen Organen, insbesondere aus Indien, hinzu.

Erweitert wurde das Angebot noch durch Schmuck und Kunstwerke aus Raubzügen ehemaliger Freiheitskämpfer.

Nachdem dies alles gesichert war, mussten im Land selbst Immobilien und Geschäfte erworben werden. Dafür wurde Ilir zuständig. Er erfand dafür die kriminelle Variante der holländischen Versteigerung. Machte er ein interessantes Objekt aus, so schickte er einen Mitarbeiter, der als seriöser Geschäftsmann auftrat, zu dem Eigentümer, und dieser unterbreitete ein Kaufangebot. Nahm dieser das Angebot nicht an, so kam der gleiche Mann eine Woche später nochmals und machte wieder ein Angebot, allerdings ein wesentlich geringeres. Wurde dieses wieder abgelehnt, so wandten Ilir und seine Truppe Gewalt an, bis der Adressat selbst oder schlimmstenfalls seine Erben bereit waren, einen Kaufvertrag abzuschließen.

Ilir weiß nicht mehr, wie viele Mädchen er bordellfähig geschlagen hat oder zureiten ließ, er weiß auch nicht mehr, wie oft er verkaufsunwilligen Eigentümern ihre Kinder und Ehefrauen entführte, sie verstümmelte und einzelne Körperteile als Verkaufsargumente benutzte. Nur bei Nacht verfolgen ihn die vor Schrecken geweiteten Augen der gequälten Menschen.

Als einige Jahre später die Zivilisation begann, auf dem Balkan wieder die Oberhand zu gewinnen, verlegten die Clans, die sich zwischenzeitlich aus der früheren UCK herausgebildet hatten, ihre Aktivitäten. Ausgestattet mit nahezu unbegrenzten Geldmitteln und einem skrupellosen, gewaltbereiten Personal zogen sie in die westeuropäischen Metropolen.

Ilir wurde der Statthalter von Hamburg. Dort traf er auf die russische Mafia, die bereits Jahre zuvor die deutschen Zuhälter und Drogenhändler entmachtet und beerbt hatte. Die Kosovo-Albaner übertrafen die Russen an Brutalität und Geld und gewannen das Terrain für sich. Die Härte der Auseinandersetzung blieb der Öffentlichkeit nicht verborgen. Deshalb wurde im Bundeskriminalamt die Bekämpfung dieser internationalen Bandenkriminalität zu einer Hauptaufgabe hochgestuft. Hatte man vor den vergleichsweise harmlosen Verbrechermethoden und Schutzgelderpressungen der italienischen Mafiosi jahrelang noch die

Augen verschlossen, weil sich diese Art der Kriminalität meist nur innerhalb des bekannten Milieus vollzog, so fraß sich die Menge des kriminellen Geldes nun auch in bisher nicht betroffene Wirtschaftszweige. Die Instrumente des im Rahmen der Globalisierung immer freizügiger werdenden Geldverkehrs spielten dieser Form der Bandenkriminalität in die Hände. Der Handel mit Mädchen und Drogen waren die eine Sache. Diesen konnte man in bewährter Weise betreiben. An Mädchen und Drogen war der Nachschub unerschöpflich. Zusätzlich konnten aus dem Reservoir namenloser Flüchtlinge, die schutzlos an den südlichen Grenzen Europas herumirrten, ohne Risiko und Aufwand Frauen und Kinder herausgefischt werden, um die sich niemand scherte. Die Enterprise Ltd. hatte dafür eine gesonderte Abteilung gegründet. Die Verwertung der Organe, die diesen Menschen entnommen wurden, verlangte eine ausgefeilte Logistik. Und je mehr Geld erwirtschaftet wurde, umso schwieriger war es, diese Menge in den legalen Kreislauf einzuspeisen, damit es nicht zu Altpapier verkam. Aus diesem Grunde mussten Schnittstellen eröffnet und gepflegt werden. Dies war eine von Ilirs Aufgaben, und daran maß ihn seine Organisation. Der Ausfall von Milan Radic, alias Helmut Dachstein, war deshalb nicht einfach hinnehmbar.

Das Telefonat mit Agathe Kunath war zwar insofern erfolgreich, als die Überweisung an die HSBC ausgeführt wurde. Ilir stellte aber fest, dass Einzahlungen auf das Konto nicht mehr angenommen wurden und das Konto gelöscht war. Ganz offensichtlich war sich dieser neue Direktor Kunath nicht im Klaren darüber, mit wem er es zu tun hatte. Nach der rätselhaften Ermordung von Milan Radic hat Ilir unter »Helmut Dachstein« immer wieder gegoogelt und ist deshalb über die Berichterstattung der lokalen Presse informiert. Bisher war er davon ausgegangen, dass es sich bei dem Verlust von Milan um die Tat eines eifersüchtigen Ehemannes handelte. Der letzte Bericht aber elektrisierte ihn. Aus der Waffe, die Dachstein getötet hat, sind weitere Schüsse auf seinen Nachfolger abgefeuert worden, hieß es da. Zu dieser Zeit saß der vermeintliche Täter jedoch in der Justizhaftanstalt. Er schied also als Schütze aus.

Die Ermittlungen würden wieder neu aufgenommen und erweitert werden. Es sei nicht auszuschließen, dass der Täter aus einem ganz anderen Milieu komme und der unaufgeklärte Tod der unbekannten Frau, die kurz nach Pfingsten in der Donau gefunden worden war und die Anschläge auf die beiden Bankdirektoren in einem bisher nicht bekannten Zusammenhang stünden.

Verfasser dieser Berichte war der Redakteur Michael Plum.

Hauptkommissar Leicht hat diesem ihm seit langem bekannten Reporter das Versprechen abgenommen, ihn als Informationsquelle keinesfalls zu nennen und ihm dann Einzelheiten berichtet, die im Prozess gegen Thomas Murr nicht zur Sprache gekommen waren. Plum weiß, dass Helmut Dachstein als Milan Radic nach Deutschland gekommen ist. Er weiß auch, dass ein Haar der toten Frau am Tatort gefunden wurde und dass zwischen Radic und dieser Toten eine Verbindung bestand. Schließlich hat ihn Leicht noch darüber informiert, dass die Projektile in Kunaths Haustür und der tödliche Schuss auf Dachstein aus der gleichen Waffe stammten. Über das geheimnisvolle Konto hat er Plum noch nichts gesagt.

Während in Hamburg Ilir beschließt, die Situation für seine Zwecke auszunutzen und Agathe Kunath nochmals anzurufen, um sie zu fragen, ob ihr Mann die Warnung nun verstanden habe, studiert Oberstaatsanwältin Rossmann die Berichterstattung in der Presse sorgfältig. Es muss eine undichte Stelle in den Ermittlungen geben, ärgert sie sich. Ihre Erfahrung sagt ihr aber, dass dies unvermeidlich ist. Zu denken gibt ihr, dass die logischen Schlussfolgerungen dieses Michael Plum mit den ihren übereinstimmen.

Sie muss veranlassen, dass Thomas Murr wieder auf freien Fuß gesetzt und das Verfahren gegen ihn ohne Gesichtsverlust der Justizbehörden beendet wird.

Beim Gerichtspräsidenten Anton Zeiss wird ihr dies sicher keine Pluspunkte einbringen.

Horst Leicht und Otto Müller beraten in ihrem Büro, wie sie nun weiter ermitteln wollen, als es klopft und ein Mädchen schüchtern die Tür einen Spalt öffnet.

»Ich habe in der Zeitung gelesen, dass man sich hier melden soll, wenn man etwas über die tote Frau aus der Donau weiß«, sagt sie unsicher.

Dies sei richtig, bestätigt der Hauptkommissar.

»Die Frau hat in unserem Hotel übernachtet und wurde von zwei Männern abgeholt«, erzählt sie weiter.

»Jetzt mal langsam«, unterbricht Leicht. »Kommen Sie herein. Wer sind Sie und woher wissen Sie das?«

Ihr Name sei Martina Mann und sie sei Auszubildende zur Hotelkauffrau im Hotel am Bahnhof, stellt sie sich vor. »Am Pfingstsonntag habe ich Dienst gehabt, und am Morgen sind zwei Männer in die Rezeption gekommen und in der Halle so auffällig herumgestanden. Ich habe gefragt, ob ich etwas für sie tun kann. Sie haben mich überhaupt nicht beachtet und weiter gewartet. Als die Frau auf dem Bild in der Zeitung die Treppe herunterkam, hat der eine Mann ihren Koffer genommen, und der andere hat sie untergehakt. Mir ist das seltsam vorgekommen. Die Frau war echt überrascht, und ich bin ziemlich sicher, die ist nicht ganz freiwillig mitgegangen.«

»Wissen Sie, wer die Frau war?«, fragt Leicht.

»Ja, wir haben ihren Pass kopiert.« Das Mädchen öffnet ihre Handtasche und legt ein Blatt auf den Schreibtisch.

»*Mira Misic*«, liest Leicht laut. »*Geburtsort Pristina. Wohnort Belgrad.*«

»Können Sie uns die beiden Männer beschreiben, Fräulein Mann?«, fragt der Hauptkommissar und greift nach einem Kugelschreiber und einem Blatt Papier auf seinem Tisch.

»Sie sahen beide gleich aus. Beide trugen schwarze Anzüge, waren ungefähr gleich groß. Wie Sie etwa, aber schlank und ungefähr dreißig Jahre alt. Der, der mit mir sprach, hatte einen Dialekt wie ein Jugo. Beide hatten schwarze Haare und dunkle

Augen. Traurige Augen. Leblose Augen. Wie Zombies. Das ist alles, was ich weiß. Aber sagen Sie bitte nichts meiner Chefin, der Frau Schlumberger. Die will nicht, dass unser Hotel in so etwas hineingezogen wird.«

»Bart, Brille?«, fragt Leicht, und das Mädchen schüttelt den Kopf.

Müller fertigt ein Protokoll, Martina Mann unterschreibt, und der Hauptkommissar macht sich auf den Weg zu Dr. Rossmann.

»Ermitteln Sie weiter«, sagt die Oberstaatsanwältin, nachdem Hauptkommissar Leicht ihr Bericht erstattet hat. »Ich habe jetzt genug zu tun, den Murr-Prozess vom Eis zu bekommen.«

Wenigstens hat sie mir diesmal die Schuld nicht in die Schuhe geschoben. Hat wohl gemerkt, dass es ihr Mist war.

Richtig freuen kann sich Leicht trotzdem nicht.

32

»Jetzt müssen Sie mich aber schon etwas mehr aufklären, Herr Kunath. Ihre Frau hat zwei Telefonanrufe bekommen. Auf den ersten Anruf hin haben Sie die Überweisung an die HSBC ausgeführt. Dann wurde in Ihre Haustür geschossen, und sie bekam wieder einen Anruf. Der Anrufer fragte, ob Sie die Warnung verstanden hätten. Was wollte denn der Anrufer von Ihnen? Sie hatten die Anweisung nach dem ersten Anruf doch befolgt.«

Direktor Kunath hat die Kommissare über den erneuten Anruf an seine Frau informiert, und daraufhin sind sie in sein Büro gekommen. Ihm ist inzwischen klar, dass er sich nicht länger hinter Schwarzkopf verstecken kann. Es geht um ihn und seine Familie.

»Ich habe nach der Überweisung das Konto aufgelöst. Folglich waren keine Einzahlungen mehr möglich.«

Horst Leicht überlegt. »Dann haben die Leute doch kein Geld verloren. Wie gehen denn solche Einzahlungen vor sich?«

»Es handelt sich um Bareinzahlungen«, erklärt Kunath. »Der Einzahler kann jede Bank benutzen, und diese überweist das Geld auf das angegebene Konto. Gegen eine geringe Gebühr, versteht sich. Das Empfängerkonto muss allerdings existieren, also einmal eröffnet und nicht geschlossen worden sein.«

»Dann kann der Einzahler ein solches Konto auch bei der Bank eröffnen, bei der er seine Bareinzahlung vornimmt. Das ist doch einfacher.«

Kunath lächelt nachsichtig über so viel Naivität. »Ja schon. Zur Kontoeröffnung muss ein Ausweis oder bei juristischen Personen zusätzlich noch ein Handelsregisterauszug vorgelegt werden. Diese Dokumente werden geprüft. Ohne diese Unterlagen gibt es kein Namenskonto. Das will nicht jeder. Die Banken sind verpflichtet, eventuell verdächtige Kontobewegungen zu melden. Staatsanwaltschaften und Finanzämter lesen mit. Auf dem Namenskonto zeigt das Geld sein Gesicht, und dort wird es beurteilt. Sauber, schmutzig, verdächtig. Schmutzig und verdächtig wird gemeldet.«

»Was ist dann so interessant an dem Konto bei Ihnen, dass man Sie so unter Druck setzt?« Der Hauptkommissar kann sich das Ganze noch nicht erklären.

»Dachstein hat ein bankeigenes Konto eingerichtet. Auf dieses Konto werden die Bareinzahlungen geleistet. Auf diesem Konto wird das Geld gesammelt, und von diesem Konto wird es in die Welt weiterverschickt. Es handelt sich um ein Sammelkonto, und diese Überweisungen unterliegen keiner Kontrolle. So funktioniert klassische Geldwäsche, Herr Kommissar. Für diese Leute ist der Verlust dieses Kontos eine Katastrophe.«

»Kann man den Geldfluss verfolgen? Kann man feststellen, wie viel Geld wo in bar einbezahlt wurde?«

»Kann man. Aber nicht zuverlässig von wem.«

Leicht atmet schwer. Ist doch schon mal etwas, denkt er.

»Herr Kunath, dann gehen wir der Sache jetzt mal nach. Woher stammen die Einzahlungen, die auf Dachsteins Konto landeten?«

»Es ist nicht Dachsteins Konto, sondern ein bankeigenes Konto, das er nicht auf seinen Namen eingerichtet hat. Die Überweisungen kommen alle von Bankinstituten aus Hamburg.«

»Kann ich eine Auflistung haben?«

»Schon erledigt. Hier ist sie.« Kunath nimmt ein Blatt von seinem Schreibtisch und reicht es Leicht. Der wirft einen Blick darauf und liest. »So viele verschiedene sind es ja nicht.« Dann schaut er zu Otto Müller. »Du wolltest doch schon immer mal nach Hamburg. Elbphilharmonie. Oder hast du nächste Woche was Anderes vor?«

33

Judith arbeitet mit Pinzette, Lupe und leicht löslichem Klebstoff. Vor ihr auf dem Arbeitstisch ausgebreitet liegen einzelne Splitter aus Elfenbein. Wie in einem Puzzlespiel versucht sie, die Einzelteile zu einem passenden Ganzen zusammenzusetzen. Sie gehört zu einem Team von Restauratoren, die aus den immer wieder neu aufgefundenen Teilen den Löwenmenschen aus dem Lonetal weiter ergänzen. Vollkommen wird er nie werden, weil nicht alle Teile geborgen sind und es äußerst unwahrscheinlich ist, dass je alle Einzelteile aufgefunden werden. Schon das Vorhandene aber ergibt ein faszinierendes Werk.

Sie arbeitet konzentriert, obwohl sich die letzte Begegnung mit Horst Leicht immer wieder in ihre Gedanken schiebt. Sie spürt, dass in ihr Gefühle wachsen und ist sich nicht darüber im Klaren, ob sie deswegen glücklich sein soll. Horst ist ein feiner Kerl. Aber, aber, aber.

Eine gemeinsame Zukunft scheint ihr nicht denkbar. Er sitzt als Kommissar in dieser Stadt fest. Sie träumt davon, von ihrem Institut als Archäologin zu den interessantesten Orten dieser Erde geschickt zu werden. Er scheint nicht ganz glücklich zu sein in seinem Beruf und beneidet sie um ihre Ausbildung und Zukunft, ohne sie ihr zu missgönnen. Als Mann empfindet sie ihn angenehm, mehr noch, sie wünscht sich immer öfter, er wäre bei ihr. Nun, dieser Mix aus widerstreitenden Gefühlen wird sich irgendwie auflösen, wie es bisher immer geschehen ist.

Judith wendet sich ihrer Arbeit zu. Sie werden noch etwa acht Wochen benötigen, dann können sie den um die gefundenen

Splitter gewachsenen Löwenmenschen in sein Stadtmuseum zurückbringen. Es wird eine kleine Sensation werden. In London, dem letzten Ausstellungsort vor dieser Restaurierung, hat dieses älteste Kunstwerk menschlicher Kultur großes Aufsehen erregt und viel Aufmerksamkeit gefunden. Besucherschlangen haben sich vor dem Ausstellungsraum gebildet. Zu Hause wird er dieses Maß an Attraktivität erst noch gewinnen, ist sie sich sicher. Wie immer, denkt sie, der Prophet gilt nichts im eigenen Land.

Als sich das Mobiltelefon meldet, sitzt Horst Leicht seiner Oberstaatsanwältin gegenüber. Dr. Rossmann ist versöhnlich gestimmt. Sie hat das unangenehme Gespräch mit dem Gerichtspräsidenten hinter sich. Sie sind sich einig geworden, Murr noch einige Tage in Untersuchungshaft schmoren zu lassen und ihm wegen seines irreführenden Geständnisses der Öffentlichkeit gegenüber alle Schuld an dem Prozess in die Schuhe zu schieben. Die Kosten des Prozesses werden sie ihm auferlegen. Dann soll er unter der Voraussetzung freigelassen werden, dass er sich freiwillig in psychiatrische Behandlung begibt. Der Pflichtverteidiger hat sich kooperativ gezeigt; schließlich will er vom Gericht weitere Mandate zugeteilt bekommen.

Der Hauptkommissar erläutert der Oberstaatsanwältin, dass Dreh- und Angelpunkt der Morde an Dachstein und an der Frau aus der Donau, deren Namen man nun kenne, das ominöse Konto sei. Habe man ermittelt, wer dieses Konto benutze, so habe man den Schlüssel zur Lösung dieser Fälle in Händen. Da die Einzahlungen allesamt über Hamburger Banken erfolgt sind, wollen er und Otto Müller diese Banken aufsuchen, um Näheres zu erfahren.

Er entschuldigt sich und nimmt den Anruf entgegen. »Judith, das ist jetzt ganz schlecht. Ich bin in einer wichtigen Besprechung.« Er hört kurz zu und antwortet: »Natürlich kannst du kommen. Ich bin am Wochenende daheim.«

Frau Dr. Rossmann ist dem Vortrag von Leicht interessiert gefolgt.

Eigentlich ist das eine Aufgabe für das BKA. Als sie sich an das überhebliche Auftreten dieser eingebildeten Laffen in einem Fall von Bandenkriminalität vor einigen Jahren erinnert, gibt sie jedoch dem Wunsch des Hauptkommissars nach.

»Dann fahrt nach Hamburg. Aber setzt euch mit den dortigen Kollegen in Verbindung. Ich will keinen Ärger hier.«

Auf dem Weg zurück in sein Büro spürt Leicht, wie eine Hochstimmung in ihm aufsteigt. Den goldenen Faden der Ariadne hält er in seinen Fingern, dem er nur zu folgen braucht. Ihm ist zumute wie einem Wanderer, der lange und mühsam durch einen dunklen Wald aufgestiegen ist und jetzt das ganze Tal überschaut. Flüsse, Wege und Straßen ordnen sich zu einem sinnvollen Netz. In Hamburg wird er den Schlüssel finden. Der verworrene Fall ist fast gelöst.

Sein Leben wird er auch neu ordnen. Ein Wochenende mit Judith liegt vor ihm. Er freut sich darauf.

Am Freitagabend holt er sie am Bahnhof ab. Er sieht sie die Treppe von den Gleisen hochkommen, bevor sie ihn entdeckt. Eine braune Ledertasche zieht ihre rechte Schulter nach unten. Offensichtlich hat sie einiges eingepackt. Er geht auf sie zu, nimmt ihr die Tasche ab und ist überrascht, wie vertraut sie ihn in den Arm nimmt und einen Begrüßungskuss verlangt. Sie scheint seit der letzten Begegnung zarter und zerbrechlicher geworden zu sein. Er dagegen fühlt sich stärker, und als er seine Arme um sie legt, tut er es wie jemand, der etwas Wertvolles schützt.

34

Die Maschine, mit der die beiden Kommissare von Stuttgart nach Hamburg fliegen, ist voll besetzt. Die Stewardessen zwängen sich und ihre Getränkewagen durch den engen Gang zwischen den Sitzreihen und bieten den Passagieren Erfrischungsgetränke an. Möchte nur wissen, was an diesem Beruf toll sein soll, denkt Leicht. Jede Bedienung in einem Mittelklasserestaurant hat es bequemer. Den fragenden Blick der jungen Frau beantwortet er mit einem kurzen Kopfschütteln. Es ist ohnehin eng genug. Er will sich nicht noch durch das Herunterklappen der Abstellfläche weiter einzwängen. Als er seine Beine, die er in den Gang gestreckt hat, zurückzieht, um dem Servierwagen Platz zu machen, umspielt ein zufriedenes Lächeln seinen Mund. Er denkt an das zurückliegende Wochenende. Nach seiner Erinnerung hat er diesmal nichts vermasselt, wie er es so oft schon getan hat. Beim Abschied küsste ihn Judith. Nicht nur zärtlich, sondern besitzergreifend. Und nachdem sie zu Hause angekommen war, schickte sie eine SMS, die er jetzt wieder auf seinem Smartphone aufscheinen lässt:

»Hallo Horst, mein Bester. Vielen Dank für das schöne Wochenende. Ich habe mich sehr wohl gefühlt bei dir. Viel Erfolg in Hamburg. Pass auf dich auf. Ich brauche dich noch. Deine Judith.«

Meine Judith. Sie braucht mich noch. Das hat ihm bisher noch keine seiner oberflächlichen Beziehungen geschrieben. Er schaut an sich hinunter, eingequetscht im engen Sitz, fast unbeweglich und findet sich gar nicht attraktiv. Ich muss abnehmen, befiehlt er sich mal wieder. Pass auf dich auf, hat sie geschrieben. Seit seine

Mutter tot ist, sagte so etwas niemand mehr zu ihm. Er erinnert sich an Judiths Augen, als er ihr berichtete, dass er nach Hamburg fliegen wird, um herauszufinden, woher die Überweisungen auf das von Helmut Dachstein eingerichtete Konto kamen. Sie hat sich sehr interessiert an seiner Arbeit gezeigt. Er erzählte ihr entgegen seiner Gewohnheit, womit er sich gerade beschäftigt und war fast beleidigt, als sie fragte, ob diese Sache nicht eine Nummer zu groß für ihn sei. Ob dies nicht seine Hamburger Kollegen übernehmen könnten, fragte sie. Als sie es sagte, fand er darin eine Geringschätzung seiner Arbeit. Jetzt meint er, sie sei möglicherweise besorgt um ihn und lächelt, als es ihm warm um sein Herz wird.

Besorgt um mich. Um mich besorgt. Er schüttelt verwundert und ungläubig den Kopf.

Otto Müller döst am Fensterplatz vor sich hin und nutzt den Flug, um den versäumten Schlaf nachzuholen. Eigentlich weiß ich gar nichts über ihn, rätselt Leicht. Ob sich wegen Otto auch jemand Sorgen macht? Er ist ein großer Junge, mindestens zehn Jahre jünger als Leicht. Zum ersten Mal betrachtet der Hauptkommissar seinen schlafenden Kollegen bewusst, obwohl sie schon mehrere Jahre zusammenarbeiten. Otto sieht gut aus, schlank, groß, dichtes blondrotes Haar über fein geschnittenen, maskulinen Gesichtszügen. Bei seiner Vorstellung ist dem Polizeipräsidenten das ausgezeichnete Zeugnis aufgefallen, das Müller mit sich brachte, und dass er vom Lech an die Donau kam. Er entwickelte aber keinen Ehrgeiz und war von Anfang an mit seiner Rolle als Assistent des Hauptkommissars zufrieden. Nach seinem Dienstantritt in der Behörde gelang es ihm, eines der vor vierhundert Jahren für die Soldaten der Garnison auf der alten Stadtmauer gebauten Grabenhäuschen zu erwerben. Seine Wohnung in Augsburg gab er danach endgültig auf. In dieses Viertel der Künstler und Bohemiens tauchte er ein. Nur selten trafen sich die beiden Kommissare außerhalb ihres Dienstes. Sie haben bisher noch nie eine mehrtägige Dienstreise zusammen unternommen, bei der sie sich hätten näher kennenlernen können.

Als die Maschine zur Landung ansetzt, wundert sich Leicht, dass er sich Gedanken über seinen Kollegen macht. Bisher beschäftigte er sich mit seiner Arbeit und höchstens mit sich selbst. Hat Judith bei ihm ein Fenster geöffnet?

»Was tun wir jetzt?« Die beiden Männer stehen vor dem Ankunftsterminal im Hamburger Airport. »Wir müssen die drei Banken abklappern, bei denen die Bareinzahlungen erfolgt sind.« Leicht beantwortet sich die selbst gestellte Frage.

»Sollen wir nicht mit den Hamburger Kollegen Kontakt aufnehmen?«, erinnert Otto Müller.

»Reicht nachher auch noch«, brummt Leicht und kramt einen Zettel aus seiner Hosentasche, auf dem er die Anschriften der drei Banken notiert hat. »Am besten wir fahren erst mal rein in die Stadt.«

Sie sehen sich um und nehmen die S 1 zum Hauptbahnhof.

Von dort ist es nicht weit zur Moschee, in deren Nachbarschaft sich die erste der von Leicht aufgeschriebenen Bankadressen befindet. Vier Überweisungen, keine unter einhunderttausend Euro, sind von dort auf das Konto geflossen. Von der imposanten Marmorfassade des Bankhauses unbeeindruckt, schiebt sich Leicht in die Schalterhalle, die der Rezeption eines Luxushotels gleicht. Einzelne Sitzgruppen aus schwarzem Leder und poliertem Stahl sind verstreut in der Halle gruppiert, und in einem Kasten aus Glas mit der Aufschrift *Information* steht eine Dame wie ein Dirigent vor dem Orchester und überblickt wachsam das Treiben in dem Raum. Leicht steuert auf die Dame zu und beflissen neigt sie sich ihm zu.

»Wenn ich eine Barüberweisung machen will, wo muss ich hin?«, fragt Leicht ohne jede Einleitung.

»Guten Tag«, antwortet die Dame höflich. »Wie kann ich Ihnen helfen?« Leicht schaut sie verständnislos an. Hat er nicht schon genau gesagt, was er will?

Otto Müller stellt sich neben ihn, und freundlich lächelnd erwidert er den Gruß der Dame.

»Wir haben ein kleines Problem. Wir müssen einen Betrag überweisen, haben aber kein Konto hier. Können Sie uns da weiterhelfen?«

Die Dame wendet sich ganz Müller zu und hebt fragend ihre Brauen. »Um welchen Betrag handelt es sich und wohin soll überwiesen werden?«

»Hunderttausend Euro und nach Ulm.« Leicht will nicht übergangen werden und drängt sich mit seiner Antwort in das Gespräch. Er wird mit einem kalten Blick der Dame bestraft. Sie neigt sich zu Müller vor:

»Ist das richtig?« Der Oberkommissar nickt.

»Gehen Sie zu Service Point sieben. Herr Stevens wird Sie dort weiter bedienen. Guten Tag.«

Hauptkommissar Leicht stapft quer durch die Halle zu einer hinter Panzerglas abgeschirmten Reihe von Arbeitskäfigen. *Service Point 1 – 10* leuchtet in grünem Licht über der Glasfront. Vor dem Sprechfenster Nummer sieben baut sich Leicht auf und schaut fordernd durch die Scheibe. Ein schlanker Herr in dunkelblauem Anzug und tadellos gescheiteltem, kurzen blonden Haar steht leicht gebeugt vor einem Monitor. Offensichtlich ist er in seine Arbeit vertieft. Jedenfalls gelingt es Leicht nicht, seine Aufmerksamkeit zu gewinnen. Der Hauptkommissar holt seinen Dienstausweis aus der Jackentasche und presst ihn mit der linken Handfläche gegen das Glas. Mit dem Zeigefinger der rechten Hand klopft er über dem Ausweis an die Scheibe. Die anderen Kunden in der Halle werden auf sein Verhalten aufmerksam und es scheint, als fiele die Temperatur um einige Grade, so eisig abweisend sind die Blicke, die sich auf ihn richten. Zu allem Überfluss tritt aus der Bürotiefe ein weiterer Herr in ebenso dunkelblauem Anzug zu dem gescheitelten Blondhaar und verwickelt ihn in ein Gespräch. Leicht kann jenseits der Glaswand kein Geräusch hören und beobachtet lediglich die Worte formenden Lippen der beiden Männer, die von ihm keine Notiz nehmen. Nach einer Weile lockert Leicht den Druck seiner Hand und steckt den Ausweis in seine Tasche zurück. Dann tritt er zur Seite, zuckt resigniert mit den Achseln und winkt wortlos Otto Müller nach vorn. Mit einem zurückhaltenden Lächeln gelingt es dem Oberkommissar, den Herrn jenseits der Glaswand zu veranlassen, sich mit ihm zu befassen. Herr Jan Stevens, der Name ist auf eine Spange graviert, die der Mann am Revers trägt, drückt einen Knopf, ein grünes Licht leuchtet auf, und eine höfliche Mikrofonstimme heißt den Kunden willkommen.

»Guten Tag, Herr Stevens«, erwidert Müller den Gruß, »wir kommen von der Kripo Ulm und haben eine Frage an Sie.« Müller legt seinen Polizeiausweis in die Vertiefung der Abstellfläche vor ihm, und wie von Geisterhand taucht das Dokument jenseits der Barriere bei Herrn Stevens wieder auf. Er studiert das Papier sorgfältig, kopiert es und legt es neben sich.

»Herr Oberkommissar Müller, Kripo Ulm«, lächelnd wiederholt Herr Stevens, was er dem Ausweis entnommen hat. In den Eingeweiden von Hauptkommissar Leicht beginnen zarte Krämpfe. Gesichtsausdruck und Sprachmelodie des Herrn Jan Stevens gefallen ihm nicht. Er hasst jede Form von Überheblichkeit und reagiert empfindlich darauf.

»Benötigt unsere Hamburger Polizei Unterstützung aus Ulm? Ulm an der Donau? Aus Bayern?«, fragt die sonore Stimme des Herrn Stevens leise. Leicht nimmt seinen Kollegen am Oberarm und schiebt ihn zur Seite. »Bei Ihnen wurden im letzten Jahr viermal jeweils über einhunderttausend Euro bar einbezahlt und auf dieses Konto überwiesen.«

Leicht holt Kopien der Überweisungsträger, die er von Kunath erhalten hat, aus seiner Tasche und hält sie an die Scheibe. Stevens wirft keinen Blick darauf. Er schaut Otto Müller irritiert und verwundert an. Als Leicht keine Antwort erhält, schüttelt er den Kopf und gibt die Belege an Müller weiter. Bevor er sich wegdreht, um seinem Kollegen das Feld zu überlassen, gönnt er sich einen kleinen Triumph und sagt zu Stevens demonstrativ hochnäsig: »Merken Sie sich: Ulm gehört zu Baden-Württemberg, nicht zu Bayern.«

»Das tut mir aber leid«, sagt Stevens, und Leicht zieht sich enttäuscht zurück, während Otto die vier Überweisungsbelege in die Vertiefung unter der Scheibe legt.

»Uns interessiert, wer diese Einzahlungen vorgenommen hat. Möglicherweise ist die Person Ihnen persönlich in Erinnerung und bekannt.«

»Bekommen unsere Steuerbehörden Hilfe aus Süddeutschland?«, fragt Stevens interessiert.

»Nein, Herr Stevens. Das ist sicher nicht nötig,« versichert Otto Müller höflich. »Wir benötigen die Auskunft zur Aufklärung eines Mordes, der bei uns geschehen ist, und wollen die Polizei in Hamburg damit nicht belästigen. Die hat sicher genug zu tun.«

Herr Stevens lächelt verständig. »Natürlich werde ich Sie unterstützen, soweit es mir möglich ist. Ich muss darüber aber die zuständige Abteilung informieren. Wenn die Herren kurz Platz nehmen wollen. Es dauert nicht lange.«

Die beiden Kommissare ziehen sich in eine Sitzgruppe zurück und Leicht fragt sich, was Otto Müller hat und ihm fehlt.

Ilir setzt die Kaffeetasse ab und greift nach seinem Telefon, das auf dem Tresen leise summt. Es ist spät am Vormittag, und das *Piccadilly* gehört ihm und dem Barkeeper allein. Schweigend hört er sich den Bericht an, den ihm Jan Stevens durchgibt. Zwei Kommissare aus Süddeutschland überprüfen die Einzahlungen an Milan Radic. Er wird die Kopien der Ausweise herausgeben müssen, die bei der Einzahlung vorgelegt wurden. Einmal Dieter Kaminski und dreimal Franz Neumann. Ilir bedankt sich bei Stevens für die Information, und Stevens will wissen, ob es Probleme gibt. »Nein, ganz sicher nicht«, beruhigt ihn Ilir.

Die beiden Ausweise haben also ausgedient. Er wird sie vernichten. Die darin enthaltenen Adressen gibt es nicht. Es führt über diese beiden Papiere kein Weg zu ihm. Kein Grund zur Aufregung also.

Er überlegt, was die beiden Polizisten in Hamburg noch wollen und beschließt, sicherzugehen. Mit einem kurzen Telefonat sorgt er für einen zuverlässigen Begleitservice. Schließlich denkt er darüber nach, ob er die Zentrale zum jetzigen Zeitpunkt über die Aktivitäten der beiden Kommissare unterrichten muss. Offensichtlich kann man die Sache Milan Radic noch nicht abschließen, wie er gehofft hat. Warum haben seine beiden Idioten Mira nicht rechtzeitig aus dem Spiel nehmen können? Jetzt muss repariert werden, was bekanntlich kompliziert sein kann.

»Bring mir einen Slivovitz, Paul!« Der Keeper führt die Bestellung ohne Kommentar aus. In seinem Gesicht steht aber unübersehbar die Bemerkung: *jetzt schon.* Reflexartig schaut er auf seine Armbanduhr. *Wenn der wüsste,* denkt Ilir. *Wir haben morgens mit plum brandy unsere Schwänze desinfiziert, gegurgelt und die Zähne geputzt.*

Die Entscheidung, ob er das Auftauchen der beiden Kommissare weitermeldet, verschiebt Ilir auf später. Er will zuerst genau wissen, was sie in Hamburg tun.

Hauptkommissar Leicht behält Stevens argwöhnisch im Blick. Arroganter Fatzke, schimpft er in Gedanken vor sich hin. Er beobachtet, wie Stevens den Computer bearbeitet und telefoniert. Offensichtlich lässt er einige Unterlagen ausdrucken, die er umsichtig durchsieht und ordnet. Schließlich blickt er auf und sucht Kontakt mit Oberkommissar Müller. Otto ist in die *Wirtschaftswoche* vertieft, die als Lektüre auf dem Tisch liegt, und erst als Leicht ihm die Zeitung aus der Hand nimmt und mit dem Kopf in Richtung Service Point sieben weist, folgt Otto der unausgesprochenen Aufforderung von Stevens.

Er habe alle Unterlagen gefunden und für die Kommissare kopiert, teilt Stevens freundlich mit. Die fraglichen vier Einzahlungen stammten von zwei Personen. »Bei dieser Höhe der Beträge fertigen wir Kopien der Ausweise an. Wir sind sehr korrekt hier in Hamburg«, betont Herr Stevens. Mehr könne er dazu nicht sagen. An die Vorgänge erinnere er sich nicht.

»Wie oft kommen denn Leute zu Ihnen und zahlen hunderttausend Euro in bar ein?«, poltert Leicht.

»Guten Tag«, sagt die sonore Stimme leise und das grüne Lämpchen an Service Point 7 erlischt.

Vor dem Portal der Bank zieht der Hauptkommissar eine Zwischenbilanz. »Otto, es ist kurz vor zwölf. Wir haben zwei Einzahler. Jetzt fahren wir zur nächsten Bank. Vor der Mittagspause werden wir nichts mehr erreichen. Um zwei Uhr machen wir weiter. Eigentlich gar nicht so schlecht, oder?«

»Sollen wir Kontakt mit unseren Hamburger Kollegen aufnehmen, Chef?«

»Machen wir, Otto. Aber zuerst klappern wir noch die zwei Banken ab.«

Leicht googelt auf dem Smartphone und stellt fest, dass sie die Adressen in der Mönckebergstraße und am Gänsemarkt auch zu Fuß erreichen können, zumal sie zwei Stunden Zeit haben, in denen die Bankhäuser über Mittag geschlossen sind. Otto ist es recht, und so schlendern die beiden Kommissare von St. Georg dem Rathaus zu. Als sie vor der ersten Bank ankommen, ist es noch knapp eine Stunde zu früh. Sie sehen sich um und entdecken die einladende Außenbestuhlung eines Kaffeehauses. Obwohl der Himmel bedeckt ist, kann man an dem hochsommerlichen Tag um die Mittagszeit gut im Freien sitzen. Sie finden einen Tisch, bestellen Kaffee und Wiener Würstchen und warten, bis die Bank auf der anderen Seite der Straße wieder öffnet. Dass zwei auffallend schlanke, junge Männer mit kurzem Haarschnitt und knappsitzenden schwarzen Anzügen drei Tische hinter ihnen Platz nehmen und sie nicht aus den Augen lassen, bemerken die beiden Kommissare nicht.

35

So hat sich Ilir sein Leben nicht vorgestellt. Nach dem Ende des Balkankrieges schickte ihn die Organisation nach Hamburg. Mit seinen kampferprobten Albanern gelang es ihm, die Vorherrschaft der Russen im Milieu zu brechen. Straße für Straße eroberte er. Der Hamburger Polizei legte er die von ihnen gesuchten russischen Erpresser, Zuhälter, Drogendealer und Mörder reihenweise vor die Füße. Im Gegenzug ließen sie ihn so unbehelligt, wie es von der Öffentlichkeit gerade noch hingenommen wurde. Die von den Russen angeheuerten Mädchen verschwanden rechtzeitig oder wurden entsorgt, und der Nachschub aus Albanien, Bulgarien, Rumänien, Weißrussland, Moldawien und der Ukraine, der von der Organisation geliefert wurde, stellte seine Leute vor größte Herausforderungen. Zum einen mussten die Mädchen gewinnbringend in den Markt gebracht werden, und zum anderen hatten viele von ihnen ganz andere Erwartungen. Vierzehn Männer waren dafür abgestellt, die jungen Frauen auf die Realität vorzubereiten. Dabei gab es immer wieder Todesfälle, hielt aber ihn und die Männer bei Laune und Disziplin. Das war noch ein Leben gewesen!

Die Mädchen, die heute angeliefert werden, sind keine eingefangenen Jungfrauen vom Land, sondern selbst bei ihrer Jugend meist ausgebuffte Huren. Deshalb sind diese Mädchen überrascht, mit welcher Sorgfalt sie vor ihrem Einsatz gesundheitlich untersucht werden. Neben ihren Reisepässen verwahrt Ilir Impfpass und aktuelles großes Blutbild bei den akribisch geführten Unterlagen.

Ilir ist ein wichtiges Rad in einer finanzmächtigen Maschinerie.

Einige UN-Gesandte und amerikanische Stubenhengste aus Bosnien quittierten ihren Dienst rechtzeitig, bevor die erste Generation der Kontrolleure durch die nächste abgelöst wurde. Von den nahezu unbegrenzt in das Land geschütteten Dollars zweigten sie sich so viel ab, dass es ihnen möglich war, das Ticket zum Einstieg in die globale Kriminalität zu lösen. Die zum Erfolg erforderliche Brutalität und den bedingungslosen Korpsgeist haben sie sich in kürzester Zeit zwischen Sarajevo, Mostar, Tuzla, Srebrenica und Pristina erworben, wo die anfälligen Charaktere ausgestattet mit aller Gewalt ihre Machtfantasien in einer Folge von blutigen Orgien ausleben konnten. Jetzt sitzen sie in Wien und führen die Danubian Enterprise Ltd., von der niemand genau weiß, was sie eigentlich unternimmt. Damit unterscheidet sie sich jedoch nicht von manch anderen Firmen, die die Donaumetropole als ihren Sitz auserkoren. Im Vorstand sammelten sich Männer, die ihr gemeinsamer Absturz aus jeder Zivilisation und ihr abgrundtiefer Hass und Ekel vor allem Menschlichen zusammengeschweißt haben.

Dieser Danubian Enterprise Ltd. hat Ilir zu berichten. Von ihr erhält er Anweisungen. Sie formuliert die Ziele von Ilirs Arbeit. Ihm werden Drogen und Menschen geliefert, und er hat daraus Geld zu machen und es zu überweisen. Die Firma funktioniert streng nach dem Subsidiaritätsprinzip. Was die Leute vor Ort selbstständig erledigen können, wird dort entschieden. Die Zentrale in Wien mischt im täglichen Geschäft nicht mit, sondern greift nur ein, wenn es Probleme gibt. Dann tritt der Vorstandsvorsitzende in Aktion. Alle nennen ihn Will. Er ist der frühere Sergeant Pit Wilder aus Atlanta, Mitglied der United States Army. Mission: Befriedung im Einsatzgebiet Balkan, Europa. Seinen militärischen Spitznamen hat er in das Zivilleben mitgenommen. Er verdankt ihn seinem früheren Oberkommandierenden William Cohen, Präsident Clintons Verteidigungsminister.

»Noch einen Slivovitz, Paul.« Der Keeper stellt die Flasche vor Ilir auf die Theke. »Gibt es Probleme, Chef?«

»No problems!«

Ilir erinnert sich an seinen letzten Besuch in Wien, schüttet mit sardonischem Grinsen sein Glas randvoll ein und trinkt es in einem Zug leer.

Die beiden Kommissare sind erfolgreich gewesen. Im Astoria essen sie zu Abend, und Horst Leicht legt die Ausbeute des Tages auf den Tisch: Vier Ausweiskopien der Personen, die bei den Banken die Bareinzahlungen vorgenommen haben. Dieter Kaminski, geboren am 23. Juli 1968, Franz Neumann, geboren am 18. August 1965, Oskar Dellmann, geboren am 13. Mai 1966 und Marcus Kehl, geboren am 23. Dezember 1969.

»Damit gehen wir morgen zu unseren Kollegen bei der Kripo in Hamburg. Möglicherweise sind die Leute bei denen bekannt.«

Otto Müller dreht die Ausweispapiere zu sich und studiert sie aufmerksam. »Alle in Hamburg ausgestellt«, stellt er fest. »Aber Horst, fällt dir nichts auf?«

Leicht dreht die Kopien wieder zu sich und betrachtet sie genauer.

»Verdammt«, sagt er, »das ist immer der gleiche Mann auf den Bildern.«

Im Piccadilly berichtet zur gleichen Zeit einer der Männer in den schwarzen Anzügen über die Aktivitäten der beiden Ulmer Kommissare; der andere trinkt im Foyer des Astorias einen Espresso und behält Leicht und Müller im Auge.

»Ich weiß, sie haben die Ausweiskopien erhalten. Scheiß drauf! Ausweise haben wir genug. Ich muss wissen, was die weitermachen.« Ilir ist irgendwie nervös.

»Sollen wir sie löschen, Boss? Kein Problem!«

»Nicht jetzt, du Idiot! Aber bleibt an ihnen dran, auch wenn sie wieder zurückfahren. Ulm kann gefährlich werden.«

Ilir zieht ein dickes Bündel Euroscheine aus der Tasche und übergibt es wortlos Boris. Der teilt es und stopft die Noten in seine beiden Hosentaschen.

»Verschwinde und passt auf. Ulm darf nicht auffliegen!«

Eine halbe Stunde später zählen zwei Männer in engen schwarzen Anzügen im Foyer des Astoria vierzigtausend Euro.

»So spendabel war der Boss noch nie«, meint Boris.

»Umsonst ist das nicht«, antwortet Vladj. Da werden wir einiges dafür tun müssen.«

36

Ohne Kerstin geht in der *Enterprise* nichts. Sie organisiert das Büro von Will. Sie erledigt die Korrespondenz, und letztlich dirigiert sie die Geschäfte. Nachdem Will seinen Sergeanten an den Nagel gehängt hatte, mutierte er zu einem haltlosen, abgestürzten Mann ohne Ehre und Selbstachtung. Kerstin strukturiert Will, und ihr folgt er wie ein dressierter Tanzbär, wenn man von den Situationen absieht, in denen ihm sein Elend bewusst wird und er in Wut, Trotz und sinnlosem Aufbäumen wieder ein ehrenhafter Offizier in der mächtigsten Armee der Welt sein will. Diese Anfälle kommen periodisch, wobei sich die Zeiträume dazwischen immer mehr verlängern.

Kerstin hat Will in ihrer Bar in Sarajevo kennengelernt. Nach dem Eingreifen der Amerikaner und multinationaler UN-Verbände in den Krieg auf dem Balkan witterte sie ihre Chance und eröffnete mit Unterstützung der Ortskommandantur das *Sultan*. Sie garantierte einen Betrieb ohne überzogenen Nepp und ließ ihre Mädchen regelmäßig ärztlich kontrollieren. Schon bald wurde *das Sultan* der angesagte Soldatenpuff in Bosnien, und Kerstin gründete mehrere Filialen auch im Kosovo. Daneben organisierte sie einen Begleitservice für Diplomaten, hohe Militärs und Männer aus der Wirtschaft, die aus dem Krieg Gewinne zogen. Im Gegenzug genoss sie Immunität bei der Ausübung ihres Gewerbes. Eines Tages saß Will mit einigen seiner Männer im *Sultan*. Sie begannen, sich sinnlos und vorsätzlich ins Koma zu saufen.

»Was ist los?«, erkundigte sich Kerstin.

»Befehl zurück nach Georgia«, antwortete Will.

»Probleme?«, fragte sie.
»Kann man sagen«, knurrte er.
Sie schwieg und wartete.
»Jetzt kommen die Etappenhengste«, fuhr er fort, »und erklären uns, wie man Krieg führt. Ich fürchte, uns geht es an den Kragen.« Mit dem Kopf wies er auf seine Kameraden.
»Als Amerikaner kommt ihr doch nicht nach Den Haag«, grinste Kerstin.
»Aber in Georgia, wenn keiner hinsieht, ziehen sie uns die Haut ab.« Will ballte die Fäuste. »Die wissen doch nicht, was hier los ist.«
»Wann müsst ihr zurück?«, fragte Kerstin interessiert.
»Sechs Wochen. Scheiße. Gib mir noch einen.«
Kerstin schenkte nach und überlegte.
»Du hast echte Sauereien gemacht mit deinen Leuten, stimmt es?«
Will zuckte mit den Achseln.
»Gibt Knast, was? Unehrenhafte Entlassung. Keinen Sold, keine Rente. Für dich und deine Mannschaft.«
Will stierte in sein leeres Glas.
Kerstin füllte ihm nach.
»Komm morgen her. Punkt acht und stocknüchtern! Kapiert? Dann mache ich dir einen Vorschlag, den du nicht ablehnen kannst.« Sie lächelte und kümmerte sich in dieser Nacht nicht mehr um ihn.
Am nächsten Abend war der Sergeant mit militärischer Pünktlichkeit zur Stelle. Kerstin führte ihn in einen kleinen Raum hinter der Theke. Dort hatte sie sich als Rückzugsmöglichkeit eine kleine Büroecke eingerichtet. Als sie sich gesetzt hatten, fragte sie ihn ohne jede Einleitung: »Wie viele Menschen habt ihr umgebracht und wie viel Geld habt ihr unterschlagen?«
Will zögerte mit der Antwort.
»Du hast nichts zu befürchten. Ich bin nicht von der Army. Ich nehme auch Mädchen und Drogen und verkaufe sie in meinen Läden. Natürlich auch anderes, was der Schwarzmarkt so hergibt.«

»Es reicht für den elektrischen Stuhl«, antwortete Will.
»Wissen deine Chefs davon?«
»Noch nicht. Aber ich habe einen Ruf.«
»Wie viele Leute hängen mit dir drin?«
Will überlegte kurz. »Zwanzig, dreißig. Mein Zug.«
Kerstin wog den Kopf. »Meine Leute sind Albaner und Kosovaren aus der UCK. Sie wissen noch gar nicht, was auf sie zukommt, wenn der Krieg einmal endet. Wir sollten für die Zeit danach vorsorgen.«
»Wie stellst du dir das vor?«, fragte Will interessiert.
Kerstin ging zur Bar hinaus und kam mit zwei Gläsern und einer vollen Flasche bestem schottischem Whisky zurück.
»Wir werfen uns zusammen. Deine Leute und meine. Ihr habt Geld ohne Ende, und wir die Kontakte im Land. Ihr liefert Autos, Computer und Geld, und wir liefern Informationen und loyale Dorfälteste. Ihr werft die Bomben, wohin meine Leute es sagen, und meine Leute nennen euch Namen und Aufenthalt der serbischen Guerillas. Nach dem Krieg haben wir die Füße auf dem Boden.«
Der Sergeant begriff noch nicht.
»Will, wenn meine Leute bestimmen können, was ihr aus der Luft kaputtschlagt und was ihr verschont, dann sind die an allem beteiligt, was nach dem Krieg einen Wert hat. Die verhandeln mit den Eigentümern schon so, dass die gerne ihre Anteile abgeben.«
Will stand auf und zündete sich eine Zigarette an. Gierig sog er den Rauch des ersten Zuges ein. Dann blieb er mit leicht gespreizten Beinen und im Koppel eingehängten Daumen dicht vor Kerstin stehen. »Und du meinst, das funktioniert?«
»Sure!«
Will drehte sich um und kippte den Whisky hinunter. »Jetzt brauche ich einen Fick!«
»Okay, komm!« Kerstin erhob sich vom Stuhl.
»Nein, nicht dich. Ich fahre aufs Land!«
Will warf die Tür hinter sich zu, stürmte aus dem *Sultan* und

startete seinen Jeep. Während er mit aufheulendem Motor abfuhr, sprangen noch zwei seiner Kameraden auf.

Kerstin ging in den überfüllten Barraum, und als sie Ilir an der Theke sah, winkte sie ihn zu sich. »Es klappt«, erklärte sie. »Wir haben den ganz großen Fisch an der Angel.«

Kurz nach fünf in dieser Nacht kehrte Will mit blutverschmierter Uniform ins *Sultan* zurück, und Kerstin machte ihn mit Ilir bekannt.

In den folgenden Wochen klappte die Zusammenarbeit von UCK am Boden und den Bombern aus der Luft wie am Schnürchen. Das eine Dorf wurde bombardiert, das andere nicht. Jene Fabrik ging in Flammen auf, die andere wurde verschont. Eine Erfolgsmeldung über zerstörte Widerstandsnester der Terrorkommandos jagte die andere. Will veranlasste den Geldtransfer zu Ilir, und Ilir übergab Will die lange Liste lohnender Ziele. Ilir nahm Schutzgelder aus dem Kriegsgebiet ein, da er damit drohte, dass bei Verweigerung der Zahlung die Bombardierung einsetzen werde. Manche der Erpressten verfügten über nicht genügend Geld und überschrieben stattdessen Beteiligungen an Grundstücken oder Fabriken. Bei Kerstin sammelte sich das Kapital. Sie baute das Geschäft mit den türkischen Drogendealern aus und kanalisierte den Handel über Bukarest nach Westeuropa. Kerstin gründete auch vorsorglich die *Danubian Enterprise Ltd.* und baute behutsam eine Bankverbindung mit der HSBC auf, wobei die meisten Geschäfte noch bar in US-Dollars abgewickelt wurden. *Geschäfte* nannten sie den Kauf der Mädchen von Entführerbanden und die Nötigung und Gewalt, mit der sie zur Prostitution gezwungen wurden. *Geschäfte* waren auch der Schmuggel von Zigaretten und Drogen. Das *Geschäft* der übelsten Art wurde schließlich die weltweite Versorgung von Interessenten mit menschlichen Organen. Die Nachfrage war ebenso grenzenlos wie die Preise.

Um diese *Geschäfte* herum schuf Kerstin ein wirtschaftliches Tarnunternehmen. Als sehr geeignet erwies sich der weltweite Handel und Transport von Agrarprodukten. Fleisch, Milch, lebende Tiere und Tierfutter wurden von Schweden nach Italien und von Russland nach Frankreich gekarrt. Die Fäden liefen in Wien zusammen, und Kerstin hielt sie fest in ihren Händen. Will vollstreckte Kerstins Anweisungen mit militärischer Präzision. Er organisierte den Aufbau der Organisation und den Ablauf der Logistik. Ilir führte die Mannschaft der Kosovo-Albaner und war im operativen Bereich schlicht unentbehrlich.

Mit weiblicher Diplomatie und Raffinesse tarierte Kerstin die Rivalität der beiden völlig enthemmten und gewaltbereiten Männer aus, von denen keiner ertragen hätte, nicht an erster Stelle zu stehen. Ilir machte in letzter Zeit jedoch Probleme. Obwohl er von Hamburg aus die Geschäfte selbstständig erledigte, zeigte er doch, dass ihm die enge Zusammenarbeit zwischen Kerstin und Will in Wien zunehmend missfiel. In ihm wuchs ein Misstrauen, ein Unwohlsein, und in seinen schlimmsten Verdachtsvorstellungen malte er sich aus, wie Kerstin und Will Pläne schmiedeten, ihn auszubooten. Er begann deshalb damit, manche Informationen bei sich zu behalten und nicht nach Wien weiterzugeben.

Die unvorhergesehene Ermordung von Milan Radic und die von ihm veranlasste Ausschaltung von Mira teilte er Wien nicht mit. In der *Enterprise* wusste man nichts davon, dass der Geldfluss über die Bank von Radic in Gefahr war. Man wusste auch nicht, dass Kommissare der dortigen Mordkommission in Hamburg ermittelten. Ilir wollte von Will keine Unterstützung, und ihn zu informieren, hieße, seine Hilfe anzufordern.

Im Polizeipräsidium Hamburg werden die beiden schwäbischen Kommissare durchgereicht, als sie mit vier Ausweiskopien in dem zehnzackigen Stern am Bruno-Georges-Platz ankommen und Amtshilfe bei der Identifikation der Personen erwarten.

Nach einer neunzigminütigen Odyssee durch den Gebäudekomplex stehen sie vor einem jungen Polizisten, der hinter der Publikumsbarriere einen Computer bedient und offensichtlich die ihm vorgelegten Kopien prüft. Zuvor mussten sie sich selbst mehrmals ausweisen. Erst nachdem sich bei einer telefonischen

Nachfrage die Oberstaatsanwältin Dr. Rossmann dafür entschuldigte, ohne vorherige Information der hanseatischen Behörden zwei ihrer Beamten dorthin geschickt zu haben und versicherte, dass dies ein Einzelfall bleiben werde, waren die Hamburger Kollegen überhaupt bereit, die Anwesenheit der Kollegen aus Süddeutschland zur Kenntnis zu nehmen.

»Die Ausweise sind echt«, erklärt ihnen der uniformierte Beamte nach längerer Überprüfung. »Die Leute sind aber alle in den letzten zwei Jahren verstorben. Sie werden ihren Ausweis nicht mehr brauchen, wo sie jetzt sind«, grinst er spöttisch.

»Mit diesen Ausweisen sind große Geldbeträge einbezahlt worden«, versucht Hauptkommissar Leicht zu erklären.

»Werden bei uns in Hamburg öfters«, antwortet der junge Polizist amüsiert.

Horst Leicht spürt, wie ihm übel wird, und Otto Müller hört seinen Kollegen würgen.

»Der Verdacht liegt nahe, dass wir es mit Geldwäsche in großem Stil zu tun haben. Mit wem können wir denn hier darüber reden?«, versucht es der Oberkommissar mit Freundlichkeit.

»Macht bei uns das Finanzamt«, bekommt er zur Antwort.

»Ich gehe jetzt. Mir reicht es. Geben Sie mir die Ausweise wieder!« Leicht stellt sich vor dem Polizisten auf und streckt die Hand aus. Nachdem er die vier Kopien erhalten hat, dreht er sich wortlos um und verlässt das Büro. Müller folgt ihm und hört noch die Frage des Beamten, ob sie denn Anzeige erstatten wollen oder nicht, bevor die Tür hinter ihnen zufällt.

Wortlos fahren die beiden Kommissare zum Airport. Auf dem Flug nach Stuttgart beobachtet Otto Müller seinen Kollegen, wie er seine Oberlippe beständig mit den Zähnen massiert. Er hält es für ratsam, Leicht jetzt nicht anzusprechen.

Tatsächlich ist der Hauptkommissar tief in Gedanken versunken. Allein fühlt er sich. Alleingelassen von seiner Staatsanwältin, verspottet von seinen Hamburger Kollegen, allein mit den Bildern von dem gefolterten Mädchen und der Frau, die mit gebrochenem

Genick aus der Donau gefischt worden ist. Allein auch bei seinem Bemühen, den Mord an Dachstein oder Milan Radic aufzuklären. Niemand scheint Interesse zu haben, dieser Sache auf den Grund zu gehen. Er erinnert sich an eine der ersten Vorlesungen zu Beginn seiner Ausbildung. Machen Sie niemals einen Fall zu Ihrer persönlichen Angelegenheit, dozierte der Referent. Lassen Sie nichts an sich herankommen. Tun Sie einfach Ihre Pflicht und überlassen Sie insbesondere die Gerechtigkeit dem Himmel. Wir brauchen keinen James Bond, sondern Beamte, die im Team ihre Arbeit erledigen. Wenn Sie Misserfolge nicht ertragen können, haben Sie den falschen Beruf gewählt. Damals hat er diese Worte als unpassend belächelt und sie als Ergüsse eines frustrierten Ausbilders angesehen. Natürlich will er sich für Gerechtigkeit einsetzen. Warum ist er sonst Polizist geworden? Weil es dir nicht gehen soll wie deinem Vater, hört er seine Mutter sagen. Der wurde nach dreißig Jahren Betriebszugehörigkeit entlassen, weil sie gesagt haben, dass sein Arbeitsplatz weggefallen ist.

»Warum bist du Kriminaler geworden?« Otto Müller schreckt auf.

»Was hast du gefragt?«

»Warum bist du zur Polizei gegangen?«, wiederholt Horst Leicht seine Frage.

»Interessanter Job. Wollte nicht den ganzen Tag in einem Büro sitzen und das Gleiche machen.«

Leicht nickt. »Und? Enttäuscht?«

Der Oberkommissar denkt kurz nach. »Nein. Eigentlich nicht.«

Nach einer Weile fragt Leicht: »Was machen wir jetzt? Hast du einen Vorschlag?«

»Braucht ihr wieder einen Augsburger?« Otto setzt sein sympathisches, jungenhaftes Lächeln auf.

Horst Leicht versteht nicht. Fragend schaut er zu Otto. »Ich bin kein *Burkhard Engelberger*.«

Leicht grinst wissend. Den Ulmern drohte um das Jahr 1500 ihr Münster einzustürzen. Sie wandten sich deshalb hilfesuchend an den Baumeister, der in dieser Zeit in Augsburg St. Ulrich und Afra baute. Der kam mit seiner Mannschaft und rettete Turm und Mittelschiff. Sein Name war *Burkhard Engelberger.*

»Anstrengen kannst du dich aber trotzdem.«

»Horst, wir finden den Kerl«, versichert Otto mit ungewohntem Ernst.

»Klar. Wir finden den Kerl.« Leicht streckt ihm die Hand entgegen und Otto schlägt ein.

Die Stewardess kommt mit dem Getränkewagen vorbei.

»Zwei Bier«, bestellt Otto. Sie trinken sich zu und bemerken die beiden jungen Männer in den engen schwarzen Anzügen nicht, die drei Reihen hinter ihnen sitzen und sie nicht aus den Augen lassen.

37

Die beiden Kommissare haben der Oberstaatsanwältin ihren Ausflug nach Hamburg ausführlich geschildert, und Marlene Rossmann zieht ein glasklares Fazit: »Neue Erkenntnisse haben wir also nicht gewonnen. Ich werde wohl ein offizielles Gesuch auf Amtshilfe stellen müssen. Wenn ich Sie richtig verstanden habe, werden wir aber mit keinem durchschlagenden Erfolg rechnen können. Wie wollen wir weiter vorgehen?«

»Unser einziger Anhaltspunkt ist die Bank«, meint der Hauptkommissar. »Wir sollten hier weiter nachforschen.« Marlene Rossmann schaut fragend zu Otto Müller, und als der bestätigend nickt, gibt sie grünes Licht. »Machen Sie das! Ich bemühe mich vorsichtshalber um einen Durchsuchungsbeschluss.«

»Wieso war die eigentlich so freundlich zu uns? Ich habe mit einem Anschiss gerechnet«, fragt Leicht, als sie auf dem Weg zu ihrem Büro den Münsterplatz queren.

»Hat wohl ein Motivationstraining absolviert. Wie führe ich meine Mitarbeiter?«, antwortet Otto grinsend.

»Oder sie weiß etwas, was sie uns nicht gesagt hat.«

»Könnte auch sein«, meint Otto.

Leicht grübelt weiter. »Oder meinst du, sie wollte uns schonen? Hält sie uns für Weicheier, die für das Hamburger Pflaster nicht geeignet sind? Glaubt sie, wir schaffen das nicht?« Er bleibt abrupt stehen. Otto geht einige Schritte weiter und dreht sich dann zu dem wie einbetoniert fixierten Hauptkommissar um. Die Münsterglocke schlägt zwölfmal. Leicht zählt mit und stützt sich schwer atmend mit beiden Armen am Rand des Löwenbrunnens ab. Er hat sein Kinn vorgeschoben, und sein Körper scheint sich zu verwandeln. Rücken und hängende Schultern straffen sich. Die Augen blicken entschlossen zu Otto. »Ich schwöre dir, wir kriegen die Kerle!«

»Klar doch!«, entgegnet Otto, und dabei fallen ihm zwei junge Männer auf, die wenige Meter von ihnen entfernt offensichtlich grundlos stehen bleiben, irgendwie nicht hierhergehören und sie beobachten.

Bankdirektor Kunath ist sichtlich überrascht, als die Kommissare bei ihm auftauchen und ihn um seine Hilfe bitten.

»Wir wissen jetzt, dass die Einzahlungen in Hamburg mit getürkten Ausweisen unterlegt waren«, eröffnet der Hauptkommissar das Gespräch. »Wer dahintersteckt, konnten wir nicht feststellen. Können Sie uns weiterhelfen?«

»Wie stellen Sie sich das vor, meine Herren?« Der Direktor fragt reserviert, fast ängstlich. Seit dem letzten Besuch der Kommissare hat Kunath weiter an Selbstvertrauen verloren.

»Wir möchten wissen, ob Ihnen an diesen Konten etwas aufgefallen ist. Querverbindungen zu anderen Konten zum Beispiel?«

Kunath tut so, als denke er nach. »Meinen Sie, ich darf Ihnen das sagen, oder stiften Sie mich zu einer Verletzung des Bankgeheimnisses an?«

Die beiden Kommissare sehen sich fragend an. Leicht zieht sein Jackett aus und legt es sorgfältig über die Sessellehne. Die Adern an seinen Schläfen schwellen. »Herr Direktor Kunath, ich habe das satt! Es geht nicht um Sie, und es geht auch nicht um Ihren verdammten Vorgänger! Ein Mädchen wurde übel gefoltert. Fünfzehn Jahre später wurde sie als erwachsene Frau professionell umgebracht. Hier. Vor unserer Haustür. In meinem Revier. Über Ihre Bank laufen Gelder, die damit zu tun haben. Otto – das ist Oberkommissar Müller – und ich haben uns in die Hand versprochen, den Kerl zu finden. Wir werden das tun! Und Sie werden uns daran nicht hindern. Wenn Sie Scheißkerl vor irgendjemandem Angst haben und uns nicht weiterhelfen wollen, dann habe ich ein Mittel dagegen!«

Kunath fühlt, dass Otto hinter seinem Sessel steht. Er dreht den Kopf und sieht zu Müller hoch. Vor ihm steht breitbeinig Leicht und krempelt langsam seine Hemdsärmel hoch. Kunath hört seine mühsam beherrschte Stimme: »In Hamburg haben sie mich verarscht. Das reicht für mein ganzes Leben! Sie verarschen mich nicht!«

»Nichts liegt mir ferner«, stammelt der verängstigte Mann aus dem Sessel, der die Situation nicht verstehen kann.

»Also gut, was ist?« Leicht verändert seine Stellung nicht.

»Ich werde bedroht. Meine Frau. Meine Tochter.«

»Von wem, Herr Kunath, reden Sie!«, fordert Leicht ungeduldig.

»Weiß nicht«, antwortet der Mann ausweichend.

Leicht fasst mit der rechten Hand zum Direktor. Er greift Krawatte, Hemd, Unterhemd und vermutlich noch einige Brusthaare und packt zu. Dann hebt er ihn aus dem Sessel hoch und zieht ihn nahe zu sich heran. In das blasse Gesicht hinein sagt er leise:

»Sie haben zwei Möglichkeiten: Entweder Sie sagen alles, was Sie wissen, oder ich breche Ihnen jetzt sofort die Nase als Anzahlung für das, was noch kommt.«

Fassungslos, erstaunt und ungläubig schaut Kunath in Leichts Gesicht, das ganz nah vor dem seinen ist, als ihm Otto mit einem entschlossenen Griff in die Haare den Kopf nach hinten reißt.

»Haben Sie den Hauptkommissar nicht verstanden?«, fragt er leise.

»Das wird für Sie äußerst unangenehme Konsequenzen haben«, bäumt sich Kunath keuchend auf und erhält von Leicht ohne jedes Zögern einen Fausthieb in den Magen.

»Kunath, Sie missverstehen Ihre Situation!« Leicht beugt sich zu dem gekrümmten Mann hinunter. »Entweder Sie sind auf unserer Seite oder auf der anderen. Bei uns haben Sie eine Überlebenschance, bei den anderen nicht! Entscheiden Sie sich!«

»Ich kann nicht«, stammelt der und versucht sich aufzurichten. Als er Leicht mit geballten Fäusten vor sich sieht, kehrt er in seine gebückte Haltung zurück.

»Die bringen mich um. Meine Frau. Meine Tochter.«

»Wer?«, donnert Leicht. »Wer bringt Sie um?«

»Es sind zwei Männer hier. Wenn ich etwas sage, oh Gott.« Kunaths Worte ersticken in schluchzendem Gewimmer.

Leicht stößt den Mann in den Sessel zurück und sieht fragend zu Otto.

»Herr Kunath, Sie wissen also etwas, was Sie uns nicht sagen dürfen. Wenn Sie es uns trotzdem verraten, wird Ihre Tochter entführt. Habe ich Sie richtig verstanden?«

Die Stimme des Oberkommissars klingt jetzt sanft und werbend. Kunath nickt bestätigend.

»Sie haben zwei Möglichkeiten«, fährt Ottos weiche Stimme fort. »Sie arbeiten ab sofort mit uns zusammen, dann gehen wir hinaus und erklären der Presse, dass Sie nichts wissen und wir vor einem Rätsel stehen, oder Sie sagen nichts und können morgen in der Zeitung lesen, dass der Bankdirektor Kunath die Polizei unterstützt und zugesagt hat, den Ermittlungsbehörden in den nächsten Tagen wichtige Unterlagen zu übergeben.«

»Das wäre mein Tod!«, stöhnt Kunath und blickt mit ratlos nach Hilfe suchenden Augen zu Müller.

»Und der Ihrer Frau und Ihrer Tochter, Sie Feigling!« Leicht hat seine Jacke wieder angezogen und spuckt den Satz voller Verachtung Kunath entgegen.

Die beiden Kommissare setzen sich wieder.

»Wir warten, Herr Direktor. Aber nicht mehr lange.« Müllers Stimme wird schärfer.

»Darf ich anrufen?« Kleinlaut und gebrochen sucht Kunath Verständnis.

»Bitte«, antwortet Leicht mit einer ausholenden Handbewegung zum Telefon. »Wen?«

Kunath steht auf und scheint zum Telefon zu kriechen. Er klammert sich an den Hörer wie an einen Rettungsring. Leicht greift nach dem Apparat und nimmt ihn Kunath aus der Hand.

»Wen, habe ich gefragt!«

»Schwarzkopf, nur Karl Schwarzkopf«.

Der Hauptkommissar legt das Telefon auf die Schreibtischplatte zurück. »Zuerst sagen Sie uns, wer Sie erpresst und warum. Dann sprechen wir mit Ihrem Freund vom Bodensee.«

Während Konrad Kunath stumm nickt und sich bückt, um eine Schublade aufzuziehen, läutet das Telefon. Schnell greift er nach dem Hörer und meldet sich sofort. Leicht streckt seine Hand aus und drückt auf den Knopf für den Lautsprecher.

»Wir wissen, dass Sie Besuch haben, Herr Direktor«, klingt es aus dem Mikrofon. »Machen Sie keine Dummheiten. Jasmin ist ein so nettes Mädchen. Wollen Sie mit ihr sprechen? Vielleicht ist es die letzte Gelegenheit. Seien Sie vernünftig.«

Der Anrufer unterbricht die Verbindung, bevor Kunath irgendetwas sagen kann. Die dunkle, ruhige Stimme sprach mit deutlich slawischem Akzent.

Aus Kunath entweicht jede Bewegung. Wie aus Holz geschnitzt sitzt er aufrecht und starr in seinem Schreibtischsessel. Seine Augen blicken leer geradeaus, und über seine rechte Wange perlt eine einzelne Träne. Sie hinterlässt eine kleine feuchte Spur bis zum Mundwinkel, wo sie versiegt.

Hauptkommissar Leicht tritt hinter ihn und legt die rechte Hand schwer auf seine Schulter. Angewidert schüttelt Kunath diese ab. Leicht nimmt die Hand zurück und bückt sich, um die Schublade aufzuziehen, nach der Kunath gegriffen hat, bevor ihn das Summen des Telefons unterbrach.

Als er sie halb herausgezogen hat, knallt Kunaths Schuh dagegen und trifft Leichts Hand. Otto Müller springt auf, packt Kunath samt Schreibtischsessel und zieht beide zwei Meter zurück. Ohne einen Laut von sich zu geben, zieht Leicht die Schublade aus dem Schreibtisch und stellt sie vor sich auf die Tischplatte. In der Lade stapeln sich penibel geordnete Computerausdrucke von Kontoauszügen. Der Hauptkommissar leert die Schublade, klemmt die Papiere unbesehen unter den Arm und verlässt das Büro. Kunath würdigt er keines Blickes.

»Wir unterhalten uns später weiter. Seien Sie vernünftig, Herr Kunath!«, sagt Otto Müller und eilt seinem Kollegen nach.

Seien Sie vernünftig, dröhnt es im Kopf des geschlagenen Mannes. Er hat es zweimal innerhalb weniger Minuten gehört. Von zwei verschiedenen Seiten.

Vor dem Portal der Bank wartet Leicht auf Otto Müller. Ihm fallen zwei Männer auf, die von der anderen Straßenseite aus scheinbar gelangweilt die Fassade betrachten.

Habe ich die schon einmal gesehen, fragt er sich. *Zwei Männer, sie sahen beide gleich aus, in schwarzen Anzügen. So groß wie Sie, aber schlank.*

Leicht zermartert erfolglos sein Gehirn.

Als Otto durch die Tür kommt, will Leicht ihm die zwei zeigen, ihn fragen, ob er sich erinnert. Er dreht sich zu ihnen um, aber sie sind verschwunden.

»War ein fulminanter Auftritt von dir, Horst! Hätte ich dir nicht zugetraut. Hast du dir das gut überlegt?« Zweifelnd schaut Otto auf seinen Teamchef.

»Danke, dass du mitgespielt hast. Soll nicht zur Regel werden.«

»Geprobt haben wir das noch nie«, lächelt Otto unsicher.

Leicht hält immer noch den Papierstoß in der Hand, den er aus der Schublade mitgenommen hat. Er hebt ihn hoch.

»Hast du Lust auf einen Ausflug an den Bodensee?«

38

Jetzt wird es wohl ernst werden. Ilir hat soeben erfahren, dass die beiden Kommissare mit einem Bündel Papier aus der Bank gekommen sind, obwohl er Kunath ausdrücklich gewarnt hat. Eigentlich muss er nun Wien informieren. Er liegt auf dem Rücken und stemmt zum dreißigsten Mal zwanzig Kilo. Mit durchgedrückten Armen hält er durch und entscheidet, die Angelegenheit selbst zu bereinigen. Dann lässt er die Gewichte sinken. Das Fitnessstudio gehört zur Enterprise. Es ist mit Abstand das edelste und am besten geführte in ganz Hamburg. *Mens sana in corpore sano* ist in Marmor über das Eingangsportal gemeißelt und goldfarben hervorgehoben. Ilir nimmt sein Handtuch und verschwindet im Duschraum. Von dort begibt er sich zur Massage. Wortlos lässt er sich in einem Chambre séparée eine Stunde lang von zwei begabten jungen Frauen verwöhnen und macht sich anschließend auf den Weg ins *Piccadilly*.

Dort empfängt ihn Paul, der Barkeeper, mit einer Anrufliste. Ein Blick darauf zeigt ihm, dass sowohl Boris und Vladj, wie auch Kerstin aus Wien seinen Rückruf erwarten.

Von Boris erfährt er, dass die beiden Kommissare auf die A7 eingebogen sind und Richtung Süden fahren. Sie erwarten weitere Anweisungen. Er gibt sie ihnen.

Kerstin lässt mitteilen, dass eine verschlüsselte E-Mail unterwegs ist, die er schleunigst bearbeiten soll. Die anderen Rückrufe verschiebt er auf später.

Ilir sieht gequält zum Barkeeper auf, der ein Glas und eine Flasche Slivovitz vor ihn stellt. Vor sich hin fluchend beginnt er zu trinken und träumt davon, in der Sonne am Strand der Copacabana zu liegen und Hamburg und dieses gottverdammte Europa vergessen zu können.

39

Als die beiden Kommissare am Anwesen von Schwarzkopf ankommen, öffnet ihnen der Hausherr ohne Freundlichkeit und in perfekter Kleidung.

»Haben Sie die Absicht, mich ebenfalls zu misshandeln? Bisher dachte ich, wir leben in einem Rechtsstaat.«

Karl Schwarzkopf macht keine Anstalten, den beiden Kommissaren den Weg in sein Haus freizugeben.

»Wir müssen mit Ihnen sprechen, Herr Direktor, und wir können auch alles erklären.«

Hauptkommissar Leicht zeigt sich vom kühlen Empfang unbeeindruckt. Er hat nichts Anderes erwartet.

»Warum soll ich mit Ihnen sprechen, meine Herren? Sie hätten sich die Fahrt sparen können.«

»Weil es auch um Ihr Leben geht, Herr Schwarzkopf«, sagt Otto Müller so leise, dass es der Mann an der Haustür gerade noch verstehen kann.

»Auf diese Erklärung bin ich gespannt.« Der ehemalige Bankdirektor geht zum Gartentor und, bevor er die Tür öffnet, zögert er.

»Oder sollen wir uns besser in der *Seerose* unterhalten?«

»Wie Sie wünschen, Herr Direktor. Aber seien Sie unbesorgt. Wir bitten nur um ein paar Auskünfte.«

Leicht zeigt die Papiere, die er aus Kunaths Büro mitgenommen hat. Schwarzkopf wirft einen Blick darauf und öffnet das Tor.

Auch diesmal ist Frau Schwarzkopf nicht zu sehen. Im Wohnzimmer nehmen sie ihre Plätze ein. Der Hausherr bietet ihnen nichts. Für arrogant und kalt würden sie ihn halten, hätten sie ihn nicht schon ganz anders kennengelernt.

Leicht legt die Computerausdrucke auf den Wohnzimmertisch und dreht sie so, dass Schwarzkopf sie lesen kann. Der ignoriert die Papiere demonstrativ und sieht auffordernd zu Leicht.

»Wenn nur die Hälfte von dem zutrifft, was mir Herr Kunath über Ihren Auftritt bei ihm mitgeteilt hat, haben Sie ein ernstes Problem, meine Herren. Sind Sie sich dessen bewusst?«

Leicht hält Schwarzkopfs forschendem Blick stand. Er überlegt und ringt sich zu einem Entschluss durch. Bedächtig greift er in die Innentasche seines Sakkos, holt etwas heraus und legt es neben die Papiere auf den Tisch.

»Haben Sie einen Computer hier?«, fragt er müde.

»Natürlich«, antwortet der ehemalige Bankdirektor.

»Schauen Sie sich das an!« Leicht deutet auf den USB-Stick.

Schwarzkopf ist unschlüssig. Jahrelange Erfahrung sagt ihm, dass er nicht alle Informationen, die man ihm anbietet, auch annehmen soll. Unwissenheit kann manchmal eine Gnade sein. Der Hauptkommissar errät seine Gedanken.

»Nur so werden Sie uns verstehen. Und wir brauchen Ihre Hilfe.«

Schwarzkopf nimmt den Datenträger und steht auf. Die beiden Kommissare folgen ihm in sein Arbeitszimmer.

In einem kleinen Raum voller Bücher steht nachlässig in eine Ecke geschoben hinter einem einfachen Hocker ein älteres Modell eines Computers. Die Zimmermitte nimmt ein tiefer brauner Ohrensessel ein, neben dem sich vom Boden aus ein Stapel Zeitschriften türmt, auf dem Schwarzkopf einen Plattenspieler abgestellt hat. Mehrere Hochglanzhüllen von Langspielplatten liegen auf dem Boden verstreut. Obenauf die blaue von Nabucco und darunter verschoben die rote der West Side Story. Schwarzkopf sucht sich einen Weg durch die Unordnung und steckt den Stick ein. Die beiden Kommissare bleiben bei der offenen Tür stehen. Der Schirm hellt sich auf, und die Männer konzentrieren sich auf die Bilder, die tonlos ablaufen. Die Kommissare beobachten aufmerksam das Mienenspiel ihres Gastgebers. Reserviert und reglos betrachtet dieser den Auftritt des jungen Milan Radic. Kein Zeichen des Erkennens. Dann verfolgt Schwarzkopf irritiert und verständnislos die Präsentation des verletzten Mädchens. Gerade als er sich zu den Kommissaren umdrehen will, kommt Wilhelm Dachstein ins Bild und erweckt seine Aufmerksamkeit. Offensichtlich hat er ihn erkannt. Er verfolgt dessen tonlose Rede, bis sich der Bildschirm verdunkelt. Verständnislos will er den Stick entfernen.

»Warten Sie!«

Als der Bildschirm erneut zu flimmern beginnt und die vermummten Gestalten sichtbar werden, setzt sich Schwarzkopf auf den Hocker und ist für seine beiden Gäste nur noch schräg von hinten zu sehen. Reglos nach vorn gebeugt verfolgt der Hausherr die brutalen Handlungen. Der Film ist aus, und Karl Schwarzkopf dreht sich um. Sein Gesicht ist gerötet, sogar seine Augen sind unterlaufen, und seine Hände klammern sich am Hocker fest.

»Was soll das, meine Herren? Ich verstehe nichts.«

Leicht bugsiert seinen Körper über den Teppich und versucht auf keines der verstreuten Dinge zu treten. Er nimmt den Stick wieder an sich und sagt nur:

»Das sind die Leute, mit denen wir es zu tun haben. Nicht Kunath. Werden Sie uns helfen?«

In das Wohnzimmer zurückgekehrt berichtet der Hauptkommissar dem ehemaligen Bankdirektor, dass nicht nur der Mord an Helmut Dachstein alias Milan Radic ungeklärt ist, sondern dass dieses geschundene Mädchen aus dem Film an Pfingsten als vierzig Jahre alte Frau mit gebrochenem Genick aus dem Rechen des Donaukraftwerks gezogen wurde, und dass diese beiden Morde zusammenhängen. Fraglich, wie?

»Kunath ist in Gefahr. Das stimmt. Aber nicht wegen uns. Verstehen Sie, dass wir den Eiertanz um Bankgeheimnisse und Ähnliches satthaben? Bis obenhin! Wir waren in Hamburg. Bei den Geldeinzahlungen wurden Ausweise toter Männer benutzt.

Man hat uns gegen die Wand laufen lassen. Herr Schwarzkopf, Sie haben gesagt, Sie dachten, wir leben in einem Rechtsstaat. Das dachten wir auch!«

Leicht neigt sich beschwörend zum ehemaligen Bankdirektor vor.

»Helfen Sie uns! Wir haben Ihnen gesagt, was wir wissen. Sagen Sie uns, was Sie wissen!«

Schwarzkopfs Gesicht hat an Röte zugenommen. Er beugt sich über die Computerausdrucke und beginnt, sich darin zu vertiefen. Blatt um Blatt studiert er sorgfältig und arbeitet den kleinen Stapel durch. Behutsam wendet er die Bögen und legt sie nebeneinander. Als er auf der Tischplatte angekommen ist, lehnt er sich zurück und sieht mit müden und leeren Augen auf die beiden Kommissare, die ihn ungeduldig beobachtet haben.

»Ich hole uns etwas zu trinken«, sagt er und verlässt das Zimmer.

Als er nach einer Weile nicht wiederkommt, steht Leicht auf und vertritt sich nervös und ungeduldig die Beine. Auf einem Sideboard entdeckt er eine Telefonstation. Das rote Licht leuchtet.

»Verdammt, er telefoniert!«, flucht Leicht.

Er geht zur Tür, und Schwarzkopf kommt ihm mit einer Flasche Mineralwasser und zwei Gläsern entgegen. Er stellt sie auf dem Tisch ab.

»Sind Sie in Begleitung gekommen?«, fragt er beiläufig.

»Nein, warum?«

»Meine Frau hat zwei Männer an Ihrem Auto gesehen. Sie haben sich auch für unser Türschild interessiert. Schwarze Anzüge. Jung, schlank. Wie Zwillinge, sagt sie. Na ja. Sie sieht manchmal Gespenster.«

»Interessant«, murmelt Leicht. »Sind sie noch da?«

»Die letzte halbe Stunde hat sie nichts mehr bemerkt.«

Als die Gläser für die Kommissare gefüllt sind und die Männer sich wieder gesetzt haben, beginnt Karl Schwarzkopf vorzutragen:

»Also meine Herren. Im ersten Teil des Films habe ich den

Oberstudiendirektor Dr. Wilhelm Dachstein und seine Tochter erkannt. Außerdem halte ich es für möglich, dass der Vortragende der spätere Direktor Helmut Dachstein gewesen ist.

Im zweiten Teil konnte ich niemanden erkennen.

Was die Unterlagen betrifft, sind diese insofern interessant, als auf dieses ominöse Konto nicht nur anonymisierte Bareinzahlungen erfolgt sind. Es gibt auch nachvollziehbare Überweisungen. Es scheint eine Geschäftsbeziehung zu bestehen zu der Aktiengesellschaft *Donaufleisch*, die einen Schlachtbetrieb im Gewerbegebiet Donautal unterhält. Das Gebiet ist Ihnen bekannt. Unsere Bank hat damals die Ansiedlung dieses Schlachthofs, der einer der größten in Süddeutschland ist, begleitet.

Um Ihren Fragen zuvorzukommen: Der Unternehmer, der hinter dieser Aktiengesellschaft steckt, ist Cäsar Moschl. Dieser Mann ist eine etwas schillernde Gestalt. Sein Name wird Ihnen schon begegnet sein, zumindest, wenn Sie sich für den Pferdesport interessieren. Er gilt als bedeutender Sponsor in diesem Bereich. Nach dem Krieg haben Kanzler Adenauer und der israelische Premier Ben Gurion ein Abkommen zur Wiedergutmachung getroffen. Cäsar Moschl hat es fertiggebracht, von einer großen Zahl jüdischer Opfer Vollmachten zu erhalten. Er hat die Entschädigungen für sie entgegengenommen. Die Echtheit der Vollmachten wurde damals wohl aus Gründen der Pietät nicht misstrauisch hinterfragt. Mit diesem Kapital hat er ein Imperium aufgebaut. Hauptsächlich Schlachthöfe und Futtermittelfabriken. Damit bekam er Einblick in die wirtschaftliche Situation vieler landwirtschaftlicher Betriebe in allen Größenordnungen. Böse Zungen behaupten, er habe die Betriebe finanziell abhängig gemacht, um sie später billig aufzukaufen.

Seine Unternehmen hat er so verschachtelt, dass er schadlos Insolvenz anmelden konnte, als er die vom Staat erhaltenen Entschädigungsgelder an die Berechtigten auskehren sollte. Strafrechtlich wurde er nie belangt. Er hatte mächtige Freunde.

Cäsar Moschl ist natürlich längst gestorben. In seine Fußstapfen trat Cäsar Moschl II., und zurzeit wird das Imperium von Cäsar Moschl III. geführt. Die Anfänge des Reichtums sind nur mehr wenigen bekannt.

Cäsar Moschl II. hat im Donautal einen der modernsten und größten Schlachthöfe Europas gebaut. Wir waren an der Finanzierung beteiligt. Es war für beide Teile eine gute Sache. Völlig legal, aber etwas anrüchig, waren seine Geschäfte mit der damaligen DDR. Sie hatten, wie man hierzulande sagt, ein Geschmäckle. Die DDR war Mitglied des Comecon und hatte deshalb Zugang zum Markt des Ostblocks. Außerdem besaß die DDR wegen ihrer Sonderstellung einen privilegierten Zugang zum europäischen Markt. Dies machte sich Moschl zunutze und karrte Fleisch und Futtermittel aus Osteuropa nach Westen und kassierte die Subventionen für die Rückexporte nach dem Osten. Damit verdiente er ohne eigene Investitionen viel Geld.

Mir in meiner Zeit als Direktor der Bank war dies zwar bekannt, aber ich hatte diese Geschäfte nicht zu verantworten. Außerdem, ich sagte es schon, wurde er nie strafrechtlich verfolgt und hatte mächtige Freunde.

Wieder, um Ihrer Frage zuvorzukommen: Ich habe keine Ahnung, welche Geschäftsbeziehungen zwischen diesen beiden Konten bestehen. Ich kann nur ersehen, dass zwischen ihnen Überweisungen stattgefunden haben. Die dahinterstehenden Vorgänge sind mir unbekannt. Dies ist alles, was ich Ihnen sagen kann.«

Die beiden Kommissare brauchen keine Fantasie, um festzustellen, dass weitere Nachfragen sinnlos sind.

Der Hauptkommissar bedankt sich und lädt Herrn Schwarzkopf – natürlich mit Frau – zum Abendessen in die *Seerose* ein.

»Danke meine Herren, mein Bedarf an Unterhaltung ist für heute gedeckt«, lehnt der ehemalige Bankdirektor kühl ab.

Dr. Maximilian Mayer lässt sich das Telefonat mit seinem neuen Freund Karl aus Nonnenhorn einige Male durch den Kopf gehen. Sie haben dem alten Dachstein einen Gefallen getan und Thomas

Murr aus dem Feuer geholt. Wilhelms Gewissensnot hat sich in Wohlgefallen aufgelöst. Die Geschichte scheint damit aber nicht nur nicht abgeschlossen, sondern eine neue Dimension anzunehmen. Was hat es zu bedeuten, dass eine Verbindung zwischen diesem ominösen Konto, das nach Meinung von Schwarzkopf der Geldwäsche dient, und dem Konto der *Donaufleisch AG* besteht? Und warum informiert Karl Schwarzkopf ihn darüber? Für ihn sei die Sache mit der Entlassung von Murr aus dem Gefängnis erledigt, hat er gedacht. Natürlich weiß Schwarzkopf, dass Cäsar Moschl III. im Reitclub der Stadt eine Rolle spielt und sich als großzügiger Mäzen für diverse städtische Vorhaben feiern lässt. Dass Moschl mit der Vergangenheit von Milan Radic etwas zu tun hat, ist aber unwahrscheinlich. Andererseits sind die Finger der Moschl-Dynastie überall dort, wo es Geld zu gewinnen gibt. Gut möglich, dass die Moschls auch am Balkankrieg verdient haben. Sollte sich hier ein Zusammenhang ergeben, wäre der Skandal in die Stadt zurückgekehrt.

Er grübelt nach. Da war doch was in seinem Gedächtnis. Plötzlich erinnert er sich, was ihm Tobias kürzlich erzählt hat. Karin ist mit Cäsar Moschl ausgeritten. Papa, ich glaube, da tut sich was.

Das muss geklärt werden, entscheidet er und ruft Karin an.

Die sitzt an der Bar des Golfclubs. Schorsch hat eine Flasche Moet & Chandon geöffnet und bereitet sich auf einen netten Abend vor.

Als ihr Telefon piepst, nestelt sie das Ding aus der Handtasche.

»Hallo Karin, wir müssen uns unterhalten«, meldet sich Max.

»Was ist denn los? Du klingst ja fürchterlich ernst?«

»Kannst du bei mir vorbeikommen?«

»Ich bin im Golfclub«.

»Gut, ich komme hoch.«

»Schön. Ich freue mich. Der Champagner steht kalt.«

Nach nur wenigen Minuten steht Dr. Mayer im Clubraum, fasst Karin am Arm und führt sie von der Bar weg zu einem der Ecktische. »Entschuldige bitte, Karin, wenn ich mit der Tür ins Haus falle. Hast du engeren Kontakt zu Cäsar Moschl?«

»Oh je. Was soll denn das, Max? Ich reite mit ihm ab und zu aus. Mehr nicht.«

Maximilian Mayer sucht skeptisch zweifelnd ihren Blick.

»Was ist los, Max?«, fragt sie.

»Karin, das alles ist kein Spaß. Hat Helmut mit Moschl zusammengearbeitet?«

»Natürlich. Er ist ein wichtiger Kunde. Da gab es viele Kontakte.«

Max Mayer stützt seinen Kopf in beide Hände und schließt die schwer werdenden Lider.

»Karin, weißt du irgendetwas, das Cäsar Moschl mit der Vergangenheit deines Mannes verbinden könnte?«, fragt er, ohne die Hände vor seinem Gesicht wegzunehmen.

Karin zuckt zusammen, so sehr erschrickt sie über die ungewohnt dumpfe, ernste Stimme.

»Max, um was geht es? Du redest doch sonst nicht so mit mir. Wenn ich dir eine vernünftige Antwort geben soll, musst du offen mit mir sein. Ich habe den Eindruck, es steht ein Geheimnis zwischen uns. Das gab es all die Jahre nicht, seit wir uns kennen.«

Wie recht sie hat, denkt Max. Das kann aber nur ihr Vater lüften.

»Dass Helmut nicht der Mann war, den er dir vorgespielt hat, ist dir zwischenzeitlich bekannt. In der Bank hat er einige Dinge gemacht, die er nicht durfte und mit seiner Vergangenheit zusammenhängen. Jetzt führt eine Verbindung zu Cäsar Moschl. Ich will nicht, dass du in eine Sache hineingerätst, die verdammt gefährlich werden kann.«

»Woher weißt du das alles, Max?«, fragt Karin verwundert.

»Das erkläre ich dir später. Jetzt gebe ich dir einen guten Rat: Lass deine Finger von Cäsar Moschl! Versprochen?«

Karin überlegt kurz.

»Nein. Diesmal nicht! Ich werde ihn fragen!«

40

Schweigend hängen die beiden Kommissare auf der Rückfahrt vom Bodensee ihren Gedanken nach. Nervös trommelt Leicht mit den Fingern gegen das schwarze Lederlenkrad. Otto Müller hat die Sonnenblende mit dem eingebauten Spiegel herabgeklappt und wirft immer wieder einen beunruhigten Blick darauf, um den rückwärtigen Verkehr zu beobachten.

Plötzlich sackt ihr Auto vorne nach unten. Sie hören ein fürchterliches Krachen, und das Lenkrad schlägt unhaltbar nach rechts aus. Leicht stemmt sich mit aller Kraft dagegen. Vergeblich. Der Wagen durchbricht die Leitplanken, wird hochgehoben, fliegt in die benachbarte Wiese und rollt sich überschlagend in einer Wolke von aufgepflügten Grassoden einen Abhang hinunter, bis er auf dem Dach liegend zum Stillstand kommt. Wie ein auf dem Rücken liegender schwarzer Käfer, der hilflos mit seinen Beinen rudert, liegt das Auto mit sich unsinnig in der Luft drehenden Rädern im Gras.

Was für die anderen, die den Unfall beobachten, in Sekundenschnelle abläuft, erleben die beiden Kommissare im Innern des Fahrzeugs in grausam verlangsamter Zeitlupe.

Horst Leicht hat zunächst mit all seiner Kraft versucht, das Lenkrad wieder in den Griff zu bekommen. Als er aber spürt, wie das Auto hochgehoben wird und sein Blick nur noch das Blau des Himmels einfangen kann, ergibt er sich seinem Schicksal. Er sieht die großen, verständnisvollen, braunen Augen seiner Mutter vor sich. Erstaunt schauen sie auf ihn. Dann erblickt er den schweren Vater, wie er am Küchentisch seine Kündigung ausbreitet und ihn beschwört, wenn nur irgend möglich, Beamter zu werden. Er sieht sich selbst, wie er am gleichen Küchentisch auf der blau geblümten Wachstuchdecke Jahre später den Eltern seine Ernennungsurkunde zum Beamten auf Lebenszeit präsentiert und Vater stumm und zufrieden nickt, während die Mutter stolz eine Flasche Wein aus der Speisekammer holt. Er zählt mit. Das Auto hat sich jetzt zum dritten Mal überschlagen. Ein Ende ist noch nicht abzusehen, so viel Schwung steckt noch in der Bewegung. Mutters Gesicht verändert sich, und er erkennt Judiths Augen, ihre kurze Nase und die Haarsträhne, die sich verstohlen neugierig vom Ohr zum Kinn biegt. Pass auf dich auf. Ich brauche dich noch, formen stumm ihre Lippen. Horst Leicht lächelt. Es tut ihm gut, Judith bei sich zu wissen. Er ist sich jetzt ganz sicher, dass er sie liebt. Und sie ihn. Er wird sie fragen, ob sie mit ihm Kinder haben will. Wie ein Stich durchfährt ihn das Erkennen, dass nichts von ihm bleibt, wenn er jetzt stirbt. Beide Eltern sind schon tot. Geschwister hat er keine. Der Gedanke schmerzt. Er wird mit Judith reden. Ganz sicher. Lieber Gott, gib mir noch eine Chance, betet er. Zorn steigt in ihm hoch über die Ungerechtigkeit, jetzt vorzeitig sterben zu müssen. Doch wie Mehltau legt sich sein Eingeständnis darüber, viel verflossene Zeit vergeudet zu haben. Gib mir noch eine Chance, wiederholt er immer wieder. Dann verlangsamen sich die Überschläge. Leicht wird sich sicher, den Unfall zu überleben. Danke Gott, ich werde mich ändern. Die Zeit nutzen, die du mir gibst. Stille tritt ein, unendlich tiefe Stille.

Horst Leicht öffnet die Augen und orientiert sich. Alles um ihn ist weiß. Er will einen Arm bewegen. Nichts geht. Er versucht, den Kopf zu drehen. Unmöglich. Was ist, fragt er sich.

Nach und nach wird ihm bewusst, dass er mit dem Kopf nach unten zwischen den explosionsartig aufgepumpten Airbags bewegungsunfähig eingeklemmt ist. Langsam geben die Luftsäcke nach, und er kann sich befreien. Er schiebt das schlaffe Textil zur Seite und wundert sich, dass er keine Schmerzen verspürt. Zuviel Adrenalin, vermutet er.

»Das solltest du nicht öfters machen«, hört er eine Stimme. Zunächst von Ferne, dann direkt neben ihm. Das ist doch Otto. Gott sei Dank, er lebt. Verwundert stellt er fest, wie er anfängt, sich plötzlich unbeschwert glücklich zu fühlen. Komisch. Ich habe einen Unfall gebaut. Das Auto ist hin. Ich sitze mit dem Kopf nach unten und bin happy. Horst, mit dir stimmt etwas nicht.
Er versucht erneut, seinen Kopf zu drehen. Diesmal mit Erfolg. Rechts wühlt sich Otto durch den wirr herumhängenden Airbag; links sieht er durch die geborstene Scheibe der Fahrertür zwei schwarze Hosenbeine. Die Beine bewegen sich nach vorn. Durch die völlig zersplitterte Windschutzscheibe erkennt er schemenhaft einen schlanken Mann im schwarzen Anzug, der sich interessiert nach allen Seiten beugt und, behindert durch das gebrochene und blind gewordene Glas, das Wageninnere sorgfältig inspiziert. Horst Leicht wendet sich zu Otto, der einen Finger auf seine Lippen gelegt hat. Sie bewegen sich nicht und versuchen, sich erst dann weiter aus ihrer Lage zu befreien, als sie die grellen Signaltöne mehrerer Martinshörner hören und der Mann verschwunden ist.

41

Neben der bereits zur Hälfte geleerten Flasche Slivovitz liegt die entschlüsselte Mail aus Wien. Ilir hat sie schon so oft gelesen, dass er den Inhalt auswendig kennt.

Niere 23
KP A: 4 KP B: 10 KP D: 19
Herz 16
KP A: 7 KP B: 5 KP D: 4
Leber 38
KP A: 31 KP D: 7
Lunge 12
KP A: 3 KP B: 7 KP D: 2
Pankreas 7
KP A: 5 KP B: 2

Mehrmals hat er gerechnet und die Gegenprobe gemacht.

Sechzig Mädchen benötigt er, um die bestellte Lieferung zusammenstellen zu können.

Aus der Kreuzprobe A braucht er vier Nieren, sieben Herzen, einunddreißig Lebern, drei Lungen und fünf Bauchspeicheldrüsen.

Aus der Kreuzprobe B hat er zehn Nieren, fünf Herzen, sieben Lungen und zwei Bauchspeicheldrüsen zu liefern.

Aus der Kreuzprobe D ergibt sich die Zusammenstellung von neunzehn Nieren, vier Herzen, sieben Lebern und zwei Lungen.

Die Erfüllung der Aufträge aus der Zentrale stellt ihn immer wieder vor fast unlösbare logistische Probleme. Er muss nicht nur die passenden Spenderinnen finden, sondern auch berücksichtigen, an welchen Orten die Transplantationen stattfinden. Zwischen Organentnahme und Implantation steht nur ein begrenztes Zeitfenster für den Transport zur Verfügung. Es würde die Sache sehr vereinfachen, wenn die entnommenen Organe über einen längeren Zeitraum konserviert werden könnten. Eine solche Möglichkeit ist aber noch nicht gefunden. Also müssen die betreffenden Spender lebend möglichst nahe an die Empfänger gebracht werden.

Um dieses Problem zu entschärfen, hat die *Enterprise* begonnen, Privatkliniken zu errichten, in denen die Transplantationen vorgenommen werden. In diesen Kliniken warten Patienten sehnsüchtig auf Spenderorgane, und in deren Nähe werden den Mädchen die Organe fachgerecht entnommen. Ilirs Aufgabe besteht darin, geeignete Spenderinnen zur Entnahme an die angegebenen Orte zu bringen. Alle Mädchen, die Ilir aus Rumänien, Bulgarien, Belorussland, der Ukraine, Albanien und den Nachfolgestaaten Jugoslawiens zugeführt werden, lässt er ärztlich sorgfältig untersuchen, bevor er sie für ihren weiteren Einsatz gefügig macht. Diese Untersuchungen liefern die Daten für die Proben, die dann mit denen der Patienten gekreuzt werden, um die Gewebeverträglichkeit festzustellen. Ergeben sich die erforderlichen Kompatibilitäten, so sortiert Ilir die Mädchen aus, spiegelt ihnen einen Erholungsurlaub vor und macht sie für die Organentnahme körperlich fit. Anschließend bringt er sie zu den dafür geschaffenen Zentren.

Einige dieser Operationsräume sind unter den Schlachthäusern der *Donaufleisch AG* im Donautal eingerichtet.

Moschl III. hat Anfang der neunziger Jahre für seine Firma den Auftrag ergattert, die UN-Soldaten im Balkankrieg mit Fleischwaren zu versorgen. Bei einer seiner Geschäftsreisen besuchte er das legendäre *Sultan* in Sarajevo und machte von dem angebotenen Begleitservice Gebrauch. Dort traf er Kerstin, die ihn nachhaltig beeindruckte. Nach Ende des Krieges fragte Kerstin bei ihm an, ob sie auf dem Gelände seines Schlachthofes Lagerräume anmieten könne. Sie habe eine Firma gegründet, und diese benötige für den Umschlag von Lebensmitteln ein kühles Warenlager. Weitere Informationen bekam Moschl nicht, und er fragte auch nicht danach.

So kam es zum Mietvertrag über das Kellergeschoss zwischen der *Donaufleisch AG* und der *Danubian Enterprise Ltd.* Der großzügig bemessene Pachtzins wurde akzeptiert und immer pünktlich bezahlt. Entgegenkommend übernahm deshalb der Schlachthof die Abfallbeseitigung verdorbener Waren, ohne hierfür gesonderte Kosten in Rechnung zu stellen, da sie gemeinsam mit den Schlachtabfällen entsorgt werden konnten.

Nur etwa zwanzig Kilometer entfernt erhebt sich über dem Hochufer der Donau ein imposanter Klosterkomplex. Er ist eine Perle in der Schnur von katholischen Pracht- und Trutzbauten, die entlang dieses Stroms bis zur Mündung in das Schwarze Meer den über Jahrhunderte immer wieder heranstürmenden Osmanen die unüberwindliche Macht des Christentums demonstrieren sollten. Für die schrumpfende Anzahl der Mönche ist die Anlage zu groß geworden. Deshalb war die Klostergemeinschaft froh, als die *Enterprise* aus Wien, die sich als Trägerin humaner Einrichtungen präsentierte, darum warb, ein Nebengebäude dieses Klosters anzumieten, um es in eine Klinik umzubauen. Die Abtei wurde von den Unterhaltskosten für das alte Gemäuer entlastet und konnte monatlich einen beträchtlichen Pachtzins in ihren Haushalt einstellen. Die Mönche kümmerten sich um den Klinikbetrieb nicht, und die umliegenden Ortschaften betrachteten die Anlage als außerhalb ihres Verantwortungsbereichs. Die Tarnung war perfekt.

In dieses vertrauenswürdige Ambiente laden die Betreiber dann diejenigen Menschen ein, die händeringend und verzweifelt eine Organtransplantation benötigen und genügend Geld besitzen, um die horrenden Kosten außerhalb eines Versicherungssystems selbst tragen zu können.

Ungefähr auf halbem Weg zwischen Schlachthof und Klosteranlage liegt in einer ausgedehnten grünen Ebene inmitten eines alten Parks eine Oase der Ruhe und Erholung. Um ein weitläufiges Thermalbad gruppieren sich ein Klotz von Badhotel und mehrere gastronomische Einrichtungen ohne höheren Anspruch. Als auf dem Parkplatz vor dem Hotel aus einem weißen Kleinbus ein Pulk von außergewöhnlich hübschen Mädchen quillt, freuen sich die wenigen auf der Terrasse sitzenden, meist älteren Gäste über die angenehme Unterbrechung ihres gleichförmigen Tagesablaufs.

Wenig später, nachdem die Zimmer bezogen sind, liegt Lara rücklings auf den körpergerecht geformten Fliesen am Rande des Solebeckens. Wie drei umspülte Hügel ragen die Rundungen ihres tomatenroten Bikinis aus dem Blau des Wassers.

Das Dach über dem Bassin steht offen, und die sattgelbe Mittagssonne wärmt ungehindert ihre Haut. Selbst durch die geschlossenen Lider spürt sie die gleißende Helligkeit und wendet den Kopf leicht zur Seite. Lange schwarze Haare umkränzen ihr Gesicht wie ein Kissen. Kann sich doch alles noch zum Guten wenden, fragt sie sich und lässt wohlig entspannt ihre Gedanken schweben. Wenigstens eine kleine Hoffnung, nur einen Schimmer davon, sehnt sie täglich herbei.

Zwei Jahre ist sie schon in Deutschland. Das letzte in Hamburg.

Sie wusste nicht genau, auf was sie sich einließ, als sie ihrer Heimat den Rücken kehrte. Ganz blauäugig war sie aber nicht gewesen. Für sie war Bosnien nie eine Heimat, nur ein Herkunftsland. Diesen Begriff lernte sie in Deutschland kennen.

Bereits als Kind hat sie in der Schule unmissverständlich erfahren, dass sie nicht war wie die anderen. Dass sie nicht dazugehörte. Ihre nur zwei Jahre ältere Schwester war in die Gemeinschaft aufgenommen. Sie aber war ein Serbenbankert. Im Ausweis, der ihr nach der Ankunft in Hamburg sofort abgenommen wurde, steht ihr Schicksal eingebrannt: Rasima Spahic, Geburtsdatum 3. März 1996. Geburtsort Potocari. Erst später, als sie etwa zehn Jahre alt war, durchschaute sie den Hintergrund ihrer Ächtung. Ihre Eltern waren mit ihrer älteren Schwester, die damals ein Baby war, vor den heranrückenden Serben aus Srebrenica in einen UN-Stützpunkt in das sechs Kilometer entfernte Potocari geflohen. Dies war im Juli 1995 gewesen. Sie glaubten sich dort in Sicherheit. Die niederländischen Soldaten schickten jedoch zunächst den Vater und später auch die Mutter wieder zurück. Das Lager sei nicht geeignet, Flüchtlinge aufzunehmen. Der Vater wurde sofort umgebracht und die Mutter mehrfach vergewaltigt. Sie war das Ergebnis dieser Vergewaltigungen. Ihre ältere Schwester war die gemeinsame Tochter von Vater und Mutter, und es war ein Wunder, dass sie überlebte. Sie aber kannte ihren Vater nicht, und ihre Mutter konnte nicht verwinden, dass in ihr das Blut eines ihrer Peiniger floss. Dazu kam noch, dass sie ein wesentlich hübscheres und begabteres Kind war als ihre Schwester. Zunächst kämpfte sie um die Liebe ihrer Mutter. Vergebens. Im Alter von fünfzehn Jahren war sie zu einem hübschen Teenager herangewachsen, und die Jungen und Männer in ihrer Umgebung behandelten sie als rechtloses Freiwild. Nachdem sie zum ersten Mal von drei Halbwüchsigen aus ihrer Nachbarschaft, die sie nicht ausstehen konnte, zum Sex gezwungen worden war, beschloss sie, Ort und Familie zu verlassen, sobald sich eine Gelegenheit bot.

Lara dreht sich und taucht ihr Gesicht in das warme Wasser, als wolle sie die Erinnerung wegwaschen. Sie genießt jede einzelne Sekunde dieser Entspannung.

»Mutter«, sagte sie an ihrem sechzehnten Geburtstag, »ich gehe nach Sarajevo und suche mir eine Arbeit. Hier bleibe ich nicht.« Ihre Mutter nickte nur stumm, schrieb ihr die Adresse eines Verwandten auf, der in der Bezirkshauptstadt einen kleinen Elektroladen besaß, wo er Fotoapparate, Telefone und Fernseher an den Mann zu bringen versuchte, und schien erleichtert zu sein, dass sie von sich aus ihren Heimatort verließ.

Sarajevo, Onkel Latif, schwarze Augen, warme Hände, schwere Zunge, feucht, nass, eklig.

Lara streckt sich. Mit nach vorn gestreckten Armen spreizt sie ihre Beine und drückt die Schenkel wieder zusammen, winkelt die Knie an und wippt mit den Füßen in der Luft.

Eines Abends ging sie ins Kino. Es lief der Gewinner des diesjährigen Festivals von Sarajevo: *Everybody in Our Family* von *Radu Jude*. Anschließend spazierte sie aufgewühlt von dem Film an der Miljacka entlang. Es ging also mehreren Mädchen wie ihr. Gab es denn keinen Ausweg aus solchen stickigen Verhältnissen? Ein junger Mann schlenderte ihr entgegen, schlank, in schwarzem, eng geschnittenem Anzug, mit blitzblank polierten teuren schwarzen Schuhen. Er kam direkt auf sie zu, und sie blieb stehen. Sie standen sich gegenüber. Er lächelte.

»Willst du nach Deutschland?«, fragte er.

»Ja«, antwortete sie.

»Morgen zehn Uhr vor der Kaisermoschee. Du brauchst nur deinen Ausweis, sonst nichts. Kommst du?«

»Ja«, sagte sie.

Nachts kam Onkel Latif wieder in ihr Bett, und sie ertrug es zum letzten Mal.

Am Morgen packte sie wortlos einen kleinen Koffer, steckte ihren Pass ein und, als sie den Elektroladen verließ, zuckte Latif nur gleichgültig mit den Achseln.

Vor der Moschee wartete ein schwarzer Audi. Am Steuer saß der junge Mann von gestern, und sie stieg in den Wagen, in dem sich bereits zwei andere Mädchen befanden.

Lara steigt aus dem Solebecken und stellt sich unter die Dusche. Sorgfältig spült sie das salzige Wasser von der Haut und aus den Haaren. Als sie an den Aromabassins vorbei zur Bar geht, spürt sie, wie ihr die Blicke der anderen Badegäste folgen. Sie weiß, dass sie einen schönen Körper besitzt. Es ist das Einzige, was sie hat. Sie rutscht auf einen Stuhl neben ein anderes Mädchen, das mit ihr von Hamburg hierhergekommen ist. Sie trinken Campari.

»Hast du eine Ahnung, warum wir hier sind?«, fragt sie.

»Haben wir uns verdient, denke ich«, antwortet das Mädchen.

Zwei Stühle weiter lehnt ein großer, schlanker Mittsechziger mit weißblonder Mähne etwas linkisch an der Theke und beschäftigt sich mit dem Plastikröhrchen im Obstsaftbecher. Lässig hängt ein schwarzer Bademantel über seinen kantigen Schultern. Unter den vielen grauen Rentnern im Bad sticht er interessant hervor. Lara sucht seinen Blick, und er reagiert sofort. Er bestellt für Lara noch einen Campari und dreht seinen Arm mit dem Band des Bades so, dass die Bedienung abbuchen kann. Lara bedankt sich mit einem kleinen Lächeln. Langsam und ziemlich steifbeinig stellt er sich neben die jungen Frauen.

»Wie kommen so hübsche Mädchen in diesen Pensionärstempel?«, fragt er interessiert.

»Haben wir uns verdient«, wiederholt Lara die Erklärung ihrer Kollegin.

»Womit denn?«, fragt der Mann.

Lara schickt ihm einen aufreizenden Augenaufschlag nach oben, und er lässt seinen Blick über ihr nasses Haar und ihren jungen Körper nach unten wandern.

»Wie lange bist du hier?«, unterbricht der Mann seine Betrachtungen.

»Seit heute.«

»Nein, ich meine, wie lange wirst du hier sein?«

»Weiß ich nicht genau.«

»Kannst du mich heute als mein Glücksbringer begleiten. Hast du Lust?«

»Wohin?«

»Bregenz, Casino. Ich bin auf dem Weg dorthin. Tanke nur kurz Kraft.«

»Weiß nicht«, sagt sie.

»Du brauchst nur einen Ausweis, sonst nichts«, lockt der Mann neben ihr. Lara zögert. Diesen Satz habe ich schon einmal gehört, erinnert sie sich an ihren Spaziergang in Sarajevo. Sie lächelt zu dem Gesicht über ihr hoch. So unschuldig und hilflos, wie sie kann.

»Abgemacht?«, fragt der Mann aufmunternd und vergisst für einen Augenblick seine Schmerzen. »Ich freue mich. Zehn Prozent für dich.«

»Ich habe meinen Ausweis nicht«, bedauert Lara leise und senkt den Kopf.

Von der Seite nähert sich ein junger, muskulöser Mann, fasst Lara grob am Ellbogen und führt sie weg. Sie folgt widerstandslos und stumm.

Bis Wolfgang Baumann begreift, was geschieht, sind die beiden verschwunden.

42

Nachdem die zwei Kommissare im Krankenhaus untersucht worden sind und überraschend keine ernsthaften Verletzungen festgestellt wurden, ruft die Oberstaatsanwältin sie zum Rapport.

»Keine Fisimatenten, meine Herren. Sie haben sich in Lebensgefahr gebracht. Ich verliere keine Ermittlungsbeamten!«

Ich, ich, ich, denkt Leicht. Immer nur ich. Wir sind es doch, die den Kopf hinhalten.

Da sie den Vorfall bei Direktor Kunath nicht erwähnt, hat dieser wohl keine Beschwerde wegen ihres spektakulären Auftritts eingereicht. Der Hauptkommissar kommt aber nicht umhin, den Besuch bei Schwarzkopf in Nonnenhorn zu erklären. Der Unfall geschah auf der Rückfahrt von dort.

»Was hat der Schwarzkopf mit der Sache zu tun?«

»Er konnte uns einen möglicherweise wichtigen Hinweis geben«, antwortet Leicht ausweichend.

Marlene Rossmann zieht interessiert die Brauen hoch und wartet.

»Es gibt eine Verbindung zwischen dem Geheimkonto Dachsteins und der *Donaufleisch AG* hier. Wir müssen das überprüfen.«

Überrascht blickt die Oberstaatsanwältin auf, und die Kommissare können beobachten, wie sich ihre Mimik verändert. Ihre Wangen scheinen nach unten zu sacken. Gequält fragt sie nach.

»Das sind doch die Moschls, oder irre ich mich?«

»Richtig. Glaubt man Schwarzkopf, dann hat Cäsar Moschl III. jetzt das Sagen«, gibt Leicht zur Auskunft.

»Das ist ein sensibles Gebiet«, doziert Dr. Rossmann nach einer Weile stummen Überlegens. »Es handelt sich um eine mächtige Familie, noch dazu jüdisch. Wir können uns mehr als nur die Finger verbrennen, wenn wir einen Fehler machen.«

Schweigend sitzen die drei in dem kleinen Zimmer der Oberstaatsanwältin beisammen.

»Wir können doch einfach mal den Chef von *Donaufleisch* interviewen, was es mit dieser Geschäftsbeziehung auf sich hat«, schlägt Oberkommissar Müller vor. »Damit verdächtigen wir niemanden und kommen in keine Bredouille.«

Die Oberstaatsanwältin bleibt stumm und unbewegt. Ihre Stirn ist in steile Falten gelegt. »Nein, so geht das nicht! Ich schicke keine Beamten der Mordkommission zu Moschl.«

Die drei versinken wieder in dumpfes Brüten. Plötzlich hellt sich das Gesicht des Hauptkommissars auf. Er grinst schelmisch.

»Lassen Sie mich machen. Ich habe eine Idee.«

»Nein, nein, ich lasse Sie nicht machen! Sie sagen mir genau, was Sie vorhaben, und ohne mein Einverständnis geht niemand dahin!« Streng und unnachgiebig verbietet Dr. Rossmann jedes nicht abgestimmte Vorgehen.

Leicht beugt sich immer noch grinsend über den Schreibtisch. »Michael Plum schreibt eine Story über die Geschichte der *Donaufleisch AG*. Der Beginn einer Serie über die erfolgreichsten Unternehmen unserer Region. Mal sehen, ob Cäsar Moschl III. widerstehen kann.«

»Oh je, Presse auch noch«, stöhnt die Staatsanwältin.

»Ja«, sagt Leicht. »Wir kommen in der Geschichte aber leider nicht vor.«

Sie lächelt anerkennend: »Na, dann machen Sie mal, meine Herren!«

Bereits zwei Stunden später trifft sich Leicht mit dem befreundeten Lokalredakteur. Im Stadthaus vor dem Münster fragt ihn Plum über den Kaffeetisch hinweg, was es denn mit dem Unfall auf sich gehabt habe. Er will noch einige Informationen.

»Später«, antwortet Leicht. »Eine Hand wäscht die andere. Zuerst bekomme ich von dir eine Story über Moschl III. und seine *Donaufleisch AG*. Ich möchte wissen, was er mit der Balkan-Mafia zu tun hat. Du hast mich doch verstanden? Wenn alles aufgeklärt ist, bekommst du exklusiv die ganze Geschichte. Und kein Wort über irgendwelche Ermittlungen.«

»Habe schon kapiert, bin ja nicht blöd. Aber die Geschichte gehört mir«, versichert sich der Journalist.

Die Zeche übernimmt Leicht und überlässt Plum den Beleg für seine Spesenschummelei.

Als Konrad Kunath am nächsten Morgen in der Lokalzeitung die Ankündigung liest, dass eine Serie über die erfolgreichsten Unternehmen der Region geplant ist und dass ein Bericht über die *Donaufleisch AG* in der nächsten Samstagsausgabe folgt, kann er an keinen Zufall glauben. Das Netz zieht sich zusammen. Wie komme ich da nur raus? Er kopiert den Zeitungsausschnitt und faxt ihn kommentarlos an den Bodensee.

In den Stallungen des Reitclubs herrscht das an einem Samstag übliche Treiben. Die Pferdebesitzer, ihre Kinder und Hunde wuseln über den gepflasterten Hof. In der engen Stallgasse sind die Pferde zum Putzen und Striegeln angebunden, und vereinzelt führen die Reiter ihre aufgesattelten Tiere aus den Boxen, um in das Gelände auszureiten.

Karin hält die Zügel von *Remus* lässig zwischen den Fingern und zieht nur kurz an, als der Apfelschimmel gelangweilt zu tanzen anfängt. Schwarze Stiefel, die enge weiße Reithose und eine rote Bluse unter dem schwarzen Jackett. Darüber ihr offenes blondes Haar unter der schwarzen Kappe. Sie hat sich vor dem großen Spiegel in der Reithalle kritisch betrachtet. Nicht ganz perfekt, findet sie. Die Reithose macht ein breites Hinterteil. Kann man nichts machen. Sie ist mit Cäsar Moschl zu einem Ausritt verabredet, und wie meist verspätet er sich. Als er in seinem offenen Jaguar auf den Hof einbiegt, sieht sie zufrieden, dass er bereits passend gekleidet ist. Er kommt auf sie zu, küsst sie flüchtig links und rechts auf die Wangen, entschuldigt sich wortreich für die kurze Verspätung und verschwindet zu den Boxen. Nur einen Moment später kehrt er, seinen Trakehnerrappen hinter sich herführend, zurück. Offensichtlich hat er seinen Ausritt angekündigt und den Stall angewiesen, *Hamilkar* rechtzeitig dafür bereit zu machen. Er platziert den Hengst neben Karins Wallach und spannt sorgfältig die Sattelriemen nach. Dann stellt er sich vor das Pferd, spielt mit beiden Händen an dessen Ohren und wartet, bis sein stattlicher Sportskamerad mit den Nüstern an seiner Stirn schnuppert und zufrieden schnaubt. Er gibt dem Rappen einen Kuss auf sein warmes, weiches Maul, lehnt seine Stirn gegen diejenige von *Hamilkar,* reibt ihm mit seinen Daumen die schwarze, klebrige Flüssigkeit aus den Augenwinkeln, stochert dann seine linke Stiefelspitze in den Steigbügel und schwingt sich in den Sattel.

Karin kennt dieses Zeremoniell schon und hat mit dem Aufsitzen gewartet. Jetzt verlassen die beiden Pferde, die sich von mehreren gemeinsamen Ausritten vertraut sind, nebeneinander schweifschlagend in schnellem Schritt den Hof. Vorsichtig wärmen die beiden erfahrenen Reiter die Tiere auf, bevor sie im versammelten Galopp ein Stoppelfeld überqueren, das von einem mit Gebüsch und Weiden umsäumten Bachlauf begrenzt wird. Entlang dieses Baches führt ein Feldweg, den auch Reiter benutzen dürfen. Nach einer Stunde erreichen sie einen Landgasthof, und das sonnige Herbstwetter lädt sie zu einer Rast in dem von alten Kastanienbäumen beschatteten Biergarten ein. Sie binden ihre Pferde an und suchen sich einen Tisch, von dem aus sie ihre Tiere im Auge behalten können.

»Hast du in den letzten Jahren mit Helmut geschäftlich zusammengearbeitet?«, eröffnet Karin ziemlich direkt das Gespräch. Cäsar Moschl ist überrascht, nimmt bedächtig einen Schluck aus dem Bierkrug und erwidert ruhig: »Das weißt du doch. Mein Vater war mit der Bank verbunden, und ich habe die Geschäftsbeziehung fortgesetzt.«

»Ja, das weiß ich. Ich meine, hattest du mit Helmut besondere Geschäfte?«

Der Mann sieht Karin verständnislos an. Als Karin fragend seinem Blick standhält, erklärt er, dass er mit niemandem *besondere Geschäfte* mache, und dass er Helmut lediglich als Direktor einer seiner Geschäftsbanken kannte.

»Hast du mit Helmut zu tun gehabt, bevor er hier Bankdirektor wurde?«, insistiert Karin.

»Nein. Kannst du mir sagen, wie du darauf kommst?«

Karin betrachtet das männlich markante und dennoch fein geschnittene Gesicht Cäsar Moschls. Die geschwungenen, vollen Lippen, die makellosen weißen Zähne, die feine, gebogene Nase und die olivfarbene Haut. Die großen, warmen, fast schwarzen Augen. Es kann doch nicht sein, dass er mich belügt. Wie kommt Max auf seinen Verdacht?

»Willst du es mir nicht sagen?«, wiederholt er seine Frage.

Cäsar Moschl entgeht nicht, wie eine leichte Röte Karins Gesicht überzieht. Über den Tisch hinweg nimmt er ihre Hand.

»Also, was ist?«, bittet er.

Karin zögert, findet aber keinen Ausweg mehr, um ihre Fragen zu erklären: »Dr. Mayer hat gewisse Andeutungen gemacht, und ich weiß nicht, was ich davon halten soll.«

Cäsar gibt ihre Hand langsam frei und lehnt sich in den Gartenstuhl zurück.

»Bei mir hat sich für Montag die Presse zu einem Interview über die Entwicklung der *Donaufleisch AG* angemeldet. Es könnte sein, dass es Gerüchte gibt, die ich nicht kenne. Ich danke dir jedenfalls, dass du mich gewarnt hast.«

Ich habe ihn doch nicht gewarnt, schießt es Karin durch den Kopf.

»Was hat dein Mann denn gemacht, bevor er hierher zur Bank gekommen ist?«, fragt Cäsar Moschl unbefangen.

Karin braucht Zeit für ihre Antwort. Sie schaut zu den Pferden, und als sie dort Kinder spielen sieht, nimmt sie dies zum Anlass, aufzustehen, um ihnen einige mahnende Worte zu sagen. Nachdem sie wieder am Tisch sitzt, wiederholt Cäsar Moschl seine Frage.

»Er war auf dem Balkan tätig«, antwortet Karin nebensächlich. Ihr Gegenüber spitzt kurz überrascht den Mund, streicht sich eine Haarsträhne aus dem Gesicht und fragt dann fürsorglich: »Hast du Hunger, Karin? Wir könnten zusammen eine Brotzeit machen.«

Als sie mit einem scherzhaften Hinweis auf ihre Figur ablehnt, scheint er enttäuscht, macht aber keinen Versuch, sie umzustimmen und verzichtet seinerseits darauf, etwas zu bestellen. Nach ihrer Rückkehr in den Stall verabschieden sie sich freundlich. Für einen nächsten Ausritt verabreden sie sich nicht.

Karin sattelt ihren *Remus* ab und reibt die Schweißstellen im Fell mit Stroh trocken. Sie will Cäsar Moschl so gerne glauben. Schmerzhaft nagen jedoch Zweifel, die sie nicht aus ihrem Kopf verscheuchen kann. Sie kleben an ihren Gedanken wie einst der Kaugummi unter ihrem Schulpult. Die Entscheidung, ob sie Max von diesem Gespräch berichten wird, verschiebt sie deshalb auf später.

43

Während des Telefonats mit Judith bereut Horst Leicht bereits, dass er ihr von dem Unfall erzählt hat. Sie schaufelt sich einen Tag frei und fährt sofort zu ihm.
»Was heißt hier Unfall?«, herrscht sie ihn schon im Bahnhof an. »Das war ein Mordanschlag! Bist du blind?«
Ihre Unterlippe bebt. Ihre Augen flackern panisch. »Du bist in etwas hineingeraten, das du gar nicht übersehen kannst. Ich habe es dir gleich gesagt: So etwas macht das BKA und nicht du!« Sie platzt vor Entrüstung. »Du fährst nach Hamburg auf ein Pflaster, das du nicht kennst. Als hätten die dort nicht genug Polizei. Und jetzt hast du Killer am Hals. Scheiße, einfach große Scheiße! Ich hoffe nur, dass das eine Warnung war und kein misslungener Versuch. Die Leute wollten dich umbringen, und du redest von Unfall! Mann, oh Mann!«
Mehrere Reisende in ihrer Nähe bleiben stehen und beobachten die Szene, die Judith mit ihren Wortkaskaden bietet. Leicht legt beschwichtigend den Arm um ihre Schulter, dreht sie neben sich und führt sie aus der Bahnhofshalle.
»Komm Judith! Lass uns etwas essen.«
Sie überqueren die Baustelle der Sedelhöfe, und als sie vor der Tür des »*Stern*« stehen, sieht Horst seinen inzwischen zum Freund gewordenen Kollegen Otto Müller auf der gegenüberliegenden Terrasse sitzen. Er macht Judith auf ihn aufmerksam und fragt, ob es sie stört, wenn sie sich zu ihm setzen.
»Noch so ein Knaller«, sagt sie schon wieder versöhnlich gestimmter, nachdem sie einen Blick auf Otto geworfen hat. Jetzt

erfährt sie, dass Otto mit Horst in Hamburg war und mit ihm im Auto saß, als sie sich überschlugen.

»Ihr seid doch verrückt, euch auf so etwas einzulassen«, sagt sie.

»Wer soll es denn machen?«, fragt Otto ernsthaft.

»Das ist doch eine Sache für die Ämter. BKA und so«, meint Judith.

»Ich habe noch nie ein Amt was tun sehen. Sind auch nur Leute wie wir, die was tun. Egal, wo sie beschäftigt sind. Macht doch keinen Unterschied, ob wir das machen oder die vom BKA.«

Otto vertritt seine Meinung ruhig, und Judith regt sich wieder auf.

»Aber die haben doch ganz andere Mittel!«

»Glaube ich nicht«, sagt Otto. »Wir sind näher dran.«

Judith wendet sich hilfesuchend zu Horst. Doch der nickt nur zu dem, was Otto sagt, und resigniert gibt Judith die Hoffnung auf, diese beiden Männer von ihrer Meinung überzeugen zu können.

»Ich habe dir doch schon von meinem Vater erzählt, dem Richter am Oberlandesgericht«, sagt sie zu Horst. »Ich habe ihm gesagt, was du da machst mit deinen Geldwäschern.

Wir von Polizei und Justiz laufen den Verbrechen immer hinterher, hat er geantwortet. Gott sei Dank sind wir nicht mehr daran beteiligt, wie zu früheren Zeiten. Man hat den Kerlen durch die Aufklärung die Angst vor dem Herrgott genommen. Bis jetzt haben wir aber keinen besseren Ersatz gefunden. Mit Vernunft erreicht man sie nicht, und Respekt haben sie vor nichts. Also schlagen wir der Hydra manchmal einen Kopf ab, und ganz sicher wachsen dann drei nach. Wen das fertigmacht, der hat in unserem Job nichts verloren.«

»Kluger Mann, dein Schwiegerpapa«, grinst Otto zu Horst, und Judith ärgert sich, weil sie spürt, dass sie rote Wangen bekommt.

Erstaunt sehen sie, wie ein Mädchen quer über die Sterngasse auf ihren Tisch zu rennt. Vor dem Hauptkommissar bleibt es atemlos stehen.

»Sie sind doch von der Polizei?«, fragt sie nach Luft ringend. »Ich war bei Ihnen wegen der Frau aus der Donau.«

Leicht erinnert sich. Das Mädchen von der Rezeption, die den Ausweis der Toten brachte oder eine Kopie davon. Wie heißt sie doch gleich? Martina Mann. Er nickt.

»Ich habe die zwei Männer gesehen«, sagt sie aufgeregt. Leicht sieht das Mädchen fragend an.

»Die, welche die Frau aus dem Hotel geholt haben«, erklärt sie. Die beiden Kommissare stehen auf.

»Wo?«, fragen sie.

»Da vorne. Zwischen der Hauptpost und dem Theater. Ich glaube, die schauen hier rüber.«

Leicht stutzt kurz und setzt sich wieder, beherrscht langsam, ohne sich umzuwenden. Judith aber dreht den Kopf in die angegebene Richtung und sieht zwischen einigen wenigen Passanten zwei junge Männer in schwarzen Anzügen auf dem Theatervorplatz stehen. Einer davon hält ein Handy am Ohr.

Otto nimmt Martinas Hand, schüttelt sie sehr erfreut und bittet das völlig überraschte Mädchen mit einer einladenden Geste, am Tisch Platz zu nehmen. Nachdem auch er sich wieder gesetzt hat, erklärt der Hauptkommissar fast flüsternd, sie sollten alle so tun, als sei nichts, und niemand solle sich nach den Männern umsehen.

»Sie dürfen nicht merken, dass wir wissen, wo sie sind«.

Dabei passt seine Mimik nicht zu den Worten. Während er ernst spricht, grinst und lacht er. Er gestikuliert mit den Armen, als würde er eine lustige Geschichte besonders lebhaft zum Besten geben. Judith spielt sofort mit und informiert die beiden Kommissare kichernd, dass einer der Männer telefoniert. Diese Nachricht nimmt Otto zum Anlass, aufzustehen und demonstrativ auf seinen Hosenschlitz zu deuten, damit auch jeder weiß, warum er den Tisch verlässt.

Als er wieder zurückgekommen ist, sagt er zu Horst, er habe veranlasst, dass das Handy, das der Mann vor dem Theater benutzt, geortet wird. Dabei reibt er seine Hände ineinander, als halte er einen witzigen Vortrag über das Erfordernis des Händewaschens nach dem Toilettenbesuch.

Es trifft sich gut, dass in diesem Augenblick die in der ganzen Stadt als »*Dame mit Hut*« bekannte Personal-Shopperin Sonja von der Wengenkirche her auf sie zukommt. Wie immer ihren Trolley hinter sich herziehend, mit einem Ungetüm von grüner Wollmütze auf dem Kopf, in Eile und gut gelaunt. Otto, der sie persönlich kennt und schon mal einige Gläser Wein mit ihr getrunken hat, winkt ihr zu und lädt sie zu einem Glas Prosecco ein. Sie lacht bedauernd.

»Kann leider nicht. Muss zum Bahnhof. München wartet.«

Leicht erkundigt sich bei Martina, ob sie auch wieder in ihr Hotel muss, und als sie nickt, schlägt er vor, dass die beiden Frauen den Weg zum Bahnhof gemeinsam gehen.

»Was dagegen, Sonja«, fragt Otto höflich und erhält das erwartete freundliche »Nö, gehen wir!« zur Antwort.

Zwei Fliegen mit einer Klappe sind geschlagen: Der Rückweg der aufmerksamen Hotelangestellten ist gesichert. Es kann ja sein, dass sie von den Männern erkannt worden ist und sich in Gefahr gebracht hat. Und die beiden Kommissare können den zwei Frauen, die sofort beginnen, sich lebhaft zu unterhalten, ohne aufzufallen hinterherschauen, wobei sie das Theater und den Platz davor in ihr Blickfeld bekommen.

»Das sind sie«, bestätigen sie sich gegenseitig.

Judith hat keine Ahnung, was sie meinen, und keiner macht Anstalten, es ihr zu erklären. Als sie sich von Otto verabschiedet, nimmt sie ihm das Versprechen ab, auf Horst aufzupassen.

»Ich brauche ihn noch.«

In der Nacht wacht sie auf. Maus hat sich wie ein Schal um ihren Hals gelegt und schnurrt schlafend vor sich hin. Sie sieht im Licht, das die immer erleuchtete Stadt ins Zimmer wirft, wie Horst auf dem Rücken liegend mit weit offenen Augen zur Decke starrt.

»Hast du Angst?«, fragt sie flüsternd. Sie muss auf eine Antwort lange warten.

»Ich würde lügen, wenn ich Nein sagte«, antwortet er leise. Nach einem tiefen Atemzug schnaubt er neckisch: »Und wir wollen uns doch nicht belügen, mein Maulwurf.« Er streckt seine Arme aus, nimmt sie dazwischen wie ein Automat, der Pakete verlädt, dreht sich zurück, und sie findet sich auf seinem Bauch wieder. Maus springt aus dem Bett und schimpft.

Maulwurf nennt der mich. Der hat wirklich einen Knall. Judith ist glücklich.

44

Michael Plum verspätet sich meist zu seinen Terminen, obgleich er als Autofahrer ein lästiger Drängler und als Fußgänger fast immer im Laufschritt ist. *Stau* heißt seine wenig originelle Entschuldigung, die weder er selbst, noch seine Gesprächspartner glauben. Cäsar Moschl III. und der die Geschäfte führende Vorstand der *Donaufleisch AG* haben sich eine halbe Stunde lang im Konferenzraum des Schlachthofs auf das Gespräch mit dem Redakteur präpariert. Alle relevanten Zahlen liegen aktualisiert vor ihnen. Die Hilfsmittel für eine perfekte PowerPoint-Präsentation stehen bereit.

Dreißig Minuten rieseln die Zahlen und Grafiken auf Plum herab. Während er sich einige Notizen macht, überlegt er, wie er denn nun das Gespräch am unauffälligsten in die beabsichtigte Richtung bringen kann.

»Wie haben sich in den letzten Jahren die Geschäfte mit Osteuropa entwickelt?«, fragt er interessiert und hakt aus seinem Fragenkatalog routiniert diesen Punkt ab. Cäsar Moschl sitzt ihm gegenüber und kann den vor Plum liegenden Notizblock einsehen. Der Vorstand erklärt, dass sich nach den Beitritten der drei baltischen Staaten, Polens, der tschechischen und slowakischen Republiken, sowie Rumäniens und Bulgariens zur EU die Umsätze mit diesem Wirtschaftsgebiet deutlich ausgeweitet haben.

»Die Geschäftsabläufe unterscheiden sich nicht mehr von denen mit den alten Mitgliedsstaaten. Nur die Preise sind manchmal etwas undurchsichtiger. Man muss die Märkte sorgfältig beobachten, wenn man Verluste vermeiden will«.

»Und mit den Nicht-EU-Staaten?«, setzt Plum nach.

»Mit Russland pflegen wir exzellente Beziehungen. Auch mit der Ukraine. Trotz des Kriegs. Weniger mit Belorussland und Kasachstan, Usbekistan und den anderen Stans. Auch Georgien haben wir nicht auf dem Schirm.«

Plum notiert eifrig mit, und Cäsar Moschl sieht, dass er nur Strichmännchen malt.

»Wie haben sich die Geschäfte mit Serbien, dem Kosovo und Albanien entwickelt?«

»Nicht ganz einfach«, beantwortet der Vorstand arglos die Frage. »Hier müssen wir mehrere Außenhandelsgesetze von Brüssel und Berlin beachten. Es gibt aber immer Mittel und Wege, das brauchen Sie ja nicht zu schreiben«, erläutert er kumpelhaft lächelnd. Plum grinst zustimmend zurück.

»Aber klar«, sichert er zu. »Haben Sie denn zuverlässige Ansprechpartner in diesen Ländern? Ich stelle mir das nicht ganz einfach vor bei diesen Umbrüchen.«

»Ach, diese Veränderungen sehen nach außen größer aus, als sie sind. Im Inneren verhält sich alles viel stabiler. Gute Beziehungen überdauern.«

»Interessant«, lockt Plum. »Konnten Sie an die Kontakte aus dem Balkankrieg anknüpfen?«

Als der Vorstand zu einer Antwort ansetzt, legt ihm Cäsar Moschl seine Hand auf den Arm.

»Was meinen Sie damit, Herr Plum?«, übernimmt er die Beantwortung dieser Frage. »Unsere Vertragspartner im Balkankrieg waren die UN. Wir haben damals die Blauhelme versorgt. Diese Verträge sind im Wesentlichen ausgelaufen. Die UN-Organisationen legen jetzt Wert darauf, sich aus dem Land zu versorgen. Das hat politische Gründe.«

»Sind die Geschäfte mit diesen Ländern zum Erliegen gekommen?«

»Nicht ganz«, antwortet Cäsar Moschl, bevor der Vorstand etwas sagen kann. »Aber sie sind unbedeutend geworden. Das wird sich ändern, sobald sich die Lage zwischen Serbien und der EU normalisiert hat. So lange versuchen wir, die vorhandenen Kontakte nicht zu verlieren. Damit verhalten wir uns in unserer Branche wie die übrige Wirtschaft auch.«

»Ist es schwierig, die Beziehungen aufrechtzuerhalten?« Plum versucht, den Vorstand wieder ins Gespräch zu bringen. Deshalb stellt er die Frage in dessen Richtung.

»Einfach ist es nicht«, antwortet der prompt. »Zurzeit halten wir Kontakt, indem wir einer dortigen Firma ein paar Lagerräume zur Verfügung stellen, die wir nicht benötigen.«

Ein Schatten fällt auf Cäsar Moschls Gesicht, bemerkt Plum, obwohl der auf die Bemerkung des Vorstands nicht weiter eingeht.

»Was wird dort eingelagert?«, hakt der Redakteur nach.

»Lebensmittel. Die Firma suchte kühle Räume, die wir im Untergeschoss haben. Aber genau weiß ich das nicht. Wir haben keine Arbeit damit.«

»Es handelt sich um eine Firma aus Wien«, ergänzt Cäsar Moschl so beiläufig wie möglich. »Das ist aber für die Entwicklung der *Donaufleisch AG* völlig unbedeutend. Und Sie wollen doch einen Bericht über uns schreiben. So habe ich Sie wenigstens verstanden.«

»Natürlich, Herr Moschl. Das ist es, was unsere Leser interessiert. Wie sind Ihre Prognosen? Ein kurzes Statement zum Schluss.«

»Positiv. Sehr positiv. Der Standort passt. Die Arbeitsplätze sind sicher. Und wenn wir eines Tages erweitern müssen, dann haben wir ausreichend Platz auf unserem Gelände. Wir haben vorausschauend und vorsorglich geplant, als wir uns hier angesiedelt haben.«

Ob er sich den Schlachthof noch ansehen wolle, fragt der Vorstand. Er lädt ihn zu einem Rundgang ein. Plum lehnt bedauernd ab. Keine Zeit mehr. Der nächste Termin wartet. Aber gerne würde er noch ein Foto von den beiden Herren vor dem Haupteingang mit dem Firmenlogo machen.

»Eine Frage noch zuvor: Der Erwerb des Areals, der Bau und die Einrichtung des Gebäudes sind doch sicher enorme Investitionen gewesen. Konnten Sie das alles mit Eigenkapital stemmen, Herr Moschl?«

Der Vorstand macht keine Anstalten, diese Frage zu beantworten, und Cäsar Moschl lächelt dünn.

»Wir werden unsere Kapitalisierung nicht öffentlich ausbreiten. Ich kann Ihren Lesern aber sagen, dass alle meine Unternehmen, auch die *Donaufleisch AG*, auf gesunden und soliden Beinen stehen. Die Ansiedlung im Donautal fiel noch in die Zeit meines Vaters. Er legte sehr viel Wert darauf, auch mit regionalen Banken zusammenzuarbeiten. Diese Firmenpolitik habe ich übernommen. Man muss mit der heimischen Wirtschaft verbunden und vernetzt bleiben. Dies ist ein Teil unserer sozialen Verantwortung. Dessen sind wir uns bewusst und handeln danach.«

»Das passt genau zum Schluss! Ich bedanke mich. Sie werden mit meinem Artikel zufrieden sein.«

Plum macht noch einige Bilder und hastet zu seinem Auto.

Auf der Rückfahrt zur Redaktion telefoniert er mit Hauptkommissar Leicht. »Wenn dein Budget noch ein ordentliches Essen hergibt, dann kann ich dir was erzählen.«

»Gut, du alter Schnorrer. In einer Stunde im *Zunfthaus*.«

Plum parkt siebzig Minuten später seinen Wagen hinter der Commerzbank.

So spart er die Gebühren für das Parkhaus und eilt in gewohntem Tempo zum Fischerplätzle. Er stellt sich unter den Torbogen der Stadtmauer und genießt den Anblick der ruhig vorbeiströmenden Donau. Er steht an dem Ufer, von dem aus die Barkassen, die hier *Schachteln* genannt werden, flussabwärts fuhren und die Tuchwaren, die den Reichtum der alten Reichsstadt begründeten, in die Welt hinausbrachten. Auch die Auswanderer nach Siebenbürgen und das Banat begannen ihre Reise von hier aus. Nur wenige Schritte entfernt steht die *Münz*, die alte Prägeanstalt. *Ulmer Geld regiert die Welt*, verkündet stolz der Spruch über dem

Türstock. Hinter Plum begrenzt den kleinen heimeligen Platz das historische *Schöne Haus unter den Fischern* mit einer Ansicht der Stadt Belgrad auf der Frontseite. *Weißenburg* hat der damalige Zunftmeister Scheiffele sein Panorama überschrieben. Plum saugt die Ruhe, die von diesem Ort ausgeht, in sein rastloses Journalistenherz.

Im *Zunfthaus* sucht er den Kommissar und findet ihn in der hintersten Ecke auf der Galerie. Das Glas vor ihm ist schon halb leer. Leicht schaut demonstrativ auf die Uhr, als sich Plum zu ihm setzt.

»Wie immer«, murmelt er vor sich hin.

»Sei froh, dass ich überhaupt komme, du Pedant.«

»Hoffentlich lohnt es sich.«

»Für mich auf jeden Fall«, erwidert Plum und schlägt die Speisekarte auf.

»Ein Weizen und ein Cordon bleu«, bestellt er bei der bemerkenswert schnellen Kellnerin und beginnt zu berichten. Leicht hört gespannt zu.

»Wie heißt die Firma, die im Schlachthof zur Miete ist?«, fragt er ziemlich enttäuscht, nachdem Plum seinen Bericht abgeschlossen hat. Mit allem anderen kann er wenig oder gar nichts anfangen.

»Weiß nicht. Ich wollte nicht zu auffällig nachfragen. Ich hatte den Eindruck, der Moschl hat ziemlich abgeblockt, sobald die Sprache auf den Balkan gekommen ist. Jedenfalls hat er gleich abgelenkt und darauf hingewiesen, dass diese Firma ihren Sitz in Wien hat. Ich glaube, der war irgendwie auf die Fragen vorbereitet.«

Leicht legt nachdenklich seinen Kopf in den Nacken und massiert sein rechtes Ohrläppchen.

»Wahrscheinlich muss ich das Finanzamt um Amtshilfe bitten. Was machst du jetzt aus der Geschichte?«

»Ich sehe die Überschrift schon vor mir«, grinst Michael Plum. *Erfolgsrezept von Cäsar Moschl: Alte Beziehungen muss man pflegen.*

»Gut«, lobt Leicht und streckt anerkennend den Daumen seiner rechten Faust nach oben.

Leichts Handy meldet sich, und er kramt es umständlich aus der Hosentasche. Als er auf dem Display Ottos Nummer aufleuchten sieht, nimmt er das Gespräch an.

»Wo bist du Horst?«, fragt Ottos Stimme.

»Im *Zunfthaus*. Gibt es Probleme?«

»Pass auf dich auf. Unser Mobiltelefon steht vor dem *Schönen Haus*. Der kann dich sehen, wenn du rausgehst.«

»Danke, Otto. Mache ich!«

Gemeinsam verlassen Reporter und Kommissar die Gastwirtschaft. Plum wundert sich, dass ihn Leicht bis zum Parkplatz begleitet, obwohl er durch die kleinen Gassen der Altstadt einen wesentlich kürzeren Weg nach Hause hätte nehmen können.

45

Wolfgang Baumann hat vor dem Casino in Bregenz einen Parkplatz gefunden. Über die Seebühne schaut er zu den Lichtern von Lindau und Wasserburg hinüber. Vor einigen Jahren wurden hier einige James Bond Szenen gedreht, erinnert er sich. Langsam und allein steigt er die Stufen in die Spielhalle hinauf. Seine Schmerzen bekommt er nicht los. Vor ihm liegt ein anstrengender Abend.

Er beobachtet aufmerksam die Anzeigetafeln über den fünf Roulettetischen.

Dazu muss er ständig umherlaufen und kann sich nicht an einen der Tische setzen. Er wartet darauf, dass es ihm die Zahlenreihen ermöglichen, sein System zu spielen. Wenn er eine Chance erkennt, platziert er seine Einsätze oft an mehreren Tischen und muss aufpassen wie ein Luchs, dass andere Mitspieler seine Jetons nicht einstreichen, wenn sein Augenmerk gerade auf einen anderen Tisch gerichtet ist.

Während der vielen Jahre, in denen er Spielbanken besuchte, beobachtete er wehmütig, wie das Niveau der Spieler beständig weiter ins Bodenlose sank. Vor dreißig Jahren konnte er ziemlich sicher sein, dass kein Spieler einen anderen bestahl. Zwar kam es im Eifer schon einmal vor, dass jemand irrtümlich Jetons zu sich nahm, die ihm nicht gehörten. Ein kurzes Räuspern des Croupiers stellte die Ordnung wieder her, und die Entschuldigung war aufrichtig. Heute lassen sich manche Spieler trotz der lückenlosen Kameraüberwachung nicht davon abhalten, andere vorsätzlich zu bestehlen, und den Croupiers ist es wegen des Gedränges an den Tischen nahezu unmöglich, die Diebstähle zu verhindern. Er hat sogar den Verdacht, dass einige Spieler sich mehr darauf konzentrieren, fremde Jetons einzusammeln, als durch eigene Einsätze Gewinne zu erzielen. Wenn er wegen seiner finanziellen Situation nicht dazu gezwungen wäre, würde er heute keine Spielbank mehr besuchen. Es ist kein Vergnügen, ein System so konzentriert und leidenschaftslos zu spielen, wie er es sich antrainiert hat. Es ist harte Arbeit, und nach drei Stunden muss er schweißgebadet, mit schmerzenden Beinen und gemartertem Rücken, den Abend beenden. Er setzt sich an die Bar, trinkt ein Mineralwasser und zählt das Ergebnis des Abends ab. Er ist wieder erfolgreich gewesen. Er tauscht die Jetons in Euro um und verlässt das Casino. Es ist kurz vor Mitternacht, und er hat eine einstündige Fahrt nach Hause vor sich. Wie immer tankt er noch in Österreich und fährt in Lindau auf die Autobahn.

Bei der Fahrt durch das nächtliche Allgäu kommt ihm die junge Frau im Bad in den Sinn. Ihr junger Körper war außergewöhnlich schön. Sie strahlte eine Mischung von Vitalität und verderbter Sinnlichkeit aus, die ihn elektrisierte. Wenn sie ihn begleitet hätte, wäre er sicher gehindert gewesen, so konzentriert zu spielen. Das hätte er aber gerne in Kauf genommen. Er hätte sich dann vielleicht auf zwei Tische beschränken und einige Spiele auslassen müssen.

So wie früher hätte es sein können, als er nur wegen des Vergnügens und der Unterhaltung Casinos besuchte. Locker und lässig war er gewesen. Nun ist es sein notwendiger Broterwerb. Er massiert seine Knie und rutscht, weil sein Rücken schmerzt, auf dem Autositz herum. Alles wegen diesem Dachstein, der erfreulicherweise erschossen wurde. Mit dem alten Direktor Schwarzkopf hätte er alle Dinge vernünftig regeln können, wie alle Jahre zuvor. Er hätte heute noch sein Unternehmen und wäre ein angesehener Mann. Er spielt erregt mit den Fingern auf dem Lenkrad. In seinen Beinen stechen Schmerzen wie tausend Nadeln. Verdammte Borreliose!

Das Mädchen wollte ihn schon begleiten, erinnert er sich. Sie hat keinen Ausweis. Außerdem kam dieser kleine Muskelprotz und führte sie einfach davon. Wieso hat sie sich das eigentlich gefallen lassen? Und warum er? Wo waren sein Stolz und seine Kraft? Es gab eine Zeit, da hätte es niemand gewagt, ein Gespräch mit ihm zu unterbinden oder ein Mädchen, solange er sich mit ihm unterhielt, einfach wegzuführen.

Als die Schilder der Ausfahrt Memmingen vorbeifliegen, konzentriert er sich wieder auf das schwarze Band der Straße, das die Scheinwerfer der Nacht entreißen und das unter den Rädern des Autos verschwindet. Bevor er seine Garage erreicht, beschließt er, am Nachmittag nochmals das Bad aufzusuchen. So durfte man mit ihm nicht umgehen. Nicht mit Wolfgang Baumann.

46

Maximilian Mayer zeigt seine Stimmungslage nicht nach außen. Man muss ihn schon sehr gut kennen, um zu sehen, wie er gelaunt ist. Vor seinen Patienten, für die er wegen seiner anderen Aufgaben zu wenig Zeit hat, wie er selbst findet, wirkt er ohnehin immer gleichbleibend kompetent und freundlich. Die Leitung der Klinik verlangt ihm eine ruhige und sichere Haltung ab, wobei er durch Luise entlastet ist. Die Führung der Stadtratsfraktion stellt seine Fähigkeit zum Ausgleich und seine Geduld oft auf eine harte Probe. Vollkommen stressfrei und erholsam für ihn ist die Erfüllung seiner Repräsentationspflichten im Golfclub. Dorthin zieht er sich zurück, wenn er seine Batterien auftanken will. Karin Dachstein nimmt ihm alle Arbeit ab und lenkt und schiebt ihn durch das Rampenlicht dieser Bühne, ohne dass er sich eigene Gedanken zu machen braucht. Seine Familie erlaubt ihm, das unangefochtene Oberhaupt zu spielen. Tobias hat sein Abitur mit Prädikat bestanden und wird einmal die Klinik übernehmen, und Marion ist der häusliche Stabilitätsanker, den er braucht. Seit Tobias nach dem Abitur durch die Welt tingelt, hat sie einen Teil ihrer täglichen Aufgaben verloren. Sie ist aber klug genug, diese frei gewordenen Valenzen nicht auf ihn zu richten.

Er ist ein angesehener, erfolgreicher Mann und hat allen Grund, mit seinem guten Los zufrieden zu sein.

Bei der letzten Karnevalsprunksitzung am Rosenmontag in der überfüllten Stadthalle hat ein bekannter Büttenredner Schillers Ring des Polykrates auf ihn umgedichtet und von den Zuhörern brüllenden Beifall dafür geerntet:

Er stand auf seiner Klinik Zinnen,
Er schaute mit vergnügten Sinnen
Auf das beherrschte Städtchen hin.
»Dies alles ist mir untertänig.
Gestehe, dass ich glücklich bin.«

Es hat ihm geschmeichelt. Aber er kennt natürlich den folgenden Vers, wonach des Glückes ungeteilte Freude keinem Irdischen je zuteil wird. Seit dieser leidigen Dachsteingeschichte quälen ihn manchmal Gedanken, als habe er den Bogen überspannt. Hatte er nicht großes Glück, dass der Nachbar von Kunath das Nummernschild an seinem Auto nicht entziffern konnte, als er nachts die Schüsse auf Kunaths Haustür abgab? Die ganze Sache klebt ihm auf der Seele wie Hundescheiße an den Schuhen, ist sein ungutes Gefühl.

Er ist zufrieden, dass er seinem Freund Wilhelm helfen konnte, und es erleichtert ihn, dass er dieses Wissen mit dem Stadtpfarrer teilt. Aber es nimmt ja kein Ende. Karl Schwarzkopf informierte ihn über die Misere, in der Kunath steckt. Offensichtlich erwartet Karl von ihm etwas, das er nicht leisten kann. Sein Bestreben ist, den Ruf der Stadt unbeschädigt zu lassen. Dem Bankdirektor kann er bei der Bewältigung seiner Probleme nicht helfen. Zu allem Überfluss bedrücken ihn noch zwei weitere Dinge, die nicht laufen, wie er es gewohnt ist und wie sie sollen.

Zum einen weicht ihm Karin nach seinem letzten Gespräch, in dem er sie vor dem Umgang mit Cäsar Moschl gewarnt hat, merklich aus. Dabei hat er es doch nur gut mit ihr gemeint. Zum anderen legte ihm sein Chirurg Dr. Harsch tatsächlich die Kündigung auf den Tisch, wie es Luise schon angedeutet hat. In einem langen Gespräch versuchte er, den Arzt umzustimmen. Vergeblich. Nicht einmal sein hilfloses Argument, Harsch habe doch erst kürzlich sein Haus fertig gebaut und sei dabei, hier Wurzeln zu schlagen, verfing. Ein Umzug schien kein Gewicht für ihn zu haben. Er gewann in dem Gespräch den Eindruck, dass der Chirurg eine interessantere und besser bezahlte Stelle in der Nähe gefunden hat, sodass sich die Frage einer Ortsveränderung gar nicht stellt. Die angebotene Gehaltserhöhung, die sich in Grenzen halten muss, weil sie das Lohngefüge der Klinik nicht sprengen darf, konnte nichts ausrichten. Er muss also kurzfristig einen Nachfolger für diese Stelle finden. Der Verlust schmerzt umso mehr, weil dieser Dr. Harsch ein junger und außerordentlich begabter Operateur ist. Er trug zum guten Ruf der Mayer'schen Klinik bei. Maximilian Mayer hat es nicht über sich gebracht, ihn zu fragen, wohin er wechselt, obwohl die Frage ihm auf den Nägeln brennt. Die Blöße, neugierig zu erscheinen, gab er sich nicht. Er hielt sich schweren Herzens an die Maxime, Reisende solle man nicht aufhalten, muss sich aber eingestehen, dass er es ohne Erfolg versucht hat. Sicher wird er irgendwann erfahren, welche Position der Chirurg der Zusammenarbeit mit ihm vorgezogen hat. Karin ist für solche Informationen immer gut gewesen. Nachdem sie sich rar macht, will er aber nicht von sich aus mit einer solchen Frage auf sie zukommen. Sein Wissen um den Tod ihres Mannes belastet das bisher so gute Verhältnis. Dieses Geheimnis kann Karin gegenüber jedoch nur ihr Vater lüften.

Maximilian Mayer hat das dringende Bedürfnis, eine Stunde abzuschalten. Er verlässt die Klinik und fährt zum Golfclub, wo er Schorsch antrifft, der im Clubraum Ordnung schafft. Gut gelaunt begrüßt er den Präsidenten und serviert ihm unaufgefordert eine Tasse Kaffee.

»Haben Sie einen *Fernet branca* dazu, Schorsch?«

»Klar, Chef, ich trinke einen mit, wenn ich darf.«

Der Präsident nickt gutmütig.

»Gibt es was Neues? Alles in Ordnung?«, erkundigt er sich gesellig.

Schorsch lehnt sich neben Dr. Mayer an die Theke.

»Alles bestens!« Er macht eine kleine Pause. Dann fährt er fort: »Marion, äh Ihre Frau, macht gute Fortschritte. Sie ist eifrig bei der Sache und wirklich talentiert.«

»Ich wusste gar nicht, dass sie Stunden nimmt«, gesteht Dr. Mayer erstaunt. »Gut! Seit Tobias aus dem Haus ist, braucht sie eine Beschäftigung. Schön, dass Sie sich um sie kümmern. Was macht Karin?«

»Das wollte ich Sie fragen. Sie lässt sich hier kaum mehr sehen. Man sagt, sie hat ihren Schwerpunkt aufs Reiten verlegt.«

»Aha, Cäsar Moschl der Dritte! Da können wir wohl nicht mithalten! Schorsch, Sie müssen sich mehr anstrengen«, stachelt der massige Mann den Trainer süffisant an und kippt den Fernet in den Kaffee.

»Daran liegt es nicht, Herr Präsident. Karin ist nicht gut drauf. Außerdem ist die Sache mit Moschl Geschichte, hört man wenigstens. Übrigens steht er heute groß in der Zeitung. Alte Beziehungen und so.«

Schorsch sieht an Dr. Mayers Miene, dass er den Artikel noch nicht gelesen hat, aber interessiert ist. Er geht in sein Büro, um das Blatt zu holen. Es dauert etwas, bis er es aufgeschlagen auf die Theke legt. Max Mayer studiert den Artikel sorgfältig. Das gute Verhältnis zur heimischen Bank und die besonders betonten alten Beziehungen springen ihm ins Auge.

»Da steckt doch jemand dahinter«, murmelt er vor sich hin, und seine zur Schau getragene Heiterkeit verfliegt. Er öffnet sein Portemonnaie, um zu zahlen. »Bleiben Sie doch noch einen Moment«, bittet Schorsch. »Ich habe eben Karin Bescheid gesagt, dass Sie hier sind. Sie kommt gleich.«

»Dann trinke ich noch einen Kaffee.«

Als Schorsch fragend auf das leere Glas deutet, in dem der Fernet branca war, setzt Dr. Mayer hinzu: »Vollständig bitte, ja!«

Karin ist ziemlich abgehetzt. Ihre Haare liegen nicht so akkurat an wie gewöhnlich, und die Bluse scheint nicht frisch gewechselt zu sein. Für Dr. Mayer ein ungewöhnlicher, beunruhigender Anblick. So kennt er Karin nicht.

»Wie geht es dir, Karin?«, fragt er besorgt und erklärt zu Schorsch hin: »Wir setzen uns an den Tisch da hinten.«

Bin wohl nicht erwünscht dabei, interpretiert der Trainer Maximilian Mayers Worte zutreffend.

»Nicht gut, Max«, beginnt Karin zu berichten. »Papa musste heute Nacht mit dem Notarzt ins Krankenhaus. Verdacht auf eine ausgewachsene Urosepsis. Er bekam plötzlich starke Schmerzen und konnte das Wasser nicht lassen. Der Notarzt legte einen Katheder, aber das Fieber stieg weiter, und er bekam Schüttelfrost.«

»Nicht zu spaßen«, bestätigt der Arzt beunruhigt. »Wohin habt ihr ihn gebracht?«

»Der Notarzt hat ihn direkt in die Uni-Klinik eingewiesen. Notfall. Mama hat mich angerufen, und ich bin mitgefahren. Erst vor einer halben Stunde bin ich mit dem Taxi zurückgekommen. Er hängt am Tropf, und das Labor ist dabei, seine Werte festzustellen. Sie haben sofort einen Bauchkatheder gelegt, und die Ärzte haben mich darauf vorbereitet, dass es ein längerer Aufenthalt wird und eventuell eine Nierenoperation ansteht.«

»Das ist möglich, ja. Aber dort ist er gut aufgehoben.«

Karin überhört den gut gemeinten Kommentar.

»Max, ich muss mit dir reden. Seit einiger Zeit habe ich den Eindruck, ihr verschweigt mir irgendetwas, was mich betrifft. Vater sagte mir, als ich ihn in die Klinik begleitet habe, er muss dringend mit mir sprechen. Mama soll aber nichts davon erfahren. Falls er auf dem Operationstisch bleibt, soll ich mich an dich wenden. Du weißt, um was es geht. Was ist los?«

Max Mayer, der reglos zugehört hat, fixiert einen Punkt auf der gegenüberliegenden Wand. Er ist es gewohnt, zuzuhören, zu überlegen und erst zu sprechen, wenn er einen Entschluss gefasst hat. So hält er es auch jetzt.

»Ich habe dich richtig verstanden? Wilhelm sagte, du sollst dich an mich wenden, wenn er auf dem Operationstisch bleibt. So weit ist es aber nicht. Wir haben gute Hoffnung, dass dein Vater mit dir selbst sprechen wird, wenn er sich dazu in der Lage fühlt.«

»Max, du bist mein Freund. Jedenfalls warst du es. Ich konnte mich immer auf dich verlassen. Ich muss wissen, was ihr mir verheimlicht.«

Mit dem freundlichsten Lächeln, das ihr in dieser Situation möglich ist, strahlt sie ihn bittend an. Der sucht wieder den Punkt auf der Wand.

»Karin, ich bin dein Freund und werde es immer bleiben. Ich bin aber auch ein Freund deines Vaters. Ich werde nicht sprechen, solange er lebt und es selber tun kann. Bitte verstehe mich. Ich würde auch für dich gegenüber deinem Vater schweigen, wenn es so wäre.«

»Dann behaltet eure Leichen im Keller. Aber zählt nicht mehr auf mich!«

Zornig schiebt Karin ihren Stuhl zurück und wendet das Gesicht ab. Sie greift nach ihrer Tasche und holt ein Taschentuch, mit dem sie ihre Augen abtupft.

Max legt seine Hand auf die ihre, und sie lässt es geschehen. Stumm sitzen sie eine Weile nebeneinander, bis sie sich ihm wieder zuwendet.

»Entschuldige Max. Es ist ein bisschen viel zurzeit für mich. Du hast eigene Sorgen. Ich weiß.«

Er versucht zu verstehen. Ohne Erfolg.

»Hast du schon einen Ersatz für Dr. Harsch? Dass er die Klinik verlässt, ist sicher ein großer Verlust für dich.«

»Macht das schon die Runde?«, fragt er zurück.

»Nicht jeder ist so verschwiegen wie du.«

»Weißt du auch, wohin er geht?«

»Du nicht?«

»Ich nicht!«

»Dann könnte ich mich jetzt revanchieren, was eure verflixte Geheimnistuerei betrifft. Mache ich aber nicht.«

»Also wohin?«, fragt Max neugierig.

»Ins Kloster. Da staunst du, was?«

Max sieht sie verständnislos an.

»Weißt du eigentlich, dass du ohne mich verloren bist. Abgeschnitten von allem, was um dich herum passiert. Nicht einmal deine Luise hat dich informiert.«

Max schaut immer noch wie ein Student im Examen.

»Drüben in der Klosterburg hat doch neuerdings eine VIP-Klinik eröffnet. Für besonders gut betuchte Patienten aus aller Welt, sagt man. Dort hat dein Herr Harsch angeheuert.

»Das ist ja wohl keine Konkurrenz für mich, oder?«

»Nein, glaube ich nicht«, meint Karin.

»Dann kann ich ja beruhigt sein«, seufzt Max erleichtert.

»Im Gegensatz zu mir, du Verräter.«

Sie lächeln sich erleichtert an, und Schorsch, der sie aus dem Nebenraum heraus aufmerksam beobachtet hat, bringt zwei Gläser und eine kleine Flasche Champagner.

»Geht aufs Haus«, sagt er spitzbübisch.

»Setz dich her, du Spion. Aber hole dir zuerst ein Glas.«

Karin hat wieder das Regiment übernommen, und die beiden Männer blinzeln sich zufrieden zu.

47

Der große, schlanke Mann mit der weißgelben Mähne und den staksigen Schritten erregt bereits Aufsehen. Eine halbe Stunde lang wandert er schon suchend durch das Thermalbad. Er bleibt vor jedem Becken stehen und visiert die Badenden. Er öffnet die Türen in die Schwitzkabinen und blickt hinein. Schließlich sucht er auch noch die Ruheräume auf, wo sich einige Badegäste im Halbschlaf belästigt fühlen.

Endlich spricht ihn ein Angestellter an und fordert ihn auf, sich diskreter zu verhalten oder das Bad zu verlassen.

Er suche ein Mädchen, das er gestern hier getroffen und mit dem er sich wieder verabredet hat, flunkert Baumann dem Bademeister vor. Bereitwillig teilt der mit, dass die Mädchen erst in einer halben Stunde ins Bad kommen. Sie seien eben erst von einem Waldlauf zurückgekehrt.

Ob er weiß, wo die Mädchen herkommen, fragt Baumann. Es ist ein Kurs aus Hamburg, antwortet der Mann wichtigtuerisch. Sie wohnen hier im Hotel und reisen übermorgen wieder ab.

»Feiern wohl ihren Abschluss«, meint er »und bringen das ganze Bad durcheinander. Sind aber auch hübsche Dinger.«

Weiteres ist von dem Mann nicht zu erfahren. Er hat schon mehr gesagt, als er weiß.

Wolfgang Baumann hat sich nach diesem Gespräch an die Bar gesetzt. Er behält den Eingang vom Umkleideraum her im Auge und stößt mit dem Trinkröhrchen das Eis im Orangensaft herum. Als sich die Tür zum Duschraum öffnet und die Frauen nacheinander ins Bad drängen, zählt er mit. Zwölf sind es, und die achte ist Lara. Er winkt und macht auf sich aufmerksam. Lara sieht ihn und kommt tatsächlich auf ihn zu. Sie scheint erfreut zu sein, ihn zu sehen. Er bestellt sofort einen Campari für sie und erzählt von seinem erfolgreichen Casinobesuch.

»Schade, dass Sie übermorgen schon wieder abreisen«, sagt er.

»Tun wir das?«, fragt Lara zurück.« »Gestern haben Sie *Du* zu mir gesagt.«

»Entschuldige bitte. Ich bin etwas durcheinander.«

»Doch nicht wegen mir?« Baumann nimmt die Einladung zu flirten nicht an.

»Wer war denn der Mann gestern?«

»Schon eifersüchtig?«, neckt sie. Baumann lacht nicht.

»Das ist ein eingebildeter, dummer Stoffel«, erinnert sie Baumann an ihren gestrigen Abgang. »Darf der so mit dir umgehen?«

Lara antwortet nicht. Sie schaut mit leeren Augen vor sich hin. Ihre zur Schau gestellte gute Laune verfliegt.

»Was seid ihr denn für ein Kurs?«, nimmt Baumann das Gespräch wieder auf. Lara schaut ihn überrascht an.

»Wieso Kurs?«, fragt sie verständnislos zurück.

»Der Bademeister erzählte mir, ihr seid ein Kurs aus Hamburg und reist übermorgen wieder ab«, erklärt Baumann seine Frage.

»Dann weiß er mehr als wir«, sagt Lara mit auffälligem Ernst.

Baumann sieht, wie der Mann von gestern aus der Tür kommt, aus dem die Mädchen vorhin das Bad betraten, Lara und ihn erstaunt anblickt, sich zurückzieht und die Tür wieder schließt.

»Was macht denn der im Frauenduschraum? Der lässt dich wohl gar nicht aus den Augen?«, stellt er irritiert fest.

Lara schweigt.

»Darf ich dich heute einladen? Ich kenne ein nettes Lokal. Wir können zusammen Abendessen. Ich würde mich freuen«, ermuntert er sie, als er ihr Zögern bemerkt. Den für den frühen Abend vereinbarten Arzttermin bei Frau Sauer kann er trotzdem noch wahrnehmen, denkt er, oder notfalls absagen.

»Du brauchst dafür auch keinen Ausweis«, lockt Baumann weiter.

»Nein«, sagt sie leise. »Das geht nicht.«

»Was heißt: Das geht nicht?«, empört sich Baumann. »Du hast doch keine Angst vor mir altem Mann?«

»Nein, das verstehst du nicht.«

»Dann erkläre es mir. Ich bin doch nicht dumm.« Beharrlichkeit ist eine der hervorstechendsten Eigenschaften des Wolfgang Baumann.

»Nein, das geht nicht.«

»Was seid ihr denn für ein seltsamer Haufen? Musst du nach der Pfeife von diesem Sklaventreiber tanzen?«

Lara zuckt kurz zusammen, trinkt ihren Campari aus, rutscht von ihrem Hocker und geht.

Baumann lässt irritiert seinen Orangensaft stehen und stakst steifbeinig hinter ihr her. Seine Knie schmerzen.

Sie legt sich ins Solebecken und Baumann schiebt sich daneben.

»Es ist besser für dich, wenn du mich allein lässt«, sagt sie leise.

Baumann versteht nicht. Dem Mädchen ist es peinlich, mit ihm gesehen zu werden.

»Weißt du, wer ich bin? Ich habe eine Fabrik gehabt. Hier und eine sogar in Pristina.«

Ihm war der osteuropäische Akzent in Laras Sprache nicht entgangen. Deshalb erwähnt er diesen Ort. Er will zeigen, dass er sich auskennt in ihrer Welt. »Alles geklaut. Meinst du, ich habe vor irgendjemandem Angst? Nein, ich nicht! Aber du hast Angst. Warum? Und warum hast du keinen Ausweis?«

Lara antwortet nicht. Sie dreht sich auf den Bauch und taucht unter.

Baumann betrachtet mit einem Anflug von Wehmut ihren schönen Mädchenkörper, und plötzlich fällt es ihm wie Schuppen von den Augen: Ein rabiater Mann mit zwölf Mädchen, denen man die Ausweise weggenommen hat. Der Akzent in Laras Sprache. Die Angst in ihren Augen.

»Wie lange bist du schon in Deutschland?«, fragt er, als sie ihren Kopf wieder aus dem Wasser hebt. Ohne eine Antwort abzuwarten, kündigt er ihr an: »Ich hole dich hier raus. Dieser Mistkerl. Der kennt den Wolfgang Baumann nicht. Ich weiß, was ein schweres Leben ist. So etwas muss man sich nicht gefallen lassen.«

»Du solltest gehen«, fordert ihn Lara auf. »Vergiss es!«

Der von jahrelangen Schmerzen gequälte Mann rappelt sich umständlich hoch, und als er in dem hüfttiefen, warmen Wasser steht, gibt er Lara fast feierlich die Hand.

»Ich komme wieder«, verspricht er. »Aber nicht allein. Und dann hat der Spuk ein Ende. Glaube mir. So wahr ich Wolfgang Baumann bin.«

Er dreht sich um und verlässt mit unsicheren Schritten das Becken. Dass der Mann von gestern ihn hinter einer Säule verdeckt beobachtet, fällt ihm nicht auf.

»Und das mitten in Schwaben«, murmelt er entrüstet vor sich hin, als er sich mit steifen Knien Schritt für Schritt durch den langen, leeren Gang quält.

Er findet seinen Spind und löst das Band am Arm. Langsam öffnet er den Schrank und holt den Bügel mit seinen Sachen in eine Umkleidekabine. Er sieht keine anderen Badegäste und lässt, damit er mehr Platz in der engen Kabine hat, die beiden Türen offenstehen. Mühsam steigt er aus der Badehose und fühlt sich plötzlich von einem eisernen Griff gepackt. Eine harte Hand presst sich von hinten auf Mund und Nase. Er will sich befreien. Er versucht, zu schreien und zu beißen. Er stößt mit den Ellbogen und den Beinen. Er krümmt sich zusammen und wehrt sich mit aller Kraft. Aber der durch die lange Krankheit geschwächte, überrumpelte Mann hat nicht den Funken einer Chance gegen seinen Mörder. Stechender Schmerz zerreißt seine Lunge, und über sein Bewusstsein schiebt sich langsam eine tiefe, friedliche Schwärze. Er fühlt nichts mehr. Wolfgang Baumanns Leben endet an einem sonnigen Nachmittag in der Umkleidekabine einer oberschwäbischen Therme.

Dr. Babette Sauer ist es nicht gewöhnt, auf Patienten zu warten. Ihr enger Terminkalender verlangt Disziplin, und deshalb achtet sie darauf, dass ihre Sitzungen pünktlich beginnen und enden. Nur so lässt sich ihr Arbeitspensum bewältigen. Wolfgang Baumann, der immer überpünktlich erschienen ist, verspätet sich jetzt schon eine Viertelstunde.

Verärgert meldet sie sich, als das Telefon läutet. In solchen Fällen hat sie eine spezielle und, wie sie meint, originelle Ansage bereit: »Sauer, und so bin ich«, sagt sie in den Apparat.

»Komme ich nicht gelegen?«, fragt Dr. Mayer am anderen Ende überrascht.

»Oh, tut mir leid, Herr Dr. Mayer. Ich erwarte den Anruf eines Patienten, der seinen Termin vergessen hat.

»Sagen Sie, Babette, wissen Sie Näheres über diese neue Klinik in der Klosterburg oben?«

Frau Dr. Sauer hat gehört, dass dort eine Privatklinik eingerichtet wurde und wohl den Betrieb aufgenommen hat, da keine Abteilung für psychische Erkrankungen integriert ist, sich nicht weiter dafür interessiert.

»Warum fragen Sie? Ich weiß nur, dass es sich um ein ausschließlich chirurgisches Institut handeln soll. Keine Diagnose, keine Therapie.«

»Warum zieht es dann unseren Harsch dorthin? Er ist doch Arzt und kein Metzger, oder irre ich mich?«

»Pecunia non olet, Herr Dr. Mayer. Man sagt, die Bezahlung soll außerordentlich sein. Aber außer Gerüchten weiß ich nichts. Wegen mir brauchen Sie sich keine Sorgen zu machen. Ich bleibe Ihnen erhalten.«

»Das ist schön zu hören, Babette. Ich tue auch alles, damit Sie mit mir zufrieden sind«, sagt der Klinikchef launig. »Welcher Rüpel von Patient lässt Sie denn warten?«

»Baumann, Wolfgang Baumann. Der Borrelioseschmerz. Sie haben sich mal über ihn erkundigt.«

»Ach ja, ich erinnere mich. Wie geht es ihm denn?«

An Dr. Mayers Tonfall merkt Babette Sauer, dass den Chef das Wohlergehen von Baumann nicht wirklich interessiert. Der Grund des Anrufes war die Kündigung seines Chirurgen. Deshalb antwortet sie nur kurz, dass der Patient Fortschritte macht.

»Dann ist es gut«, meint Dr. Mayer und beendet das Gespräch.

48

Im *Piccadilly* flucht Ilir vor sich hin. »Habe ich es nur noch mit Idioten zu tun? Die einen sind so blöd und lassen den Radic umbringen, und der andere lässt eine Leiche mitten unter den Nutten liegen.«

Igor, der den Transport begleitet, hat Ilir über den Vorfall benachrichtigt. Ihm sei nichts Anderes übriggeblieben, als den Mann unschädlich zu machen, mit dem eines der Mädchen sich so intensiv unterhalten hat.

»Das war mehr als die übliche Anmache«, beschreibt Igor das Gespräch zwischen Lara und Baumann. »Was soll ich tun? Der Mann sitzt nackt und tot in der Umkleidekabine. Die Türen habe ich verschlossen und Spuren habe ich keine hinterlassen, da bin ich mir ganz sicher. Zeugen gibt es auch keine. Es sieht aus, als wäre der Mann plötzlich gestorben. Herzschlag oder so.«

Ilir weiß aus eigener Erfahrung, dass ein Erstickungstod ohne äußere Spuren nur ganz schwer als Mord erkannt werden kann. Deswegen hat er keine Bedenken. Ihn stört aber gewaltig, dass nach dem Auffinden der Leiche Polizei auftauchen und wahrscheinlich die Badegäste befragen wird. Die Mädchen sind sicher aufgefallen. Eine polizeiliche Befragung seiner Huren muss er auf jeden Fall verhindern.

Die Organentnahme ist erst in zwei Tagen vorgesehen. Die dazu erforderlichen Operateure gehören zu Wien und werden von dort aus gesteuert. Er kann den Termin also nicht vorziehen. Die Mädchen vorzeitig zu töten, was ihm nichts ausmachen würde, ist unsinnig, da die Organe nach zwei Tagen nicht mehr transplantiert werden können. Also müssen die Mädchen verschwinden, aber am Leben bleiben. Einfacher wäre es, wenn Igor die Leiche aus dem Bad bringt, solange sie noch nicht entdeckt ist und sonst wohin verschwinden lässt. Dann entstünde kein Aufsehen, und das Programm könnte wie geplant ablaufen.

Ilir ruft Boris und Vladj an.

»Setzt euch mit Igor in Verbindung. Er hat ein Problem.«

Er erklärt den beiden, was zu tun ist: »Entweder es verschwindet die Leiche, oder es verschwinden die Mädchen. Habt ihr das begriffen?«

»Aber klar, Boss«, antworten sie.

Ganz überzeugt davon ist Ilir nicht.

49

»Wie lange dauert das denn, bis unsere Leute dieses Krypto-Handy knacken? Verdammt, das kann doch nicht so schwierig sein.«
Otto ärgert sich darüber, dass man zwar das Handy der beiden Ganoven orten, aber die Gespräche noch nicht abhören kann. Wenigstens hat ihnen das Finanzamt den Mietvertrag zwischen der *Donaufleisch AG* und der *Danubian Enterprise Ltd.* zugefaxt. Auch die Wiener Kollegen haben auf ihre Anfrage schnell geantwortet. Demnach bezahlt die *Danubian Enterprise Ltd.* ihre Steuern pünktlich und erfüllt alle Auflagen ohne Beanstandungen. Die Gesellschaft wird vom Vorstand vertreten, und die entscheidenden Personen sind eine Frau Kerstin Landstein und ein US-Amerikaner, der nach dem Balkankrieg in Wien hängen geblieben ist. Die polizeilichen Führungszeugnisse enthalten keine Eintragungen. Gegenstand des Unternehmens sind Handelsgeschäfte aller Art. Weitere Erkenntnisse liegen nicht vor.

Während die beiden Kommissare in ihrem Büro überlegen, ob es sinnvoll ist, diese Spur weiter zu verfolgen, beraten Vladj und Boris auf dem Parkplatz vor der Therme, was zu tun ist.

Zunächst wollen sie sich Zugang zum Bad verschaffen und dort Igor treffen. Dann müssen sie einen Weg finden, den toten Mann unbemerkt herauszuschaffen. Sie beschließen, erst einmal ein Ticket zu kaufen, um ins Innere zu kommen. Da es schon später Nachmittag ist, verlangt die Frau an der Kasse, ohne weiter zu fragen, den Halbtagespreis.

Die beiden Männer sehen sich um. Die Halle mit den Umkleidekabinen und Kleiderspinden ist ziemlich übersichtlich. Von der Kasse her sind drei lange Gänge zugänglich: Die Spinde links, die Kabinen rechts und am Ende ohne Durchgang zum Bad. Drei andere Gänge erreicht man nur vom Bad her. Um von einem Gang zum anderen zu kommen, muss man durch eine Umkleidekabine, die deshalb an jeder Seite eine Tür hat. Die bekleideten Badegäste betreten also den Gang von der Kasse her, ziehen sich in der Umkleidekabine um und verlassen die Kabine zur anderen Seite hin in den Gang zum Bad.

Igor, der eine schwarze Badeshorts trägt, erwartet sie in der Mitte der ersten Gangreihe, die sie einsehen können. Er hat die Kabine, in der Wolfgang Baumann sitzt, auf beiden Seiten von innen verriegelt, damit sie niemand benutzen kann. Dann ist er in die Nachbarkabine gestiegen und von dort auf den Gang gelangt. Die Umkleidekabinen sind zur Decke hin offen.

Jetzt, nachdem Boris und Vladj angekommen sind, steigt Igor auf dem gleichen Weg in die Kabine zurück und öffnet eine Tür. Der nackte, schlanke Mann sitzt an die Wand gelehnt. Eine nasse blaue Badehose liegt auf dem Boden. An der Wand gegenüber hängt ein Bügel mit Hose, Hemd und Schuhen, in die Socken gestopft sind. Neben dem Mann auf der Bank liegen ein schwarzer Bademantel und das Armband des Bades mit der runden Buchungsplakette.

Vladj sieht sich intensiv suchend um. Überwachungskameras scheinen nicht installiert zu sein. Eine Frau in grünem Bikini tritt in den Gang und sucht ihren Spind. Igor zieht die Kabinentür in diesen Gang zu und verriegelt die Tür. Zu dritt stehen sie in der Kabine um die nackte Leiche. Sie wagen nicht zu sprechen. Von der Kasse her hören sie Stimmen mehrerer Männer, die den anderen Gang entlang näherkommen. Igor verriegelt auch diese Tür. Für die drei Männer in der engen Kabine ist es nicht mehr möglich, einen Hautkontakt mit dem Toten zu vermeiden. Baumanns Augen sind hervorgetreten und starren tot ins Leere. Mit einer schnellen Handbewegung schließt ihm sein Mörder die Lider.

Die Halle mit den Umkleidekabinen belebt sich. Offensichtlich nutzen viele Leute die Abendstunden, um das Bad zu besuchen. Andererseits verlassen diejenigen, die einen entspannten Tag in der Therme verbracht haben, die Anlage.

Der Geräuschpegel steigt beträchtlich an. In dem einen Gang hört man die Schritte mit Straßenschuhen; im anderen Gang tapsen Badeschlappen vorbei. Das unaufhörliche Schlagen der Türen und das Klappern der Kleiderbügel zeigen den drei Männern, dass sie bei Weitem nicht mehr allein sind und es wohl in absehbarer Zeit nicht sein werden. Zu allem Überfluss rüttelt auch noch jemand an ihrer Kabinentür. Igor räuspert sich und bekommt ein gemurmeltes *sorry* zur Antwort. Boris zeigt auf den Toten und schüttelt den Kopf. Die beiden anderen nicken. Igor kniet auf den Boden und schaut in die Nachbarkabinen. Er sieht keine Beine. Vorsichtig öffnet Boris die Tür und besetzt die angrenzende Kabine. Vladj folgt ihm. Igor legt von innen die beiden Riegel vor und klettert über die Trennwand zu den beiden anderen.

»Die Mädchen müssen weg! Sofort!«, ordnet Boris an, und Igor stimmt ihm zu. »Wir warten draußen«, flüstert Vladj und eilt dem Ausgang zu. Er braucht dringend frische Luft.

Der Frau an der Kasse hat viel zu tun. Ihr fällt nicht auf, dass die beiden Männer nach so kurzem Aufenthalt das Bad schon wieder verlassen.

Igor kehrt durch den Duschraum zu den Schwimmbecken zurück und sucht die Mädchen zusammen. Sie sollen sich sofort umziehen und in ihren Zimmern ihre Sachen zusammenpacken. Für morgen ist wunderschönes Wetter angesagt, und deshalb habe man beschlossen, noch heute weiter in die Berge zu fahren.

»Bitte um Beeilung«, schärft er den Frauen ein. »Und nichts vergessen!«

An der Hotelrezeption wiederholt Igor die gleiche Geschichte: »Wir reisen zwei Tage früher ab, weil wir bei diesem Wetter noch in die Berge wollen. Natürlich werden die gebuchten Übernachtungen bezahlt.«

Bereits nach einer Stunde sitzen alle im Bus, und Igor fährt los.

Ute Werr sucht schlaftrunken den Lichtschalter. Wie lange das Telefon schon läutet, kann sie nicht sagen. Schließlich schafft sie es, das Gerät an ihr Ohr zu bringen.
»Wissen Sie, welche Uhrzeit wir haben?«, fragt sie vorwurfsvoll.
»Entschuldigen Sie, Frau Dr. Werr. Sie sollen dringend in das Tigris Bad kommen. Ein toter Mann. Vor Ort wissen sie nicht, ob er einfach gestorben ist oder mehr dahintersteckt.«

Es kommt manchmal vor, dass die Polizei und der Arzt, der den Totenschein ausstellen soll, die Gerichtsmedizinerin zuziehen, wenn ihnen irgendetwas nicht ganz geheuer vorkommt. Sie schaut sich dann den Toten genauer an und entscheidet, ob die Mordkommission einzuschalten ist, oder ob es eine plausible Erklärung für eine natürliche Todesursache gibt. Man nennt das den kurzen Dienstweg. Er kann viel unnötigen Aufwand ersparen.

»Ich komme«, sagt die Ärztin kurz und legt wieder auf. Es hat keinen Sinn, sich zu ärgern, wenn sie morgens um vier durch einen solchen Anruf aus dem Bett geholt wird. Es gehört zu ihrem Job. Sie wirft sich einige Hände kaltes Wasser ins Gesicht, putzt eilig die Zähne, schlüpft in die Kleider von gestern und fährt los.

Um diese Zeit sind nicht viele Autos unterwegs, und nach wenigen Minuten genießt sie die Fahrt. Langsam weicht die Dunkelheit zurück, und über den feuchten Auen sieht sie wabernd die weißen Morgennebel aufsteigen. Schemenhaft öffnet sich das weite Land vor ihren Augen. Ruhig und friedlich liegt das Donautal. In den Dörfern entlang der Autobahn haben die hohen Kirchtürme inmitten der rot bedachten Häuser die Bewohner während der Nacht gut behütet.

Solche Momente nutzt das Gehirn der Ärztin, Gedanken nachzuholen, für die es während der Hektik des Arbeitstages keine Zeit findet. Auf Phönix ist Ute Werr am gestrigen Abend an einem Bericht über die Entwicklung selbstfahrender Autos hängengeblieben. Sie ist fasziniert von solchen Ideen und bewundert die Ingenieure, die an solchen technischen Revolutionen arbeiten. Auch ihr stehen heute andere Hilfsmittel und Möglichkeiten zur

Verfügung als zu Beginn ihrer beruflichen Tätigkeit. Was hat sich nicht alles verändert! Vom genetischen Fingerabdruck bis zur Nanophysik. In letzter Zeit aber beobachtet sie besorgt, wie eine andere Erkenntnis diese Faszination überwuchert: Warum lässt sich alles entwickeln und perfektionieren, außer dem Wichtigsten, dem Menschen selbst? Wenn man nur die Hälfte der Energie, die man für den technischen Fortschritt aufwendet, in die Weiterentwicklung des Menschen investieren würde, ja dann. Und wenn man damit Erfolg hätte! So aber, wenn er bleibt wie er ist und wie er immer war, ist dann nicht aller technischer Fortschritt nebensächlich, manchmal sogar gefährlich und verantwortungslos.

Hätte man dem Affen doch bloß die Keule gelassen und kein Maschinengewehr in die Hand gegeben, seufzt sie dann und denkt darüber nach, dass es in der Spezies Mensch zur gleichen Zeit die Ärzte Albert Schweizer und Joseph Mengele, die Politiker Mahatma Gandhi und Joseph Stalin gegeben hat. Charakter und Gewissen sind offensichtlich von der Evolution nicht erfasst.

Am Firmament zieht hell ein neuer Tag herauf, als Ute Werr ihre Grübeleien einstellt und auf den großen Parkplatz der Therme einbiegt. Sie stellt ihr Fahrzeug neben einem Polizeiauto, dem Einsatzfahrzeug des Notarztes und einem Lieferwagen ab, der die Aufschrift einer Reinigungsfirma trägt. Die übrige Parkfläche liegt verwaist. Am Eingang wird sie von einem Mann erwartet, der sich als Hausmeister vorstellt. Er führt sie durch den Kassenraum und an einer Reihe von Spiegeln vorbei in die lange Halle mit den Umkleidekabinen. Dort stehen in einem Gang eine Polizistin mit ihrem Kollegen, ein Mann im weißen Arztkittel und ein weiterer im Overall der Reinigungsfirma beisammen. Nachdem sie sich kurz begrüßt haben, zeigt der Notarzt auf den nackten Mann, der in einer Kabinenecke gelehnt auf der Bank sitzt. Während sich die Pathologin für die Untersuchung Handschuhe überstreift und beginnt, die Leiche und das Umfeld genau zu inspizieren, erzählt der Mann im Overall, dass er nachts mit seinem Trupp das Bad gereinigt habe und dabei auf die verschlossene Kabine gestoßen sei. »Ich habe eine Leiter geholt und den Mann entdeckt. Dann habe ich sofort den Hausmeister alarmiert. Der hat die Polizei gerufen.«

Die Pathologin findet an dem Körper keine verdächtigen äußeren Verletzungen. Die Leichenstarre hat deutlich begonnen, ist aber noch nicht ausgeprägt. Die Körperhaltung des Toten fällt ihr auf. So sitzt niemand, der einen Infarkt erleidet. Beide Beine neben dem Körper stumpf abgewinkelt. Der Oberkörper nicht zusammengekauert, sondern entspannt angelehnt. Wie hingeschoben. Die Augenlider geschlossen. Die Kinnlade leicht herabgefallen.

Sie öffnet den Mund des Toten weiter und sieht sorgfältig hinein. Leer. Keine Speisereste, nichts Erbrochenes. Eine kleine Rötung an der inneren Oberlippe entlang den Zähnen macht sie stutzig. Sie betrachtet die Lippeninnenseite genauer. Es könnten Quetschspuren sein. Sie bittet den Notarzt um ein kleines Messer, schneidet dem Toten in den Daumen und knetet mit beiden Händen den Unterarm bis zur Hand. Es treten einige Tropfen flüssiges Blut aus. Die erfahrene Gerichtsmedizinerin prüft die Konsistenz des Blutes. Sie zerreibt die Tropfen zwischen Daumen und Zeigefinger. Dann tritt sie von der Leiche zurück, streift sich umständlich die Handschuhe ab und sagt ohne weitere Erklärung zu dem Polizisten:

»Rufen Sie die Mordkommission. Der Mann wurde erstickt. Vor zehn Stunden. Plus minus zwei.«

Drei Stunden später erscheint auf Ute Werrs Display die Nummer von Hauptkommissar Leicht.

»Was habt ihr denn da oben für einen Sündenpfuhl?«, fragt sie aufgekratzt, bevor er zu Wort kommt. »Ich dachte, das ist eine stockkonservative, tiefschwarze Gegend.«

»Das eine schließt das andere nicht aus, Frau Doktor. Wissen Sie schon, wer der Tote ist?«

»Nein«, antwortet sie. »Aber ich weiß, warum er tot ist.«

»Das ist doch eine ganze Menge! Sagen Sie es mir?«

»Wenn ich ihn auf dem Tisch gehabt und andere Ursachen ausschließen kann, würde ich sagen, dass er mit bloßen Händen erstickt worden ist. Nase zu, Mund zu. Aus.«

»Der Tote heißt Wolfgang Baumann. Er hat vor einigen Jahren mit seinem Unternehmen eine spektakuläre Pleite hingelegt. Seine Bank soll eine unrühmliche Rolle gespielt haben.«

»Schon wieder«, wirft die Medizinerin ein.

»Ja. Und wissen Sie, wer der Banker war? Unser Herr Dachstein!«

»Klein ist die Welt, Herr Hauptkommissar. Aber auf diese Weise haben Sie ja schon einen Faden in der Hand. Eine Frau können Sie als Täterin getrost ausschließen, es sei denn, Sie haben eine Kampfsportmeisterin im Visier. Um dem Mann Mund und Nase zuzuhalten, ohne ihm das Gesicht zu zerkratzen, braucht man eine große Hand und viel Kraft.«

»Man sagte mir, Sie hätten sich auf einen Todeszeitpunkt festgelegt«, sucht sich Leicht zu vergewissern. Gestern Nachmittag zwischen vier und sechs Uhr. Ist das richtig?«

»Eine Stunde hin oder her ist möglich. In dem Raum ist es warm und feucht.«

»Gut, danke, Frau Doktor. Wenn sich etwas Neues ergibt, lassen Sie es mich wissen. Fürs Erste reicht es mal.«

Leicht zögert etwas hilflos und bleibt in der Leitung.

»Ist noch was?«, fragt Ute Werr.

Der Hauptkommissar räuspert sich verlegen.

»Habe ich Ihnen eigentlich schon einmal gesagt, dass wir froh sind, Sie zu haben?«

Lange Pause vor einem tiefen Atemzug der erfahrenen Frau.

»Mein lieber Hauptkommissar, steckt Ihnen der Unfall noch in den Knochen? Es wird Zeit, dass Sie unseren Künstler kriegen. Dann nehmen Sie Ihren Alabasterkörper und stecken ihn ins Abkühlbecken. Das Mittelmeer wäre genau das Richtige, verstanden! Und: Hallo Herr Leicht, wenn ihn einer kriegt, dann sind Sie das!«

Der Hauptkommissar hat immer noch einen kleinen Kloß im Hals, als er in seinem Büro auf Otto trifft.

»Mich laust der Affe!«, hört er ihn ausrufen. Er sitzt vor seinem Bildschirm und will nicht glauben, was er sieht.

»Was ist los?«, fragt ihn Horst.

»Gestern Nachmittag um sechs war unser Handy vor diesem Bad. Das kann doch kein Zufall sein!«

Leicht streckt sich, fährt mit beiden Händen durch die Haare und verhakt die Finger im Nacken.

»Nein, Otto, das ist kein Zufall«, stöhnt er auf. »Fahren wir hin.«

Auf dem Weg beobachtet Otto seinen um einige Jahre älteren Kollegen, der den Wagen steuert. Sein fleischiges, breites Gesicht scheint spitzer und die Augen glänzender und wacher zu werden.

»Geht es dir auch so?«, fragt er.

Leicht lächelt. »Ja«, nickt er. »Otto, die Jagd ist eröffnet!«

Der Bademeister sprudelt wie seine Therme, als ihm die Kommissare ein Foto zeigen und fragen, ob er den Mann kennt.

»Ja klar, das ist der Spanner von gestern«, erklärt er. »Die Badegäste haben sich beschwert, und er hat sich nach den jungen Mädchen aus Hamburg erkundigt. Eine davon hat er richtig angebaggert. War echt peinlich. Der alte Bock und so ein junges Ding.«

»Welche Mädchen aus Hamburg?«, erkundigt sich Leicht.

»Da war ein Kurs hier aus Hamburg«, erzählt der Bademeister. »Mit ihrem Leiter. Zwölf Mädchen. Schöne Dinger. Kann den Mann ja verstehen. Aber so geht es auch nicht. Richtig peinlich.«

Wo denn die Mädchen sind, will der Kommissar wissen.

»Die haben hier im Hotel gewohnt. Wollten eigentlich bis morgen bleiben. Sind aber gestern Abend plötzlich abgereist.«

Die beiden Kommissare sehen sich an.

»In welchem Hotel haben die gewohnt? Wissen Sie das?«, fragt Otto.

»Klar doch! Gleich hier oben. In unserem Badehotel.«

Fünf Minuten später stehen Leicht und Müller in der Rezeption. Die Frau am Empfang ordnet irgendwelche Papiere und schenkt ihnen keine Aufmerksamkeit. Der Hauptkommissar hüstelt und trommelt mit den Fingern.

»Gestern Abend ist eine Gruppe von jungen Frauen aus Hamburg vorzeitig abgereist. Ist das richtig?«

Die Dame macht keine Anstalten, die Frage zu beantworten.

Leicht zeigt seine Polizeimarke vor.

»Ich bin Hauptkommissar Leicht, und das ist mein Kollege Otto Müller. Also, was ist?«

Die Frau sieht sich die Marke sorgfältig an.

»Ja«, sagt sie dann.

Die beiden Kommissare warten. Die Dame schweigt und schiebt ihre Papiere weiter hin und her. Aus den Augenwinkeln beobachtet sie die beiden Männer.

»Warum sind sie denn abgereist?«, fragt der Hauptkommissar.

»Weiß nicht«, antwortet die Frau kurz.

Otto Müller stellt sich neben Leicht und schiebt ihn zur Seite. Er lächelt die Frau freundlich an.

»Frau …? Wie war doch gleich Ihr Name?«

»Miller«, sagt sie.

»Oh, wie ich!«

»Nein, mit i«, korrigiert sie ihn.

»Frau Miller, hier passiert doch nichts, ohne dass Sie es wissen. Wenn in dem Hotel dreizehn Zimmer vorzeitig leer werden, weiß das niemand besser als Sie. Gab es Beschwerden?«

Frau Miller betrachtet den Oberkommissar interessiert.

»Es waren keine dreizehn Zimmer«, erklärt sie.

»Wie viele denn?«, fragt Otto.

»Fünf.«

»Aber es waren doch dreizehn Personen? Oder hat man mich falsch informiert?«

»Nein, das ist schon richtig«, versichert Frau Miller. »Die Gruppe hat vier Doppelzimmer mit Zusatzbett und ein Appartement belegt.«

»Was waren denn das für Mädchen?«, fragt Otto weiter. »Man sagte uns, ein Studienkurs.«

Frau Miller schnaubt verächtlich.

»Wenn das Studentinnen waren, bin ich der Papst«, sagt sie. »Fragen Sie nur das Zimmermädchen, wie das Appartement morgens immer ausgesehen hat.«

»Wie denn?«, fragt Otto neugierig.

Frau Miller verzieht ihr Gesicht.

»Widerlich, säuisch, Herr Kommissar. Säuisch! Das waren Russen, oder so.«

»Wie kommen Sie denn darauf, Frau Miller?«

»Ich habe kein Wort verstanden, wenn die miteinander geredet haben. War russisch, oder so. Und ihre Klamotten! Flittchen, sage ich Ihnen. Das war jetzt schon das dritte Mal, dass der gleiche Mann mit solchen Mädchen kommt. Immer andere. Immer die gleiche Sauerei! Das hat es früher hier nicht gegeben.«

»Und warum sind sie gestern vorzeitig abgereist, Frau Miller? Sie wissen das doch.«

»Sie hatten noch zwei Nächte gebucht«, erzählt die Frau weiter. »Der Mann hat gesagt, sie wollten bei dem schönen Wetter in die Berge. Das war aber gelogen. Ich spüre es, wenn man mich anlügt, Herr Müller. Ich bin aber froh, dass sie weg sind. Bezahlt haben sie wenigstens. Geld haben sie ja anscheinend genug.«

»Wieso?«, zeigt sich Otto ahnungslos.

»Fragen Sie die Bedienungen im Restaurant und an der Bar! Dann wissen Sie alles!«

»Wissen Sie, wohin die Mädchen gefahren sind, Frau Miller?«, lockt Otto charmant.

»Nein, Herr Kommissar. Da kann ich Ihnen nicht helfen. Sie haben alles in ihren Bus gepackt und sind weggefahren.«

»Was für ein Bus war das denn?«

»Ein weißer Ford Transit 17-Sitzer. Einen solchen hat mein Sohn zum Camping umgebaut, deshalb kenne ich den.«

»Das Kennzeichen haben Sie nicht zufällig gelesen?«

»Nein, aber ich kann mal in der Anmeldung nachschauen.«

Frau Miller blättert eifrig in ihren Unterlagen. Dann hat sie das gesuchte Blatt gefunden und liest.

»Tut mir leid, Herr Kommissar. Die Zeile mit dem Auto hat er nicht ausgefüllt.«

Leicht schaltet sich ungeduldig in das Gespräch ein.

»Darf ich mal sehen?«, fragt er und streckt die Hand aus.

Frau Miller schaut unfreundlich auf und reicht das Blatt an Leicht vorbei zu Otto.

Was hat er, was ich nicht habe? Der Hauptkommissar studiert angesäuert das Formular. Ein Igor Szintic hat für sechs Nächte vier Doppelzimmer und ein Appartement gebucht.

»Wie hat er bezahlt?«, will Leicht wissen.

»Bar«, antwortet Frau Miller.

»Und wo ist seine Ausweiskopie?«

»Machen wir bei Vorauskasse nicht.«

Der Hauptkommissar geht vor die Tür. Otto reicht Frau Miller das Blatt zurück und bedankt sich freundlich für ihre Hilfe.

»Gern geschehen, Herr Müller«, gibt die Frau an der Rezeption zurück. »Hoffentlich buchten Sie die Bande recht lang ein. Zu mir brauchen die nicht mehr kommen.« Frau Miller wendet sich zufrieden wieder ihren Papieren zu. »Habe ich mir doch gedacht, dass da was nicht stimmt«, spricht sie vor sich hin.

»Was meinst du?«, fragt Horst Leicht, als sie draußen vor dem Eingang stehen.

»Für so sozial halte ich die Zuhälter nicht, dass sie ihren Bienchen einen Erholungsurlaub finanzieren«, überlegt Otto laut. »Irgendetwas stinkt hier ganz fürchterlich. Der Baumann baggert eines dieser Mädchen an und zahlt dafür mit seinem Leben. Das ist doch Wahnsinn.«

»Und wir sollten auch aus dem Weg geräumt werden. Nur eleganter«, setzt Leicht Ottos Gedankengang fort. »Es stinkt bestialisch!«

Weil sie schon mal in der Stadt sind, suchen sie Direktor Kunath in der Bank auf. Die Kommissare wollen ihren letzten Auftritt erklären und um Verständnis bitten. Konrad Kunath winkt müde ab.

»Karl Schwarzkopf hat mich schon informiert«, sagt er. »Bei mir gibt es nichts Neues. Mir wächst die Geschichte über den Kopf. Am liebsten würde ich mit meiner Familie in Urlaub fahren und hoffen, dass bei meiner Rückkehr der Albtraum vorbei ist.«

»Keine schlechte Idee«, sagt Leicht. »Tun Sie das, Herr Kunath!«

In seinem Büro schaltet Otto sofort den Suchmonitor ein. *Wo ist das Handy?*

Es ist geortet, und der Schirm zeigt als Standort das Donautal an. Otto verfeinert das Raster immer weiter.

»Horst, komm her!« Der Hauptkommissar beugt sich über Ottos Schulter. Als der Sektor immer dichter eingegrenzt wird, steht fest: Das Handy befindet sich im Gebäude der *Donaufleisch AG*.

»Wir müssen sofort zur Rossmann. Du kommst mit!«, bestimmt der Hauptkommissar.

Gemeinsam betreten sie das Zimmer der Oberstaatsanwältin.

»Die Herren erscheinen als Kompanie«, kommentiert Marlene Rossmann den gemeinsamen Auftritt der beiden Kommissare.

Nachdem Hauptkommissar Leicht sie entgegen seiner Gepflogenheit über den bisherigen Ablauf des Tages unterrichtet hat, informiert er die Oberstaatsanwältin als letztlich Verantwortliche für die Ermittlungen darüber, dass das Handy zurzeit im Schlachthof von Cäsar Moschl geortet ist.

»Oberkommissar Müller und ich werden jetzt dorthin fahren«, beendet er seinen Vortrag.

»Halt!«

Wie ein Pistolenschuss knallt das Halt aus dem Mund der hageren, resoluten Frau. Sie hakt mit beiden Daumen ihr Kinn unter und legt nachdenklich die gestreckten Zeigefinger auf die Lippen. Die Kuppen der beiden Finger drücken ihre Nasenspitze nach oben. In dieser Haltung verharrt sie eine Weile. Dann nimmt sie ihre Finger aus dem Gesicht.

»Ich habe Ihnen schon einmal gesagt: Ich verliere meine Kommissare nicht. Sie erhalten die Erlaubnis, zu beobachten, möglichst ohne selbst gesehen zu werden. Sie greifen in das Geschehen unter keinen Umständen ein. Wenn nötig, bereiten wir den Zugriff vor. *Wir* habe ich gesagt, nicht Sie beide allein. Wenn wir das machen, dann mit allem, was wir haben. Haben wir uns verstanden?«

Leicht senkt stumm den Kopf. Oberkommissar Müller aber fragt nach: »Und was ist bei Gefahr in Verzug?«

»Dann informieren Sie mich. Ich untersage Ihnen jeden Zugriff ohne meine vorherige ausdrückliche Erlaubnis. Ist das klar?«

Im Wortstakkato betont die Oberstaatsanwältin ihre Anweisung, und die abschließende Frage klingt wie ein Befehl. Mit hängenden Köpfen verlassen die beiden das Zimmer.

In das eigene Büro zurückgekehrt instruiert Otto eine Polizistin, dass sie den Monitor ständig im Auge behalten muss. Das Handy ist immer noch in der *Donaufleisch AG*.

»Wenn ich anrufe, muss mir immer jemand sagen können, wo das Handy ist. Mich ruft keiner an. Der Kontakt geht immer von mir aus. Verstanden? Wenn Sie aufs Klo gehen, setzen Sie zuvor jemand anderen vor den Schirm, oder Sie bleiben und machen in die Hose!«

Die Frau ist erstaunt. So kennt sie den netten Oberkommissar nicht.

Leicht und Müller laden ihre P 2000 und machen sich auf den Weg ins Donautal. Die späte Sonne blendet von Westen her, und der Berufsverkehr ist in vollem Gange. Auf dem Parkplatz des benachbarten Firmengrundstücks stellt Leicht seinen alten Citroën ab. Er benutzt sein privates Auto. Er will nicht mit einem Polizeifahrzeug vermeidbares Aufsehen erregen.

Wie zufällige Fußgänger schlendern sie an dem Schlachthofareal entlang. Es ist stabil umzäunt. Eine breite Zufahrt steht offen und kann durch ein Schiebetor automatisch geschlossen werden. Für schwere Lastwagen ist eine Ladestraße um das gesamte Gebäude angelegt, damit sie auf dem Gelände nicht wenden müssen. Über einen großen Parkplatz gelangt man auf eine etwa dreitausend Quadratmeter große betonierte Fläche vor dem rückwärtigen Teil des Gebäudes. Hier werden die lebenden Tiere abgeladen und durch mit weißen Elektrobändern begrenzten, etwa zwei Meter breiten Spuren zu zwei Toren getrieben. Eines für Kühe, eines für Schweine. Bei den Schweinen sind die weißen Leitbänder durch Eisengitter verstärkt. Leicht erinnert die Anlage an die Warteschlangen vor den Schaltern der Fluggesellschaften in Airports.

Die beiden Kommissare beobachten, was auf dem Gelände geschieht. Die Tiere werden aus den Lastwagen in die Gatter getrieben. Dem ersten Tier, das am Tor angekommen ist, legt ein Schlachter Ketten um die Vorderbeine, ein weiterer nimmt den Kopf des Tieres zwischen die Pole einer großen Elektrozange und drückt auf den Kontaktauslöser. Das Tier bricht augenblicklich in die Knie, wird von den Ketten hochgezogen und über eine Schiene an der Decke der Schlachthalle an den Akkordschlachtern vorbeigeführt, die auf einer Galerie stehend, die hängenden Tierkörper fachgerecht ausweiden und zerteilen. Am Boden unter den Tieren stehen auf einem Laufband Behälter, in die die herausgeschnittenen Fleischteile fallen. Es dauert keine fünf Minuten, bis diese Männer ein lebendes Schlachtvieh in vakuumverpackte Fleischportionen verwandelt haben.

Von hinten wird die Schlange der Tiere aus herankommenden Viehtransportern permanent nachgefüllt. Ungefähr hundert Kühe und fünfzig Schweine stehen in den Warteschleifen. Die Kühe nehmen ihr Schicksal ruhig und ergeben hin. Bei den Schweinen dagegen herrschen hysterisches Grunzen und Quietschen.

An der Vorderseite des Gebäudes führt eine breite, fünfstufige Außentreppe zu einem großen, repräsentativen Glasportal. Durch den geräumigen Vorraum gelangt man rechts zu den Personalräumen und Arbeitsplätzen und geradeaus in eine blitzblanke, großzügige Ausstellungs- und Verkaufshalle. Einige Meter neben den Außenstufen beginnt eine meterhohe Rampe, die sich entlang des Gebäudes zieht. Aus sieben Rolltoren können die wartenden Lkws von ihr aus beladen werden.

An der rechten Stirnseite des Gebäudes führt eine Abfahrt zwischen zwei Betonwänden wie bei einer Tiefgarage zu einem geschlossenen Tor. Im Gegensatz zur Hinterseite, an der die Tiere angeliefert werden und zur Vorderseite mit dem Parkplatz und der Laderampe, wo geschäftiges Treiben herrscht, liegt diese Zufahrt an der Stirnseite unbenutzt und ruhig. Dieser Gegensatz weckt ihr Interesse. Leicht erinnert sich, dass ihm Plum berichtet hat, die unteren Räume des Schlachthofes seien an eine Firma aus Wien vermietet. Dies könnte die Zufahrt zu diesen Räumen sein.

Otto erkundigt sich im Büro nach dem Handy. Er erfährt, dass es immer noch im Schlachthof geortet ist. Die zwei Kommissare suchen sich einen Platz, von dem aus sie diesen Zugang in das Gebäude im Auge behalten können. Leicht holt seinen Citroën, positioniert ihn günstig, und die beiden Männer machen es sich im Auto bequem. Sie richten sich auf eine längere Wartezeit ein.

»Die zweite Kuh sieht, wie die erste zusammenbricht und lässt sich die Ketten an die Füße legen. Ich verstehe das nicht.« Otto verarbeitet seine Eindrücke von soeben.

»Die Schweine haben Panik«, sagt Horst. »Sind wahrscheinlich intelligenter.«

»Kommen aber trotz ihrer Intelligenz auch nicht weiter«, spinnt Otto den Faden nach einer längeren Pause fort. »Mein Opa hat einen Bauernhof bei Augsburg. Der hat sein Schwein so geschlachtet, dass es völlig ahnungslos war. Im Stall am Futterbarren. Mit einem Bolzenschuss in die Stirn. Er hat sogar den Schussapparat hinter dem Rücken versteckt, wenn er am Schlachttag in den Stall ging, damit das Schwein nicht misstrauisch wurde. Er hat behauptet, dass es beim Fleisch einen Riesenunterschied macht, ob ein Tier vor dem Tod Stress hat oder entspannt ist.«

»Leuchtet ein«, brummt Leicht vor sich hin.

Ottos Telefon vibriert.

»Es tut sich was, Herr Oberkommissar«, hört er aus dem Apparat. Otto erkennt die Stimme von Franz, einem jungen Anwärter, der ihm zugeteilt ist. »Das Handy bewegt sich.«

»Franz, ich habe gesagt, *ich* rufe an. In einer brenzligen Situation kann mich dein Anruf das Leben kosten.«

»Es könnte Sie doch auch jemand anders anrufen. Da müssen Sie das Handy eben ausschalten.«

Otto lächelt: Wo er recht hat, hat er recht.

Plötzlich versinkt, wie von Geisterhand gelenkt, das Tor, auf das ihre Augen gerichtet sind, in den Boden. Es dauert ungefähr eine halbe Minute, bis es völlig verschwunden ist. Dann rollt eine große schwarze Limousine mit verdunkelten Scheiben aus dem Inneren des Gebäudes und schleicht langsam die Steigung der Zufahrt hoch. Das Tor wächst wieder aus dem Boden und verschließt die Öffnung. Der Audi überquert den Parkplatz und biegt in die öffentliche Straße ein. Obwohl das Auto nur wenige Meter an den Kommissaren vorbeifährt, ist es ihnen unmöglich, Personen im Innenraum zu erkennen.

»Das Handy bewegt sich Richtung Stadt«, erfährt Otto aus seinem Büro.

»Sag mir Bescheid, falls es zurückkommt«, weist er Franz an.

Nach einer halben Stunde ist im Schlachthof ein Schichtwechsel in vollem Gang. Viele Männer und einzelne Frauen verlassen das Gelände und andere fahren vor.

»Ich schaue mir die Sache jetzt etwas genauer an«, erklärt Leicht. »Bleib du startklar im Auto.«

»Meinst du nicht, das Objekt ist videoüberwacht?«, fragt Otto besorgt.

»Kann schon sein. Wahrscheinlich sind die Kameras aber erst nach Betriebsschluss aktiv. Jetzt ist gerade eine Menge in Bewegung. Ich versuche, nicht aufzufallen.«

»Kannst du das?«, grinst Otto und sucht nach einem Kaugummi. Er hat einen schalen Geschmack im Mund.

Der Hauptkommissar schlängelt sich zwischen den parkenden Fahrzeugen zum Gebäude durch. Er besieht die Laderampe und läuft an dieser entlang zur Betonwand, die die steil abschüssige Zufahrt abstützt. Er betrachtet das Tor und steigt schließlich, um es näher begutachten zu können, die betonierte Fläche zwischen den Stützmauern hinunter. Er steht vor einer massiven Stahlplatte, deren Stärke mindestens fünf Zentimeter beträgt. Ein Schloss, das mit einem Schlüssel zu öffnen wäre, findet er nicht. Leicht legt die flache Hand auf den harten Stahl und spürt, dass hier kein Durchkommen ist.

Er geht zum Glasportal, begutachtet wie ein Kunde die Waren im Ausstellungsraum und öffnet die Tür mit der Aufschrift: *Betreten verboten.*

Vor ihm liegt ein breiter Gang mit weißen Fliesen am Boden und den Wänden, von dem links eine Treppe nach unten führt. Am Ende der Treppe hindert eine Feuertür den weiteren Durchgang. Leicht rüttelt am Knauf. Die Tür ist verschlossen. Der Kriminalhauptkommissar benötigt etwa eine Minute, um sie zu öffnen. Direkt hinter der Tür versperrt ihm eine in die Wand eingelassene Eisenplatte den weiteren Zugang. Die Platte glänzt neu und hat weder Rostspuren noch irgendwelche Hinweise, dass sie bewegt werden kann. Sie ist massiv in den Beton eingebaut und besitzt offensichtlich nur die Funktion, den Zugang durch diese Tür zu versperren. Natürlich ist auch der Ausgang nicht mehr möglich. Zu den unteren Räumen kann man nur durch das Außentor gelangen. Leicht zieht die Feuertür wieder zu und sucht auf dem Rückweg vergebens nach Fensteröffnungen, Kellerschächten oder Ähnlichem, was Licht und Luft in die Kellerräume lassen könnte.

»Kein Zugang, außer durch das Tor und offensichtlich voll klimatisiert«, berichtet er Otto.

»Kühlräume, die man mit einem Auto anfahren kann. Aber warum so massiv gesichert, und was haben diese zwei Figuren darin zu suchen?«

Otto kaut auf seinem Gummi herum und resümiert, dass das jedenfalls kein Umschlagplatz für Tomaten ist.

Gelangweilt beobachten sie weiter vom Auto aus das Schlachthofgelände.

»Ist eigentlich ein nettes Mädchen«, sagt Otto.

»Wer?«, fragt Horst.
»Deine Judith mit dem schlauen Vater.«
Horst reagiert nicht. Otto sieht ihm aber an, dass er grübelt.
»Hast du was Ernstes vor mit ihr?«, fragt er nach einer Weile.
»Weiß nicht. Neulich, als wir uns überschlagen haben, habe ich geglaubt, ich sollte was tun.«
»Und jetzt?«, erkundigt sich Otto.
»Weiß nicht, ob ich überhaupt zu einer Beziehung tauge. Irgendwann gibt es immer Stress.«
»Du bist ein Feigling! Passt eigentlich gar nicht zu dir. Wenn ich so ein Mädchen hätte, wüsste ich, was ich täte. Weiß gar nicht, wie du zu so einer kommst.«
Horst Leicht schaut geradeaus über das Lenkrad durch die verschmierte Windschutzscheibe ins Leere. Ottos Frage hat er sich auch schon öfters gestellt.
»Meinst du das wirklich?«
»Aber klar! Das ist ein Supermädchen, glaube mir. Wahrscheinlich kenne ich mehr Frauen als du.«
»Seit gestern eine mehr«, grinst Leicht. »Die Miller hat dir ja richtig aus der Hand gefressen. Mich hat sie nur angefletscht.«
»Du versprühst ja auch den Charme eines dalmatinischen Maulesels.«
Beide schweigen vor sich hin. Dann sagt Otto ernst:
»Halte sie fest, Horst. So eine findest du nicht noch mal und sag es ihr endlich, verdammter Esel!«
»Was denn?«, fragt Leicht.
Otto schlägt die Hände vors Gesicht. »Mensch, bist du ein Depp! Dass du in sie verschossen bist, dass du nichts Anderes mehr denken kannst, dass du immer auf sie wartest, dass du sie liebst wie verrückt. «
»Otto, du spinnst!« Horst sagt es als Feststellung.
»Nein, Horst; aber du, wenn du es nicht sagst.«
Still sitzen sie beieinander und stieren auf das Stahltor.
Das Schlachthofgelände leert sich allmählich, und Otto fragt,

was sie jetzt hier noch machen sollen. Leicht nickt und entscheidet:
»Durchgehende Objektbeobachtung, und wir schlafen uns aus. Könnte morgen ein anstrengender Tag werden.«

Sie fordern eine Zivilstreife an, und als diese eintrifft, erklärt Leicht den beiden Polizisten ihre Aufgabe: »Das Tor nicht aus den Augen lassen! Wenn sich etwas tut, mich anrufen. Tag und Nacht. Keinesfalls eingreifen. Verstanden? Ablöse morgen früh, acht Uhr.«

Der alte Citroën fährt los, und die Polizisten stellen ihr Fahrzeug auf den frei gewordenen Platz.

»Und wir bauen jetzt unsere Eingreiftruppe zusammen. Wie die Chefin sagte: Mit allem, was wir haben!«

50

Die vier Männer, die von der österreichischen Donaumetropole auf dem Weg in die Münsterstadt sind, kennen sich seit vielen Jahren. Zu Beginn des Balkankrieges waren sie als Sanitäter eingesetzt. Als die Auseinandersetzungen immer unkontrollierter wurden, amputierten und operierten sie wie ausgebildete Chirurgen. Keiner fragte sie nach irgendwelchen Zeugnissen. In den Phasen des grausamen Gemetzels erwarben sie praktische Kenntnisse über die menschliche Anatomie, von denen Medizinstudenten während ihrer Ausbildung nur träumen können. Nach dem Ende des Krieges waren sie gescheiterte Existenzen und froh, dass sie Kerstin und Will aus der gemeinsamen Zeit in Sarajevo kannten.

Als Will sie fragte, ob sie wieder als Ärzte arbeiten wollten, gab es für sie kein Zögern. So wurden sie zu Experten im Entnehmen und Verpacken menschlicher Organe. Die ersten Versuche, Organe zu isolieren, machten sie mit einem Schwein und einer Gans. Bei ihren Vorkenntnissen klappte dies ohne Komplikationen.

Sie leisten für Will gute Arbeit und stehen mit ihren Fertigkeiten den akademisch ausgebildeten Operateuren auf diesem Sektor nicht nach. Der Krieg ist der Vater aller Dinge, zitieren sie den dunklen Heraklit aus Ephesus und erklären sich damit ihren wirren Lebensweg. Während der Anästhesist den schwarzen Porsche Cayenne über die Autobahn jagt, studieren die drei Operateure die heutige Organliste.

Aus zwölf Mädchen müssen sie Herzen, Lebern, Lungen und Pankreas entnehmen und die Organe transportfähig verpacken. Wichtig ist die sorgfältige Kennzeichnung der Kreuzproben, damit die Organe richtig zugeordnet werden können und von den Organismen der Empfänger nicht abgestoßen werden. Die Transplantationen, mit denen sie nichts mehr zu tun haben, finden dann in einer nur wenige Kilometer entfernten Klinik statt. Die dortigen Ärzte kennen die Herkunft der Organe, die sie ihren Patienten einpflanzen, nicht. Die tüchtigen Chirurgen haben ihre dankbaren und zahlungsfähigen Patienten lange auf die ersehnten Operationen vorbereitet. Ihre Neugier, woher die Organe wohl stammen, tritt hinter der guten Bezahlung zurück.

Die jungen Spenderinnen erwartet zum Abschluss eines Erholungsurlaubs die angekündigte fürsorgliche ärztliche Untersuchung. Der Anästhesist klopft sie zum Schein zunächst fachkundig ab und versetzt sie dann in Narkose. Die Operateure weiden die Körper aus. Was danach von ihnen übrig bleibt, wird in einen mit mehreren Walzen ausgestatteten, überdimensionierten Fleischwolf geworfen und zerkleinert. Dieser Fleisch-, Blut- und Knochenbrei kann unauffällig mit den Abfällen des Schlachthofs entsorgt werden.

Zweimal in der Woche absolviert das Team solche Termine in Deutschland und Österreich. Die vier Stützpunkte befinden sich in Untergeschossen von Schlachthöfen in Städten entlang der Donau mit guter Infrastruktur, sodass der Betrieb von korrespondierenden Transplantationskliniken kein Aufsehen erregt.

Für die Männer im schwarzen Cayenne zahlen sich die Fähigkeiten, die sie im Krieg erworben haben, gut aus. Jeder Einsatz bringt dem Trupp vierzigtausend Euro, die sie unter sich aufteilen.

Punkt zehn Uhr vormittags erreichen sie das Gelände der *Donaufleisch AG*. Auf dem Parkplatz stauen sich die Tiertransporter, und an der Rampe drängen sich die Lieferwagen zum Beladen. Vorsichtig tastet sich der schwarze Porsche mit dem Wiener Kennzeichen an den wartenden Autos vorbei und biegt in die abschüssige Zufahrt ein. Die schwere Stahlplatte versinkt im Boden und wächst, nachdem das Auto im Innern verschwunden ist, wieder empor.

Die Polizisten auf dem Nachbargrundstück, die ihre Kollegen vor zwei Stunden abgelöst haben, geben ihre Beobachtungen an den Hauptkommissar weiter. Leicht will bestätigen, dass er die Nachricht verstanden hat, als ihn der Polizist unterbricht:
»Es tut sich wieder was! Ein weißer Ford Transit Bus biegt in die Abfahrt ein. Er muss rangieren.
»Siehst du, wer drinsitzt?«
»Nein, da sind Vorhänge an den Fenstern. Aber das Tor geht wieder runter.«
Der Hauptkommissar springt auf. Telefonisch gibt er der Oberstaatsanwältin Bescheid, dass der Einsatz beginnt. Sie wolle mit vor Ort sein, sagt sie. Sie komme mit einem Einsatzwagen nach.

Otto stellt am Schirm fest, dass das Handy auf dem nordwärts gelegenen Münsterplatz geortet ist. Die Einsatzfahrzeuge verlassen das Präsidium durch das südliche Tor. Es kann vom Platz her nicht eingesehen werden. Otto rennt die Treppen des alten Baus hinunter und holt seinen Peugeot vom Parkplatz. Leicht zwängt sich auf den Beifahrersitz, und der Wagen reiht sich in den Korso der abrückenden Polizeifahrzeuge ein.

Igor stellt seinen Bus mit den Mädchen hinter den Wiener Cayenne. Vom Garagenraum gelangt man durch eine weißlackierte Stahltür in die hell beleuchteten und freundlichen Räume einer gut ausgestatteten Arztpraxis. Im Warteraum bieten zehn sandfarbene, tiefe Ledersessel und zwei Dreisitzer ausreichende und bequeme Sitzgelegenheiten.

Auf den beigestellten kleinen Glastischen liegen aktuelle Ausgaben von Modezeitschriften als leichte, ablenkende Lektüre bereit. Die großen Wandflächen schmücken silberne Spiegel und pastellfarbene Landschaftsaquarelle. Zwischen ihnen führen vier Türen zu den Behandlungsräumen. Ein leichtes, dauerhaftes Summen zeigt an, dass die Raumluft temperiert, gereinigt und umgewälzt wird.

Hier nehmen die zwölf Mädchen Platz, nachdem sie den Bus verlassen haben.

Eine diskrete Lautsprecherstimme ruft die wartenden Mädchen nacheinander namentlich auf, eine der durchnummerierten Türen zu betreten. Der Anästhesist begrüßt die junge Frau und bittet sie, sich zu entkleiden und auf einer Liege Platz zu nehmen. Dann bringt er an ihrem Körper einige Elektroden an, wie um ein EKG anzufertigen. Schließlich gibt er vor, zur Vitalisierung der Körperkräfte eine Infusion vorzunehmen. So erklärt er, dass er einen Zugang an ihrem Unterarm legen muss. Anschließend schließt er sie an einen Tropf an. Durch den Schlauch fließt das Betäubungsmittel in ihren Körper.

Sobald das Narkotikum wirkt, schiebt er die Wehrlose auf der fahrbaren Liege in das benachbarte Zimmer, wo die Operateure warten.

Die Kleider wirft er in einen Abfallsack und verstaut ihn im Nebenraum, aus dem er die nächste Liege holt.

Dann ist er bereit für den Aufruf: Er neigt sich über das Mikrofon und liest den Namen von einer Liste.

»Lara bitte. Zimmer vier.«

Lara legt die Zeitschrift zur Seite und geht durch die Tür mit der Nummer vier. Sie ist das dritte Mädchen bisher. Der Anästhesist reicht ihr freundlich die Hand und erkundigt sich fürsorglich nach ihrem Befinden. Dann, als sie sich freigemacht hat, sucht er an ihrem Arm nach einer geeigneten Vene und führt routiniert und schmerzlos die Hohlnadel ein. Anschließend öffnet er den Tropf und lässt das Betäubungsmittel in ihren Körper fließen. Ein schönes Mädchen, denkt er, als er sie in den nächsten Raum weiterschiebt. Jammerschade. Was für einen Spaß könnte man mit diesem Körper haben.

Als ein ohrenbetäubender Knall die Luft zerreißt, die Spezialisten des Einsatzkommandos gleichzeitig das Stahltor und die Eisenplatte hinter der Feuertür aufsprengen und bewaffnete SoKo-Kräfte in schwarzen Schutzanzügen durch die Löcher springen, bricht das Inferno aus. Staub und Mauerfetzen wirbeln durch die Luft. Blendgranaten explodieren. In Panik durchbrechen Kühe und Schweine die Absperrungen und jagen über den Hof. Im Warteraum drängen sich die jungen Frauen kreischend in einer Ecke zusammen. In schweren Stiefeln stürmen die Männer brüllend in das Wartezimmer. Igor, der die Mädchen bewacht, schwankt zwischen Flucht und Kampf und wird, bevor er sich entscheiden kann, auf den Boden geworfen und fixiert. Das in Sekundenschnelle unschädlich gemachte Menschenbündel überlassen die Einsatzkräfte der nachrückenden, uniformierten Polizei. Die Männer stürmen weiter durch die nächste Tür und erstarren. In einem Operationssaal liegen auf einem Tisch zwei nackte Mädchenkörper mit geöffneten Leibern. Die Brustkörbe klaffen auseinander. Auf einer Liege daneben ist ein dritter Körper zur Operation vorbereitet. Er scheint noch unversehrt. Auf einem Beistelltisch stehen Schüsseln aus Edelstahl. In einer davon liegt ein Herz mit den Stümpfen der Arterien und in einer anderen eine rosafarbene Leber. Die übrigen sind leer. Weitere Personen befinden sich nicht in diesem gespenstischen Raum.

Hinter dem Sonderkommando folgen die beiden Kommissare. Ihre P 2000 halten sie entsichert in Händen. Zwei Polizisten sind bei den neun Mädchen im Wartezimmer postiert, und einer kniet auf Igor am Boden.

Fast betäubt von dem Bild, das sich ihnen bietet, durchsuchen die beiden Kommissare die Räume. Außer den neun Mädchen im Wartezimmer und Igor finden sie nur die drei Körper. Sonst niemanden.

Mit der Oberstaatsanwältin eilen die zum Einsatzkommando gehörenden drei Notärzte in die Kellerräume. Einer davon kümmert sich um die neun Mädchen. Die anderen zwei stehen um die drei nackten Körper im Operationsraum. In den beiden geöffneten Mädchenkörpern finden sie zurückgelassene Skalpelle und Scheren. Der andere Körper ist noch am Tropf angeschlossen. Ein Arzt klemmt geistesgegenwärtig den Schlauch ab und stellt fest, dass noch ein Funken Leben in dem Mädchen vorhanden ist. Er beginnt mit der Reanimation, die schon nach kurzer Zeit sichtbare Erfolge zeigt. Laras Lider zucken, und langsam heben sie sich. Verwirrt schauen ihre Augen in die schockierten Gesichter der über sie gebeugten Männer.

Schimpfend und mit den Armen fuchtelnd drängt sich jemand zum Hauptkommissar vor. Er sei der Geschäftsführer des Schlachthofs, stellt er sich empört vor. Ob die Polizei verrückt geworden sei, fragt er aufgebracht. Leicht kann es ihm nicht verdenken. Auf dem Platz stehen die Einsatzwagen mit rotierenden blauen Signallichtern. Bei einigen heulen noch die Martinshörner. Dazwischen rennen Kühe und Schweine und Männer in Metzgerkitteln, die versuchen, sie wieder einzufangen.

Der Hauptkommissar beruhigt den Mann. Dies alles habe mit dem Schlachthofbetrieb nichts zu tun, erklärt er. Die Polizisten seien dabei, wieder abzurücken. Er nimmt den Mann an den Schultern, dreht ihn zum Ausgang und gibt ihm einen Schubs mit.

Dann ruft er die Gerichtsmedizinerin an.

»Wir brauchen Sie dringend. Lassen Sie alles stehen und liegen. Ein Einsatzfahrzeug wartet vor Ihrer Tür.«

Wenige Minuten später rast Ute Werr in einem Wagen mit eingeschalteter Sirene und Blaulicht ins Donautal.

»Wo ist Otto? Hat irgendjemand den Oberkommissar Müller gesehen?«, fragt Leicht die um den Cayenne und den Bus versammelten Einsatzkräfte. Niemand kann ihm eine Auskunft geben.

Er telefoniert mit dem Büro. Ja, der Oberkommissar habe sich gemeldet, wird er informiert. Vor einigen Minuten habe er sich erkundigt, wo das Handy sei. Man habe ihm mitgeteilt, dass es sich auf einem Grundstück in unmittelbarer Nähe des Schlachthofs befindet.

»Wo, verdammt noch mal?«, brüllt Leicht.

Franz gibt den genauen Standort durch, den er auch dem Oberkommissar genannt hat. Jetzt sei das Handy aber bereits wieder unterwegs.

Der schwergewichtige Hauptkommissar rennt zum angegebenen Parkplatz auf der gegenüberliegenden Straßenseite. An einigen der dort abgestellten Fahrzeuge sieht er Einschusslöcher. Scheiße, scheiße. Wo ist Otto? Neben einem grünen Kombi liegt ein Mann. Scheiße, Otto, flucht Leicht atemlos. Der Mann trägt einen schwarzen Anzug. Gott sei Dank! Leicht kniet sich neben den Mann und dreht ihn vorsichtig auf den Rücken. Das Gesicht kennt er. Als er im Auto eingeklemmt war, sah er ihn. Auch vor dem Theater, wie er sie beobachtete. Er ist tot. Ein Schuss hat ihm die halbe Schädeldecke weggerissen. Leicht sucht den Parkplatz weiter ab, kann aber niemanden mehr finden.

An einem Kabelhäuschen in der hinteren Ecke des Platzes steht die Tür halb offen. Leicht schaut hinein. Eine Treppe führt nach unten. Er zwängt sich durch, steigt etwa drei Meter hinab und findet sich in einem engen Gang wieder. Den Arm mit der Pistole nach vorn gestreckt tastet er sich vorsichtig weiter. Ein schmaler, langer Stollen, dann einige steile Stufen. Er klettert nach oben und stößt an eine Platte. Mit aller Kraft wuchtet er sie hoch und schaut in das erstaunte Gesicht der Oberstaatsanwältin. Er schiebt sich durch die Öffnung und steht im Operationsraum. Er sieht Ute Werr konzentriert über die Mädchenleiber gebeugt. Sie hat keinen Spott für den aus dem Boden gewachsenen Hauptkommissar.

Leicht schickt einen der umstehenden Polizisten auf den Parkplatz.

»Sie finden einen Toten dort. Und sichern Sie den Zugang zu diesem Stollen.«

Die Gerichtsmedizinerin steht mit beiden Händen auf dem Tisch abgestützt und betrachtet fassungslos die zwei geöffneten Mädchenkörper. Leicht kann sie von der Seite beobachten, wie sie mit der Zunge die Tränen auffängt, die ihr die Wangen herunterrollen. Er spürt eine ohnmächtige Wut in sich aufsteigen. Plötzlich hört er von der Liege her ein Flüstern:

»Wolfgang Baumann. Wolfgang Baumann. Wo?«

Er schiebt den Notarzt zur Seite und beugt sich über das aus der Narkose aufwachende Mädchen.

»Kennen Sie Wolfgang Baumann?«

Lara nickt. Ihre Augen schauen suchend an Leicht vorbei. Sie versucht, sich aufzusetzen.

Leicht drückt sie sanft zurück. Er will ihr den Anblick der grausam zugerichteten Mädchen ersparen.

»Was ist mit Wolfgang Baumann?«, fragt er.

»Er hat gesagt, er kommt. Aber nicht allein«, flüstert Lara. »Dann hat der Spuk ein Ende, hat er versprochen. Wo ist er?«

Horst Leicht spürt, wie sich seine Nackenhaare aufstellen und ihm ein Schauer über den Rücken jagt.

»Wie heißen Sie?«, fragt er.

»Rasima Spahic«, antwortet sie tonlos.

»Wir kümmern uns um Sie, Frau Spahic. Bleiben Sie bitte ruhig liegen!«

Er wirft einen fragenden Blick zu Ute Werr. Sie hat verstanden und nickt bestätigend. Bevor er den Raum verlässt, legt er eine Hand auf die Schulter der von ihm so geschätzten Frau. Sie dreht ihm ihr Gesicht zu, tränennass.

Leicht geht zu den übrigen Einsatzkräften, und die Oberstaatsanwältin folgt ihm. Sie sind um den Cayenne im Keller versammelt. Die neun Mädchen stehen verstört daneben.

»Wer kümmert sich um die Mädchen?«, fragt Dr. Rossmann. Niemand meldet sich. Sie weist eine Polizistin an, sie als Zeuginnen mit auf das Revier zu nehmen.

»Haben wir Verluste?«, erkundigt sich die Oberstaatsanwältin dann besorgt. »Wo ist Oberkommissar Müller?«

»Ich erledige das. Hier werde ich sowieso nicht mehr gebraucht.«

Der Hauptkommissar macht sich auf den Weg.

»Aber passen Sie auf sich auf, Leicht!«, ruft Marlene Rossmann ihm nach.

Horst Leicht steigt über die gesprengte Eisenplatte durch die offene Feuertür nach oben. Sein Telefon meldet sich.

»Was ist eigentlich los?«, fragt Michael Plum. »Stimmt es, dass ihr den Schlachthof in die Luft gesprengt habt? Und ich bin nicht dabei! Ist das dein Dank? Ich bekomme jetzt alles exklusiv, Herr Hauptkommissar, sonst sind wir Freunde gewesen.«

Leicht steckt das Telefon weg und sucht sein Auto. Erst als er es nach einigem Herumschauen nicht findet, fällt ihm ein, dass er heute mit Ottos Peugeot mitgefahren ist. Er erinnert sich, wo Otto das Fahrzeug abgestellt hat. Der Platz ist leer.

Er ruft im Büro an. Franz meldet sich.

»Wisst ihr, wo Müller ist?«, fragt er.

»Auf der Autobahn A 8. Richtung München. Kilometer 95,5.«

»Bist du übergeschnappt? Mir ist nicht nach Spaß!«

»Das stimmt, Herr Hauptkommissar. Er hat das Handy und verfolgt ein Auto. Ich habe ihn auf dem Schirm. Er hat gesagt, ich soll Ihnen Bescheid geben.«

»Und warum erfahre ich das erst jetzt, verdammt noch mal?«

»Tut mir leid. Ich habe alles versucht. Aber in dem Keller waren Sie nicht erreichbar. Kein Empfang!«

»Was weißt du?«

»Der Oberkommissar hat die zwei Handymänner entdeckt und gesehen, wie vier Männer plötzlich auf dem Parkplatz aufgetaucht sind. Es gab eine Schießerei. Einen hat er wohl ausgeschaltet und ihm das Handy abgenommen. Die anderen sind mit einem Auto geflüchtet, und er ist hinter ihnen her.«

»Wir brauchen eine Sperre!«

»Alles veranlasst. Bei der Autobahnkapelle in Adelsried machen die Augsburger Kollegen eine Baustelle dicht. Ein Hubschrauber ist schon in der Luft. Sie sind so gut wie geschnappt.«

Erst jetzt merkt Leicht, dass sein Hemd völlig nassgeschwitzt ist.

Otto Müller versucht, mit seinem Peugeot den davonrasenden schwarzen Audi nicht aus den Augen zu verlieren. Er verfolgt ihn über die Europastraße bis zur Auffahrt auf die A 7. Beim Elchinger Kreuz biegen die Flüchtigen in Richtung München auf die A 8 ein. Er weiß, dass Franz ihn orten kann. Das Handy hat er dem Mann auf dem Parkplatz abgenommen, nachdem er ihn erschossen hatte. Es liegt auf dem Beifahrersitz. Sein eigenes und die P 2000 daneben. Zwischen den Anschlüssen Leipheim und Günzburg hört er ein knatterndes Motorengeräusch von oben. Er sieht einen Polizeihubschrauber in geringer Höhe über dem schwarzen Audi. Er spürt die Luftwirbel der Rotoren. Herrgott, was ist denn das? Jetzt wissen die, dass sie verfolgt werden! Das sind doch keine Verkehrssünder! Die Bremslichter des Audis leuchten auf, nur kurz. Dann beschleunigt er. Ottos Peugeot bleibt zurück. Aus dem hinteren rechten Seitenfenster des Audis erscheint ein Arm. Die Hand hält eine Pistole. Ein scharfer Knall, und Otto sieht nichts mehr. Die Windschutzscheibe zerspringt zu einem Netz von tausend Waben. Otto nimmt den Fuß vom Gas, hält das Steuer gerade und greift zum Lauf seiner Pistole. Mit dem Griff schlägt er ein Guckloch frei und sieht gerade noch, wie das schwarze Auto weit vor ihm die Autobahn verlässt.

Otto fährt auf die rechte Standspur und ruft Leicht an.

»Die Schweine sind bei Günzburg runter«, ruft er ins Handy. »Meine Windschutzscheibe ist kaputt. Sie schießen!«

»Wo bist du? Du bleibst, wo du bist. Ich komme.«

Keine Viertelstunde später sieht Otto ein Einsatzfahrzeug heranrasen. Mit quietschenden Bremsen hält Leicht neben ihm, und Otto springt in den BMW. Die P 2000 hält er in der Faust. Leicht hat die seine zwischen die Schenkel geklemmt. Aus dem Polizeifunk krächzt eine Stimme aus dem Hubschrauber:

»Das Objekt ist im Wald verschwunden. Wir bleiben oben.«

»Wo?«

»Autobahnabfahrt Günzburg. Gleich hinter dem Legoland.«

Der Hauptkommissar tritt den Gashebel durch. Der BMW heult auf und prescht los. Leicht reißt ihn durch die Abfahrt und die Kreisverkehre.

»Ich sehe euch«, krächzt die Stimme aus dem Heli. »Den übernächsten Feldweg nach links.«

Leicht schaltet die Sirenen aus und biegt in den mit Gras bewachsenen Weg ein, der nach zweihundert Metern in einen Wald mündet. Otto entsichert die Pistole.

»Weiß die Rossmann von uns?«

»Quatsch!«, antwortet Leicht und fährt in den Wald hinein. Nach einer Kurve sieht er den schwarzen Audi. Alle vier Türen stehen offen. Durch die dunkle Heckscheibe ist nichts zu sehen. Der Hauptkommissar hält an und nimmt seine Pistole vom Schoß. Er überlegt, ob er die Zündung ausschalten oder den Motor laufen lassen soll. Er entscheidet sich, den Schlüssel abzuziehen und steckt ihn ein. Die beiden Kommissare steigen aus und schleichen sich im Schutz der Bäume an den Audi heran. Sie können jetzt in das Innere sehen. Der Wagen ist leer. Sie nutzen den dicken Stamm einer Buche als Deckung und warten. Angestrengt spähen und horchen sie in den dichten Wald hinein. Sie sehen und hören nichts.

Nach einer halben Stunde geht Leicht zum Einsatzfahrzeug zurück, und Otto Müller gibt ihm Feuerschutz.

Der Hauptkommissar fragt beim Hubschrauberpiloten an, ob er etwas entdecken kann.

»Nein, nichts Verdächtiges. Nur ein Bauer ist mit seinem Fuhrwerk zum Parkplatz vor dem Legoland gefahren. Dort steht es noch. Eine Hundertschaft rückt an und durchsucht den Wald. Die Fahrzeuge haben die Autobahn bereits verlassen und sind in wenigen Minuten da.«

Im Bauch des Hauptkommissars beginnt es zu grummeln. Er hat ein ungutes Gefühl, das sich immer mehr steigert. Er winkt Otto in das Auto, legt den Rückwärtsgang ein und verdreht sich schwer atmend, um die dreihundert Meter zur Straße rückwärts zu fahren. Eine Möglichkeit zu wenden gibt es nicht. Auf dem Parkplatz vor dem Legoland hält er neben dem Fuhrwerk. Niemand sitzt auf dem Traktor. Der Anhänger ist mit Geäst aus dem Wald beladen. Als er an einigen Zweigen zieht, um besser durch das Laub sehen zu können, findet er versteckt vier zusammengerollte weiße Mäntel, wie sie Ärzte tragen.

Otto Müller rennt zur Kasse und fragt die Frau, die Eintrittskarten verkauft, ob ihr das Fuhrwerk aufgefallen ist, das auf dem Parkplatz steht.«

»Ja«, sagt sie. »Das war schon seltsam. Die Männer haben keine Karten gekauft und sind mit mehreren Taxis weggefahren. Wie Bauern haben sie nicht ausgesehen.«

Wie viele es waren, möchte Otto wissen.

»Ich glaube fünf«, gibt die aufmerksame Kartenverkäuferin bereitwillig Auskunft.

Am Taxistand stehen drei Fahrer um ihre Autos und rauchen. Misstrauisch beobachten sie die beiden Männer, die mit dem Polizeifahrzeug vorgefahren sind und immer noch Pistolen in den Händen halten. Als sich die Kommissare nach den fünf Fahrgästen erkundigen, stoßen sie auf eisiges Schweigen. Erst als Leicht den dreien erklärt, dass es sich um Schwerverbrecher handelt, die junge Mädchen umgebracht haben, werden die Taxifahrer mitteilsamer. Es seien Landsleute von ihnen gewesen, sagen die drei, die schon vor über zehn Jahren aus Bosnien nach Deutschland gekommen sind und jetzt mit den Taxis ihr Geld verdienen. Die fünf seien in zwei Autos gestiegen und hätten im Voraus je tausend Euro bezahlt. »Ein gutes Geschäft!«, sagen sie. Wohin die Taxis fahren, wüssten sie nicht. »Wahrscheinlich an verschiedene Ziele. Sonst wären sie ja mit einem gefahren«, vermuten sie.

Als die beiden Kommissare wieder im Auto sitzen, erfahren sie, dass die Polizisten, die den Wald durchkämmen, sehr schnell einen Bauern gefunden haben, der berichtet, einige Männer hätten ihn überfallen, vom Traktor gezogen und mit einer Pistole niedergeschlagen. Als er wieder zu sich gekommen ist, war sein Traktor samt Ladewagen weg.

Horst Leicht und Otto Müller schauen auf den Eingang des Freizeitparks. Eltern mit ihren Kindern kaufen Karten und freuen sich auf das, was sie erwartet. Andere verlassen den Park und unterhalten sich angeregt. Fröhliche Gesichter überall.

»Was machen wir jetzt?«, fragt Leicht seinen Oberkommissar bitter.

»Ich denke, jetzt müssen andere ran. Das ist nicht mehr unsere Baustelle. Informieren wir die Rossmann. Sie soll die Suche nach den Taxis anordnen. Verjagt haben wir sie jedenfalls«, antwortet Otto.

»Damit sind sie aber nicht aus der Welt«, meint Horst Leicht enttäuscht.

Über Polizeifunk gibt er, nachdem er die Staatsanwältin über die Flucht der Männer informiert hat, den Auftrag, dass Ottos Peugeot abgeschleppt und repariert wird. Dann fahren sie mit ihrem Einsatzfahrzeug langsam in die Stadt zurück.

51

Frau Dr. Rossmann erwartet ihre Kommissare mit Ungeduld. Sie hat die Fahndung nach den beiden Taxis ausgelöst. Was sie tun konnte, ist getan. Sie vertraut auf das Glück und die Erfahrung der bundesweit mit allen verfügbaren Mitteln agierenden Polizeikräfte. Als beide Autos auf der Autobahn Richtung München geortet werden, stellt der für solche Fälle zuständige Einsatzleiter Manuel Brandl im Polizeipräsidium München eine direkte Zugriffsgruppe zusammen. Er leitet diese zehn Mann wie deren Vater. Er besitzt einen Ruf, der ihn unangreifbar macht: Noch nie hat er einen seiner Männer verloren. Schon mehrmals stand er wegen Überschreitung seiner Kompetenzen vor Gericht. Noch nie wurde er von der Münchener Justiz verurteilt. Seine Männer folgen ihm blind. Bei ihm laufen die Informationen zusammen.

Die Staatsanwältin Rossmann hat ihm am Telefon erklärt, wie der Einsatz am Schlachthof abgelaufen ist, hat die Leistung der eigenen Polizei hervorhoben und ihn eindringlich vor der Gefährlichkeit dieser Männer gewarnt. Nach einigem Zögern erhielt sie nur die ruhige Antwort, sie solle sich keine Sorgen machen, es werde bei solchen Verbrechern eine bayrische Lösung geben.

Leicht und Müller sind mit ihrem Einsatzfahrzeug gerade auf Höhe des Elchinger Kreuzes, als sich eine männliche Stimme mit deutlich Münchner Dialekt über Polizeifunk meldet. »Manuel Brandl ist hier. Ihr kennt mich nicht. Ich habe eure Kandidaten übernommen. Gute Arbeit von euch. Wenn ihr wollt, könnt ihr die Sache mit uns zu Ende machen. Meldet euch in der Ettstraße.

Der Alois hält die Verbindung.« Die beiden Kommissare schauen sich kurz überrascht an, dann schaltet Leicht Blaulicht und Martinshorn ein, wendet bei der Ausfahrt Oberelchingen und rast in Richtung München. Keine zwei Minuten später meldet sich eine andere Stimme. »Hallo, ich bin der Luis. Unser Chef hat gesagt, ich soll mit euch Kontakt halten. Die Brüder sind zurzeit bei Dachau. Wo seid ihr?«

Otto übernimmt die Verbindung. »Kilometer einhundertfünfzehn bei Leipheim«, informiert er seinen Gesprächspartner. »Wir gehen davon aus«, sagt Luis, »dass die Brüder, die staubigen, zum Flughafen fahren. Wir machen auf der Autobahn keinen Rabatz und empfangen sie an der Kreuzung nach Hallbergmoos. Wenn es was Neues gibt, lass ich es euch wissen. Unser Chef hat euch schwer gelobt.«

Die Autofahrer sind aufmerksam und machen dem Polizeifahrzeug den Weg frei. Mit über zweihundert Stundenkilometern jagt Leicht über die A 8. Sie sind schon einige Minuten hinter Augsburg, als Luis sich wieder meldet. »Hallo ihr zwei. Wir können euch brauchen. Die beiden Taxis haben sich getrennt. Eines fährt die Route zum Flughafen weiter, das andere hat die Autobahn bei Oberschleißheim verlassen und fährt Richtung Dachau. Wo seid ihr?« Otto schaut kurz auf: »Letzte Ausfahrt war Sulzemoos.«

»Dann fahrt doch bei Dachau raus. Gerade höre ich, dass eine unbekannte Maschine im Anflug zum Flugplatz Gröbenried sein soll. Da seid ihr näher dran.«

Als Leicht mit quietschenden Reifen in die Ausfahrt Dachau ausschert, meldet sich Manuel Brandl. »Hallo, ihr zwei. Ich habe hier das Kommando. Ihr fahrt zum Flugplatz Dachau-Gröbenried.

Ich komme mit dem Heli. Wenn dort tatsächlich die sauberen Brüder vom Taxi in das Flugzeug steigen: sofort schießen. Mit allem, was ihr habt. Ihr braucht nicht warten. Und macht keinen Versuch, diese Burschen zu verhaften. Keine Warnung, kein Anruf, bringt euch nicht in Gefahr. Sofort schießen! Geht alles auf meine Kappe. Verstanden!«

Die beiden Kommissare sehen sich an. So eine Anweisung haben sie noch nie erhalten. Wenn das die Rossmann wüsste, denken sie und machen ihre P 2000 bereit. Von weitem schon sehen sie das Flugplatzgelände. Es ist eine abgeholzte und eingeebnete Fläche. Sie haben freie Sicht über den ganzen Platz. Einige Maschinen stehen dort. Etwas abseits von diesen scheint sich eine kleine Cessna zum Start fertigzumachen. Sie wartet auf der Piste. Menschen sind keine zu sehen. Leicht hat die Alarmsignale an seinem Einsatzfahrzeug ausgeschaltet. Das Gelände liegt etwas abseits. Die Straße ist fast nicht befahren. Sie führt schnurgerade am Platz entlang. In der Ferne sehen sie ein Auto, das ihnen entgegenkommt. Sie beobachten, wie es auf das Gelände einbiegt. Dort muss also wohl die Einfahrt sein. Etwa einen Kilometer vor ihnen. Leicht sieht, wie der PKW beschleunigt und auf die wartende Cessna quer über das Flugfeld zufährt. Das Fahrzeug hat kein Taxischild auf dem Dach. Otto zuckt mit den Schultern, nickt dann und greift nach der Pistole. Leicht drückt das Gas bis zum Anschlag. Der BMW heult auf, macht einen Satz und stürmt los. Am Horizont taucht ein Hubschrauber auf. Aus dem Funkgerät hören sie die leicht erregte Stimme von Manuel Brandl: »Auf was wartet ihr denn noch. Auf geht's!« Sie jagen durch die Einfahrt und hinter dem anderen Auto her. Dieses hat die Cessna erreicht. Alle vier Türen fliegen auf und fünf Männer rennen auf das Flugzeug zu. Leicht macht einen kleinen Bogen und fährt der Cessna vor die Bugräder. Der Hubschrauber ist noch etwa drei Kilometer entfernt. »Herrgottsakrament«, flucht Brandls verärgerte Stimme aus dem Funkgerät. Dann peitschen Schüsse. Der Motor des Flugzeugs springt an, der Propeller beginnt zu drehen.

Otto hat sich aus der Beifahrertür fallen lassen und feuert auf die Männer, die durch die Luke ins Flugzeug einsteigen. Zwei fallen zurück auf die Startbahn. Leicht schießt durch die offene Tür ins Flugzeugs. Er kann nicht sehen, ob er jemanden trifft. Die wendige Cessna setzt sich in Bewegung. Aus dem Innern wird herausgeschossen. Der Pilot muss die Maschine einige Meter zurücksetzen, um das Polizeiauto zu umfahren. Jetzt hören die Kommissare, dass der dumpfe Lärm der Rotorblätter des Helikopters die hohen Töne der startenden Cessna überdeckt. Der Hubschrauber tanzt wie eine Libelle einige Meter vor der Nase über der Cessna. Eine übermächtige Megafonstimme plärrt über den Platz. »Weg, weg mit euch zwei!« Leicht und Müller rennen davon, als hätten sie das schon einmal geübt. Der Hubschrauberpilot zieht die Maschine hoch. Ein kurzes, schrilles und schmerzendes Pfeifen. Dann ein krachender Feuerball. Die Explosion zerreißt die Luft. Die Cessna ist ein unter heruntergeklappten Flügeln rauchender Trümmerhaufen. Der Helikopter fliegt wie zum Hohn eine elegante Landekurve und setzt mit seinen Kufen auf der Startbahn auf. Drei Männer in schwarzer Kampfmontur springen aus der Kabine. Ohne sich um die zerstörte Maschine zu kümmern, gehen sie auf die beiden Kommissare zu. »Prima habt ihr das gemacht«, lobt Manuel Brandl. Hinter seinem imposanten Schnurrbart sind die Bewegungen der Lippen nicht zu erkennen. »Ihr könnt bei uns anfangen. Schade, dass euer Auto auch was abgekriegt hat. Nehmt halt das ihre«, grinst er breit. »Das Taxischild haben sie netterweise schon abgeschraubt.« Aus den rauchenden Trümmern hört man ein leises Knacken. Brandl geht darauf zu, zieht seine Pistole und schießt. Während er seine Waffe wieder in das Holster am Gürtel zurücksteckt, stellt er sich zu den Männern und sieht in das entsetzte Gesicht von Hauptkommissar Leicht. »Kann euch nicht schaden, wenn sie bei der Autopsie auch eine weißblaue Kugel finden. Zu retten gab's da nichts«, sagt er nur. Dann meldet sich sein Funkgerät. »Hier Iltis. Taxi in Hallbergmoos festgehalten. Zwei Insassen. Sind die Taxifahrer. Hatten Auftrag zum Flughafen zu fahren und dann wieder umzukehren. Was tun?« Brandls Anweisung kommt prompt: »Lasst sie laufen! Ende.«

Der Einsatzleiter lässt es sich nicht nehmen, die zwei Kommissare durch einen Polizisten seines Trupps mit einem Polizeifahrzeug nach Ulm zu bringen. Auf der Fahrt hängen die beiden Männer ihren Gedanken nach. »Wer hat denn nun unseren Bankdirektor erschossen?«, fragt Otto. Der Hauptkommissar hebt seine Hände und lässt sie wieder fallen. Ganz so, als sei ihm das ziemlich egal. »Wird wohl einer von denen gewesen sein. Friede seiner Asche.« Nach einer Weile fragt Otto: »Glaubst du, dass es einen Gott gibt?« Leicht lässt sich mit der Antwort Zeit. Er denkt an die tote Frau in der Donau, an die Mädchen im Schlachthof und an die Szene, die er eben überlebt hat.

»Ich weiß nicht«, sagt er. »Wenn es einen gibt, verstehe ich ihn jedenfalls nicht.« Dann lehnt er sich zurück, faltet seine Hände über dem Bauch, lächelt zufrieden vor sich hin, flüstert »Judith« und schläft ein.

52

Die Stadtpfarrkirche ist bis auf den letzten Platz gefüllt. Sogar in den Gängen stehen die Menschen dicht gedrängt. Keiner will sich dieses Ereignis entgehen lassen. Die Stadt versammelt sich zur Trauerfeier für den ermordeten Wolfgang Baumann. Die Presse hat ihn zum Helden gemacht.

Horst Leicht hielt sein Wort, und Michael Plum schrieb eine Exklusivstory, die er vielen überregionalen Zeitungen und Magazinen verkaufen konnte. Sogar ein Interview mit Lara hat er geführt. Der Tod von Wolfgang Baumann ist zum Schlüssel für die Aufklärung von Verbrechen geworden, die an Scheußlichkeit in der Erinnerung der Stadt nichts Vergleichbares haben. Plum stellte Baumann in seinen Artikeln als unerschrockenen Retter der Mädchen heraus, der seinen Mut mit dem Leben bezahlen musste.

Um den auf den Altarstufen abgestellten schweren Eichensarg bilden uniformierte Männer der Freiwilligen Feuerwehr ein Ehrenspalier.

Stadtpfarrer Dr. Albert Haider weiß, was die Stadt von ihm erwartet. Nach zehn Jahren kennt er seine Pappenheimer! Am Ende dieses Gottesdienstes müssen die schweren Wolken, die die Stimmung in der Stadt seit Monaten verdunkelt haben, einem hellen, strahlend blauen Himmel gewichen sein. An dieser Aufgabe wird ihn die Gesellschaft der Stadt messen.

Im schwarzen Rauchmantel aus schwerem Brokat umschreitet er Sarg und Altar. Kraftvoll das Weihrauchfass schwenkend und unterstützt von zehn Ministranten schickt der Stadtpfarrer dicke weiße Schwaden in das barocke Kirchenschiff hinab. Mit sonorem Bariton singt er das feierliche Requiem. Schließlich tritt er zur Predigt an die oberste Altarstufe, den Sarg zu Füßen. Das Hüsteln und Räuspern der Kirchenbesucher erstirbt. Der ranghöchste Priester der Stadt lässt seinen Blick ruhig und ohne Eile über die Gemeinde schweifen, bevor er zu sprechen beginnt.

In den vorderen Reihen sieht er nicht nur die eigene erste Garnitur, sondern auch die Vertreter der an der Aufklärung der Verbrechen beteiligten Behörden aus der benachbarten Münsterstadt.

Eine größere Liebe hat niemand als der, der sein Leben hingibt für seine Freunde.

Um diesen Satz aus Johannes 15,13 baut er die Gedanken seiner Ansprache und stellt die Ermordung von Baumann als Opfertod zur Befreiung der gequälten Mädchen dar. Gier und Gottlosigkeit sind die Ursachen solcher mit menschlichem Verstand nicht mehr erfassbaren Verbrechen.

Er breitet seine Arme aus, und der mächtige Mantel lässt den ohnehin schon stattlichen Mann noch eindrucksvoller erscheinen.

»Einer unserer größten Söhne hat die Behauptung aufgestellt, nur das Weltall und die menschliche Dummheit seien unendlich. Niedertracht und Gier, Gottlosigkeit und Hass sind eine besondere Form von menschlicher Dummheit. Der Dummheit nämlich, nicht zu erkennen, dass allein Liebe und Verzeihen unser Zusammenleben erträglich und fruchtbar machen.

Noch einen weiteren Satz ruft der Physiker und Philosoph, auf den wir stolz sind, uns Nachgeborenen mahnend aus dem Jenseits herüber:

»Wenn ihr nicht gerechter, friedlicher und überhaupt vernünftiger sein werdet, als wir es waren, so soll und wird euch der Teufel holen!«

Die Stimme des Predigers klingt wie dumpfes Grollen.

»Wurde uns die Richtigkeit dieser Erkenntnis nicht überdeutlich vor Augen geführt? Ist es nicht das Werk des Teufels, das sich vor unseren Augen offenbart hat? Und ist es nicht die unendliche menschliche Dummheit, die er sich dabei zunutze macht?

Und nun ist es ein weiterer Sohn unserer Stadt, den wir heute begraben, der uns gezeigt hat, welches Mittel es gibt, diese Kraft des Teufels zu brechen: Es ist die Liebe. *Denn eine größere Liebe hat niemand als der, der sein Leben hingibt für seine Freunde.*

Der Stadtpfarrer schließt den Kreis seiner Gedanken ab und routiniert leitet er das Finale ein:

»Lasset uns beten, dass wir alle die Kraft haben, der teuflischen Anziehungskraft dieser Dummheit zu widerstehen, und lasset uns beten für unseren Verstorbenen und den Nächsten aus unserer Mitte, der ihm vor Gottes Angesicht nachfolgt. Denn aus Staub sind wir gemacht und zu Staub werden wir zerfallen. Amen.«

Unter dem Brausen der Orgel strömen die Menschen aus dem kalten Kirchengemäuer und versammeln sich auf dem von der Sonne beschienenen, weiten Vorplatz.

Karin nimmt Maximilian Mayer am Arm, führt ihn einige wenige Meter zur Seite und flüstert: »Papa hat mit mir gesprochen wegen Helmut. Mutter werden wir damit nicht belasten.«

Auf den alten Oberstudiendirektor Wilhelm Dachstein, von dem die halbe Stadt weiß, dass ihm ein Katheder gelegt wurde, redet temperamentvoll sein Budapester Berufskollege Imre Szabo ein, der sofort an das Krankenbett seines Freundes geeilt ist, als er von dessen Schicksal erfuhr. Um sie herum stehen zehn auffällig hübsche Mädchen. Lara, die wieder ihren richtigen Namen *Rasima* benutzt, haben die beiden Männer zwischen sich genommen. Der alte Ungar zeigt seinem Freund mit theatralischer Geste den Zeigefinger: »Ganz in Ordnung war das nicht, dass du vor mir ein Geheimnis hattest. Solche Alleingänge darfst du nicht noch mal machen. Jetzt müssen wir aber wieder alle zusammenhalten. Diese Mädchen brauchen uns *Danuvier*. Unsere geliebte Donau muss wieder gesunden. Sie ist nicht mehr blau, sondern wir haben sie rot gefärbt. In unseren Tagen!«, setzt er empört hinzu.

Dann fasst der seelenvolle Magyar lächelnd nach der Hand

seines deutschen Freundes. »Und du musst auch wieder gesund werden, Wilhelm. Musst wieder lernen, wie man ordentlich Pipi macht.«

Die beiden alten gelehrten Männer grinsen wie Lausbuben, und in *Rasima* glimmt der nie erloschene Hoffnungsschimmer hell auf, dass sich doch alles noch zum Guten wenden wird.

Dr. Harsch schleicht bedrückt um den Klinikchef herum, und als dieser ihn unbefangen grüßt, fragt er leise, damit es kein anderer der Umstehenden hören kann, ob man die Kündigung nicht ungeschehen machen könne

»Welche Kündigung?«, fragt Maximilian Mayer mit gespieltem Staunen in der Stimme und klopft seinem Chirurgen freundlich auf die Schulter.

Etwas seitlich vor den Stufen des Kirchenportals stehen die Oberstaatsanwältin Marlene Rossmann, die Gerichtsmedizinerin Ute Werr und die beiden Kommissare mit Judith beieinander. Leichts rechter Arm ist schwer um Judiths Schultern gelegt.

»Ihr zwei seid völlig bescheuert«, sagt Judith vorwurfsvoll und stolz zu Horst Leicht und Otto Müller. Die Staatsanwältin nickt heftig zu diesen Worten. Ute Werr ist ersichtlich nicht dieser Meinung.

»Jetzt haben Sie sich das Mittelmeer verdient, Leicht. Das Abkühlbecken wartet«, sagt sie lächelnd.

Der Stadtpfarrer betrachtet, im hohen Portal stehend, die vor ihm auf dem Kirchplatz versammelten Menschen wie ein Hirte seine Herde. Er lächelt zufrieden, als genieße er seine durch den festlichen Ornat unterstrichene Einzelstellung. Die strahlende Sonne taucht die pittoreske Szene in helles Licht.

Judith zeigt zu dem kraftvollen Mann im schwarzen Rauchmantel hoch: »Wenn wir einmal heiraten, dann bei dem. Der hat was, meinst du nicht, Horst?«

Leicht riskiert verstohlen einen Blick zu Otto und sieht ihn breit grinsen.

»Ich rieche hier förmlich die Provinz«, sagt die Pathologin gequält und zaubert viele kleine Fältchen auf ihre Nase.

Eine Weile herrscht nachdenkliche Stille, dann meint der Hauptkommissar unschlüssig mit den Achseln zuckend:
»Ist doch schön, irgendwie, vielleicht, oder?«

ENDE

Weitere Titel des Autors

Hermann Severin; Heuschreckentanz; ISBN 978-3-7448-2364-7

Mit intelligenter Raffinesse betrügen Unternehmensberater, Vorstände und Aufsichtsräte mit Hilfe der Banken den Familienunternehmer Mark Attelmann um seine Firma. Hilflos muss er zusehen, wie sein Vertrauen enttäuscht und ihm Unternehmen und Vermögen entzogen werden. Völlig legal. Ohnmacht und Wut bringen ihn dazu, mit Unterstützung eines afrikanischen Freundes den aussichtslosen Kampf aufzunehmen. Es beginnt ein roll back. Ganz und gar nicht legal.

Hermann Severin zeigt, dass ein Gerichtsthriller nicht nur in der anglo-amerikanischen Literatur packend und faszinierend geschrieben werden kann. Brandaktuell und spannend mit garantiertem Gänsehauteffekt.

Hermann Severin; Ende mit Hopsasa und Trallala;
ISBN 978-3-7448-7616-2

Ein Zwischenruf zur rechten Zeit. Höchstaktuell und erfrischend. Analysen und Lösungsvorschläge abseits ausgetretener Pfade.

Nachschlag
Epilog

Der Sommer verging, ohne ihm weiter Beachtung zu schenken. Jegliche Beteiligung verpuffte klanglos, bis die allgemeine Betroffenheit allmählich abebbte. Zum Ende des Spätsommers hin wurde aus spärlichem Nicken gesenkten Blickes wieder Augenkontakt, und die Grüße auf den Straßen ertönten bis zur gegenüberliegenden Straßenseite. Mit Aufkommen der ersten Herbstwinde wurde die Glocke des Schweigens vollends fortgeweht. Der Zeiger der Zeit machte einen weiten Sprung nach vorne, und die Unfassbarkeit des Unglücks war mit dem nächsten Zeigerschlag einem Empfinden von Unwirklichkeit gewichen. Das Unglück war schlicht kein Thema mehr, weder gedanklich noch als Bekundung von Betroffenheit. Bettinas Mutter hatte ihre Tochter kurzentschlossen zum Schuljahreswechsel nach den Sommerferien auf einer neuen Schule angemeldet und war mit ihr in die Gegend der Familie ihrer Schwester gezogen. Mit ihnen verschwanden schon bald auch die letzten Erinnerungen an die Vorkommnisse des Sommers.

Das Telefon klingelte. Julia kam gerade aus der Schule nach Hause und hechtete an den Apparat: „Hallo Julia, ich bin's, Michael. Hat eine Weile gedauert, bis ich mich melden konnte." „Und nun hast du Zeit für eine Revanche?", fragte Julia. „Zeit schon, daher rufe ich dich auch an. Doch ich möchte keinen Anschluss an die Ferienzeit, also da anknüpfen, wo wir mit unserem Spielstand standen. Die Ferien liegen in der Ferne, und ich möchte sie nicht in die Gegenwart holen. Deswegen melde ich mich auch jetzt erst, mit ein wenig Abstand vom Geschehen." „Verstehe. Dann holen wir wohl auch nicht die Nachtwanderung nach, die ich durch meine vorgezogene Abreise verpasst habe", ließ Julia der ersten Idee, die ihr durch den Kopf schoss, freien Lauf. „Hm, das wäre schon verlockend – was mich auf den Gedanken bringt, dich im Dunkeln wiederzusehen. Allerdings nicht im Wald, sondern ich wollte dich fragen, was du davon hältst, wenn wir uns auf der Kirmes treffen? Der Hubertusmarkt geht nächstes Wochenende los, also, wenn du am Samstagabend noch nichts vorhast, dann könnten wir uns dort wiedersehen", schlug Michael ihr vor. Julias Herz machte einen kleinen Freudensprung, der sie vergessen ließ, dass sie eigentlich am Samstagabend in die Tanzschule zur Disko gehen wollte „Super Idee!" „Um sieben Uhr am Haupteingang, dort, wo die erste Losbude steht?" „Abgemacht." Als Julia den Hörer aufgelegt hatte, stieß sie einen kleinen Freudenschrei aus. Sie konnte es kaum erwarten, Michael wiederzusehen, und diesmal würden sie sich zum ersten Mal zu zweit treffen, ein echtes „Date" also.

Wie es sich für ein echtes Date nach Sonnenuntergang gehört, hatte Julia Kajalstift aufgetragen. Sie trug Jeans, die ihre Mutter entlang ihrer Beine abgesteckt und so eng genäht hatte, dass sie sie nur nach unten über die Füße mit der Innenseite nach außen gedreht ausziehen konnte. Vereinfacht wurde die Prozedur mithilfe von außen, doch selten bat sie ihre Mutter darum, die ihren Unmut beim Ändern der Hose mehrfach kundgetan hatte. Passend zur engen Hose hatte sie zu Herbstbeginn nun ihren weiten Parka herausgeholt, darunter ein dunkelblaues Fruit-of-the-Loom-Sweatshirt. Auf ihr Palästinensertuch hatte sie verzichtet und zur Feier des Abends ein hellblaues, mit silbernen Fäden durchzogenes Halstuch angezogen. Dazu trug sie ihre neuen hellgrauen Vogue-Ercolus-Noppenschuhe. Sie fühlte sich wohl in ihrer Haut. Als sie am Kirmesplatz ankam, wartete Michael schon am Eingang auf sie. Sie schienen beide nicht recht zu wissen, wie sie sich begrüßen sollten und umarmten sich flüchtig, „Hallo" in die Ohren wispernd. Im Hintergrund bot eine nasale Frauenstimme lauthals über Mikrofon Lose feil: „Meine Damen und Herren, kommen Sie vorbei! Ein Los für eine Mark, garantiert keine Nieten, jedes Los ist ein Gewinn!" Der Aufforderung folgend, schlug Michael vor, sie auf ein Los einzuladen und sich selber auch eines zu kaufen. „Mal schauen, wer von uns beiden Glück im Spiel hat – und wer in der Liebe!" Er lächelte schelmisch und gab ihr den Vortritt. Julia griff in den Korb, wühlte darin herum und zog aus der Mitte ein Los. Er tat es ihr nach, wobei er das Erstbeste von oben herausnahm. „Viel Glück, ihr beiden!", gab ihnen die Losverkäuferin mit auf den Weg. Angesichts der Plastikblumen, Seidenrosen, Stoffbären in jeglichen Formen und Farben, allen erdenklichen weiteren Plüschtieren in Hülle und Fülle, aufgetürmt und in Gestellen zur Schau gestellt, sowie Wühltischen mit Kleinstgewinnen in Form diffuser Kunststoffartikel – Handspiegel, Armbänder und Pustefix für Seifenblasen – hoffte Julia darauf, dass „garantiert keine Nieten" sich als falsches Versprechen erweisen würde und sie ihren heimlichen Hauptgewinn „Glück in der Liebe" einfahren würde. Sie stellten sich ein wenig abseits der Menschenmengen hin, rissen die getackerten Ecken der Papierlose ab und rollten das Lospapier auseinander.

Julias Los enthüllte „Hauptgewinn: Los Nr. 022." Sie stutzte. Michael sah ihre Verwunderung: „Und, hast du einen Hauptgewinn gezogen?", fragte er. „Meinen Hauptgewinn gibt es nicht in der Losbude", fiel ihr spontan dazu ein. „Jetzt mach es nicht so spannend, ich bin schon etwas neugierig! Zumal mein nummernloses Gewinnerlos mir ein Lebkuchenherz zuteilwerden lässt, was ich mir im Leben nicht selber kaufen würde", verkündete Michael. Julia lachte laut auf: „An dieser Losbude gibt es so rein gar nichts, was ich im Leben je selber erstehen würde!" „Und, was hast du nun gewonnen?", fragte Michael nach. „Hier steht, ich hätte einen Hauptgewinn mit Los Nr. 022 gewonnen." „Na, Glückwunsch! Lass uns schauen, was *ein* Hauptgewinn, nicht zu verwechseln mit *deinem* Hauptgewinn, dir beschert!"

„Gratuliere, die glückliche Gewinnerin eines Hauptgewinns steht vor mir!", näselte die Schaustellerin durchs Mikrofon, an Michael erfolgte die knappe Anweisung, sich bei den Lebkuchenherzen zu bedienen. Die lautstarke Verkündung der frohen

Nachricht sollte hingegen andere am Glück teilhaben lassen und es so in greifbare Nähe rücken. Es war kein persönliches Ereignis und schon gar nicht Julias persönliches Glück, das ihr vor die Nase gehalten wurde, in Form eines übergroßen knallgelben Schnabels, der an einem schwarzen Riesenraben hing, die knallgelben Krallen vor ihrer Hüfte baumelnd. „Unsere Nummer eins in der Vogelwelt der Plüschtiere ist vergeben. Kommen Sie und sichern Sie sich die Nummer eins der Raubtiere, meine Damen und Herren!», fuhr die Glücksfee auf der Tribüne fort. „Na dann, herzlichen Glückwunsch!», gratulierte Michael ihr, mit einem Anflug von Ironie. „Da hast du ja mal Glück im Spiel gehabt!» „Was ist Glück? Ein Riesenrabe bedeutet für mich genau das Gegenteil, also *kein* Glück im Spiel: Erstens, weil es kein Glück ist, aus einem Korb ohne Nieten einen Gewinn zu ziehen, wenn doch jedes Los ein Gewinnerlos ist, zweitens, weil ich keine Vögel mag, schon gar keine Raben, und dann noch in Übergröße, und drittens, weil ich dieses Monsterteil jetzt gleich zu Beginn unseres Abends noch die ganze Zeit mit mir herumtragen muss." „Und was sagt uns das im Umkehrschluss?", warf Michael ein. „Glück in der Liebe!", schoss es aus beiden zeitgleich heraus. Sie lachten. „Dann tauschen wir einfach, du bekommst das Lebkuchenherz, und ich nehme dir das lästige Teil ab, komm, lass uns mal schauen, was wir für dich Passendes finden!» Er wandte sich der immensen Auswahl an Lebkuchenherzen zu. Julia folgte ihm: „Da man Lebkuchenherzen ja eigentlich geschenkt bekommt und nicht als Tauschgeschäft erhält, sucht man sie sich nicht selber aus. Also, ich wüsste jetzt echt nicht, welches ich nehmen sollte", stellte sie angesichts der zuckersüßen Sprüche fest. „Drück mich!", „Ich mag dich", „Du bist süß", „Meine Zuckermaus", „Mein Hase", „Kiss me!" Michael nahm das scheinbar nächstbeste Herz „Drück mich!", legte es ihr kommentarlos um den Hals, griff ihr kurz an die Taille und schob sie behutsam ein kleines Stück weit nach vorne: „Komm, ich gebe dir lieber hier am Stand nebenan etwas aus!" „Gerne", antwortete Julia, Einigkeit darin, den Herzensspruch kommentarlos zu ignorieren.

Die Kirmesbude war hell erleuchtet, umrahmt von Lichterketten und blinkenden Laufbändern an den Seitenrändern. Die ganze Beleuchtung war in Goldtönen gehalten, Rotgold, Weißgold und Gelbgold, wie es in seiner Pracht ansonsten nur Kathedralen vorbehalten war, ein Tempel voll bunter Süßigkeiten strahlte sie an. Der Duft von Zuckerwatte und gerösteten Mandeln, Bratapfel und Vanille umgarnte sie. Michael stand am Tresen und bestellte bereits einen knallrot lackierten warmen Apfel am Stiel: „Möchtest du auch einen?", fragte er sie. Für Julia war die süße Verführung zwar schön anzuschauen, und auch der Geruch fühlte sich wohlig an, doch fiel ihr die Auswahl leicht, denn abgesehen von Schokoladenbanane am Stiel mochte sie rein gar nichts von den angebotenen Süßwaren. „Danke, nein. Du kannst mir gerne eine Schokobanane mitbringen." Die Banane war warm, obwohl die Glasur kalt war. Wie konnte das sein?, fragte sich Julia, wollte das jedoch nicht thematisieren und ging kauend neben Michael dem nächsten Stand entgegen, wobei sie aufpasste, dass keine abfallenden Schokoladenstücke ihre Jacke bekleckerten. Die Länge der Banane schrumpfte zusehends, während Michaels Lackapfel schier unendliche Ausmaße zu haben schien.

Als sie die Bude mit Wurfpfeilen erreichten, warf er seinen angeknabberten Apfel in den nächstbesten Mülleimer „Jetzt habe ich wieder meine Hände frei, lass uns ein paar Luftballons platzen lassen und später Reibekuchen reinziehen!", schlug er vor. Dass Julia ein Ass in dieser Disziplin war, damit hatte er nicht gerechnet. Sie ließ sich fünf Pfeile geben und legte gleich los. In einem durch ließ sie ihre Pfeile präzise durch die Luft zischen, es knallte viermal, ein Pfeil schabte kurz neben einem Ballon an der Wand entlang zu Boden nieder. „Cool", kommentierte Michael, während ihr der Mann aus dem Stand heraus vier neue Pfeile in die Hand drückte: „Pro Abschuss gibt es einen Gratisschuss." Sie übergab Michael die Pfeile: „Jetzt bist du dran." „Ist ja wie in einem Wettkampf hier, als würde ich gegen dich im Vier Gewinnt antreten." Hochkonzentriert warf Michael seinen ersten Pfeil, der kurz neben einem Luftballon im oberen Teil der Bude landete. Der nächste Pfeil traf zwar einen Ballon, streifte

ihn jedoch nur so wenig, dass er zur Seite gestoßen wurde. „Ist gar nicht so leicht, wie ich angenommen hatte." Michael räusperte sich: „Aufholen kann ich in dieser Disziplin jedenfalls nicht mehr, hier noch ein Pfeil für dich, und ich habe noch zwei Versuche frei, davon ausgehend, dass du wieder triffst. Beim Schießstand kann ich dich dann später hoffentlich wieder einholen."
„Beim Schießstand habe ich eh keine Chance", antwortete Julia und schmetterte den Pfeil zielsicher in einen der unteren Luftballons und erhielt daraufhin einen neuen Pfeil, den sie Michael übergab. Michael fixierte seinen Blick abwärts, setzte mehrmals zum Werfen an, bevor er den Pfeil mit Wucht nach vorne warf. Er traf. Beflügelt nahm er den letzten Pfeil, setzte an und traf erneut. „Puh, jetzt können wir weiterziehen, so ganz ohne Treffer hätte ich mich nicht loseisen können." Sie zogen los. „Möchtet ihr nicht noch eine Runde spielen?", rief der Schausteller ihnen nach. „Nein, danke." Sie nickten ihm kurz zu, woraufhin er ihnen mit auf den Weg gab, sie könnten gerne später wiederkommen, sie hätten noch etwas gut bei ihm.

„Wollen wir jetzt so richtig Action, oder reicht uns erst einmal eine Runde Raupe fahren?", fragte Julia Michael. „Was meinst du genau mit ‚richtig Action'?" „Auf das Piratenschiff, und dort am liebsten ganz außen sitzen!", erklärte Julia ihm voller Begeisterung. „Echt, da stehst du drauf? Wow, gut, dass ich meinen Apfel kaum gegessen habe, was sagt denn dein Bananenbauch dazu?", fragte er fürsorglich nach. „Stimmt, wir könnten mal mit der Raupe anfangen und uns anschließend steigern." Sie ignorierte seine Nachfrage nach ihrem Wohlbefinden. Je näher sie der Raupe kamen, desto lauter wurden sie von der Musik angezogen. Die Stücke, die aus den Lautsprechern dröhnten, waren nicht einmal annähernd in den Top Ten zu finden. Wie auch die Raupe schienen sie ihre Zeit hinter sich zu haben oder, je nachdem, welche Perspektive man einnahm, schlicht zeitlos zu sein. Sich im Kreis rauf- und runterfahren zu lassen, dazu zeitweilig noch mit Verdeck, sodass man in einer Art von Kokon steckte, das war schon ein eher dürftiger Spaß, es sei denn, man hatte seinen Liebsten neben sich. Dann war es zeitlos. So jedenfalls sah Julia es, als sie zu Kiss' „I was made for loving you, baby" zusammen mit Michael in den Wagen einstieg. Ein Ordner lief herum und verschloss von außen den Riegel am Einstieg, ansonsten gab es keinerlei Gurt oder Sicherung, sodass man sich auf dem Kunstlederbezug der Sitzbank frei hin und her bewegen konnte, somit hin und her rutschte, was bei zunehmender Fahrt dazu führte, dass Julia nahezu auf Michaels Schoß landete. Da sie außen saß, konnte sie der Schwerkraft nach ein paar Runden kaum etwas entgegensetzen, sodass sie nach innen an Michaels Oberschenkel gedrückt wurde. Nach einer weiteren Runde gab sie jegliche Gegenwehr auf, und als in der nächsten Runde die Abdeckung über die Raupe gezogen wurde, vertiefte sich mit Aufkommen der Dunkelheit die Annäherung ihrer Körper. Eng saßen sie beisammen, die Scheu vor dem anderen war einem prickelndem Wohlempfinden gewichen. So konnte selbst „Yes Sir, I can boogy" nicht als Abtörner herhalten, und als Baccara von Abba abgelöst wurde, legte Michael entspannt seinen Arm um Julias Schultern. Im Dunkeln sausten sie noch ein paar Lieder weiter, bevor die Raupe ihr Verdeck öffnete, langsam wurde und sie freiließ. Beim Aussteigen taumelte Michael leicht, dann beugte er sich zu Julia herüber und hielt ihr seine Hand hin. Sie nahm seine Hand, und er zog sie sanft zu sich. Als sie neben ihm stand, legte er seine Hand dezent um ihre Taille und führte sie die Rampe hinunter. Sie sprachen kein Wort, ganz ohne Verlegenheit.

Um gleich noch eins draufzusetzen, steuerten sie zielstrebig auf das Piratenschiff zu, stellten sich in die Warteschlange, und als sie an der Reihe waren, stürmten sie nach links los und ergatterten Plätze in der äußersten Reihe. Das Schiff kratzte schwer über den Boden, und mit jedem Schwung gewann es an Leichtigkeit, bis sie in der Waagerechten standen. Julia jauchzte, sie war ganz darauf konzentriert, ihre Umgebung zu sichten und sich festzukrallen, der Wind pfiff ihr durch die Haare. Dann nahm sie Hubert Kahs Lobgesang auf den Sternenhimmel wahr, inspiriert schaute sie beim nächsten Schwung nach oben in den Himmel und musste ihren Blick beim Abwärtsstrom schnell wieder einfangen, um sich nicht im Schwindelstrudel zu verfangen. Sie konnte gar nicht genug kriegen, bis der Schwung mit jedem Mal abnahm. Erst als das Piratenschiff zum Stillstand gekommen war, bemerkte sie, dass Michaels Stille diesmal weniger einvernehmlich als vielmehr Ausdruck seiner unterdrückten Übelkeit war. Diesmal stützte sie ihn, als sie weiterzogen, dezent ihren Arm um seinen Oberkörper geschlungen, mehr Schutz, als Stütze. Sie gingen schweigend in Richtung des Schützenzelts, wo es ruhiger zuging. Erst nach einer Weile, als Michaels Gesichtsfarbe zurückgekehrt war, erkundigte sich Julia nach seinem Wohlbefinden. „Soweit gut, du jedenfalls scheinst ja voll auf deine Kosten gekommen zu sein. Lass uns noch etwas zum Schützenzelt schlendern, abseits kurz zur Ruhe kommen und danach noch einmal Gas geben. Ich lade dich anschließend zum Autoscooter ein."

Da der Zutritt zum Schützenzelt nur Mitgliedern des Schützenvereins vorbehalten war, verloren sich in dieser Ecke des Geländes nur wenige Kirmesbesucher. Strahlend weiß tat sich das Zelt vor ihnen auf, im Hintergrund die großzügigen Wohnwagen der Schausteller. Es war erstaunlich ruhig, nicht einmal aus dem Zelt drangen Geräusche bis zu ihnen vor, lediglich im Hintergrund eine verwaschene Geräuschkulisse aus allerlei, aus der regelmäßig das animierende Sirenengeheul der Rakete hervorstach. Sie machten Halt und setzten sich auf zerfallene Steinquader, vermutlich dereinst Teile eines Brunnens für das fahrende Volk, das im Frühling auf dem Gelände gastierte. Inzwischen war der Brunnen durch geräumige sanitäre Anlagen ersetzt worden, die derzeit von den Schaustellern genutzt wurden, für die Öffentlichkeit nicht zugänglich. Sie mussten sich mit Dixi-Klos begnügen, die seit dem letzten Jahr auf Freiluft-Veranstaltungen im Vormarsch waren. Der Boom hatte begonnen, als anlässlich des Besuchs von Papst Johannes Paul I zum Weltjugendtag das weitläufige Gelände mit Dixi-Klos umsäumt worden war. Irgendjemand musste mit dieser Erfindung einen riesigen Reibach machen, den er jedenfalls nicht in Klofrauen investierte, denn niemand kümmerte sich während des laufenden Betriebs um die Reinigung dieser mobilen Kloaken.

Michael zündet sich eine Zigarette an und hielt ihr die Packung entgegen: „Möchtest du auch eine?" „Ich wusste gar nicht, dass du rauchst. Nein, danke", entgegnete Julia. „Während der Ferienfreizeit habe ich nicht geraucht, um als Betreuer kein schlechtes Vorbild abzugeben, das war schon in Ordnung. Und bei mir trifft die Unterteilung in Raucher und Nichtraucher wohl nicht ganz zu, ich würde sagen, ich bin ein Gelegenheitsraucher", erklärte Michael ihr. Während Michael an seiner Zigarette zog, ging das Zelt auf, und ein Mann kam geradewegs auf sie zu. Er torkelte leicht. Als er näherkam, erkannte Julia ihren Nachbarn Jupp. Seit sie denken konnte, stand sie irgendwie auf ihn, auch wenn er ihr Vater hätte sein können und er sich, seit sie auf der Welt war, wie ein Onkel um sie kümmerte. Doch in letzter Zeit stand es nicht gut um ihn, er war ständig schlecht gelaunt und kaum noch zu Hause anzutreffen. Dort erwarteten ihn lautstarke Auseinandersetzungen mit seiner Noch-Ehefrau, das Ende der trauten Zweisamkeit war längst angebrochen. Wie lange kann sich ein angebrochenes Ende hinziehen, bis es ganz vorbei ist?, fragte sich die Nachbarschaft seit ein paar Jahren. Aus Jupps gelegentlichen Trinkgelagen waren regelmäßige Besäufnisse geworden. Was einmal Spaß gemacht hatte, verkehrte sich in wehleidige Frustration mit stetig sinkender Frustrationstoleranzgrenze.

Bis Jupp sie erreichte, dauerte es eine Weile. Als er bei ihnen angekommen war, beugte er sich leicht vor, und Julia konnte Reste von Bierschaum in seinem Schnauzbart ausmachen. „Na, mein Mädchen, wenn das dein Vater wüsste, dass du rauchst!", stieß Jupp mit schwerer Zuge hervor. „Schau mal genau hin, dann siehst du, dass nur einer hier raucht, und dabei handelt es sich nicht um mich." „Stimmt, sag, hast du noch eine Kippe übrig?", fragte er, an Michael gewandt. Michael reichte ihm wortlos sein angebrochenes Päckchen Lucky-Strike-Zigaretten und gab ihm Feuer. Immerhin schien Jupps Höflichkeit nicht mit gestiegenem Alkoholpegel zu sinken, und er stellte sich Michael vor: „Und wie heißt du? Wir können beim Du bleiben, du scheinst ja ganz in Ordnung zu sein, wenn Julia sich mit dir abgibt", stellte er fest. Nach ein wenig Plauderei hörte Julia, wie Jupp Michael von ihrer Geburt erzählte: „Und mit einem Schwung landete sie bei der Suppenkanone am Rand des Spielfelds, als Rudi gerade ein Tor schoss, wie eine kleine Patrone kam sie aus ihrer Mutter geschossen! Komm mal her, mein kleines Patrönchen, bist gar nicht mehr klein!" Er schaute Julia mit glasigen Augen an, dann umarmte er sie und drückte sie an sich. Julia fühlte sich unglaublich wohl in ihrer Haut, in seiner Umarmung, und für einen kurzen Moment vergaß sie Michael, bis sie ihn fragen hörte: „Wer ist Rudi?" Jupp wandte sich Michael zu. „Dann bist du also kein Fußballspieler, oder einfach noch zu jung, um zu wissen, dass Rudis Ruf als Mittelstürmer ihm seinerzeit vorauseilte." „Jetzt nicht mehr?", fragte Michael. „Wir werden alle älter", seufzte Jupp und drehte sich in Richtung Schützenzelt. „Einen genehmige ich mir noch, macht es gut, ihr beiden. Und du, Michael, bleib nett zu meinem Patrönchen." Schweigend sahen sie ihm nach, bis er gemächlich im Eingang verschwunden war. Etwas von seiner Melancholie hatte er ihnen zurückgelassen.

Als das Schweigen übermäßigen Raum einzunehmen drohte, wandte Michael sich an Julia: „Dass dein Vater Fußballer ist …" „*War*", korrigierte sie ihn. „*War*, okay, aber er spielt schon noch im Verein, oder?" „Ich glaube schon." „Ach, du weißt es nicht?" „Doch, vermutlich schon, nur beschäftige ich mich inzwischen möglichst wenig mit meinem Vater, weil er mit zunehmenden Alter immer anstrengender wird. Steckt wohl voll in einer Midlife-Crisis oder verliert einfach einen Teil seines Verstandes. Ich möchte nicht weiter darüber nachdenken." „Das verstehe ich. Daher hattest du also mal erwähnt, er wäre tot, um einfach nicht über ihn sprechen zu müssen. Na, komm, lass uns in den Trubel stürzen, da kommen wir auf andere Gedanken!" Sie ließen das Schützenzelt hinter sich liegen, vorbei am Tusch irgendeiner Blaskapelle, hin zu den Kirmesständen in Richtung „Yes Sir, I can Boogie", das einmal mehr scheppernd über einer Sammelsuriumbude mit Biertheke zur Einkehr einlud. Im Hintergrund heulte die Sirene der Raupe jaulend auf, Baccara sang inzwischen im Duett mit Boney M „I can Boogie, Daddy cool", und als sie den Autoscooter erreichten, wurden sie von Blondies „Heart of Glass" beschallt. Hier gehörte eine ordentliche Stereoanlage zum Programm, der Pavillon des Autoscooters war Treffpunkt für all diejenigen, denen eine Diskothek auf dem Platz fehlte, Anlaufstelle für Anmache und Baggerei. Die coolsten Typen hingen um den Scooterfahrplatz herum, hin und wieder bequemten sie sich, eine Runde mit dem Autoscooter zu drehen, wobei sie möglichst lässig einen Ellbogen anstatt auf das Lenkrad auf den Türrand platzierten. Das ging so weit, dass Coolness vor blauen Flecken am Ellbogen ging. Erst bei Frontalangriffen klammerten sie sich mit beiden Händen ans Lenkrad und gaben Gas, dann so heftig, dass es unter Gleichgesinnten zum Hahnenkampf kam, bis einer aufgab oder beide sich festgefahren hatten, aller Coolness zum Trotze. Wenige Mädchen trauten sich, am Autoscooter herumzulungern, denn zum Coolsein gehörte, dass Mädchen möglichst nicht beachtet wurden, was deren Selbstbewusstsein einen Dämpfer verpassen konnte, es sei denn, den Mädchen war klar, dass das zum Spiel dazugehörte. Denn wenn es Mädchen hierher verschlug, dann erhöhte dies den allgemeinen Coolnessfaktor erheblich, und jeder legte in puncto Lässigkeit noch einen drauf, im Rahmen seiner Möglichkeiten. Die Mädchen waren bereits cool, wenn sie es hierher geschafft hatten, den Rest erledigte ihr Styling, das in den bunten Spotlights der Lichtanlage zur Geltung kam: der Lidschatten überbordend, die Haare dauergewellt oder toupiert. Eine von ihnen war Nathalie. Nicht nur als Bedienung an der Bar zog sie ihr Publikum an, sondern auch hier, wo man ihr im Rahmen des Coolness-Codes beachtende Blicke zuwarf, bloß kein Lächeln, nur streifen lassen statt tief in die Augen oder den Ausschnitt zu schauen. Am Tresen konnten sie Blicke auf Nathalies Underboobs erhaschen, die hier draußen unter einer schwarzen Nietenlederjacke verpackt blieben, was die Sache mit dem Coolnessfaktor vereinfachte.

Abgesehen davon, dass man sich bei Julias Anblick nicht an ihre Titten erinnerte, spielte sie keine Rolle, weil sie mit Michael unterwegs war. Einzig Herbert schien sie überhaupt zu registrieren. Kaum dass Julia ihren Scooter gestartet hatte, steuerte er zielstrebig auf sie zu, und bevor sie überhaupt richtig in Fahrt gekommen war, rammte er sein Fahrzeug mit Schwung in ihre rechte Seite. Michael war zeitgleich losgefahren, und als er nach Julia Ausschau hielt, sah er, wie sie sich mit Herbert ein Gefecht lieferte. Herbert hielt immer wieder auf Julias rechte Seite, sie rotierte, drehte sich, schlug die Scooterschnauze in Herberts linke Flanke, der den Aufprall nutzte, um mit Schwung eine Wende zu drehen und Julia frontal anzugreifen. Sie hingen Schnauze an Schnauze, lösten sich und kreisten wie Wildtiere mit unverzichtbarem Abstand umeinander. Julia riss aus dem Kreis aus, es sah so aus, als würde sie aufgeben, denn sie fuhr davon, doch nach einer unerwarteten Kehrtwende gab sie Vollgas und raste von hinten in Herberts Scooter hinein. Der harte Aufprall schien nicht nur Herbert zu überraschen, der wild hinter dem Steuer gestikulierte. Julia ließ sein Fluchen über sich ergehen und sich ihre leichte Übelkeit nicht anmerken, sie brachte lediglich kein Wort über die Lippen.

Michael hatte sie inzwischen erreicht. Der Jugendbetreuer in ihm kam zu Wort: „Nicht, dass ich mich in euer Spiel einmischen möchte, doch irgendwie hatte ich mir unsere Fahrt mit dem Autoscooter anders vorgestellt, wollen wir nicht zur nächsten Runde gemeinsam fahren?", schlug er Julia vor. Sie ignorierte ihre leichte Übelkeit und drückte ein trotziges „Ja" hervor. Sie schaffte es, ein knappes „bis gleich" nachzureichen und fuhr davon, um sich für eine ungestörte Weile von dem Aufprall zu erholen. Weit kam sie nicht. An der Längsseite gab ihr Gefährt den Geist auf, sodass sie in nur wenigen Schritten das Spielfeld verlassen konnte. Auf dem Weg zum Kassenhäuschen wurde sie von Michael eingeholt. „Hey, warte, ich lade dich ein!" Er wollte sich vor sie an der Kasse einreihen, doch Julia beharrte darauf, die Chips zur Weiterfahrt zu besorgen. „Noch zwei Runden, oder?", fragte sie bei Michael nach, als sie an der Reihe war. Er nickte.

Als sie ihren Autoscooter zugeteilt bekommen hatten und eingestiegen waren, übernahm Michael wie selbstverständlich das Steuer. Julia verkniff sich einen Kommentar, doch nahm sie sich vor, bei ihrer letzten Fahrt ebenso selbstverständlich das Lenkrad zu übernehmen. Michael ließ es locker angehen, ein paar Runden am Rand, dann kreuzte er über das Feld, wobei ihm hier und da jemand in die Quere kam, den er wie selbstverständlich links liegen ließ und mit Missachtung bestrafte. Er fuhr seines Weges, ungeachtet des Verkehrs. Dies führte dazu, dass Julia zu ihm auf seine Seite gestoßen wurde. Schon in der Raupe hatte sie gelernt, dass zurückkrebsen in diesem Fall nicht zweckmäßig war, käme doch schon bald ein nächster Stoß. Sie verharrte an seiner Seite und genoss die offene Zweisamkeit. Wenn sie auch nicht im Zentrum des allgemeinen Interesses standen, so wurden sie sehr wohl von Herbert wahrgenommen, und Nathalie würde für den anstehenden Tratsch & Klatsch sorgen. Als der Scooter stehen blieb, warf sie den zweiten Chip ein und griff nach dem Lenkrad. „Oh, la, la, du bist aber forsch!", rief Michael aus. „Ich stehe dir da in nichts nach", konterte Julia, wie zu den Zeiten, bevor sie sich nähergekommen waren, als ihre Neckereien noch von einer leichten Schärfe geprägt waren. Julia merkte sofort, dass Michael nicht in alte Muster zurückfallen wollte, denn er beließ es nicht nur dabei, sondern legte ihr kurz seinen Arm um die Schultern „Na, dann los!" Er löste jedoch gleich nach dem Start seinen Arm und hielt sich am Sitz fest. Julia wollte keine Anlaufzeit verlieren und stürzte sich gleich in den Verkehr. Ohne es drauf anzulegen, wichen die Autos ihr aus, deren Fahrer allesamt männlich waren. Einer Frau, die einen Mann chauffiert, wurde Vortritt gelassen, das würde sie sich für die Zukunft merken. Michael entspannte sich sichtlich, nur als ein Gegenfahrzeug bedrohlich nah auf sie zusteuerte, hob er instinktiv seine Arme in Richtung des Lenkrads, doch hielt sich im letzten Moment zurück. Der Wagen streifte sie leicht. Auch die weitere Fahrt blieb ruhig, bis das Fahrzeug zum Erliegen kam. Mangels Adrenalinkick reichte es Julia, es war genau richtig gewesen, sich für zwei letzte Fahrten entschieden zu haben.

Als sie ausgestiegen waren, registrierte Julia, wie sich ihr Magen mit einem leisen Brummen bemerkbar machte. Ein Geruch von Friteusenfett zog ihr in die Nase. „Was hältst du jetzt abschließend von Reibekuchen? Nun, da wir uns nicht mehr durchschütteln lassen, sollte das gut kommen, oder?" „Guter Plan, zumal ich jetzt auch echt Hunger habe!",stimmte ihr Michael zu. „Weit haben wir es ja nicht." Sie drehten sich einmal um und standen an „Hannes Rievkoochebüdche anno 1952". Die fertigen Reibekuchen lagen bereits dampfend in der Auslage, sodass sie nicht auf den nächsten Schwung warten mussten. „Möchtest du zwei oder drei Stück?", fragte Michael, bevor er die Bestellung aufgab. „Am liebsten zweieinhalb", gab Julia an. „Das passt gut, so kann ich dreieinhalb essen", bestätigte Michael. Da der Stand mitten im Tumult stand, war der Geräuschpegel entsprechend hoch, sodass sie sich anschreien mussten. Über all dem herrschte der Lautsprecher von nebenan, sodass sich Julia die Frage, ob es sich bei „Hannes Rievkoochebüdche" wohl um „Hanne's Rievekoochebüdche" oder um „Hannes' Rievkoochebüdche" handelte, wohlweislich verkniff. Hinter dem Tresen standen eine Frau und ein Mann, die beide zu jung aussahen, um in den Fünfzigerjahren einen Reibekuchenstand zu eröffnen. Die Frau überreichte Michael zwei Portionen goldgelber, fetttriefender Kartoffelpuffer mit Apfelmus, die er in einem Schwung auf dem Stehtisch vor Julia abstellte. „Lass es dir schmecken!", grölte er. „Guten Appetit!", schleuderte sie ihm lauthals über den Tisch entgegen und nahm den ersten Bissen in den Mund. Dabei merkte sie, wie hungrig sie war. Schon weitgehend abgekühlt, konnte sie die Reibekuchen so schnell essen, dass sie gleichauf mit Michael war, als sie ihm die Hälfte ihres dritten Reibekuchens über den Tisch reichte. Er nickte ihr mampfend zu. Worte waren nicht angemessen, Ottawans „Hands up" markierte das Revier.

Nach dem Essen schlenderten sie Richtung Ausgang, immer noch „"Hands up, baby, hands up. Gimme your heart, gimme, gimme your heart." im Ohr, was sich als Ohrwurm festbeissen sollte. Zwar küsste Michael Julia nicht zum Nachtisch, doch er nahm sie an die Hand, und als sie an einem großen Jahrmarktstand mit Pflanzen vorbeikamen, zögerte er nicht und steuerte auf die Losverkäuferin zu. Der Stand wirkte geradezu kosmisch, als würde eine Art Arche Noah für Pflanzen ins All verfrachtet, geräumig, verchromt und die veganen Insassen von weißem und lila Licht erhellt. „Komm, Julia, such dir drei Lose aus, hier droht keine Gefahr, dass du mit Nippes eingedeckt wirst!" „Oje, dabei habe ich wirklich keinen grünen Daumen!", konstatierte Julia, woraufhin sie von Michael darauf hingewiesen wurde, dass sie sich bei einem möglichen Gewinn durchaus für einen Kaktus entscheiden könnte. Als Julia ihre Lose zog, hoffte sie insgeheim auf drei Nieten. Letztendlich hatte sie zwei Nieten gezogen, und ein Gewinnerlos führte dazu, dass sie sich in der Reihe der kleinsten Topfpflanzen eine aussuchen konnte. „Schätzungsweise würde lediglich eine Yucca-Palme bei mir zu Hause überleben, doch dafür bräuchte es mehr als nur ein Gewinnerlos." Dann entdeckte sie einen kleinen grünen Bubikopf. „Ich versuche es lieber mit dem hier als mit einem stacheligen Kaktus, und falls er sich bei mir nicht wohlfühlt, so kann er sich bei meiner Mutter auf der Wohnzimmerfensterbank mit einreihen."

So kam es, dass Julia eine Viertelstunde später und um drei Trophäen reicher vor ihrer Haustür ankam. Michael hatte sie begleitet und stand ihr nun etwas unbeholfen gegenüber, zwischen ihnen machte sich der Riesenrabe breit. Julias Ohrwurm „Hand's up!" ließ sie ihr Lebkuchenherz ins rechte Licht rücken, sie zupfte es so zurecht, dass Michael nichts anderes übrig blieb, als automatisch „Drück mich!" vor die Linse zu bekommen. Der Aufruf drang derart automatisch zu ihm durch, dass er sich abrupt vorbeugte und Julia umarmte, wobei er den Riesenraben außer Acht ließ, sodass er kaum an sie heranreichte, geschweige denn, dass Körperkontakt und somit eine gewisse Nähe erreicht werden konnte. „Ach, hier, das ist ja eigentlich dein Gewinn", stammelte er und wollte Julia den Raben übergeben. „Genau, du sagst es, *eigentlich* ..., doch zu viel Gewinn im Spiel bringt Pech in der Liebe, daher behalte ich lieber nur das Lebkuchenherz und den Bubikopf, und du nimmst besser den Raben mit, so hält sich das die

Waage", druckste Julia herum, die partout keinen Riesenraben beherbergen wollte. Nachdem das geklärt war, umklammerte Michael mit einem knappen „Okay" den Riesenvogel mit seinem rechten Arm und umschlang Julia mit seinem Linken. „Es war ein schöner Abend, wir sollten nächsten Samstag zusammen zum Abschlussfeuerwerk nochmals hingehen!" Freudig sagte Julia zu: „Und auf jegliche Losbuden können wir dann verzichten." Sie lächelten sich an, bevor Julia im Eingang verschwand.

Sie begrüßte kurz ihre Eltern im Wohnzimmer und tauchte, ohne weitere Worte zu verlieren, in ihrem Zimmer unter. Sie freute sich schon jetzt auf den kommenden Samstag und malte sich eine Zeit danach aus. Der Herbst konnte stürmisch werden, danach ging es nahtlos in einen romantischen Winter über, und man verabredete sich nicht mehr im Eiscafé, sondern im Kino. Zu zweit gemeinsam ins Kino zu gehen bedeutete, dass man entweder bereits ein Paar war oder beide gewillt waren, ein Paar zu werden, was in der Regel dann im dunklen Kino seinen Anfang nahm. So waren die Regeln. Momentan musste sich Julia noch mit ihrem Kopfkino begnügen. Sie malte sich ihren gemeinsamen ersten Kinobesuch in allen Einzelheiten aus, was sie mit in ihre Träume nahm.

Als sie am nächsten Morgen spät erwachte und sich einen Tee aus der Küche holte, den sie erst einmal gemütlich in ihrem Bett trinken wollte, staunte sie nicht schlecht, als sie die Rollläden hochzog: Auf der Terrasse vor ihrem Fenster stand eine Yucca-Palme, die ein Lebkuchenherz mit der Aufschrift „Kiss me!" trug.

(*) Quelle: Auszug Predigt „Freundschaft mit Jesus" zu Ostern 1981 an junge Leute, Bischof von Aachen Klaus Hemmerle

ENDE

Bewerten Sie dieses Buch auf unserer Homepage!

www.novumverlag.com

Die Autorin

Yanne Schillberg wurde zu Beginn der 70-er-Jahre im Rheinland geboren und lebt heute in Zürich. Früh schlug sie eine künstlerisch geprägte Laufbahn ein: Schon im Abitur befasste sie sich vor allem mit den kreativen Zweigen und wurde nach ihrem Abschluss in Medien als Autorin und Producerin für Viva Fernsehen tätig. Sie wechselte später in die Musikbranche und war unter anderem für das „Rolling Stone"-Magazin aktiv. 2007 zog sie in die Schweiz und erlangte die deutsch-schweizerische Doppelstaatsbürgerschaft. Sie arbeitet nun an der Züricher Hochschule der Künste. Ihre rheinländische Herkunft und ihre Liebe zum ganz eigenen Zeitkolorit der 80er-Jahre blieben erhalten und prägen auch den Roman. Mit nur neun Jahren verfasste sie schon ihren ersten Gedichtband, im Alter von einundzwanzig veröffentlichte sie im Eigenverlag ihren zweiten. Neben dem Schreiben zählen Reisen, Konzerte, Kunstausstellungen und Yoga zu ihren Lieblingsbeschäftigungen.

Der Verlag

> *Wer aufhört
> besser zu werden,
> hat aufgehört
> gut zu sein!*

Basierend auf diesem Motto ist es dem novum Verlag ein Anliegen, neue Manuskripte aufzuspüren, zu veröffentlichen und deren Autoren langfristig zu fördern. Mittlerweile gilt der 1997 gegründete und mehrfach prämierte Verlag als Spezialist für Neuautoren in Deutschland, Österreich und der Schweiz.

Für jedes neue Manuskript wird innerhalb weniger Wochen eine kostenfreie, unverbindliche Lektorats-Prüfung erstellt.

Weitere Informationen zum Verlag und seinen Büchern finden Sie im Internet unter:

www.novumverlag.com